El corazón
del caimán

El corazón del caimán

PILAR RUIZ

Barcelona • Madrid • Bogotá • Buenos Aires • Caracas • México D.F. • Miami • Montevideo • Santiago de Chile

1.ª edición: septiembre 2014

© Pilar Ruiz, 2014
© Ediciones B, S. A., 2014
     Consell de Cent, 425-427 - 08009 Barcelona (España)
     www.edicionesb.com

Printed in Spain
ISBN: 978-84-666-5531-6
DL B 12107-2014

Impreso por LIBERDÚPLEX, S.L.
Ctra. BV 2249, km 7,4
Polígono Torrentfondo
08791 Sant Llorenç d'Hortons

A F.

Prólogo

Cayo Ramona
Lat. 22° 14' N - long. 81° 02' W
Sudoeste Isla, 10 de agosto de 1897

Desde el fondo del río, el monstruo surgió de pronto, rompiendo la piel fina del agua. Hasta entonces la corriente había discurrido tranquila hacia el mar cercano, planchada por la luz de la tarde que alarga las sombras y hace vibrar los colores; el manglar de la ribera volcaba su verde brillante hacia lo más profundo del estuario, hasta llegar al hondo secreto del caudal. El aire, claro y quieto, se agitó con las voces de los cazadores acorralando al animal.

—¡Candela al jarro!

—¡Hasta que suelte el fondo!

—¡Dale, hermano!

Armados con machetes afilados, estacas largas y cuerdas arrolladas a los cuerpos delgados y medio desnudos, brillantes de sudor y agua, chapotearon en el fango de la orilla rodeando a su presa con la algarabía y la excitación que el sometimiento de un ser más poderoso provoca en las conciencias débiles y temerosas.

Los bruscos movimientos de la soga en tensión indicaban los movimientos de la bestia herida, que volvió a buscar amparo en el fondo turbio de la ciénaga llevando bien clavado el gancho enorme del anzuelo en el que, como cebo, los cazadores ensartaron un trozo putrefacto de carne arrancado de los restos de un manatí: podía verse su esqueleto medio hundido no muy lejos, en el fango, mostrando las dentelladas que le habían traído la muerte. El pacífico manatí se vengaba ahora de su asesino aliándose con el grupo de soldados que olvidaban la desesperación y el aburrimiento con el juego de la captura.

La caza había congregado a un público desperdigado a lo largo de la orilla. Durante unos momentos, los espectadores parecieron olvidarse de la guerra y se acercaron para ver, atónitos, la aterradora cabeza prehistórica del saurio azotando el agua y hundiéndose entre la espuma teñida de lodo y sangre. Uno de los que miraban quiso pegarle un tiro de escopeta, pero los de alrededor lo impidieron con empujones y chanzas para que la distracción durase un poco más. El fósil viviente pareció oírles y actuó para no decepcionar a la concurrencia: dio unos cuantos coletazos y mordiscos que a punto estuvieron de alcanzar a dos de los cazadores y se oyeron algunos gritos entre la gente de la orilla. Pero la soga que sujetaba al caimán aguantó: atada alrededor del tronco ancho de un árbol abey mantenía al animal sujeto, agotaba sus fuerzas y clavaba más profundo el fierro del anzuelo.

Indiferente a lo que ocurría en la orilla, una negra joven, vestida de blanco y con el pelo cubierto con un pañuelo también inmaculado, se acercó al abey y lo tocó con reverencia. Algunos sabían que lo hacía porque aquel árbol era santo; un árbol guerrero al que pedir ayuda para vencer los obstáculos en el camino de la vida. La brisa trajo palabras susurradas como «lukumí» y «Santería» mezcladas con la voz más clara y sin miedo de la mujer:

—*Omi tuto, ona tuto, tuto laroye, tuto illé...* Ábreme el camino, con el permiso de mis mayores... Yo toco la campana para que tú me abras la puerta... *Cama ifí, cama oña, cama ayaré. Babá Orisha.*

Cuando la mujer se separó del árbol y de sus rezos, el caimán ya estaba en la orilla, derrotado. Después de muerto, lo colgaron atado con cuerdas entre dos troncos como trofeo y admiraron su tamaño y discutieron si se trataba de un devorador de hombres. Uno de los cazadores abrió las fauces del reptil para meter la cabeza en su boca, entre la hilera criminal de dientes afilados y la lengua rosada y suave pegada a la mandíbula inferior. Celebraron mucho la broma los demás, mostrando sus sonrisas blancas también feroces, mientras los ojos de canica irisada del caimán miraban sin ver hasta cubrirse de moscas atraídas por el olor de la muerte. Ni la armadura de escamas amarillas y negras ni los colmillos temibles le habían servido para salvar la vida. Un poder mucho mayor le había vencido.

Los cazadores volvieron a convertirse en soldados vistiéndose con sus ropas raídas de voluntarios bajo la mirada del oficial al mando de la compañía que controlaba el estero del río. Cuadrándose, regresaron a sus puestos bajo la mirada del oficial, un hombre aún joven, de unos treinta años, pero envejecido de forma prematura por el pelo escaso y más arrugas de las debidas a su edad. Este observó a los civiles que rodeaban con curiosidad al animal muerto; mujeres, chiquillería, algunos viejos; todos habían olvidado por un momento la razón de su presencia allí, pero pronto se acercarían al puesto a pedirle permiso para huir hacia el interior cargando con lo que hubieran podido reunir de valor; todos famélicos, enfermos, agotados, empujados por la esperanza de llegar a algún lugar que creían mejor. Pensó que albergaban una ilusión inútil: la guerra les seguiría allá donde fueran.

La Isla entera se hundía en el caos, salpicada de enfrentamientos entre los dos ejércitos, el Colonial español y el Libertador cubano. Desperdigadas las fuerzas por la falta de comunicación —sus propios hombres habían cortado los cables del telégrafo junto al puesto de control—, las órdenes de los mandos se perdían sin llegar a sus destinatarios. El ejército de voluntarios, mal armado y uniformado, era considerado por muchos como una partida de traidores, rebeldes e insurrectos. No: esos hombres con aspecto de mendigos que cazaban caimanes eran verdaderos patriotas libertadores, unos valientes. Al menos así lo creía el oficial. «Esto es una guerra civil.» Su imaginación voló a España, hasta sus parientes y amigos de allá, recordando lo feliz que fue durante aquellos años en Sevilla... «Olvídalo.» La lucha por la libertad así lo exigía, solo debía tener presente al enemigo, el soldado español, aquel a quien tanto despreciaban los guajiros, llamándoles «solche», «soldado», «la Columna»; pero no pudo dejar de pensar, antes de alejar aquella idea de su mente, en lo mucho que compartía con aquel enemigo.

La noche caía sobre los rostros de los huidos de la guerra que esperaban; el oficial mambí se sintió aliviado, porque así no tendría que ver los ojos implorantes de aquellos desgraciados. Debía disponer quién continuaba adelante y quién tendría que volver sobre sus pasos; quién se reuniría con su madre, con su esposo, con sus hijos. El mando del Ejército Libertador —también, y con mayor insistencia, el mando del

Ejército Colonial— ordenaba impedir a la población civil abandonar su lugar de origen, pues las zonas de enfrentamiento no podían llenarse de desplazados vagando por los caminos. «Es por su propia seguridad», se dijo a sí mismo. Se lo repetía una y otra vez. Aunque no fuera militar profesional era capaz de llevar a cabo con disciplina lo que su patria exigiera de él, como el soldado raso que hacía guardia frente al puesto de mando: un guerrillero harapiento vestido apenas con trapos hechos de corteza de guacacoa; en los pies sucios puestas las cutaras y en la cabeza un sombrero de yarey mordisqueado. Cubierto de mugre, solo le brillaban el sudor de la frente y el fusil al hombro, limpio, reluciente. El voluntario se cuadró torpemente cuando el oficial pasó junto a él.

Había gente esperando, haciendo cola frente a la entrada del puesto, envuelta ya en la tiniebla del repentino crepúsculo del Caribe. La oscuridad se había fundido con el calor y la humedad, haciéndose sólida como un muro. Alguien encendió un farol de petróleo que apestaba e iluminó con un charco de luz amarilla las cuatro paredes de cañizo donde los oficiales se defendían del sol y de la lluvia, alumbrando también a las dos mujeres paradas frente al guardia; una era negra, la otra era blanca. El guardia apenas se molestó en echarles por encima una mirada vacía, hizo un gesto imperceptible para que continuaran adelante y siguió orgulloso dentro de su estrafalario uniforme.

Mientras la negra quedaba junto al agujero de la puerta, la mujer blanca se acercó a la mesa donde el oficial escribía bregando con la escasez de tinta y papel. Llamaba la atención entre los fugitivos por ser la única que iba vestida con un traje sencillo pero elegante y llevaba sombrero con velo y guantes. Además, la negra retinta con vestido blanco que esperaba en la puerta y cargaba un hato, debía de ser su criada. Él la reconoció como la mujer que se había acercado al árbol abey para pedir su protección.

Al levantar la cabeza de los papeles, lo primero que vio el oficial fue el rostro velado de la mujer con jirones blancos como de bruma: el sudor le pegaba el velo del sombrero a la cara. Intuyó la humedad en el cuerpo bajo la blusa cerrada hasta el cuello. «Es joven. Bonita.» Un pensamiento le cruzó la mente como un relámpago, sintiendo un hormigueo que llevaba mucho tiempo olvidado, nostalgia de bailes y música y besos robados en un jardín oscuro. Le gustaría verla con la cara desvelada y con un vestido de fiesta, escotado. «¿Hubiera bailado conmigo?» La imaginó en otros tiempos, sin la sombra de las privaciones de la guerra: radiante y coqueta, con la boca abierta y los labios brillantes, riéndose de él. Entonces ella se levantó el velo; los labios aparecieron secos y tan pálidos como el rostro, más anguloso de lo que hubiera sido normal en una mujer bien proporcionada como ella. La blancura de su cara destacaba las cejas oscuras llenas de determinación sobre el brillo de unos ojos febriles que ni el velo había podía ocultar. No era una de esas bellezas a la moda de esa década de 1890, en la que se adoraban los rostros femeninos plácidos e ingenuos. Aquella mujer tenía en el rostro, en el cuerpo, algo salvaje a la vez que inocente, ignorante de su fuerza, con los músculos en tensión, como los animales carnívoros que no conocen al hombre y que cazan al acecho. Bellos pero peligrosos. El oficial pensó que esa mujer podría saltar sobre él como una pantera.

Apartó los ojos e intentó centrarse en el papel timbrado que tenía delante: rara vez se veía una credencial como aquella, firmada con todos los nombres necesarios, nombres importantes que él solo conocía de oídas y que, sin embargo, habían viajado hasta aquel lugar tan apartado bien doblados con el papel, para decirle que ahora le tocaba a él firmar otro papel más y dejar a la mujer seguir su camino.

—¿Adónde se dirige, señora?

—A Oriente.

14

—Eso está muy lejos y los caminos no son seguros. El mando del Ejército Libertador recomienda a la población no salir de la prefectura: en las actuales circunstancias no podemos garantizar la seguridad de los civiles. Menos si son mujeres.

—Lo sé. Pero en las actuales circunstancias no queda más remedio que asumir el riesgo, ¿no cree?

Le extrañó el tono frío y a la defensiva, parecía impropio de alguien tan joven. «No debería sorprenderme: es la guerra.» Intentó dar a aquel remedo de interrogatorio un tono funcionarial.

—¿Motivo del viaje?

Ella pareció dudar, los labios resecos —y a pesar de todo, apetecibles— se apretaron. El cansancio se tornó rigidez y al oficial le pareció que se cuadraba de la misma manera que el guardián de la puerta.

—¿Es eso importante?

—Perdone que le haga estas preguntas, pero así es el protocolo que el mando impone a todos los viajeros.

Vaciló un segundo antes de contestar.

—Nos dirigimos a la hacienda de un familiar.

Estaba mintiendo: lo supo de inmediato. Volvió a mirarla y se dio cuenta de que le resultaría imposible oponerse a los deseos de aquella mujer, así que, sin más, se dispuso a firmar el documento que le libraría de cualquier responsabilidad respecto al futuro de quien se atreviera a cruzar de parte a parte un país asolado. «Ojalá la olvide pronto.»

—Bien... ¿Podría decirme su nombre, señora?

—Está ahí escrito...

—Es una última comprobación. Mera rutina.

Quería oírle decir su nombre antes de perderla de vista. Le tendió el salvoconducto con una sonrisa un tanto forzada. Ella cogió el papel y mientras lo doblaba, dijo:

—Me llamo Ada Silva.

LA ORIENTAL

I

Mucho tiempo antes, hubo otra noche con el mismo sofocante calor húmedo, oscuro y sin estrellas. Ada no la olvida porque, aunque solo tenía tres años, fue la primera que pasó en La Oriental y no durmió. En su habitación sobre la galería había sombras que daban miedo: cubrían las paredes de color azul celeste, los muebles pintados de blanco y las estanterías aún vacías que luego se llenaron de juguetes, se colaban por el balcón hasta la cama de palo rosa y levantaban la mosquitera.

Hasta el amanecer estuvo oyendo tambores y cascabeles de chachás y cantos que no podía conocer. Los esclavos —entonces aún lo eran— celebraban una fiesta, algo importante, y por eso se reunían no tan lejos de la Casa Grande. Los hijos y nietos de los africanos capturados y traídos en los barcos panzudos de los negreros ya no recordaban su continente de origen y, sin embargo, parecía que con los tambores hablaran de lado a lado del océano, enviando mensajes cifrados a sus parientes perdidos.

Suenan los tambores y en el recuerdo de Ada no hay otra cosa que La Oriental; el rastro de sus primeros pasos por el mundo, solo pequeños trozos de memoria abandonados en el fondo

19

de un cajón. Pero cuando el cajón cerrado se abre, es como si se encendiera la luz de un faro partiendo la niebla del mar.

Para Ada, la realidad y su color, su sabor, su olor, su tacto, eran La Oriental y como una prolongación de ella, como un animal mitológico, mitad mujer, mitad tierra de caña y palma real, la tía abuela Elvira. Creía en su tía abuela como otros creen en el destino o en un crucificado; un ídolo mucho más grande que todos ellos juntos, la propietaria de la mejor tierra en el oriente del Oriente, de cien esclavos y dos ingenios de azúcar; la Vieja Señora que regalaba campanas a las iglesias pero nunca iba a misa, la mujer que llegó sin nada y ahora era dueña de todo.

Tuvieron que pasar algunos años y abandonar la niñez, la edad de los héroes y los terrores, para descubrir que su tía era considerada por la sociedad isleña como una estrafalaria advenediza. Alrededor de La Oriental y de su propietaria existía una alambrada invisible y al otro lado, una jungla hecha de azúcar en la que vivían animales feroces: con cuellos duros o brillantes en las orejas, pero con los dientes afilados tras el dulce acento criollo.

La vieja sacarocracia era un reducto exclusivo tolerante con las ruinas repentinas y las fortunas imprevistas, aquellas de los recientes reyes del petróleo, de la goma, de la carne en lata, que no sabían coger el tenedor y hablaban con la boca llena de langosta; también se aceptaba a aquellos miembros empobrecidos por la ruleta o por una desgraciada inversión siempre y cuando todos se sometieran a ciertas reglas fiadoras de los sagrados intereses de clase; una intrincada selva de convenciones sociales, silencios pactados y ridículas etiquetas propias de una monarquía del Antiguo Régimen. Y que, como las autocracias, no toleraba sublevaciones ni pronunciamientos. Una mujer de orígenes desconocidos y maneras vulgares, que no se plegaba a nada y a nadie, casada con escándalo en dos ocasiones, solo podía ser considerada por la buena sociedad como una aventurera. A ella no pareció importarle. Era doña Elvira para los empleados y los demás blancos que, sin tanto respeto, la llamaban la Vieja Señora siempre y cuando no estuviera presente; fue Viri para su primer marido y Virina para el segundo, y siempre el Ama, para los negros. Y, sobre todo, la dueña y señora del lugar que Ada tanto amaba, donde creció y descubrió el mundo. O al menos, una parte de él. Porque Elvira de Castro fue la mujer que hizo de La Oriental una isla dentro de otra isla llamada Cuba.

II

Doña Elvira está en la galería que da al jardín, sentada en una mecedora: se balancea buscando un poco de brisa nocturna, abre el cuello de su vestido y se abanica con un paipay que lleva pintada una flor de loto; con él mueve el aire pesado al compás cadencioso de la seda. Hasta Ada llega el olor de la colonia de lavanda. Entonces hay un destello: es el brillar del colgante que nunca se quita. La tía abuela se da cuenta de cómo la niña mira el medallón y acaricia el extraño signo en relieve con sus dedos pequeños y saltarines.

—Es una baratija... —dice, sonriendo.

No era verdad: aquel pedacito de metal tenía más valor que todas las perlas del Caribe y todos los diamantes de África. En los campos de caña, en el ingenio, en el cafetal, en las cocinas de la Casa Grande y hasta en el último rincón de La Oriental e incluso más allá, se sabía que el Ama Virina era la dueña de un talismán que espantaba los demonios, quitaba el mal de ojo y protegía de los malos espíritus; se sabía que por eso ningún hombre se había atrevido a desafiarla a pesar de ser una mujer sola y ya vieja; se sabía que aquella era la razón verdadera por la cual su hacienda era próspera y pacífica. Así había sido desde que enviudó del dueño original de la hacienda y se hizo cargo de ella, cuando todavía era joven y no una mujer vieja, pues cuando Ada llegó a La Oriental ya pasaba de los cincuenta años. Ama Virina tenía *aché* gracias a aquel medallón de plata; el símbolo de un poder tan antiguo como el otro lado del mar de donde venía, tan hundido en un tiempo lejano como el sonido de los *batás*, los tambores. Colándose en los cuchicheos de los criados, Ada había oído todo eso y también como Selso Cangá decía que la tía, como los tambores *batás*, llevaba un dios en la tripa. Se lo contó y ella se rio: siempre se reía mucho, hasta lloraba de risa; y cuanto más reía, más miedo le tenían.

—¿En la tripa? No, ahí, no.

La cogió de la mano llevándola hasta el gran aparador del salón, negro de caoba y con vidrios emplomados tras los que relucían una docena de soperas de porcelana fina, de «cáscara de huevo»: las había de Sèvres con flores en relieve y rosa Pompadour; otras con bordes dorados de Limoges; algunas blancas y azules de Delft y muchas otras. Ninguna de ellas se usaba para comer.

—Están bien a la vista para que corra la voz y piensen que les he robado su magia y que he metido a sus dioses esclavos dentro de estas soperas.

Ada se asustó: ante sus ojos, los inofensivos cacharros se convirtieron en las ollas de una bruja caníbal llenas de sopa humeante en la que flotaban trozos de niños.

—¿De verdad, tía?

—No, Ada... Pero si así lo creen, se hará verdad.

La tía sacó una llavecita dorada, abrió el aparador y levantó la tapa de una de las soperas. Ada había cerrado los ojos, pero ella la obligó a mirar en su interior: no había nada.

—¿Ves? Están todas vacías. Ni dioses ni magia ni gaitas... Pero es un secreto, tuyo y mío, que no debes contar a nadie.

—Y le guiñó un ojo, traviesa—. Descubrir el secreto que los demás nos quieren ocultar es como encontrar un tesoro. ¿Por qué crees que en esta hacienda no hay mayoral, ni castigos, ni cadenas? Pues porque no hacen falta: les he robado su tesoro y esperan que algún día, si se portan bien, se lo devuelva.

— ¿Y lo vas a devolver? —Seguía sin comprender.

—Pero ¡si no hay ninguno! ¿No has visto? Y si lo hubiera, tampoco. Si no les engañase me perderían el respeto y podrían empezar a hacer cosas que no deben, a ser vagos o rebeldes. Prefiero que me tomen por bruja, hay cosas peores. Ahora, ¿quieres decirles la verdad?

—No sé... Me parece que no.

—Bien dicho.

Ama Virina había inventado un credo a su medida y de vez en cuando aleccionaba a su sobrina en él.

—Algunos creen que Dios ha querido a los negros y los blancos muy distintos entre sí; unos mejores, otros peores, según se le vaya a uno oscureciendo la piel, y de eso se trae que la naturaleza de unos es servir a los otros. ¡Pues yo digo que naranjas de la China! Se puede ser esclavo con la piel más blanca que la porcelana y vivir como un perro, aunque tengas el pelo colorado. Yo lo sé, porque lo he visto. Es que la naturaleza de las cosas hechas por los hombres es siempre imperfecta, pues están hechas a imagen y semejanza de sus necesidades, que no de ningún dios.

No entendía entonces la doctrina de la tía; sin embargo, al crecer y hacerse adulta sus palabras vuelven a ella y las ve brillar en la oscuridad de la noche, como su colgante de plata.

—Mira, Ada: los negros no saben lo que son. No saben

que fueron arrancados de unas tierras lejanas; que les robamos la vida y la de sus hijos, y la de los hijos de sus hijos. No lo saben y así deben seguir, porque si algún día llegaran a descubrirlo, su vida se volvería aún más miserable... Hasta querrían hacer pagar a los blancos por ello. Y tendrían razón. Así que no digas nada, querida Ada: deja que vivan en el temor y en esa oscuridad que nos protege, deja que recen a soperas y toquen tambores, que son cosas que les consuelan y les hacen felices. Sería una crueldad por nuestra parte quitarles lo poco que tienen, ¿no crees?

La niña Ada seguía pensando en las soperas de porcelana y las mentiras que encerraban.

—Tía... entonces, ¿no existe la magia?

—En algún sitio quedará alguna, digo yo.

Se llevó la mano al cuello y tocó el colgante, como para comprobar que seguía allí o por un gesto de superstición inconsciente. La niña pudo ver bien el extraño símbolo grabado: tres llamas o brazos en espiral unidos por el centro y metidos dentro de un círculo.

—¿Te gusta? Cuando me muera será tuyo, te lo prometo.

—Yo no quiero que te mueras, tía.

—Ya lo sé, tontina. Eso será dentro de mucho, mucho tiempo.

A veces le daban miedo, pero escuchar las cosas que contaba su tía abuela era lo que más le gustaba a Ada en el mundo. La seguía como un faldero a la galería o a la sala contigua a su cuarto, llevando de un lado a otro una sillita de palo de rosa que habían mandado hacer a su medida y se sentaba muy callada para no distraerla, deseando que no saliera a hacer a alguna de las tareas que, según ella, siempre andaba por hacer.

—¿Te he contado cómo salvé la hacienda de los bancos y

di una lección a los que me llamaban loca? Se aprovecharon de que había guerra y crisis, como hacen siempre. El pobre Mario me dejó entrampada hasta las tabas con esos usureros, porque las deudas y la hipoteca se lo comían todo.

«Hipoteca...» Ese era un nombre raro, como de animal quimérico; un dragón o una arpía con garras y alas de murciélago: había que esperar a que apareciera un caballero que hundiera la espada en su corazón.

—No tuve más ayuda que la de un ingeniero ruso que se llamaba Boris. ¿Te he hablado de Boris?

Ada se reía para adentro porque el ruso compartía nombre con el gordo gato azul de la tía, siempre dormitando al sol hasta saltar de improviso a su regazo, haciendo un ruido como de frufrú de seda, y desde allí, como en una atalaya, dedicarse a mirar a Ada con inquina. Desaparecía durante semanas —era un donjuán— y al volver dejaba regalos en la puerta de atrás de la cocina en forma de ratoncillo de jardín; una bolita gris quieta y fría. Al verla Toñona, que tenía su cocina como un jaspe, se ponía como loca y decía: «¡Gato asqueroso!» Ada se imaginaba al ingeniero ruso con la cara del gato y sus bigotes, mientras la tía continuaba en el pasado.

—Boris tenía ideas raras, porque era un poco revolucionario y otro poco filósofo; los demás se reían de sus ideas locas. Yo no.

Boris había llegado a La Oriental hambriento y lleno de piojos —el ingeniero, no el gato—, porque había perdido todo su dinero nada más bajarse de un barco que le había traído de muy lejos, por lo menos del Japón, cuando se vio envuelto en una riña entre marineros tatuados, piratas quizá, que acabó con cuchillos y sangre.

—Creo que acababa de salir de la cárcel o andaba perseguido, la verdad es que anduvo vagando sin un real en el bolsillo, hasta que me lo encontré cargando costales en un ingenio. Fue hablar tres palabras con él y darme cuenta de que aquel hombre estaba desaprovechado; el dueño del tinglado era un zoquete de primera y en cambio Boris sabía de todo: de los minerales del suelo con solo tocarlos con los dedos, de las clases de agua con solo probarla y de cómo hacer crecer todas las plantas habidas y por haber. ¡No sabes cuántas cosas me enseñó! Me lo traje a la hacienda y no te voy a contar cómo lo hicimos, que son cosas aburridas para una niña pequeña, pero lo cierto es que en esa zafra cosechamos más caña que nadie en toda la región. Pagué la hipoteca y aún me quedó beneficio para ampliar la finca, por la parte del camino que va a Tarabató.

—¿Y por qué se marchó? —Le hubiera gustado conocer al hombre-gato.

—¡A saber! Un poco porque andaba medio enamoriscado de mí y otro mucho porque era un culo de mal asiento. Me carteé con él durante años, hasta que le perdí la pista. No sé yo si eran verdad todas esas aventuras que me contaba en su lenguaje inventado, que mezclaba todos los idiomas.

—¿Volvió a su país, tía?

—No lo creo. Hay algunas personas que al pasar por tantos sitios se vuelven de ninguno.

Su historia preferida era la de Viri —entonces la gente aún la llamaba Virina o Viri—, no mucho mayor que Ada, trabajando de sol a sol en una tienda de la capital. Allí vendían telas y plumas y papel de cartas, jabón, escobas, harina, chorizo y lomo en orza, bacalao, pescaditos salados colocados como en una rueda de carro, legumbres y mil cosas más que le hacían imaginar el almacén de la tienda como la cueva de Alí Babá.

—Yo tenía que mover los sacos de garbanzos, ¡y cómo pesaban! Y barrer, fregar los suelos y atender a los clientes. Por las noches, dormía sobre el mostrador.

—¿Sobre el mostrador? ¿Sin colchón?

—¿Colchón? ¡Bueno estaría! En una colchoneta más escasa que la sopa de un asilo y llena de chinches.

—¿Qué son chinches?

—Unos bichos que pican y dejan ronchones. Ay, pimpollo, no sé cómo te gusta que te cuente estas cosas. Vete a jugar y déjame en paz.

Pero Ada no se iba. La historia de la tienda acababa con la aparición de su primer marido; el «Tío Patillas», como le llamaba la niña.

—Entró en la tienda a comprar tabaco, se sentó en una silla y se quedó mirándome fijo, fijo, toda la tarde. Como iba de uniforme, nadie se atrevió a decirle nada y yo menos. Tenía una pinta imponente, la verdad. Cuando fui a echar el cierre se levantó, se presentó y me dijo con una voz grave, de trueno: «Señorita, si me permite decirlo: llevo toda la tarde viéndola ir de aquí para allá, trabajando por diez pero fresca como una rosa, sin quejarse ni hacer gestos, sin un error en las vueltas y atendiendo a los clientes amable pero sin esas coqueterías tontas de las jovencitas. Y a lo que parece, me he enamorado como un tonto. Pensará que estoy senil; pues le diré que viejo soy seguro, pero de chocho no tengo nada. Si me acepta, yo le ofrezco mi corazón, mi casa y mi pensión de coronel retirado, que no es poca: ya no tendrá que trabajar más en esta tienda miserable.» Lo dijo en alto para que lo oyera Ugarte, el dueño, un sinvergüenza. Y añadió: «Si dice que sí, me hará el más feliz de los hombres.» Como comprenderás, yo me quedé de piedra y papando moscas.

—¿No dijiste nada?

—Espera... Como me vio plantada como un pasmarote, me dijo: «No se preocupe, piénselo y volveré mañana a por la

29

respuesta.» Estaba poniéndose la gorra y tenía ya la mano en el picaporte de la puerta, cuando salí del mostrador, me quité el mandil y le dije: «¿Para qué esperar a mañana?» Y me fui con él.

Elvira ponía cara de niño pillo que ha robado una manzana y se la come guiñando un ojo y sacando la lengua.

—¡Qué gracia tenía el viejo! Me sentaba en sus rodillas a jugar con la pelambrera de sus patillas y se reía hasta ponerse rojo como un pimiento morrón. Yo tenía diecisiete años... ¡Diecisiete! Y nunca en la vida había siquiera hablado en serio con ningún muchacho. Ay, Baldomero... te debo mucho, casi todo. ¡Hasta tuviste el buen tino de morirte justo cuando me hizo falta!

Esto último, Ada no lo entendía muy bien. Miraba a Baldomero, que ahora colgaba de una pared en el saloncito del piano, ennegrecido por los años y las humedades, vestido de uniforme con charreteras doradas y muchas medallas, el ceño fruncido y el bigote entre blanco y pelirrojo enhiesto unido a las patillas inmensas, e intentaba imaginárselo riendo, dando achuchones a la tía y muriéndose a tiempo. Y no podía.

—Entonces, ¿te casaste con él?

—Sí, claro. Baldomero era muy especial, muy liberal, pero todo un caballero. —Bajó la voz como si alguien pudiese estar escuchando—. Caballero rosacruz. Es que era francmasón, ¿sabes?

Al lado del retrato, también sobre el piano, había un marco y dentro de él un papel de color hoja seca como un documento corriente si no hubiera tenido tanto jeroglífico grabado y letras en dorado con el lustre perdido. Ada leyó en alto. Siempre había leído muy bien y eso le gustaba mucho a la tía.

—«*Ad mairoem dei gloriam. Supremum Equitus Crucis Conventus...*» Es muy raro; parece un encantamiento.

—Pues te aseguro que algunos, con esto, no estaban nada encantados. Tú por si acaso, no se lo cuentes a nadie.

¿A quién se lo había de contar? Pero que compartiese sus tesoros y secretos con ella hacía que Ada se sintiese muy importante. La tía debía de pensar que al ser tan pequeña, la niña olvidaría pronto todas aquellas cosas, la misma doña Elvira no les daba importancia: parecía que todo lo que contaba desaparecía en cuanto salía de su boca. Pero se equivocaba. Ada no lo olvidaba, aunque su imaginación infantil reinventara la historia a su manera para luego remedarla en los juegos de una niña que crecía sola, sin hermanos ni amigos. Ponía sus muñecas y juguetes por el suelo, en el jardín o sobre una alfombra y todo volvía a estar allí: la tía jovencita y el caballero con la rosa y la cruz, las hipotecas terroríficas, los sacos de garbanzos y un gato azul que cuando sonaban los tambores se convertía en un ingeniero.

Solo hubo una historia que la tía Virina nunca quiso contarle: la de su vida antes de llegar a la Isla. A lo más que llegaba Ada era a entretejer retales sueltos, como aquello del pánico exagerado que tenía a las ratas, motivo principal de la aparición del gato *Boris* en la Casa Grande, un gato un poco cimarrón pues desaparecía a menudo en la inmensidad de la hacienda buscando la libertad. Cuando por descuido de los vigilantes —fueran estos animales o personas— aparecía una rata, la tía se ponía a temblar, lloraba a lágrima viva y se encerraba dentro de un armario hasta que Toñona, la cocinera, la mataba con el palo de una escoba, luego cogía al bicho con las tenazas de la chimenea y lo quemaba en una fogata fuera de la casa. Tras esta operación y cuando ya no quedaba ni rastro de la rata, Toñona se acercaba al armario cerrado y, a través de la puerta, le aseguraba al Ama Virina que ya no había peligro: solo entonces la señora salía de su encierro. Durante el resto del día no bebía café ni veía a na-

die, salvo a Ada, a quien dejaba jugar en su saloncito, en silencio.

Una vez, sin saber por qué, Ada soñó que viajaba sola en
un barco atestado de ratas enormes que mordían a los pasajeros. Algunos se ponían enfermos y morían. Pero a ella no la
mordían; le tenían miedo porque llevaba puesto el colgante
de plata de la tía.

III

El tiempo estaba partido con un cuchillo de dos frases: «Antes de llegar tú a La Oriental...» y «Después de llegar tú a La Oriental...» Así decía la tía Virina y Ada entendía que había venido desde otro lugar. Pero ¿cuál? No podía saberlo y por alguna razón desconocida le daba vergüenza preguntarlo. Intuía, con esa percepción soberana de los niños, que aquello era algo de lo cual no debía hablar ni preguntar. Fuera de La Oriental existía un territorio fantástico: la Capital, la Isla, la Metrópoli... Se perdían en los mapas con otros nombres lejanos: España, Caribe, La Habana... El mundo verdadero quedaba reducido a la hacienda de su tía, sí, pero en ella cabía todo el universo que podía imaginar.

La Oriental no se recorría en un día si no era a caballo, pero uno fuerte y rápido, aunque Ada nunca pudo hacerlo: la tía Virina no dejaba que montara ni siquiera uno de esos caballitos ponis que tenían los hijos de algunos terratenientes, con los que aprendían a ser buenos jinetes. Y todo porque Mario, su segundo marido —retratado en otro óleo, joven y guapo, no como Baldomero—, se cayó de la yegua inglesa *Fanny* una noche de luna llena después de haber bebido más de la cuenta, dejando a Viri viuda y heredera universal de la mayor —y más endeudada— hacienda de la región. «Se irá, es joven todavía: pescará otro marido», destilaron las malas lenguas. Entonces nadie daba un céntimo por ella.

—Mario era el hombre más encantador sobre la faz de la tierra. Pero nadie es perfecto; había heredado La Oriental de su abuelo, o lo que es lo mismo, no había trabajado en su vida y bebiendo ron tumbaba a un marinero. Y eso no es lo peor: se jugaba hasta la camisa a las cartas, a veces durante días y noches enteras, mandaba a por una muda y seguía jugando. Un vicio que nunca he entendido, la verdad... Y mientras tanto, una a tapar agujeros con lo que me había dejado Baldomero, porque antes de casarnos ya nadaba en deudas. Yo, claro, bebiendo los vientos por él y pensando que me casaba con un príncipe... Sí, ¡ya, ya! La Oriental se la estaba comiendo mi Marito, con mucha gracia, sí, pero dejando solo la raspa.

Miraba el retrato y meneaba la cabeza censurando a su perdido marido.

—Nunca te lo perdonaré, Mario. ¡Morirte de manera tan tonta, dejándome sola con todo el pastel!

Apartaba la cara, aún dolida: prefería hablar con la niña que con aquel cabeza hueca.

—Cuando vi a *Fanny* llegar sin su dueño, tan preciosa ella, tan palomina que le brillaba el pelaje como si fuera un sol, me temí lo peor. Voy y la acaricio y le pongo un terrón de azúcar en la boca; en la otra mano llevaba una pistola... Le descerrajé dos tiros. No sé si ella tuvo la culpa, pero me da igual, me quité un peso de encima. ¿Pues tú te crees que vino alguien de la familia a darme el pésame? Ni falta...

Parecía que al recordar el breve matrimonio con su segundo marido —le duró aún menos que el vejestorio de Baldomero— la tía abuela recuperaba algo de la lozanía entusiasta de aquellos días. Su voz sonaba más clara, más alegre, incluso.

—Todos los que me llamaban Viri, hace mucho, mucho

tiempo que han muerto. Casi no queda ninguno de los que me conocieron en esos tiempos. Se han muerto los que me despellejaban y me hacían feos a la cara; los que se reían de mí llamándome la «Coronela» en tono de chunga; los que intentaron quedarse con lo mío. Se han muerto y yo sigo viva. No sabían que hubiera hecho falta un ejército para echarme de La Oriental. Y ni aun así.

La hacienda tenía dos ríos y un monte por el que subía el cafetal; el secadero, los campos de caña, el almacén y el alambique, el ingenio, el batey, los barracones y la Casa Grande con sus arcos amarillos en la galería y las ventanas de los dos pisos con celosías pintadas de azul ultramar. La tía abuela decía tener más fincas, otro ingenio y «algunas cositas por ahí»; pero la joya de la corona era La Oriental y toda la vida giraba en torno a ella, como el molino de caña. Ada aprendió a conocerla acompañando a la tía, montadas las dos en un carricoche tirado por *Sabino*, el caballo pío, y conducido por Selso Cangá vestido para la ocasión con una llamativa chaqueta color yema de huevo y sombrero de ala ancha. Las manchas del potro y el naranja de la chaqueta iban pregonando a los cuatro vientos que se acercaba la Vieja Señora y todo el mundo salía a saludar. Selso, imperturbable, solo detenía el coche por orden expresa del Ama.

—Se nota que es un negro guineo: son los más serios e inteligentes de todos. Y le sienta de maravilla el uniforme.

El mundo de la hacienda sabía que Selso era un tamborero jurado, un *olú-batá*: aquel que sabe los cantos sagrados en lengua africana. Los negros le respetaban como los blancos a los curas o incluso más, porque tocaba el tambor Iyá y le llamaban *kpuataki*, que significa «jefe». Algunos decían también que era sacerdote de Ifá. Los que esto decían le temían, pues

Ifá, la Biblia no escrita de la Santería, la regla de los dioses que llegaron a Cuba desde África, era la fuente de los mandamientos y de todos los secretos de los espíritus, el camino de luz y también de la adivinación.

Alto, delgado y todo silencio —no como Toñona, que era gorda y culona y hablaba por los codos—, Ada siempre escuchaba con mucha atención las contadas ocasiones en que Selso se dirigía a ella o a la tía. Él se encargaba de todo lo necesario en la Casa Grande, como una sombra del Ama Virina, y eso también significaba poder. Porque la Casa Grande era una isla separada de las fincas, para las que doña Elvira contrataba a blancos —algunos extranjeros—, encargados plenipotenciarios de llevar a cabo el trabajo encomendado. Unos vivían todo el año en las mejores casas del batey junto a las oficinas; otros solo pasaban allí la temporada de la zafra y al terminarla regresaban a la capital. Ninguno de ellos interfería en el trabajo de los demás; así, el encargado del cafetal y el secadero era independiente del encargado de la zafra y la molienda, como este a su vez lo era de quien se ocupaba del alambique donde se destilaba el ron. Y todos debían darle cuenta a ella personalmente, en su despacho de la Casa Grande. No había más administrador general que doña Elvira.

—Administradores a mí... ¡Son todos unos rufianes!

Su reinado absolutista y sin validos parecía fructificar en forma de grandes beneficios y ausencia de conflictos o interferencias exteriores. Los distintos empleados formaban una pequeña corte alrededor de la Casa Grande, el Versalles de La Oriental; si estaban casados, a veces llevaban consigo a sus mujeres y, muy rara vez, a sus hijos cuando eran pequeños, pero las familias solían quedarse en la ciudad. Ada fue felicísima cuando recalaron en la hacienda dos gemelos de apenas cuatro años, hijos del encargado del molino de azúcar que, para su desconsuelo, le fueron arrebatados al poco de crecer y trasplantados a la capital acompañados por su madre.

Crecía en absoluta soledad, sin padre ni madre ni hermanos ni amigos. No se atrevía a decirlo a nadie, pero soñaba con estar con otros niños y jugar y hablar y compartir la cocinita y los muñecos y carreras por los pasillos. Pero a la Vieja Señora ni se le pasó por la cabeza enviarla a uno de esos conventuales colegios de la capital, como hacían con sus hijas algunos estancieros vecinos. En su línea de traer el mundo a la hacienda (y no al revés), cuando la sobrina nieta cumplió cinco años, se contrató a la primera institutriz que pisó La Oriental, sirviendo de predecesora a un largo desfile de señoritas, *mademoiselles, fräuleins* y *misses*. Todas exóticas a su manera, formaron parte de las mercancías provenientes de medio mundo que doña Elvira recibía, adquiría o rechazaba en su despacho como si fuera la reina de un imperio antiguo a la que obsequiaran con regalos valiosos los países sometidos a su yugo.

Como cuando aparecía por la hacienda el señor Deng, personaje que a los ojos de Ada reunía todos los encantos posibles, sobre todo por su estampa de mago de cuento, vestido con una túnica larga y negra, el gorrito colorado y la larga coleta entrecana. También porque traía desde un lejano país misterioso incontables maravillas venidas en un barco legendario llamado el *Galeón de Manila*.

El señor Deng no solo representaba a China; también era embajador del Japón, la India y Siam, países desde los cuales llegaba al Caribe cargado de mil mercancías, caprichos y chucherías. Verdaderos prodigios surgían de cajas de todos los tamaños forradas de seda, que al abrirse inundaban la sala de olores a sándalo, a jazmín, a tierras milenarias y desconocidas. Como si el señor Deng hubiera saqueado la cueva de Sésamo, aparecían entonces los tibores delicadamente pintados, las te-

teras, tazas y polveras de porcelana, muñecas, abanicos, tabaqueras, borlas para las llaves de los armarios y las cortinas, perlas perfectas, cajitas de laca con paisajes pintados en miniatura, estuches, cajas para guantes, botones de ámbar, collares y pendientes de jade, figuras de marfil tallado en forma de campanarios o flores o elefantes, telas de seda, pañuelos y mantones bordados en mil colores con flores, pájaros y figuras de chinos cruzando puentes de madera entre cerezos en flor.

El mejor de ellos tenía las caras de los chinos hechas en marfil; era precioso pero pesaba horrores y la tía dudó en comprarlo hasta que vio la carita ilusionada de su sobrina. La verdad es que no podía negarle ningún capricho.

Ada era la propietaria de uno de los juguetes más apreciados de toda la Isla, incluso se podría decir que de todo el mundo. Se trataba de una linterna mágica traída desde otra isla, la de Inglaterra, donde un fabricante llamado W. C. Hughes realizaba estas exclusivas maravillas para niños privilegiados. La linterna mágica de Ada salía de una gran caja de caoba con el nombre de su inventor en letras de bronce, tan pesada que necesitaba la ayuda de algún criado para sacarla. La fuente de luz que proyectaba sobre una sábana en la pared se alimentaba con una pequeña lata de gasolina. Al quemarse la gasolina salía mucho humo por la chimenea de la linterna, por eso su diseño recordaba a una pequeña locomotora de tren. El señor Hughes, junto a la máquina, había enviado otra caja: un estuche forrado de terciopelo que guardaba más de treinta vistas pintadas en cristal, no solo de paisajes y lugares exóticos o famosos, como las Pirámides egipcias o el Coliseo romano, sino también fantasmagorías, sus favoritas. Le encantaban las apariciones y transformaciones con hadas y brujas, monstruos y fantasmas que bailaban alocadamente sobre la sábana blanca cambiando de aspecto, transformándose con trucos ingeniosos.

El uso de la linterna mágica era severamente administrado por la tía y circunscrito su público a la niña, la señora y la institutriz de turno, después de que una de las domésticas de la Casa Grande, demasiado curiosa, se colara en una de las sesiones. Fue tanta la impresión causada por las imágenes extrañas y movedizas, que escandalizó la casa entera con sus alaridos y ataques, que solo remitieron tras ser «tratados» por Selso Cangá, pero la mujer no quiso volver a acercarse a la Casa Grande y pasó a hacer labores del campo.

Otros muchos tesoros llegaban a La Oriental y pasaban a las manos de su reina. Por ejemplo, los del comerciante Peláez, un gordo y sudoroso varón a quien las habladurías hacían padre de una decena de niños mulatos, que recorría la Isla entera con suministros provenientes de la Península, allá al otro lado del mar. Ada se imaginaba al hombretón comiéndose sus propias mercancías a dos carrillos y adelgazando sus beneficios a medida que él engordaba.

El vendedor Peláez llegaba en un carro cargado con productos preciadísimos tales como paño de merino, harina, legumbres y, por supuesto, jamones curados en climas más rigurosos. Otros embajadores del mundo exterior eran el tratante de ganado, apellidado Montero, y el antiguo mercader de seres humanos que respondía al nombre de Aldaz y que desde la abolición de la esclavitud abastecía a la tía de encargados para la hacienda e institutrices tan variadas en su origen y aspecto como lo eran los demás artículos.

La tía negociaba con estos mercachifles con mano de hierro. Siempre sabía lo que compraba y por qué, pero una vez que se cerraba el trato, era justa con todos y pagaba religiosamente. Nunca hubo queja por parte de ninguno de sus subordinados, excepción hecha de aquellas mujeres que tenían la responsabilidad de educar a su sobrina nieta: no duraban mucho tiempo en La Oriental y salían de estampida. A doña Elvira ninguna le parecía bien: la que no era mojigata, era descarada; la que no desapegada o demasiado confianzuda. La llevaban los demonios ciertas actitudes estrictas sin razón aparente, la censura sobre el carácter de las lecturas infantiles o que la educanda empleara más horas en hacerse «una señorita» que en el estudio de cosas útiles. En el aspecto religioso, aquellas solteronas se encontraban intentando evangelizar en los dominios de Juliano el Apóstata. Doña Elvira, para hacerlas rabiar, les decía a las protestantes que era católica furibunda y que su culto era cosa del demonio, y a las católicas las ninguneaba haciéndoles sentir la incomodidad de estar en una casa en la que nunca se rezaba ni bendecía la mesa.

Tampoco le gustaba tener que alojarlas en la Casa Grande: aunque llevaran un tiempo instaladas, daba un respingo al verlas sentadas en la galería o paseando por el jardín. En realidad, ella era la única mujer blanca que podía dormir bajo el techo de su casa y, como una leona, gruñía cuando otra hembra invadía su territorio para acercarse a su cachorro. Entonces se dedicaba a encontrar cualquier defectillo en la señorita de turno: un moño demasiado tirante o demasiado flojo, una ceja altiva, un halago servil o una gula incontrolada. La estrategia seguía con pullas e indirectas, cuando no buscaba el enfrentamiento directo que con frecuencia acababa en dimisiones fulminantes.

En ese tráfago de educadoras, Ada apenas tuvo tiempo de tomar cariño a ninguna: quizás era eso lo que impulsaba a la tía a despedirlas con tal celeridad.

Se acostumbró a que la instruyeran como yendo a saltos y hasta acabó cogiendo el gusto a comparar sus diferentes métodos pedagógicos, un mosaico de enseñanzas llegadas de mundos lejanos entre las que pudo elegir aquello que más le interesaba. De *fräulein* Castorp aprendió a disfrutar con el arte y a dibujar y a pintar con gusto; de *mademoiselle* Rouault, a ser elegante y escribir con buena letra y mejor estilo; de *miss* Thackeray, las lecciones de geografía y a que no la engañaran con las cuentas. De todas ellas aprendió a defenderse en inglés, francés y alemán, a amar la música y a odiar las clases de piano.

Gracias a las manías de la tía, gozó de una educación basada en sus propias preferencias e intereses, impropia para una niña de aquel final de época, anticipándose al futuro siglo XX, que estaba a punto de llegar.

IV

De la idea de la educación, el conocimiento y la cultura que tenía la dueña de La Oriental, hay que decir que la joven Viri aprendió a leer y escribir gracias a don Baldomero, porque cuando llegó a la Isla no sabía. Gozaba de una memoria prodigiosa y siempre tuvo soltura para los números aunque fuera contando con los dedos, como había demostrado en la tienda de Ugarte, pero nada más.

Una vez casada con el coronel, se encontró con que una señora de su posición no podía permitirse el ser analfabeta o por lo menos debía aprender a serlo en el mismo modo que todas las demás. Su instrucción supuso el postrer arrebato masónico del coronel retirado, convencido militante de la libertad, la igualdad y la fraternidad, lector apasionado de los escritos dedicados a la mujer de Condorcet y Diderot y que, como obediente seguidor del Gran Oriente de Francia, compartía las opiniones de este en cuanto defendía el valor de la Mujer en la construcción de la Civilización. Iniciar a su esposa en este ideario se convirtió en un deber moral y una satisfacción personal. Eso sí, empezó desde abajo aplicando el objetivo de su credo, que no era otro que el perfeccionamiento de la humanidad.

—Mira, Viri, se lleva la cuchara a la boca, no la boca a la cuchara. Claro, es que estás lejos de la mesa. Sí, mejor acércate. Pero no arrastres la silla, linda, que el ruido que haces es peor que un cañonazo... Y pega los codos al cuerpo cuando estés en la mesa, que parece que vas a echar a volar.

Fue enseñarle a hacer palotes, quitarle las expresiones más groseras, hacer que se sentara en un sofá y sirviera el café como Dios (o el Arquitecto Universal) manda, y el orgulloso marido decidió que estaba preparada tanto para ser presentada en una sociedad que poco más le iba a exigir, como para conocer los derechos universales del hombre y del ciudadano. Y de la ciudadana.

—*S'á terminao* el azúcar... *Pa'*mí que eres por demás goloso, Baldomero.

—Terminado, terminado. Recuerda que los participios no terminan en *ao*, hija mía, sino en *ado*. Y que no se dice *s'á*, si no *se ha*, tampoco *pa'*; es *para*. O pones atención o no haremos carrera de ti...

Al ver la cara desconsolada de su mujercita, añadía:

—Bueno, tampoco es para tanto. Tú al principio, mucho ver y oír y más callar, que es lo que se espera de una joven y algo aprenderás escuchando. Aunque te darás cuenta de que la gente es tan idiota y las conversaciones tan vacías de sentido común aquí entre la burguesía como en el pueblo llano. Lo que triunfa en sociedad es el disimulo y la impostura, el aparentar ser decente, pudiente y poco más. Ya lo verás, ya. Y respecto al azúcar, sí que soy goloso. ¿De qué si no me hubiera casado contigo? Así que ven acá, prenda.

Don Baldomero disfrutaba de un reducido círculo de amistades, en su mayoría hermanos de logia y conmilitones de la época de sus grandes logros de «*miles gloriosus*» y con

44

los que compartía andanzas por los conflictos acontecidos a principios del siglo XIX, tanto en Europa como en América. En este selecto y trasnochado círculo de liberales que habían brindado con los constitucionalistas de Cádiz o compartido manta de campaña con Simón Bolívar, se podía insultar sin tapujos al rey felón Fernando VII y, por extensión, a toda la innoble raza de los Borbones, familia que para progreso y paz del mundo, decían, debía ser aniquilada bajo la mano justa y afilada de la revolución en la forma modélica que inventó *monsieur* Guillotin.

En aquel mundo militar y hombruno, también las mujeres —por contacto y roce— tenían costumbres marciales, defendidas con la disciplina de un capitán de coraceros. El estreno de Viri en sociedad fue en una de esas reglamentarias reuniones en las cuales las esposas de los militares tomaban café y picatostes en el salón de la señora a quien tocara ese día imaginaria. El coronel, que hubiera preferido ser juzgado en consejo de guerra a acudir a estas meriendas, hizo de tripas corazón y presentó a su reciente esposa para, al minuto siguiente, huir del saloncito donde se reunían las féminas en retirada estratégica, con la excusa de fumar un cigarro en compañía del sufrido anfitrión.

Al principio, las señoras le mostraron las uñas a la recién ascendida, como Baldomero le previno, pero gracias a la discreción con que se conducía la jovencita, la desconfianza enseguida trocó por abundancia de consejos, pues nada gusta más a una matrona que encontrar una novicia recién casada a quien adoctrinar. Pero su Baldomero era una fortaleza difícil de tomar.

—Tú no hagas ni caso de esos loros. Lo que ellas ven como certezas no son más que zarandajas. A todas ellas hay que decirles: ¡naranjas de la China! Los convencionalismos no son más que vestigios de un mundo que ha de cambiar, ya lo verás. El futuro estará en manos de otras mujeres, de mujeres

como tú, capaces de comerse el mundo y no de esos endria-
gos egoístas mal educadas en cosas como rondar curas, esquilmar la paciencia de sus maridos y criticar a otras congé-
neres. Dentro de poco tiempo, las mujeres tendréis derecho al
voto y has de estar preparada.

Su esposa le miraba como si hubiera dicho que el sol salía
en plena noche.

—¿Votar yo? Pues, ¿a quién? Yo no sé nada de eso, Baldomero...

—Por eso has de instruirte. Debes votar al partido que
asegure tus derechos, es decir, al más liberal, radical incluso.
Las mujeres siempre habéis estado oprimidas, de hecho sois
los seres más oprimidos de la Tierra. Se os impide estudiar,
viajar e incluso casaros con quien amáis. Pertenecéis primero
al padre y luego al marido. A la que es demasiado fea o ligera
o rebelde la casan con Dios y la sacan de circulación. No habéis significado más que moneda de cambio durante siglos y
por muchos adelantos modernos que disfrutemos aquí, en la
civilización, vosotras seguís viviendo como las mujeres de las
tribus de la India que, al enviudar, son quemadas vivas junto
al cadáver de su marido.

Viri pensó que si estuvieran en la India, a ella la quema-
ban de fijo. Pero no dijo nada.

Las recomendaciones del caballero no solo abarcaban lo
que podrían considerarse lecciones de urbanidad, política y
derechos femeninos. Había que ver a aquel señor con tan buena pinta, planchado y arreglado como un san Luis, con su
cortesía un tanto pasada de moda, acompañando encantado a
su recién estrenada esposa a comprar en las tiendas del ramo
todo lo necesario para el ajuar, ya que por muy orgullosa que
estuviera de sus cuatro duros ahorrados, Elvira había llegado

con lo puesto. Mantelerías y ropa de cama con sus iniciales en el hilo bordado; vajillas y cristalería que adornasen el austero cuartel que era su casa; cortinas y tapicerías nuevas: el buen hombre quería lo mejor que pudiese pagar su bolsillo para hacer más agradable la vida a su niña-esposa.

—Alguna ventaja había de tener casarse con un viejo, digo yo...

Con esa frase sabía que aquella criatura que lo tenía encandilado se le lanzaría al cuello para besarle los bigotes y conjurar la decrepitud y la sombra de la muerte.

Le enseñó a apreciar la buena calidad y a elegir con la elegancia natural de quien se ha criado en el seno de la alta burguesía. Baldomero recordaba con cariño a las mujeres de su familia y también a las amantes que había conocido durante largos años de seductor y entendía, aunque tarde, sus caprichos, iniciando en ellos a una mujer que jamás había disfrutado de objetos bonitos y delicados. Tanto así que a la muchacha al principio le asustaban y le daba reparo usarlos.

—Pero, Viri, si dejas las mantelerías en el cajón se te van a estropear: con esta humedad se llenan de manchas de cardenillo que luego no hay quien saque. Si te compro estas cosas es para que las uses y tengas la casa bonita, haciendo juego contigo, y no para que me pongas en la mesa un mantel viejo. Que para remendado ya está uno. Anda, anda...

Y ella obedecía. Le obedecía siempre, sabedora de que aquel hombre no buscaba más que lo mejor para ella y se lo demostraba sin las petulancias de uno más joven. Baldomero le regaló algunas joyas discretas e incluso eligió vestidos y sombreros para ella —erradicando el gusto castizo de Viri por los colorines y los perifollos—, aunque provocara las sonrisas burlonas de alguna dependienta de establecimiento de modas. O hiciera sonrojar a las parroquianas más mojigatas al ponerse a discutir con el hortera que le atendía sobre si, para adornar los camisones y la lencería de las señoras, era más conveniente la puntilla de Chantilly o la de Valencienne. Parecía saber mucho del asunto, cosa que escamaría a otra, pero no a Viri.

—Yo ya sé que tú has vivido mucho.

—Uy... Me parece que ya barrunto por dónde vas. ¿Quieres decir que si he conocido a muchas mujeres? Con mi edad y lo viajado, no te extrañará, ¿verdad, bonita?

—No... Si me parece bien.

—¿Por qué?

—Porque te han enseñado a saber lo que le gusta a una mujer.

El espíritu pragmático de la espabiladísima Viri cazaba todo al vuelo, aprendía a velocidad de crucero y en su instrucción cosechaba victorias dignas de figurar en el pecho del uniforme del coronel, junto al resto de medallas y entorchados. El viejo caballero afeitó el pelito de la dehesa de la muchacha con la mano suave, pero firme, con que antaño empuñaba el sable y ganó su última batalla: Elvira adquirió una pátina de refinamiento, pero no perdió un ápice del encanto popular y la frescura espontánea que le habían sorbido el seso. De su inteligencia y penetración, cabe decir que don Baldomero estaba pasmado y empezó a fantasear con la posibilidad de convertir a su esposa en un ejemplo para la civilización moderna en general y para la tradición masónica en particular. ¿Quién sabe qué adalid de los derechos femeninos a la manera de una Olimpia de Gouges, de una Mary Wollstonecraft, se perdieron para el mundo por culpa de la apoplejía que se llevó al ilustre militar?

Aquellos tiempos ya muy lejanos, dejaron a la tía abuela Elvira un profundo sentimiento de agradecimiento y un batiburrillo contradictorio de ideas progresistas —entre ellas una gran inquina a las sotanas—, que intentó conciliar con su estatus de propietaria de esclavos: el masón Baldomero se revolvería en la tumba de saber que, finalmente, su pupila había parado en ello. Eso en el plano inmaterial, porque en lo material apenas si le quedaron unos pocos cachivaches y un montoncillo de libros que fueron colocados en una sala llamada pomposamente la Biblioteca. Al llegar Virina estaba tan monda y lironda como la sesera de su segundo marido, pero con el tiempo fue vistiéndose de lomos de cuero rojo, verde y marrón que llenaron los estantes antes vacíos.

Los volúmenes de doña Elvira no eran muchos, pero sí variados y novedosos: le llegaban desde la capital con regularidad y a Ada nunca le faltaron las últimas publicaciones para niños y jóvenes. En cualquier caso, los libros de La Oriental eran más abundantes, usados y deseados que en el resto de casas de terratenientes de la Isla que, a imitación —como en todo lo demás— de la Península, se jactaban de su ignorancia y veían sospechosos estigmas de revolución o de pecado en cualquier cosa impresa. Se hubieran escandalizado al saber que doña Elvira tuvo por catón los periódicos liberales y las revistas satíricas como el *Gil Blas* y *La Flaca*, aprendiendo a leer y escribir con las novelas de aventuras —a veces picantes— que tanto gustaban al afrancesado militar.

Como a Baldomero le fallaba la vista por una creciente catarata, solía su mujer leerle en alto. Aunque el viejo caballero, por coquetería, no reconocía tal signo de la edad e insistía en que Viri fomentara la costumbre de leer, para así no perder práctica. Además, aprovechaba estas tenidas literarias para explicarle a la muchacha aquellas palabras cultas o extrañas que no conocía, o hechos históricos como los que narraba Alejandro Dumas en novelas como *Los tres mosqueteros* —que eran cuatro— o Victor Hugo en *Nuestra Señora de París*.

Desde entonces le resultaba a Elvira difícil leer para sí misma sin elevar la voz, y cogió tanta afición a estos novelones que muchos años después solía hacerlo en La Oriental, primero para disfrute de su segundo marido y, tras enviudar y quedarse sola, para sí misma, con gran pasmo de los sirvientes que escuchaban a través de las puertas entreabiertas.

Aquellas historias de blancos se convirtieron en patrimonio de toda la hacienda, donde se supo de las aventuras del vengativo Edmundo Dantés y de las cuitas del pobre jorobado Quasimodo gracias a los criados de la Casa Grande, que reproducían las historias de manera oral, deformadas y en versiones muy alejadas de la ortodoxia.

Cuando el Ama Virina se enteró de que en su propia casa corría la especie de que Esmeralda no era gitana —término que los esclavos de la Isla no podían entender— si no negra como el cerote, sufrió una fiebre inquisitorial y decretó que, para evitar herejías, aquellos que quisieran conocer la verdadera historia y siempre que hubieran cumplido sus quehaceres, podían acercarse a la galería de la Casa Grande a escuchar los cuentos de los blancos, que ella misma leería para todos. Como resultado imprevisto de esta decisión, toda una generación de niños y niñas —hijos de esclavos que pronto serían libres gracias a la Abolición en el Año de Gracia de 1880— fue bautizada con los nombres de Edmundo y Esmeralda.

Cuando llegó Ada a La Oriental y demostró su pericia en el arte de leer para los demás, el Ama Virina le pasó los bártulos, dedicándose a disfrutar como oyente de unas historias

50

que se sabía de memoria, pero aún sorprendiéndose y emocionándose, llorando o riendo, cautivada por la ficción, rodeada por aquellos otros seres, hombres, mujeres y niños, que habían permanecido cautivos de la realidad durante tanto tiempo.

V

—Voy a ver al padre de los secretos.

Filomena, una de las pinches de Toñona, dijo esto en la cocina sin darse cuenta de que Ada estaba escuchando.

La cocina de la Casa Grande era uno de sus lugares favoritos y eso que había muchos para elegir dentro de La Oriental. Era enorme y tenía un pozo dentro, baldosines de colores traídos de un sitio remoto llamado Valencia, y las paredes cubiertas de armarios pintados de blanco con puertas disimuladas que escondían fresqueras y despensas. En el centro de la cocina aparecía la que a sus ojos debía de ser la mesa más grande del mundo, en torno a la cual siempre había gente y actividad. Era el centro de una máquina en movimiento perpetuo, de ello daba indicio el fuego de carbón y leña siempre encendido y arrojando chispas que iluminaba todos los rincones, hasta la esquina donde estaba colocado el tajo para cortar carne.

A Ada le gustaba imaginar a Toñona junto al bloque de madera maciza despojada de su delantal y tapada la cara con una capucha roja de verdugo, con dos agujeros para los ojos, blandiendo un hacha enorme con la que hacía rodar cabezas de nobles y príncipes. Aquella imagen era idéntica a un dibujo del ejemplar de *Las mil y una noches* que la tía tenía en la Biblioteca.

La cocinera casi no pasaba por las puertas, tan gorda y grande como era; en el ruedo de su falda cabían cuatro niñas del tamaño de Ada y con su voz de contralto atronaba toda la casa; su cólera era temible y las demás mujeres de la casa temblaban si cometían alguna falta ante sus ojos. Porque la tía Elvira podría ser la dueña de La Oriental, pero aquella inmensa cocina era un territorio que pertenecía por completo a la mulata Toñona y ni siquiera el Ama tenía dominio sobre él.

—Toñona, ¿quién es el padre de los secretos?

Ni Filomena ni Toñona habían visto a la niña parapetada tras la alacena donde se guardaba el dulce de guayaba y la pregunta les pilló de improviso. La cocinera fulminó a la criada con su mirada de tótem y esta salió de estampida. Dulcificó el rostro mientras se volvía hacia la niña y le ponía en la mano un tarro de mermelada y una cuchara. Era raro: conseguir guayaba solía ser más difícil.

—Ay, niña, eso son cosas de negras tontas. Esta Filomena... ¡Así le corten la lengua!

—¿¿El padre le va a cortar la lengua??

Lo estaba poniendo peor.

—No, niña... ¡Qué dices! Es solo una manera de hablar.

Y se puso a separar las claras de la docena de huevos que tenía sobre la mesa: las manos de la experta cocinera se movían con precisión quirúrgica y a una velocidad de vértigo haciendo un ruidito al romper las cáscaras que a Ada le daba mucho gusto: *cloch... plac, cloch... plac...*

—¿Te gusta el pastel ruso? Qué rico es. A tu tía la vuelve loquita. Y las *marrons glacés*... ¡Todo lo que da más trabajo!

Batió las claras a punto de nieve esperando que se interesase por el pastel y se olvidara de hacer más preguntas. Los brazos como jamones de Toñona batieron las claras con toda su fuerza, hicieron tintinear las varillas del batidor en la loza de la fuente y enseguida se formó una espuma consistente en forma de montaña de nieve. Pero cuando Ada, tan curiosa, mordía, no solía soltar la presa.

—¿Quién es el padre de los secretos?

La mujerona resopló.

—¿Quién va a ser? Selso es.

—¿Selso sabe secretos?

—No sé... Bueno, sí. ¿No has visto que cura torceduras y hace beber hierbas cuando duele la tripa?

—Sí. Pero Filomena no está mala...

—No está enferma, pero le duele el corazón.

—Pero Selso no es médico, para eso hay que llamar a don Eloy.

Don Eloy era el médico de la tía, que venía a La Oriental cuando Ada cogía un catarro o tenía fiebre.

—No... Selso sabe de otras cosas. Aquí en la hacienda quien más sabe es él. ¿No le preguntas tú a la *miss* que te enseña? Pues esto se parece. Pero no es igual.

—¿Y qué quiere saber Filomena? Porque puedo preguntarle a *miss* Amanda.

—Nooo... Cada uno tiene que preguntar a quien debe. Una niña bonita como usted no debe meterse en las tonterías de esa negra llorona.

La niña bonita no se rendía así, por las buenas.

—Pero... ¿qué le pasa a Filomena?

Toñona suspiró y bajó la voz, pero antes se encomendó a sus santos favoritos.

—¡Santas ánimas benditas del Purgatorio! Pues lo que quiere saber es... si su hombre la quiere o la tiene engañada.

—Ah. ¿Eso es un secreto?

Quería saber más sobre los secretos y Toñona parecía dispuesta a hacer confidencias, así que no lo iba a desaprovechar.

—Pues sí, doña preguntona. Por ejemplo.

—¿Y cómo es que conoce Selso esos secretos?

—Él tiene el poder y la sabiduría para preguntar a los Orishas.

—¿Por qué a los Orishas?

—Porque son los Santos que están en el cielo y que todo lo ven.

Ada ya sabía que Selso era un jefe tamborero y también había oído hablar de los santos que duermen en soperas, tienen nombres africanos y cantan con la voz de los tambores. Changó, Yemayá, Obatalá, Ochún. Escuchaba esos nombres por todas partes: en la cocina de Toñona, entre las mujeres cuando lavaban y colgaban la ropa, a los hombres cuando iban a cortar caña, en el bohío, en el molino. Eleguá, Babalú, Ogún. Estaban por todas partes; en el cielo y la tierra, en los árboles, el mar y los ríos. En las puertas de las casas y en los caminos.

—Los Santos son buenos y nos protegen. Pero tenga cuidado, mi niña, porque en todas partes también están sus enemigos los *Ajogun*, esos demonios que hacen maleficios y traen las desgracias.

—¿Tiene Filomena un *Ajogun* cerca?

—No creo, aunque eso bien se lo dirá Selso. Lo que querrá es que le haga un «amarre de amor».

—¿Un amarre... qué es?

—Pues un conjuro para que... bueno, para que la quiera su hombre.

La conversación se le estaba yendo de las manos a la gorda mulata.

—Pero ¡quiá! ¡Pues no me conozco yo a Selso Cangá! No se lo hace, que lo digo yo. Los buenos *babalaos* no hacen esas cosas tan feas.

Recordó de repente la tarde cuando, estando ella junto el

cercado del corral jugando con los pollitos de Guinea, vio a Filomena cogiendo de la mano a un hombre que no era de la hacienda, sino sirviente de uno de los encargados del trapiche, el molino de caña, de donde le mandaban con recados a la Casa Grande. Era un negro fornido, alto, con una sonrisa de medio lado con la que las criadas se revolvían y cacareaban como gallinas al cruzarse con él. Filomena y el hombre no la vieron y se metieron dentro del corral. Ada los siguió: si creían que iban a encontrar huevos ya los había cogido ella por la mañana con Toñona, eligiendo los que irían a parar a la cocina y los que debían convertirse en pollo. Aún estaban calentitos cuando los metía en la cesta.

Pensaba esto mientras se acercaba al corral —¡qué tonta era Filo por no acordarse de que los huevos se cogían por la mañana!—, cuando comenzó a oír gritos contenidos que salían de dentro. No se atrevió a entrar y miró por el ventanuco enrejado que tenía enganchados plumones de ave. Entre la paja del suelo y las gallinas que revoloteaban a su alrededor, estaba tirada Filomena con el negro encima tocándole los pechos y por debajo de la falda. Ada pensó en gritar y llamar a alguien para defender a Filo de aquel bruto, pero entonces la mujer cogió la cabeza del hombre entre sus manos y le besó, envolviéndolo en un abrazo largo y profundo.

Supo de inmediato que Filo no necesitaba ayuda; si estaba allí tirada era porque quería y le gustaba; lo que hacía con aquel negro guapo era algo muy importante, incluso vital, no importaba que ella no lo entendiera del todo. Se apartó del ventanuco como si quemara y corrió hacia el jardín, avergonzada y confundida no por lo que había visto, sino por cómo se sentía.

Todo lo que veía y todo lo que oía azuzaba su imaginación y se convertía en nuevas preguntas: ¿qué tenía que ver el padre de los secretos con todo esto? ¿Sabían los Santos lo que hacía Filomena ya que lo veían todo? ¿Les parecía bien?

En su mente infantil los Santos y los secretos y lo que hacía un hombre con una mujer quedaron unidos a la imagen, que hasta entonces no se había formado, de los dioses negros.

En el lado opuesto estaba la religión de la cruz: llegaba hasta La Oriental con el sonido de las campanas de las iglesias, lejana y del todo diferente. Le habían contado que los Santos también eran venerados en esas iglesias, pero cambiados de nombre: Babalú Ayé era san Lázaro; Changó, santa Bárbara; Ochún, la virgen de la Caridad del Cobre... Y así todos. Pero por mucho que le dijeran, no podía comparar la existencia de los Santos con esa otra religión de blancos, pálida como ellos. La de los antiguos esclavos, oscura y cálida, le parecía libre y suelta, y la otra, en cambio, como encerrada en un lugar frío. Pero todo esto eran cosas misteriosas pertenecientes al mundo de los mayores sobre las que no podía preguntar a su tía, pues doña Elvira despreciaba por igual a todos los dioses, tanto los de unos como los de otros; ya se había cuidado don Baldomero de ilustrarla en contra de la superstición religiosa y sus sacerdotes, que medraban a cuenta del pueblo ignorante. Muy distinto era para doña Elvira su medallón de plata, su talismán, al que consideraba un compañero de cuitas y de recuerdos de infancia. Eso era todo. O quizá no, pero ella prefería pensar que no suponía contradicción alguna.

A pesar de ello, la Vieja Señora era ante todo pragmática y, aunque podía controlar todo lo que ocurría en su hacienda, también comprendía que su nombre debía ser respetado fuera de aquellas fronteras. Por ello evitaba disputas con el resto de autoridades locales y la Iglesia era uno de esos poderes. La manera de salvar el alma que tenía doña Elvira de Castro consistía en hacer grandes donativos y regalar campanas y comida para los pobres: no estaba dispuesta a ver a los curas rondando sus dominios y, como un señor feudal, pagaba su diezmo con tal de tener lejos a tales entrometidos. En el tributo iba incluida la costumbre de invitar de cuando en cuando a algunos sacerdotes a la hacienda para llenarles la bolsa, hincharles la barriga con golosinas y mostrarles lo prósperos que eran los dominios de la rebelde: las buenas gentes de la región sabrían de su generosidad, por su propio interés disculparían las excentricidades de aquella anciana rica y caprichosa que, de actuar de otra manera, se hubiera visto condenada por atea recalcitrante y expuesta a la reprobación pública.

Cuando los curas llegaban a La Oriental con sus sotanas y sus tejas de color de cuervo, los Santos se escondían en las chozas, en las soperas y en las voces susurradas de los criados dejando paso al dios nuevo: puede que no fuera un enemigo, pero tampoco era de uno de los suyos.

Ada pensaba en estos asuntos mientras miraba arder el fuego en la cocina.

—Toñona, si Selso es el padre de los secretos...

Al meter la fuente en el horno, las llamas le iluminaron la cara negra hasta ponerla roja.

—¡Quéee...! ¿Me dejarás trabajar? Buena me ha caído con esta ardilla metida en mi cocina...

—¿También yo podría ir a preguntarle?

—¿Y qué secretos tienes tú que sacar, «caracoco»?

Cuando la cocinera hablaba en su jerga, es que empezaba a enfadarse.

—Muchos, ¿qué te crees?

—¡Qué vas a tener!

—Pues sí: le voy a decir a Selso que pregunte a los Santos donde están mis papás. Y cuando lo sepa me voy a ir a buscarlos.

La cara de Toñona pasó del rojo al gris, se puso hecha una fiera.

—¡Menudo arroz con mango! ¡Hala, a arrancar la caña!

Y la empujaba fuera de la cocina con su corpachón de ogro, toda nerviosa. Ada había dado en el clavo.

—¡Por tu condenada cháchara se me quemará el pastel! ¡Seré cayuca!

Salió corriendo no sin despedirse de Toñona, diciendo desde la puerta: «¡*Alabaó!*», que era como decían los negros incultos «Alabado sea Dios».

—¡Descarada! —le gritó la mulata, amenazándola con las varillas de batir las claras.

Cruzó el corredor, subió la escalera y salió al porche pasando sigilosa al lado de *miss* Amanda, la institutriz, que sentada en un sillón de anea dormía la siesta y roncaba flojito, con los impertinentes escurridos por el pecho. Era muy rubia y había nacido en Holanda, aunque pasó toda su juventud en Chile, por eso sabía hablar español y le gustaba dormir la siesta.

Ada llegó hasta el jardín y se sentó en el columpio que la tía había mandado hacer para ella. Se dio impulso con fuerza y enseguida estaba arriba de todo; adelante y atrás, arriba y abajo: por encima de las ramas de los árboles, del tejado de la Casa Grande, hasta distinguir los barracones y el camino saliendo de la hacienda.

Entonces vio a Filomena parada junto al tronco de la ceiba enorme, la más vieja de La Oriental. Saltó cuando el columpio aún estaba muy arriba —si la *miss* la pillaba haciendo esas piruetas se llevaría una reprimenda—, dejando las huellas de las botas clavadas en la tierra y corrió en pos de la muchacha, a la que encontró hecha un mar de lágrimas.

—El padre de los secretos no te quiere ayudar, ¿por eso lloras?

Filomena la miró asombrada. Ya se rumoreaba entre los

criados que el Ama Pequeña era muy lista y tenía *aché* como su tía; pero ¿cómo podía saber que Selso Cangá se había negado a hacerle un amarre a su Leonardo? Quizás Ada fuera una bruja blanca.

—¡Ay, desgraciada de mí! Leonardo me ha olvidado, se habrá buscado a otra... Y yo sin mi negro no puedo vivir, señorita Ada.

Ada se sentó a su lado. Con su vestido azul celeste y su piel tan pálida, los ojos vivos y la nariz pecosa, a Filomena le pareció más bruja que nunca.

—No llores, Filo...

La mulata se sonó los mocos en el delantal.

— Pues yo misma voy a hacer un endulzamiento, aunque no sea tan fuerte como el amarre...

—¿Qué es eso del «endulzamiento»?

—Pues un trabajito para que alguien encorajinado contigo te mire con amor bien dulce, Niña Ada. Pero no es tan fácil, no vaya a creer.

—¿Por qué no?

—Tengo que rezarle a Ochún con una calabaza y un peso de miel. La calabaza la tengo, pero la miel es muy cara y yo no tengo dinero. El melero me ofreció el peso, pero a cambio de algo, algo... que yo no quiero hacer.

Ada tuvo una idea. ¡Qué fácil era solucionar problemas!

—No te preocupes, yo te voy a ayudar. Espérame aquí mañana temprano, antes de que vayas a cargar la leña de la cocina. Ya verás.

Y se fue corriendo y saltando como haría un duende, dejando a Filomena con la boca abierta.

Esa misma noche, Ada esperó a que la casa quedara en silencio y, apartando la mosquitera, saltó de la cama dispuesta a llevar a cabo su propósito. Descalza como un gato, pasó por delante de la puerta del cuarto de *miss* Amanda escuchando sus ronquidos, cruzó el pasillo y bajó las escaleras hasta el primer piso con cuidado de que no crujiera la madera.

La noche tapaba La Oriental con un manto negro, pero la casa nunca quedaba a oscuras porque la tía mandaba dejar encendidas varias lámparas de aceite y quinqués que solo se apagaban al amanecer. Esas lámparas llenaban la casa de sombras movedizas que darían miedo a otra niña, pero no a Ada. Al bajar hasta el vestíbulo, vio también luz encendida en el saloncito que la tía abuela utilizaba como despacho: no era raro, pues la buena señora ya no dormía más de cuatro o cinco horas cada noche. Ella decía que así eran los viejos: perdían el sueño porque ya no tenían nada que soñar.

Iba a bajar el tramo de escaleras que conducía al piso inferior, a las tripas de la casa formadas por la cocina, las despensas y las habitaciones de los criados de la casa —no eran como los demás negros, que dormían en los barracones—, cuando escuchó un arrastrar de faldas y pies pesados subiendo hacia ella. Rápida, se escurrió entre las sombras proyectadas por las arecas de hojas enormes que adornaban el vestíbulo y desde allí vio cómo Toñona subía con resoplidos de ballena —diez escalones: los tenía contados—, pasaba por delante de ella sin verla y se metía en el saloncito de la tía.

Esto sí que la sorprendió: muy pocas veces la cocinera salía de sus dominios para internarse en los salones de la Casa Grande; era el Ama quien bajaba hasta la cocina a ordenar menús o encargar nuevas viandas. Pero aquel suceso extraordinario le venía de perilla: bajó a toda prisa hasta la cocina y abrió la puerta de la despensa, que no tenía echada la llave; el terror que Toñona inspiraba hacía innecesario tomar precauciones contra los ladrones. La cocinera seguía a pies juntillas los preceptos de su ama, experta en la práctica de la «guerra psicológica» —como hubiera dicho el coronel Baldomero— frente a la violencia física. El Ama Virina abominaba de esos blancos convencidos de que todos los negros eran ladrones para, con cualquier excusa, castigarlos con crueldad.

—¡Qué barbaridades cometen esos desalmados! Y por descontado, mentirosos. He conocido muchos más ladrones de color blanco que de color negro, y cuanto más ricos, más desfachatados... Con esos ejércitos de notarios, abogados, esos alcaldes y gobernadores, todos ellos esbirros de los políticos que han esquilmado este país. Por no hablar de los verdaderos cabecillas de estos bandoleros, esos chupasangres de los bancos, peores que Luis Candelas. ¡Cuba ha sido el país más rico de toda Europa, caray! Y ahora me dirán si es peor robar un melón que una isla entera; pues... ¡naranjas de la China!

No un melón, si no un tarro de miel, fue lo que robó Ada de la despensa de Toñona, dando la razón a la tía cuando decía que eran blancos los ladrones, no negros.

Como el tarro pesaba lo suyo, tuvo que cogerlo con las dos manos y, con sigilo, volver sobre sus pasos saliendo de la despensa. Cruzó la cocina con el temor de que Toñona apareciese de improviso y subió los diez escalones hasta el vestíbulo. Ya se dirigía hacia las escaleras que conducían a su habitación, donde pensaba esconder el tarro robado en el fondo del cesto de los juguetes, cuando oyó su nombre saliendo de la salita. La puerta entornada dejaba pasar una franja de luz en el suelo como si estuviera pintada. Se detuvo en la oscuridad, sin llegar a pisar la raya.

—Ada está perfectamente, Toñona... Te agradezco que te preocupes por ella, pero no creo que sea para tanto. A la niña no le falta de nada. Y por lo que veo, tampoco la atención de todos en esta casa. Nos tiene sorbido el seso, ¿te crees que no me doy cuenta?

—No le contaría esto, Ama, si no creyera que era importante. Se va haciendo mayor...

—¡Tonterías! ¿Tú no le habrás dicho nada que le haya hecho caer en estas cuestiones? Que te conozco.

—¡Santas ánimas del Purgatorio! ¡No se me ocurriría!

—¿Y algún otro sirviente?

—No, Ama... En la cocina yo vigilo para que nadie hable lo que no debe. Lo que pasa es que la pequeña es avispada y despierta. Se da cuenta de todo... Y va atando cabos.

Hubo un momento de silencio. Ada debía moverse cuanto antes, correr hacia su cuarto; no quería ni pensar la regañina de la tía y Toñona si llegaban a pillarla levantada y con el frasco de miel en las manos. Pero la curiosidad se lo impedía.

—Bueno, claro... Habrá un momento en que haya que decirle... Sí, eso haremos, le explicaremos, hum... lo que haya que explicar. Pero no ahora, es... demasiado pronto. La verdad siempre es dura.

—El arrebato de preguntar por sus papás es normal, Ama. Ya no tanto el encorajine de que se quiere marchar de la hacienda.

—¡Eso es una niñería! ¿Con quién se va a marchar? ¿Con un circo?

—La pobrecita se pasa el día sola y es demasiado lista para no ponerse a pensar. No hay nada más triste que verla, Ama. Un niño debe estar con otros niños, tratando cosas de niños y no siempre rodeado de criados y viejos.

—¿Me estás llamando vieja?

—Ama Virina, si tú eres vieja, yo también lo soy.

—Ya... Pues todavía puedo dar mucha guerra, te lo aseguro.

Toñona no respondió: debía andarse con ojo en el asunto de la educación de la niña, todos en la casa sabían cómo se las gastaba el Ama.

—Sé que te preocupas por la niña, pero debo decirte que

tus temores son infundados... Sofocos de gallina clueca. Y una gallina más vieja que yo, además...

El Ama era mayor que la cocinera. Las dos mujeres trababan conocimiento desde hacía más de treinta años y lo sabían todo la una de la otra. Más de cien veces aquella cocina se había convertido en lugar de confidencias, sobre todo tras la viudez de Elvira, cuando intentaba sacar adelante la hacienda endeudada. Entonces no tuvo a nadie con ella, no pudo hablar con nadie, salvo con aquella esclava mulata y gorda que lo sabía todo de la plantación y de cómo subir un *soufflé*. Lo que pasaron en aquella época pocos lo conocían, pero sin duda era Toñona quien mejor hubiera podido contarlo; ella, que había nacido en La Oriental y en La Oriental se había quedado, como casi todos los esclavos de la casa, al promulgarse la abolición de la esclavitud, apenas dos años atrás. Sin embargo, aunque no fuera ya esclava, tenía que callarse: donde hay patrón, no manda marinero. Eso sí que no había cambiado al llegar la libertad.

—Porque la niña está sana, feliz y contenta, de eso no hay duda alguna... Ya hubiera querido yo tener una infancia tan regalada, ya. Y, además, ¡qué caramba! No me vas a aconsejar tú ahora sobre cómo educar a una criatura. ¡Si ni siquiera has tenido hijos!

Patrón sería, pero para el marinero aquella salida fue un golpe bajo.

—Tú tampoco, Ama.

—¡No te me pongas cimarrona!

—Lo dicho, dicho está. Pero claro, el Ama Virina no hace caso a nadie.

—¡Bueno estaría que te hiciera caso! ¡Anda a la cocina a fregar sartenes y déjame tranquila! ¡La culpa es mía, por no mandaros azotar como hacen los otros señores!

Ese fue el instante en que Ada decidió que era el momento

de correr hacia las escaleras, subirlas de tres en tres y llegar hasta su cuarto en un suspiro, esconder el tarro de miel entre los muñecos y juguetes y de un salto meterse en la cama. Estaba contenta: mañana le daría la miel a Filomena y así no lloraría más. Creyó que con la emoción del robo tardaría mucho en dormirse, pero no había terminado de imaginarse bajo la ceiba, cuando se quedó dormida.

Unos pasos suaves se acercan por el corredor, la puerta se abre y deja paso a la tía abuela Elvira, que se acerca en la oscuridad hasta la niña, se sienta con cuidado en la cama y le quita el pelo revuelto de la cara.

—Mi niña... Mi tesoro.

Elvira estuvo un rato mirándola así, sin atreverse a darle un beso, por si la despertaba.

VI

Muy de mañana, mientras *miss* Amanda desayunaba en la cocina de Toñona, Ada cogió el bote de barro cocido lleno de miel y, con cuidado de que nadie la viera, corrió a encontrarse con Filomena. Esta esperaba bajo la enorme ceiba, el árbol que los antiguos esclavos llamaban Iroko. Cuando la niña puso el jarro de miel en las manos de la criada, sonriente, Filo pensó: «El Ama Pequeña es una enviada de Ochún.»

—Tenemos que darnos prisa, tengo que ir a las clases y *miss* Amanda pronto me llamará. Vamos...

Filomena obedeció sin decir nada, acostumbrada como estaba a recibir órdenes. Se dirigieron a la parte de atrás del cobertizo, tapadas por el montón de leña. Sobre un trapo de colores limpio había colocado la calabaza, un cabo de vela y un pequeño cencerro de los que llevan las cabras. La calabaza tenía vacío el interior y cortada la parte superior, la del tallo, en forma de tapa. Se arrodillaron ambas frente a ella, sin tocar el trapo. En silencio respetuoso, la mujer vertió una parte de la miel dentro de la calabaza y sacó del delantal un trocito de tela y un pequeño rizo de pelo negro ensortijado.

—¿Qué es eso?

—Shhhh... Partes del hombre que se desea endulzar —susurró.

Rellenó la calabaza con más miel, dejando casi vacío el tarro. De otro bolsillo salieron un puñado de azúcar moreno, unas bolitas de anises estrellados y siete semillas de calabaza. Dejó caer todo con ceremonia, embadurnó los bordes de la tapa con más miel y la cerró apretando con fuerza.

—¿Ya está?

—No; falta lo más importante. Hay que llamar a la diosa. Y pensar muy fuerte en lo que le vas a pedir, para que se haga verdad.

Esta frase resonó en Ada. ¿La había oído antes? La negra encendió el cabo de vela y lo mantuvo con la mano izquierda, con la derecha cogió el cencerrito y lo hizo sonar frente a la calabaza. Cerró los ojos y con voz solemne dijo:

—Bella Ochún milagrosa, dueña del río, bailarina de los cinco pañuelos, mensajera de Olofin. A la luz de la lámpara te pido que me prestes tus encantos, tu gracia y tu belleza para conquistar el amor de Leonardo. *Maferefun Oshun*.

Calló, con la cabeza baja y las manos cruzadas sobre el pecho. Ada rabiaba por preguntar, esperó para hacerlo, pero no se contuvo más de un minuto.

—¿Ya está? ¿Se terminó?

Filomena parecía molesta con tanta interrupción y contestó a regañadientes.

—Ahora debo llevar la calabaza junto a un fuego durante siete días, y cuando esos días terminen, tengo que tirar siete monedas al río como ofrenda a la madre Ochún.

Le enseñaba unos centimillos mugrientos que había rebuscado en el fondo del bolsillo del delantal cuando les interrumpió una voz lejana que llamaba a Ada. Por un momento, la niña pensó que era la diosa dueña del río, pero no: era *miss* Amanda, que la reclamaba para sus clases. Oyó a Filomena decir:

—¡Llévese el jarro, señorita Ada, o pensarán que fui yo quien lo cogió!

Ada volvió atrás, cogió el tarro de miel y corrió tan rápido que Filomena enseguida la perdió de vista. Estaba ya en mitad del jardín, cuando se dio cuenta de que si la *miss* veía el jarro le preguntaría de dónde lo había sacado, descubriendo toda su aventura. Conocía aquel jardín mejor que la palma de su mano, así que fue hacia un arriate de rosas de Siria ya florido y ocultó el tarro entre la tierra y los tallos. Ya pensaría luego qué hacer con él, ahora debía ir a la clase de la señorita holandesa, a quien no quería enfadar.

Hasta el mediodía estuvo con ella, estudiando geografía —que le gustaba mucho— y gramática —que no le gustaba nada—; distraída y pensando en recuperar el bote de miel. Empezaba a temer que Toñona se diera cuenta de su falta: entonces tendría que inventar alguna historia... Bajó a comer a la cocina al mediodía, tan silenciosa que hizo cavilar a Toñona sobre lo ocurrido el día anterior. Allí estaba Selso Cangá tomando café, la única persona a quien la cocinera dejaba merodear por sus dominios. Cuando estaba presente, todas las mujeres bajaban la voz y no cacharreaban con estrépito como solían.

—Oye, Selso...

—Señorita Ada.

—Tú sabes muchos secretos, ¿verdad?

Toñona dio un respingo, las demás mujeres callaron. Solo se oía el crepitar del fuego de la cocina. Pero Selso contestó tranquilo:

—¿Quién le ha dicho eso?

—Todo el mundo lo dice. Y por eso te llaman jefe y padre de todos los secretos y, y... van a verte para que preguntes a los dioses lo que quieren saber... Y lo que tienen que hacer para que no les pasen cosas malas.

Se la quedó mirando con tal intensidad que Ada creyó que la veía por dentro y tuvo miedo de que adivinara lo que había hecho con Filomena. Selso contestó con parsimonia y sin atisbo de ironía.

—No, Niña Ada: yo soy un pobre negro ignorante que nació esclavo y no sabe casi nada.

Ella bajó la cabeza y miró el suelo de barro cocido color rojo y siempre recién barrido, decepcionada. Selso siguió hablando mientras intercambiaba una mirada cómplice con Toñona que la niña no pudo ver.

—Es malo saber secretos —dijo.

Ada se fijó en que tenía el blanco de los ojos de color muy amarillo y que mirarlos daba sueño y como ganas de llorar.

—¿Por qué?

—Porque te descubre el alma de los otros... Cuando una persona esconde alguna cosa, casi seguro que no es buena. El conocer una cosa mala de alguien te da poder sobre esa persona, entonces la gente empieza a tenerte miedo y dice que eres poderoso. Pero tener poder sobre los demás no te hace más fuerte, sino más débil. Y con el tiempo puede traer grandes desgracias.

Las mujeres estaban todas petrificadas. Ada también: siempre hacía caso de las palabras de Selso y aquellas —sin entenderlas del todo— le parecieron que escondían un aviso de peligro. O una amenaza. Intuía en ellas una contradicción o una crítica respecto a las enseñanzas de la tía Elvira. ¿Acaso era enemigo Selso de los amos blancos y ella acababa de descubrirlo? Lo miró, pero le vio como siempre: delgado, negro, con su pelo blanco y su rostro serio.

—De todas maneras, ¿qué quiere saber usted?

—Eh... ¿Yo? Nada.

Selso terminó su café, se levantó y, en silencio, salió, no sin dedicarle una bondadosa sonrisa a la pequeña. Cuando se hubo ido, la cocina recobró poco a poco su bullicio habitual. Ada estaba sorprendida de sí misma: había tenido miedo de Selso, el hombre que le sonaba los mocos y la recogía del suelo cuando se caía, limpiándole la sangre de los arañazos de las rodillas con un pañuelo blanco y no diciendo nada para que no la riñeran las institutrices. Intentó alejar el miedo de su corazón y en ese momento recordó una frase: «Si piensas en ello muy intensamente, lo harás verdad.» No reconocía la voz de quien así hablaba, pero sonaba en su mente con claridad.

Fue hacia el arriate del jardín, cogió el tarro de miel y subió sin que nadie la viera a su habitación. Rebuscó en los cestos de los juguetes y en los armarios hasta encontrar lo que buscaba. Cuando creyó que tenía todo lo necesario, puso en el suelo una colcha de cuna de muñeca y encima de ella, tal como había visto hacer a Filomena, colocó un cascabel, una caja de cerillas, siete monedas —que cogió después de romper la hucha— y un muñeco que tenía la loza de la cabeza rota.

Con mucho cuidado vertió la miel en la cabeza redonda del niño de loza. Mientras lo hacía, le pareció que la miraba con sus ojos asombrados pintados de color azul. Al descuido, había cogido de la mesa de la cocina un puñado de azúcar y otro de harina y los dejó caer dentro también. No tenía nada como tapa, pensó que luego buscaría un pañuelo y le envolvería la cabeza al muñeco, eso serviría; ahora lo importante era no perder el hilo del conjuro. Hizo sonar el cascabel y encendió una cerilla, cerrando los ojos como había visto hacer a la esclava Filomena. La llama temblaba con forma de lengua naranja y azul, como si tuviera un hada entre los dedos; el olor del fósforo quemado se le metió por la nariz. Volvieron las palabras: «Si piensas en ello con fuerza, se hará verdad... Se hará verdad.» Faltaba la oración de Ochún, pero como era demasiado larga para recordarla entera, solo pudo decir dos palabras:

—*Maferefun... Oshun.*

Cerró los ojos y deseó con fuerza saber. «Querida diosa Ochún, dueña del río... Dime quién soy yo y te querré mucho...»

—*Maferefun Oshun* —repitió.

El recuerdo escapa de un lugar cerrado y llega hasta Ada surgiendo como del fondo de un lago profundo donde nunca brilla el sol.

Es un olor a vainilla que sale de una pipa encendida, el humo queda flotando en el aire, enroscado en volutas con forma de fantasmas. Tardan mucho tiempo en deshacerse y la niña pequeña juega a alcanzarlas y desenredarlas con la mano. Un hombre aún joven, vivaz, delgado y de pelo largo que le cae sobre las orejas, se ríe al levantar a Ada en el aire, tan alto que parece que va a tocar el cielo, hasta que la deja caer entre sus brazos. Su abrazo. Luego el abrazo desaparece en la oscuridad de un corredor. No vuelve nunca más.

Un grito ahogado la sacó bruscamente del ensueño: *miss* Amanda estaba ante la puerta abierta de su habitación con una expresión de sorpresa y repugnancia en la cara enrojecida. Se acercó hasta el pequeño altar y cogió con aprensión el muñeco; la cabecita rota se movió entre sus manos vomitando la miel pegajosa; dejó caer el muñeco y la cabeza se estrelló contra el suelo haciéndose añicos.

—Esto... esto... ¡No puede ser, señorita! ¡Esto tiene que saberlo su tía!

Un minuto más tarde estaban en la sala delante de la tía, mientras la institutriz intentaba inútilmente limpiarse las manos con un pañuelo que, lejos de cumplir su función, se le quedaba pegado a los dedos. Doña Elvira la observaba, sin levantarse y con gesto cachazudo.

—Vaya usted a lavarse las manos, mujer...

—Esto es más importante, señora. Su sobrina Ada... La he sorprendido haciendo cosas... inadecuadas.

—¿Qué ha pasado? ¿Quieres decírmelo tú? —dijo la señora, volviéndose hacia la niña.

—Solo estaba jugando —contestó Ada.

La señorita interrumpió con voz alterada:

—¿Jugando? ¡De ninguna manera! Estaba haciendo brujerías como... como las que hacen los negros.

—¿Brujerías? ¿Y cómo lo sabe usted? Porque yo no tengo idea de en qué consiste eso.

Esa pregunta cínica desconcertó a *miss* Amanda, ya de por sí superada por la incómoda situación. Tenía la certeza de que su empleadora la desafiaba; era imposible que no supiera de lo que le estaba hablando.

—Doña Elvira... —Su acento sonó más extranjero que nunca—. No puedo creer que ignore a lo que me refiero. Cada noche esos paganos se reúnen para sus ritos, puedo oír los tambores hasta el amanecer. Al pie de la ceiba del camino aparecen paquetes con plumas de gallo ensangrentadas... ¡Es una vergüenza!

La holandesa no se había enfrentado aún a las habilidades dialécticas de la Vieja Señora.

—No entiendo que tiene que ver todo eso con mi sobrina.

—Es evidente que la niña estaba haciendo un remedo de hechizo, como habrá visto a los sirvientes... Se pasa el día entre ellos por mucho que intento evitarlo. Es una mala influencia y hay que dejarle claro que tal comportamiento no es tolerable.

—Creo que está usted asustando a la niña. —Se dirigió a la pequeña—: Ada, vete a tu cuarto.

Ada salió de la sala, obediente. Doña Elvira se levantó y fue hasta la ventana, dando la espalda a su empleada. Desde allí se veía la copa de la gran ceiba.

—Comprendo que es usted extranjera y por ello no conoce bien nuestras costumbres. Pero está haciendo una acusación muy grave sin darse cuenta de que la responsabilidad de todo lo que haga mi sobrina, bueno o malo, es de su absoluta competencia. Para eso le pago, ¿he de recordárselo? Acaba de reconocer que incumple con uno de sus deberes fundamentales; es decir, la tarea de vigilancia sobre ella. Por otro lado, debo recordarle que fue contratada no solo por sus excelentes referencias, sino porque me aseguró que no pretendería educar a la niña en creencia religiosa alguna. Insistí en esta condición, de especial importancia para mí, antes de contratarla, ¿lo recuerda? Como habrá podido comprobar, no somos practicantes religiosos en esta casa, ninguno lo somos. Lo que usted toma por ritos y brujerías... no son más que las costumbres africanas de los esclavos, que por cierto, y aunque no me guste, son en su mayoría católicos. Pregunte, pregunte en la parroquia de Santa Brígida y se lo dirán. Dígale a don Pedrito, el párroco, que va de mi parte. La atenderá con gusto.

Miss Amanda se dio cuenta de que plantaba batalla ante un enemigo temible. Pero estaba escandalizada.

—Puede decir lo que quiera... ¡No soy tonta! Lo que he visto es paganismo y sería una irresponsable como educadora y como... cristiana si no le avisara del peligro que corre una mente tierna como la de su sobrina, una niña de tan solo siete años, rodeada de estas... ¿cómo ha dicho?, «costumbres» que a cualquier ser humano civilizado le resultarían siniestras. —Sus palabras habían sonado tan duras que al minuto se arrepintió: había olvidado su lugar—. Debo hacerle recapaci-

74

tar al respecto, señora De Castro: Ada tiene que ser castigada severamente para que esto no vuelva a repetirse. Le pido que confíe en mí... La niña es inteligente y buena, inocente. Lo que ocurre es que el entorno no es propicio para su espíritu curioso y aún impresionable. Si actuamos ahora, entenderá que no es correcto que una señorita blanca se comporte como una... esclava.

La solterona obtuvo por respuesta a su petición una mirada fría. *Miss* Amanda no era una mujer cobarde y decidió jugarlo todo a una carta.

—Si no está de acuerdo en ello, me temo que tendré que presentar mi dimisión.

A doña Elvira no se le movió un músculo de la cara cuando contestó.

—Y yo se la aceptaré.

La mujer calló pero su rostro traslucía frustración. La voz de la anciana sonó como la de un juez dictando sentencia.

—Por descontado, le exijo que sea discreta sobre este asunto. No deseo que mi sobrina, ni nadie de mi casa, ande de boca en boca. A cambio le escribiré una carta de recomendación alabando sus servicios. Serán buenas referencias para su próxima colocación.

Se pagaron en ese momento sus honorarios —doña Elvira siempre tenía disponible algo de metálico— y se pidió el coche para que Selso la llevara hasta la ciudad. Al poco rato, la digna señorita estaba llenando su baúl.

Tía Elvira se dirigió a darle la noticia a la niña. No era la primera institutriz defenestrada por atreverse a cuestionar su poder absoluto y tampoco llevaba en la hacienda mucho tiempo, así que no temía que la niña lamentara lo sucedido. Pero sintió más cansancio de lo habitual y las escaleras más empinadas. Entró en el cuarto de Ada, amplio, luminoso, lleno de juguetes, muñecas y cocinitas, con los armarios pintados de azul y blanco a juego con la cama, cuyos barrotes de bronce lucían adornos de porcelana de los mismos colores. Le pareció el lugar más hermoso del mundo.

Ada estaba sentada sobre la cama observando como la doncella recogía los trozos de cabeza rota del muñeco y limpiaba los rastros de miel de la tarima de madera. La tía se sentó en una de las sillas.

—Catalina, vete a ayudar a *miss* Amanda a empaquetar sus cosas.

La mujer salió. En cuanto cerró la puerta, Ada preguntó:

—¿Se va la *miss*?

—Sí, hija mía. Pero no te preocupes, no tiene importancia.

—Tengo que preguntarte una cosa...

—Dime, querida.

—¿Está mi papá muerto?

Elvira suspiró. Se esperaba alguna pregunta incómoda, pero no tanto como esa, así que tardó en responder.

—Sí.

Ada no dijo nada, parecía muy tranquila. Su tía abuela, en cambio, estaba inquieta y preocupada.

—¿Te acuerdas de él?

—No me había acordado nunca... Hasta hoy. Fue cuando yo era muy pequeña, ¿verdad?

La tía quiso decir que sí, pero notó un nudo en la garganta cuando Ada siguió hablando.

—Pero a ella no la he podido recordar. A mi madre, quiero decir.

—Murió al nacer tú, pobrecilla. Tu padre no podía hacerse cargo de ti, era joven y estaba solo. Me dejó contigo y se marchó de la Isla. No pudo volver... ¿Estás contenta aquí conmigo, Ada? —La anciana temía hacer esta pregunta.

—Claro... Me gusta mucho vivir en La Oriental. No creo que haya un lugar mejor en todo el mundo.

Ada sonrió a su tía, y a la mujer le pareció que entraba más luz en la habitación.

—Tía...

—¿Sí?

—Ahora tú eres mi padre y mi madre, ¿verdad?

En la Casa Grande no ocurría nada de importancia que al final no se supiera de arriba abajo y de lado a lado: Toñona ya había oído sobre lo sucedido cuando el Ama entró en su sanctasanctórum. La señora tenía por costumbre bajar a la cocina en las horas en que no había demasiado trabajo y podría encontrarla casi desierta, para que no la vieran allí las demás criadas. A veces, sobre todo cuando las cosas no iban bien, buscaba refugio en la mesa de la cocina de Toñona, en el calor del fuego siempre encendido, en los olores de los guisos borboteando y de especias y de fruta fresca. Y el café. El café con leche le sabía mucho mejor con sopas de pan y bebido en tazón de loza basta que servido en juego de plata y tacillas de porcelana, una manía antigua de la que no había podido desprenderse durante todos aquellos años. Ahora que era vieja no quería renunciar a ciertos pequeños caprichos, aunque fuera consciente de que esta costumbre de las sopas hubiera sido muy criticada por sus elegantes maridos —de haber estado allí para verlo— y mucho más por la aristocracia isleña, regodeándose al confirmar los orígenes proletarios de aquella arribista.

Silenciosa, se sentó frente a la mesa. No hacía falta que dijese nada: Toñona tenía ya preparados el pocillo de café, la jarra de leche, la hogaza y el tazón. Se sirvió ella misma, desmenuzando el pan en pequeños trozos y esquivando la mirada acusadora de la mulata.

—Ama Virina...

Elvira sabía que la vieja criada también pensaba que aquellos cuentos de brujerías contados por la escandalizada institutriz no suponían sino una niñería, algo sin importancia, pero la cuestión demostraba a las claras la soledad de aquella niña que se hacía tantas preguntas sin respuesta. Y esa respuesta no podía contestarse sin decir una mentira. La vieja criada iba a decirle que hacía mal, que se equivocaba: el amor de aquella niña no se merecía un engaño. Pero Elvira no quiso dar su brazo a torcer: no quería escuchar, no quería pensar. Hizo un gesto brusco, como quien espanta a una mosca. Toñona se volvió hacia sus fogones, con tristeza.

Un golpe de viento cerró una puerta con estrépito; ambas mujeres dieron un respingo y Toñona tuvo que correr, bamboleando su enorme humanidad, para cerrar los postigos.

Esa noche del 21 de septiembre del año 1882 se desató el peor huracán del que el siglo tiene memoria.

VII

No pudo salir de la casa hasta unos días después. El huracán había levantado el tejado y tronchado la enorme palmera frente al balcón de su cuarto, además de inundar una parte de las cocinas y arrancar de cuajo unos cuantos barracones. Mientras duró el aguacero y el viento hizo temblar hasta la Casa Grande, la tía Virina la dejó dormir en su cuarto de paredes color malva, en su cama, abrazada a ella; algo en verdad excepcional. El ulular del vendaval y el golpear de la lluvia furiosa hacían temblar los muros y las contraventanas y casi no les dejaba dormir, pero la tía no demostraba tener miedo, así que Ada intentó imitarla. Cuando después de unos días y noches interminables al fin salió el sol, mandaron fuera a la niña con el encargo de no mancharse de barro, mientras todos se afanaban en devolver a la casa su aspecto habitual y reparar los daños causados por el huracán. Ada jugaba en el jardín con un muñeco de madera que tenía los brazos y las piernas articulados como las marionetas, cuando unos gritos de mujer y un revuelo de faldas la llevaron hasta la explanada frente a la casa.

Lo trajeron entre ladridos de perros, atado con cuerdas, y a su alrededor creció un cerco de gente. Entre las voces y los gritos, oyó un nombre que sonaba como una maldición. Alguien la cogió de la mano: sintió el apretón delgado y frío de la tía Elvira. Selso se acercó con los ojos pintados de miedo y eso le dio la idea de que ocurría algo grave y excepcional.

—Un *fumbi*, Ama... Un *fumbi*...

Señalaba a un hombre, aunque al principio no lo hubiera parecido, tan esquelético y sucio de lodo y sangre se veía. De rodillas en el suelo, se encogía como si viniera de la tierra e intentase volver a ella, enseñando la espalda cruzada de latigazos y permaneciendo muy quieto, como muerto. La tía le levantó la cabeza con suavidad; el desconocido no tenía ninguna expresión: ni miedo, ni dolor, ni sorpresa, ni rabia. Sus ojos vacíos no mostraban más que la nada, como si alguien hubiese sorbido su espíritu y abandonado después aquella masa de piel, sangre y huesos, dejándolo sin rastro de conciencia humana. El Ama habló alto para que todos la oyeran.

—Los diablos se han apoderado del alma de este hombre y le han comido el corazón. Ahora pertenece a los malos *babalaos*.

Hubo un murmullo y algún grito aislado entre los presentes; el ama levantó una mano para acallar las voces.

—Esto es lo que les ocurre a quienes caen en manos de amos crueles. Pero nunca sucederá en esta hacienda, podéis estar seguros. No debéis temer nada.

Entonces se volvió hacia Ada y le dio una bofetada. No muy fuerte, porque usó la mano izquierda aunque era diestra, seguramente para hacerle menos daño. Pero nunca antes le había pegado y tampoco lo haría después. La sorpresa dejó a la pequeña como una estatua: no podía hablar ni respirar, mucho menos llorar, pero el muñeco se le cayó al suelo sonando a cascabel de madera.

—No has hecho nada malo, Ada. Esto es para que recuerdes siempre que hay hombres malvados fuera de aquí. Porque aunque tú no lo sepas, en este mundo a veces suceden cosas terribles.

Estaba agachada junto a ella, mirándola con una expresión de profunda angustia. Entonces la abrazó y le dijo al oído:

—Querida mía, tenía que decírtelo porque yo no podré estar siempre a tu lado para protegerte, y para entonces debes hacerte fuerte. Recuérdalo.

Cuando volvió a dirigirse a los hombres y mujeres que la rodeaban, su rostro y su voz habían cambiado, volvía a ser el Ama, la Vieja Señora cuya palabra era ley. Mandó llevar al *fumbi* a uno de los barracones del bohío donde ordenó que lo cuidaran, pero como las mujeres se ponían histéricas al verlo, hizo vaciar el barracón y llamó a don Eloy, su propio médico, para que lo atendiera. Esa misma tarde, mientras Ada merendaba chocolate con suizos rellenos de nata sentada a la mesa de Toñona, el hombre murió.

Corrió la voz. Los fieles santeros presentes durante la aparición del *fumbi*, viendo en todo lo que les rodeaba señales del poder de sus dioses, repitieron a quien lo quiso oír que el Ama Pequeña había recibido «la mano izquierda del *Orisha* Orula», convirtiéndose así en una «apetibí» de ese santo, es decir, una sacerdotisa de Orula-Orunmila. Quedaba de ese modo la Niña Ada ofrecida a este santo, el dios dueño del tiempo y regidor de los sueños, las herencias y las búsquedas difíciles. Creían también que el Ama Virina le había traspasado «el poder de Ifá», con el que había vencido al *fumbi*. Mucho tiempo después, aún se contaba aquella historia: corrió por toda la región el rumor de que Ada era una elegida de Ifá, la regla de la Santería. También se decía que ningún enemigo podría tocarla: ni siquiera los demonios que se comen el corazón de los hombres.

Aquel suceso también caló en el alma de doña Elvira, hasta el punto de hacerle cambiar de idea respecto a la necesidad de que Ada no siguiera creciendo aislada del resto del mundo. Así que tuvo una idea que congraciaba todas las voluntades, incluyendo, por supuesto, la suya propia.

A los pocos días, llegó a La Oriental una niña de edad parecida a la de Ada. Era negra retinta y se llamaba Pompeya.

CAÑONES DE CUERO

I

Cayo Ramona
Lat. 22° 14' N - long. 81° 02' W
Sudoeste Isla, 10 de agosto

A la luz de las hogueras que las rodeaban, Ada miró a Pompeya, tan alta, delgada y fuerte, la frente altiva y la boca orgullosa. Su forma de moverse flexible y precisa, como si fuera consciente de cada uno de sus gestos. Nadie al verla hubiera pensado que nació esclava.

A pesar de ser un poco menor que Ada, Pompeya parecía mayor debido no solo a su aspecto físico, sino también a la gravedad de su porte y al respeto que infundía en quien se le acercaba. La imagen de Selso Cangá voló hasta Ada, obligándole a recordar a alguien que había muerto hacía años: tuvo la sensación de que Selso estaba de vuelta y que su espíritu había ocupado el cuerpo de la joven negra.

Vio su vestido blanco impoluto relumbrar en la oscuridad. Pompeya era bella, pero de una belleza inalcanzable y remota, como la catedral gótica que había visitado en España durante el verano que pasó junto a su amiga Agustina cuando la madre de esta la llevó a conocer las «maravillas de la Madre Patria».

Ada se recordaba a sí misma sintiéndose muy pequeña ante aquel bosque de piedra, de pináculos y torres afiladas, arcos elevándose hacia el cielo y la nave inmensa envuelta en una penumbra rota por haces de luz pintados con los colores de las vidrieras. La catedral estaba rodeada de una ciudad pequeña y pobre y en las afueras no había más que campos yermos, sin un árbol o una colina que interrumpiese la monotonía del horizonte. Colocada allí durante siglos, sumida en el silencio, parecía impasible ante el tiempo y los hombres, como en un universo propio. Igual que Pompeya.

Hacía años de aquella visita: entonces era apenas una colegiala que aún llevaba falda corta, la niña de trece años interna en el colegio de monjas. Y, sin embargo, fue en aquel verano lejano y español, ahora lo sabía, cuando sucedieron los acontecimientos más importantes de su vida; si no hubiera estado allí en ese preciso momento, no sería la misma mujer.

La noche traía los murmullos de la gente, las voces de los soldados cuando cambiaban la guardia, allá abajo, en el pequeño acuartelamiento del estuario del río. La humedad brotaba de la tierra buscando los cuerpos y cuando los encontraba se condensaba sobre ellos sin dejarlos escapar: Ada estaba bañada en sudor. En cambio, Pompeya no parecía notar el calor ni la pegajosa humedad y se la veía tan fresca como siempre, como si estuviese en otro lugar. El tiempo que Ada había pasado fuera de La Oriental y de la Isla y lo ocurrido entretanto había trazado entre las dos una línea invisible que ninguna se atrevía a traspasar.

Pompeya estaba inclinándose para escuchar a una mujer que se había acercado; hablaban en voz baja mientras el resto de la gente se apiñaba en torno a las hogueras a pesar del calor agobiante, por miedo a lo que hubiera más allá del círculo

86

de luz. A pesar de la cercanía del puesto militar —y quizá también por ello—, la guerra de tantos años había terminado por instalar en la población un temor permanente e impreciso del cual nadie hablaba ya, convertido en una presencia inevitable aceptada con resignación fatalista.

En los últimos veinte años, Cuba había sido un foco de rebelión contra la metrópoli europea, decantado primero en un goteo de pronunciamientos, escaramuzas, batallas aisladas, pequeñas guerras y guerras mayores, amenazas y pactos de paz que apenas duraban unos meses. Los 190.000 muertos de la guerra de los Diez años —también llamada la «Grande»— habían desgastado a los dos países hasta límites que nadie pensaba se pudieran superar. Sin embargo, tras una breve paz que en realidad sirvió para coger fuerzas, el conflicto se recrudeció a medida que las crisis de los sucesivos gobiernos del Reino de España y las deudas causadas por la guerra hundían al país cada vez más lejano en la miseria y la corrupción. Las colonias que restaban al Antiguo Imperio —ya muy menguado— se alzaron pidiendo derechos y reivindicando libertades, encontrando como repuesta sucesivas negativas y reprobaciones desde aquella capital remota dirigida por políticos y militares que, en su mayoría, lo ignoraban todo de Ultramar. España se mostró temerosa de perder sus privilegios sobre la riquísima Perla del Caribe, a la que asfixiaron con más impuestos y aranceles, impidiéndole comerciar con otros países y negándole representación en las Cortes de Madrid. Para ello, los sectores más carcundas de los sucesivos gobiernos se ampararon en vetustas doctrinas de unidad imperial, desempolvaron deslucidos boatos de la época de los Reyes Austrias y entraron en franca colisión con los aires de renovación que provenían tanto del resto de Europa como de su propio interior, hervidero de descontento en el que bullían tanto los movimientos republicanos liberales como los cada vez más pujantes anarquistas y socialistas.

Los liberales cubanos perdieron varios envites por la vía política, que a su vez ganaron los grandes terratenientes de la Aristocracia del Azúcar. Las fortunas esclavistas que conspiraron sin cuartel durante todo el siglo XIX —incluso financiando golpes, asesinatos y magnicidios— habían sufrido un duro revés en 1880, cuando el rey Alfonso XII firmó la Ley de Abolición de la Esclavitud. Responsables de la ignominia histórica de mantener legalmente —ya en puertas del siglo XX— el régimen esclavista fueron los hacendados más poderosos de Cuba quienes, viendo declinar su fuerza política y sus privilegios, empujaron a los sucesivos gobiernos de un país mísero y cansado a encender la mecha de una guerra colonial. Para ello compraron diputados, periódicos y voluntades en una campaña propagandística sin precedentes. Como resultado de todo esto, el país entero fue recorrido por un vendaval patriótico al que muy pocos se resistieron; las escasas voces discrepantes fueron acalladas con acusaciones de traición y el apelativo de «malos españoles». A partir de entonces, todas las instituciones se unieron al coro que clamaba por entrar en combate, de la Corona a la Iglesia católica, que bendijo la contienda.

Viendo entonces perdida su causa, muchos liberales cubanos que siempre habían estado a favor de una solución pacífica, decidieron coger las armas, echarse al monte y luchar por la independencia. La sublevación apenas tuvo al principio apoyo alguno, pero con el correr del tiempo contó con el de Estados Unidos. El enorme y poderoso país vecino fue el verdadero impulsor del Ejército Revolucionario; los intereses estratégicos de la naciente superpotencia llevaron a la guerra total. Ya no hubo más escaramuzas ni choques aislados ni firmas de paz; España decidió interpretar hasta las últimas consecuencias el deshonroso y ya caduco papel de potencia imperial, mandó una escuadra y entre 1896 y 1898 reclutó 250.000 soldados. Nunca en la Historia se había movilizado un ejército colonial tan numeroso como el que cruzó el Atlántico durante la guerra de Cuba.

Ada conocía muchas de estas cosas, pero lo cierto es que nunca les había dado importancia, como si solo fueran el decorado colocado en un teatro, un fondo delante del cual ocurrían las cosas verdaderamente importantes. Así fue hasta que volvió a la Isla, cuando se encontró metida de lleno en el torbellino de la guerra. Había dejado de ser una espectadora.

II

Los privilegiados con permiso para atravesar la zona de guerra acamparon en un claro surgido artificialmente hacía pocos días —las ramas tronchadas y los tocones de los árboles aún destilaban savia fresca— por efecto de alguna orden militar. Dos hombres hablaban entre ellos. No estaban muy lejos; sus palabras avanzaron en el silencio de la noche con claridad.

—Están llevándose la madera.

—¿Los milicianos?

—Sí... ¿No lo sabía usted? Como les falta artillería, los mambises hacen cañones de madera y cuero.

—Es de locos... ¿Y los americanos? Se suponía que les estaban pertrechando. Esos mucho prometer, pero a la hora de la verdad...

—Hacen el alma del cañón con madera, luego lo guarnecen de piel de vaca sin curtir, por dentro y por fuera. Aguanta solamente seis disparos y de esos, alguno se lleva por delante a los artilleros.

—¿Así piensan ganar la guerra?

—No se puede negar que son valientes...

—A base de valentía se puede ganar una batalla, nunca una guerra.

Las voces se acercaban en dirección a Ada. Les dio la espalda por instinto.

—Señorita...

Sintió tras ella los pasos aproximándose, crujiendo.

—Señorita... Oiga usted...

Dos hombres se habían separado de un grupo que fumaba cigarros puros en la oscuridad —se distinguían los puntitos rojos de las brasas— mientras hablaban de la guerra. Ya los había visto antes: formaban parte del pequeño grupo que destacaba por llevar buenos trajes y caballos y por no mezclarse con el resto de los viajeros con permiso para cruzar la zona de guerra. En total, había reunidas junto a los fuegos unas treinta personas; otras muchas quedaron atrás, junto al puesto militar que ejercía de frontera, tras negarles el paso. Los rechazados se verían abocados a regresar a los pueblos de donde huían o a buscar un paso no controlado por algún otro camino menos transitado, como el que atravesaba la sierra y llevaba al interior.

Ada se llevó la mano al pecho; bajo la blusa guardaba los documentos y salvoconductos que le aseguraban poder continuar su camino. Hizo como que no había oído a quien la interpelaba y apretó el paso hacia el carro. Quién la mandaría alejarse del carro... No quería hablar con nadie, no soportaba otra presencia que la de Pompeya.

—Señorita, ¿viaja usted sola? —El hombre se dirigía de nuevo a Ada.

Una alarma sonó en su interior cuando escuchó la pregunta, como principio de una conversación, entrañaba una amenaza latente. Iba a contestar alguna evasiva para que la dejaran en paz, cuando el otro hombre se disculpó y adoptó maneras de caballero.

—Perdone, señorita, permita que nos presentemos. Mi nombre es Celestino Morales, comerciante. Y este es mi socio, el señor Solá. Estamos allá —y señalaba un lado del claro— todos los caballeros que viajamos en la misma dirección.

Ada hizo una inclinación de cabeza por saludo. No dijo su nombre.

—Nos preguntábamos... si es que se encuentra usted en apuros. En tal caso, estaremos encantados de prestarle cualquier ayuda. Incluso acompañarla durante el viaje si así lo desea.

El que primero había hablado no era tan educado como su compañero.

—Una mujer sola por estos andurriales no es seguro, mire usted. Véngase con nosotros. No se preocupe: la trataremos bien, ya verá.

Sonreía, ahora podía ver sus caras a la luz convulsa de las hogueras. Con el rostro abotargado y los ojos cargados de ron, se limpiaba con un pañuelo sucio el sudor mientras hablaba con el inconfundible —por duro y un tanto grosero— acento español.

—Gracias, pero no estoy sola —contestó, seca.

El que decía llamarse Morales, en cambio, era un cubano que puso en marcha su afectada amabilidad:

—En cualquier caso, piénselo, no hay prisa... Hasta mañana. La escoltaremos hasta donde desee... ¿Se dirige acaso a Cienfuegos? Nosotros llegaremos hasta Sancti Spiritus, si Dios quiere.

—Muchas gracias —respondió con toda la frialdad que pudo sin mostrarse grosera—. Pero no vamos en la misma dirección.

El otro, el español, habló y su voz sonó aguardentosa y llena de odio.

—Hacerse acompañar por una criada negra no parece una buena idea. Nadie sabe lo que es capaz de hacer ahora esa... gente. ¡Darles armas a los negros! Ninguna señora digna de ser así llamada puede estar a salvo estando por ahí esos animales, que lo único que entienden es el palo. Esa negra... ¿No teme que le corte el cuello mientras duerme? ¿Eh?

Ada miró a través de él sin verlo, como si tuviera delante un recipiente vacío y no un hombre.

—Hable con más respeto, señor mío. Esa negra, como usted dice, es mi hermana.

El desprecio de la mirada que acompañó a esa réplica dejó de piedra a sus dos interlocutores. Ada no esperó a su reacción; dio media vuelta, alejándose. Acababa de hablar como lo hubiera hecho su tía, con la misma displicencia irónica, cachazuda, de doña Elvira. Cuando se recuperó del bochorno, el borracho habló alto; lo justo para que ella, en la oscuridad de la noche que amplifica todos los sonidos, pudiera oírlo:

—¿Su hermana? ¿Quiere tomarnos por idiotas? ¡Cuánto engreimiento en estas criollas! Ya le bajarán los humos, ya... ¡Qué sabrá esta de caballerosidades! Morales, hemos hecho mal en gastar saliva. Prefiere la compañía de sus negros a la nuestra. ¿Señora? Una buena puta es lo que debe ser...

Aunque se alejó todo lo que pudo, durante un rato aún pudo oír ecos de los insultos, hasta que la noche los tragó del todo. Puso su guardapolvo sobre el tocón de un árbol arrancado por los soldados y se sentó sobre él, cerca del fuego que avivaba Pompeya. Lo había oído todo, pero, como era su costumbre, no dijo nada. Se encontraba rodeada de mujeres que hablaban quedo entre ellas y hervían arroz blanco en el fuego, limpiaban y cacharreaban; viéndolas tan atareadas, Ada se sentía inútil, fuera de lugar. No sabía hacer nada que sirviera para sobrevivir, se había dado cuenta al poco de comenzar el viaje. Si no fuese por Pompeya...

Las llamas iluminaban los rostros desde abajo, pintándoles sombras siniestras que le recordaron las fantasmagorías de su linterna mágica, aquel juguete de la infancia. Pero lo único que quedaba de su niñez allí era la presencia de Pompeya, aunque ya ni siquiera estaba segura de esto... Siempre silenciosa y esquiva a sus preguntas desde el día en que llegó a La Habana enviada desde La Oriental por la tía Elvira para acompañarla, pues una señorita casadera debía tener a su lado una doncella de confianza. Aquel gesto de su tía para congraciarse con ella la sorprendió porque doña Elvira sabía muy bien que Pompeya nunca había sido una criada.

—¿Estás segura de que quieres acompañarme?

—Sí. No voy a dejar que vayas sola.

—Es peligroso.

—Lo sé.

—No me debes nada.

—Eso seré yo quien lo decida. Tuve un *bají* que decía que debía acompañarte.

—¿Un *bají*?

— Una profecía. ¿Es que ya no recuerdas nada de lo que aprendiste? Pareces una extranjera blanca.

—Soy blanca, Pompeya. Y, en parte, también extranjera. Pensé que al volver sería distinto, sentía tanta nostalgia... Pero ahora no reconozco el lugar en el que crecimos, creo que ya no soy de ninguna parte. He descubierto que solo pertenecemos a las personas.

—Eso es bien triste, Ada. No debes olvidar el lugar al que perteneces. Si no, te perderás y no sabrás cómo volver.

Pompeya la llamaba así: Ada; desde siempre: ni señorita ni «niña», ni mucho menos «ama».

—Es un regalo, para que te haga compañía —dijo el Ama Virina cuando trajo a Pompeya.

Ada había abrazado y besado a la niña, entusiasmada.

—Quiero que sea como... como mi hermana. Dormirá en mi cuarto y se vestirá como yo y estudiará conmigo y hará todo lo que yo haga.

Y así fue. Pompeya llegó a La Oriental como una persona libre, al menos sobre el papel, pues en 1882 ya se había decretado la Abolición. Sin embargo, las circunstancias de su llegada siempre estuvieron rodeadas de misterio; ella era demasiado pequeña para recordarlo. O quizás algo se lo impedía. Puede que la encontraran abandonada al morir sus progenitores, aunque también es posible que estos vendieran a su hija —como si todavía estuviese vigente la esclavitud— para ahorrarse una boca que alimentar; lo cierto es que ni ella ni Ada supieron nunca cómo había llegado a manos de doña Elvira. Por aquel entonces, numerosos esclavos, al dejar de serlo, se vieron expulsados de sus lugares de origen al arruinarse sus antiguos amos y verse imposibilitados para pagar soldadas a los que antes no hacían sino poco más que alimentar. La mayoría de estos desgraciados solo sabían cortar caña y obedecer a los patrones, y se vieron perdidos al obtener una libertad que les dejaba desvalidos ante los cambios traídos por la disolución del sistema esclavista. Durante una época, el hambre y la miseria se cebaron entre los felices recién liberados. No ocurrió así en La Oriental: si bien tuvo que soportar algunos vaivenes, nunca faltó de nada a sus antiguos esclavos, continuaron perteneciendo a ella como trabajadores y siguieron viviendo casi de la misma manera que hasta entonces, sin cambiar un ápice sus costumbres. Y el Ama Virina siguió siendo el Ama Virina.

Pompeya le alargó un plato de peltre con arroz blanco que habría conseguido quién sabe dónde y Ada comió sin tenedor, cogiéndolo con los dedos, igual que el resto de mujeres. El día que no se había sentido con fuerza para comer, Pompeya le había dicho que así no podría llegar al final del viaje. ¿Es que se iba a rendir tan pronto? Desde entonces Ada se lo comió todo, hasta los gorgojos de las judías.

Mientras recogía los platos y los lavaba en un cubo de agua, Pompeya le dijo susurrando:

—Ese hombre, el que te hablaba. He visto que tiene a Mabuya detrás de él.

—¿El espíritu malo?

Asintió, pero no volvió a mencionar a Mabuya. No era bueno invocar a los espíritus malvados; podía atraer la desgracia.

—Le volveremos a encontrar. Pero tanto él como sus amigos acabarán mal.

Ada no contestó, se sentía demasiado cansada. También estaba agotada de la permanente presencia de «los dioses esclavos», como hubiera dicho su tía. Había estado tanto tiempo fuera de la Isla que encontraba extraños aquel compendio de rituales, leyendas, costumbres y pretendida magia manifestándose por todas partes, de forma más o menos oculta, confirmando que la vida en la Isla —al menos entre buena parte de sus gentes— continuaba penetrada por su presencia. Pompeya le recordaba sin cesar esa presencia que las acompañaba como una viajera más. Había sido grande su sorpresa cuando la vio convertida en una de esas mujeres vestidas de blanco, con el pelo tapado por un pañuelo del mismo color y collares de colores colgando del cuello: las santeras. Atrapadas —al menos así lo veía Ada— en las redes de una religión primitiva de creyentes analfabetos e ignorantes de cuanto acontecía en el mundo, de los avances científicos y los progresos técnicos, fieles a las mismas leyendas que sus ancestros africanos. Pero Pompeya no tenía excusa: era distinta, había podido elegir.

Educada en los mismos preceptos que Ada había recibido, Pompeya había jugado a las mismas cosas y leído los mismos libros, aprendido la misma geografía e historia, las mismas matemáticas e idéntico latín; de hecho, se reveló como una estudiante muy brillante. De resultas de ello, hablaba como Ada, se comportaba como ella y sabía sentarse y servir el café o el té con la misma corrección. Se podía ver a las dos niñas en cualquier sitio, siempre cogidas de la mano; hasta se vistieron de la misma forma y llevaron en la cabeza lazos del mismo color, capricho de Ada que doña Elvira consintió sin hacer caso de las habladurías de las escandalizadas familias de blancos que rodeaban La Oriental. Todo era como un juego en el que se veían reflejadas a cada lado de un espejo, un anverso, un reverso. Sin más diferencia que el color de la piel.

Después, cuando Ada creció lo suficiente como para poder reflexionar sobre ello, creyó que la instrucción recibida haría a su amiguita muy distinta del resto de niñas de su origen; eso le supondría una ventaja y Pompeya podría tener una vida mejor. Pero se había equivocado; no tenía más que verla convertida a aquella religión que tocaba los tambores, rezaba y cantaba ante árboles milagrosos, espíritus malignos y dioses metidos en soperas.

—Si te has quedado con hambre, hay más arroz...
—No, no tengo hambre.
Pompeya le quitó el plato de las manos.
—Anda, vete a descansar.

Algunas mujeres oyeron a la criada negra dirigirse así a su señora y se sorprendieron; más cuando vieron que la señora se levantaba y la obedecía sin replicar.

—Esta guerra ha dado la vuelta a todas las cosas —musitó una de ellas.

Haciendo caso de la recomendación de su compañera, Ada fue hacia la parte de atrás del carro, donde apilaban los pocos utensilios necesarios para el viaje, unas colchonetas y un par de mantas de origen militar. Pompeya las había conseguido por muy poco: muchos soldados españoles no recibían sus pagas desde hacía meses y algunos vendían en el mercado negro sus pertrechos. Sentada en las duras maderas del carro, Ada se soltó el pelo: la tensión del recogido se deshizo en una melena castaña ondulada, resbalando por la espalda. Hasta hacía muy poco tiempo lo había llevado al estilo *bouffant*, como mandaban los cánones parisinos —aunque en la Isla, dada la cercanía de Estados Unidos, solía llamarse al mismo peinado *gibson girl*—. Una peinadora acudía a peinarla a diario para cardarle el pelo hasta lograr un volumen inusitado que luego colocaba en ondas y rizos sobre la cabeza y a los lados de la cara con gran complicación: un peinado de fiesta, con broches, perlas y plumas, podía llevar más de tres horas de trabajo. Sin embargo, desde que había empezado el viaje llevaba una sencilla trenza baja recogida sobre la nuca. Lo prefería; desde niña odiaba colocarse redecillas, rulos, lazos y los diversos cachivaches que la moda exigía a las mujeres. La tía Elvira no era partidaria de los perifollos y de la moda infantil de tirabuzones exagerados —algunos eran postizos y Ada, de pequeña, se espantaba con la posibilidad de que hubieran pertenecido a niñas muertas—; tampoco después, en el colegio de monjas de España, le permitieron fantasías: allí no veían con buenos ojos los arreglos excesivos más allá de la pulcritud y el aseo. Ada se acostumbró a llevar el cabello un tanto ajeno a las modas y solo al volver, en aquellas fiestas espléndidas en las que brillaban las mujeres más hermosas de la sociedad habanera, se vio obligada a plegarse a los dictámenes de la moda en boga.

Se descalzó: era la única mujer que calzaba botines; a su alrededor no había más que pies desnudos. Para parecerse más a las demás se los hubiese quitado, pero como a veces tenían que bajarse a tirar de las riendas del caballo, descalza no hubiera resistido los hierbajos, las piedras, la humedad o la picadura de una bibijagua, esas hormigas rojas que Pompeya y los otros ni siquiera parecían notar y que cuando la picaban a ella le producían heridas dolorosas que tardaban en cicatrizar.

Como almohada colocó la chaqueta doblada de su traje; era una sarga resistente, de un color ocre grisáceo, sufrido. Se tapó con la manta que había cobijado a algún soldado —quién sabe, quizás estaba ya muerto— no por frío, sino para sentir su protección, y miró el cielo oscuro, donde la luna intentaba sin éxito abrirse paso entre nubes negras. No tenía siquiera un techo bajo el que dormir, pero no le importaba. Pensó en La Oriental, adonde no había vuelto desde hacía años. Casi arrepentida de haber sido tan dura con su tía, aquel desencuentro, su decisión de cortar toda relación con ella, le pareció una chiquillada. Estaba dispuesta a perdonarla, incluso a regresar a la hacienda cuando todo acabase. Doña Elvira, la inflexible Ama Virina, sería ya muy anciana, el año pasado debió de cumplir setenta años. ¿O fue el anterior? Era tan coqueta que nunca hablaba de su edad, ni del año en que nació... ¿Se encontraría bien? Había oído historias: comandantes mambises que arrasaban propiedades para que los beneficios de las ventas de las cosechas no cayeran en manos españolas, incluso hacendados contrarios a la independencia que prendían

fuego a su caña o su tabaco para impedir a los revolucionarios proveerse de abastecimientos y recursos. Esto último sería impensable en el caso de su tía, doña Elvira de Castro
jamás haría tal cosa. Para ella La Oriental valía más que cualquier idea, país o ejército, y la defendería hasta sus últimas
consecuencias. La Oriental... Pero ese era el camino equivocado: no se dirigía a La Oriental, su viaje tenía un destino bien
distinto.

En apariencia, las dos mujeres viajaban sin nada de valor,
pero en realidad llevaban ocultas todas las pertenencias que
les quedaban. Apenas unos billetes, dos sortijas y una meda-
llita de oro cosidas en los dobladillos de las faldas y bajo el eje
del carro el paquete de papel de estraza envolviendo un revólver que no sabía disparar. Pero estos objetos no eran tan
preciosos como los papeles que llevaba colgados del cuello.
Cerró los ojos y se tocó el pecho por debajo de la blusa, los
papeles crujieron. Ada había conseguido dos documentos
muy valiosos: uno era el salvoconducto sellado por el oficial
del puesto, aquel que la había mirado de forma tan intensa.
Este documento le servía para poder viajar por la Isla sin interferencias del Ejército Revolucionario; el otro documento
era un permiso especial que provenía de la Capitanía General
del ejército español y le posibilitaba cruzar las trochas que
cortaban su país de lado y traspasar las zonas de guerra. Sin
ellos, cualquiera podía ver confiscadas sus pertenencias o ser
retenido en un campo de reconcentración indefinidamente;
podía ser movilizado por alguna de las partidas de sublevados que recorrían la región o acusado de espía. Los espías se
infiltraban por todos lados, por ambos bandos: informantes
españoles, cubanos y norteamericanos se vendían al mejor
postor, aun arriesgándose a ser atrapados y pasados por las
armas. Ada había removido cielo y tierra para conseguir
aquellos documentos, así que era muy consciente de que eran

un tesoro: muchos querrían robarlo y algunos incluso matarían por él.

Al principio del viaje llevaba los papeles cosidos al corsé, pero esto se había revelado muy poco práctico pues tardaba mucho tiempo en quitárselo, descoser los documentos y sacarlos —a pesar de la ayuda de Pompeya—, ya que a veces las patrullas de control se presentaban de improviso demandando los permisos y las cédulas de identidad. No era cuestión de escandalizar a nadie ni de dar a aquellos hombres desesperados el espectáculo de una señora desnudándose en mitad del campo; por eso, a los pocos días de su partida se quitó el dichoso corsé y lo tiró en una cuneta. Sintió entonces una especie de liberación, no solo por haberse despojado de una prenda incómoda que le impedía caminar y respirar con libertad, sino porque desprendiéndose de aquella prenda absurda, rompía con el último vínculo de una vida pasada. Ni siquiera se había alejado del lugar donde lo había arrojado, cuando vio a unas mujeres pegándose por hacerse con el corsé. Lo que ella consideraba un estorbo y una obligación para una «dama a la moda», era deseado por otras menos favorecidas. Pero esto no hizo más que reafirmar su convencimiento de que desprenderse de todo lo inútil y llegar a una especie de desnudez, de despojamiento, resultaba necesario para su propósito. A partir de entonces llevó los documentos metidos por dentro de la blusa en una bolsa de tela de refajo cosida por Pompeya y colgados del cuello con una cinta, pegados a la piel. Junto a esos documentos había otros papeles mucho más importantes para Ada que los documentos oficiales. Eran cartas. A veces, como ahora, los papeles crujían: era su forma de hablar, de recordarle que estaban allí. Los tenía a todas horas sobre el corazón y jamás se separaba de ellos.

Alrededor de las hogueras, muchos hombres y algunas mujeres bebían calambuco, el ron casero de los guajiros. Puede que no se encontrara casi nada para comer salvo arroz y plátano fufú, pero sí mucho para beber y olvidar el cansancio, las penalidades y el estómago rugiendo de hambre. Ada escuchaba tumbada en el carro; no podía dormir, hacía tiempo que apenas conciliaba el sueño. Pensó que quizá sería buena idea beber ron; se emborracharía enseguida porque no estaba acostumbrada y así podría dormir, aunque fuera durante unas pocas horas. Pero no se atrevió a acercarse a las hogueras para pedir un trago. Era una dama.

Tumbada boca arriba en el carro, escuchó ramonear al viejo y escuálido caballo. Pompeya lo vigilaba también: pese a su aspecto representaba una verdadera tentación para los cuatreros y los ladrones; ese caballo de tiro y el carro destartalado habían costado una pequeña fortuna. Al recrudecerse la guerra, los que quisieron volver a sus haciendas para proteger sus posesiones pagaron lo que fuera por un salvoconducto, por cualquier carruaje, caballo, mula; cualquier medio que sirviera para atravesar la zona de guerra. Desprendiéndose de joyas, cuadros, cuberterías de plata y de cualquier objeto de valor para comprar un pasaje de barco y escapar de la capital amenazada. Pompeya y Ada habían conseguido salir del caos de la ciudad gracias a un amigo insospechado, alguien a quien Ada acudió cuando descubrió, desesperada, que todas las puertas se le cerraban. El único que no le había fallado, el autor de las gestiones necesarias para facilitar su viaje, quien gastó por ello un dinero del que Ada carecía. La generosidad de Blas Llopis había resultado una sorpresa, porque, al fin y al cabo, apenas se conocían. Alejó de su mente aquel recuerdo; el señor Llopis estaba relacionado con otra persona que había sido, hasta hacía poco, muy importante para ella, alguien con quien siempre estaría en deuda... «No, no pienses en eso, Ada...»

Mirando al *Rocinante* que había costado la susodicha fortuna, parecía milagroso haber llegado hasta allí. En ese momento, Ada no tenía idea de dónde se encontraba con exactitud; para ella toda Cuba era un simple camino que había que seguir hasta llegar al final, al hocico del caimán, porque esa era la forma que tenía la Isla sobre un mapa, la de un reptil tumbado sobre el mar Caribe desde la cola del oeste a la cabeza del este. Recordaba, eso sí, que habían salido de La Habana y cruzado un valle cubierto de palmeras en el que se reagrupaba el ejército español; habían atravesado pueblos fantasmales y caminos ocupados por soldados enfermos, espectros con tanto de ser humano como los *fumbis* sin alma que aterrorizaban a los seguidores de la santería. Se estremecía al pensar que él podría estar vagando de la misma manera, abandonado. «No, Ada, no pienses en eso...»

Habían salido hacía ya... ¿cuántos días? Recordaba un camino entre montes empinados —donde el caballo casi no podía tirar del carro—, desde allí escucharon fuego de artillería muy lejano, como truenos anunciando una falsa tormenta. Después habían vislumbrado el mar Caribe centelleando junto al estuario donde encontraron un nuevo puesto de guardia del Ejército Mambí; el río cubierto de manglares donde los soldados cazaron un caimán: el reptil más grande que Ada había visto en su vida.

Habían dejado atrás muchos lugares sin que Ada pudiera siquiera recordar sus nombres. Paisajes borrosos, desenfocados; solo kilómetros recorridos, dejados a la espalda. Como una brújula que siempre señala el norte, para ella solo había una dirección: el este. Oriente. Lo único importante: su destino. Esta idea la sostenía animándola a despertar cada mañana, a levantarse y emprender viaje de nuevo. Una mano fue al pecho y tocó el sobre bajo la ropa: sí, los papeles seguían allí. En realidad, solo pensaba en las cartas. Cada noche, todas las noches, con la imaginación, escribía una respuesta, siempre la misma:

«No puedo vivir sin ti. Estoy vacía y ya no siento nada. Vuelve a mí, porque moriré si tú has muerto. Pero no lo creeré hasta que te vea, muerto o vivo, al menos una vez más. Espérame. Espérame, amor mío. Voy a buscarte.»

III

Continuaron viaje al amanecer formando un grupo compacto que al poco rato de marcha adelgazó hasta diluirse a lo largo del camino. Los hombres que la noche anterior habían invitado a Ada a viajar en su compañía pasaron junto a su carro cabalgando, sonriendo con sorna y llevándose la mano al sombrero diciendo adiós. Uno se atrevió a gritar: «¡Las dos hermanitas!», y el otro hizo caracolear su caballo delante del carruaje, obligando a tirar de las riendas a Pompeya para frenarlo, mientras que el jinete, quizá borracho, a punto estuvo de caer a una zanja junto con el caballo. Espolearon las monturas y Ada sintió alivio al perderlos de vista.

—Sí, ya sé lo que vas a decir... —dijo a Pompeya.

—¿El qué?

—Que esos hombres llevan con ellos a Mabuya y les traerá muchas desgracias.

Pompeya no contestó.

— Pues en este caso, lo estoy deseando —añadió Ada—. ¡Ojalá encuentren al tal Mabuya a la vuelta de la esquina!

—Que así sea —contestó la negra con solemnidad.

Ada se quedó mirándola. Comenzó a sonreír y la sonrisa se convirtió en una risita tímida; esa solemnidad de la negra era, en el fondo, un poco ridícula. Todo lo que les había pasado era absurdo y carecía de sentido. Soltó una carcajada; esto era una novedad porque hacía meses que Pompeya no veía en Ada sino un rostro cada vez más sombrío.

—¿De qué te ríes, si se puede saber?

—No sé... De todo. De ti, de mí y sobre todo de ese, el del caballo... Haciendo burla con sus piruetas y casi se descalabra el muy imbécil. ¡Por poco se rompe la crisma!

—El caballo lo ha salvado por los pelos... ¡Era más listo que el caballero!

Las dos rieron a carcajadas, nerviosas, exagerando, espantando la tensión y el cansancio, recuperando lo que durante ese tiempo les habían robado: la alegría de su juventud.

El cielo aparecía tan despejado como el camino, Pompeya llevaba las riendas del carro con seguridad y eran jóvenes. Las risas sacaron a la luz algo que había estado dormido: el vínculo de complicidad y confianza que antaño había sido tan fuerte. Pero algo se quebró de pronto en el interior de Pompeya.

—¿Por qué le dijiste a ese hombre que éramos hermanas?

Ada no se dio cuenta de que su compañera había dejado de reír ni de que sus palabras sonaban graves. Contestó entre divertida y bromista.

—Pues, no lo sé... Me salió así, como sin querer. Esa gente se merece pasar sonrojo, al menos durante un segundo. —Fue a reír otra vez, pero el gesto de Pompeya la detuvo.

—No deberías hacer bromas con eso. Es peligroso.

—¿Qué quieres decir?

— Lo que quiero decir es que no te conviene que nadie crea que tienes un parentesco conmigo. Imagina lo que te harían si te creyeran cuarterona —sentenció la negra; su piel brillaba, oscurísima.

Ada no necesitaba más explicaciones: las cuarteronas eran mulatas tan claras que podrían pasar por blancas. Antaño, si se atrevían a ello, podían castigarlas hasta la muerte. Pompeya miraba al frente, sin apartar la vista del camino, como el caballo que tiraba del carro.

—Yo no soy cuarterona... Y no lo parezco. —Ada se sintió incómoda al decir esto, pero lo dijo.

Pompeya siguió hablando sin hacerle caso.

—Negras o blancas, todas somos mujeres. Me enseñaron a pensar que la raza blanca respeta a sus mujeres, pero no lo creo. He visto mujeres blancas golpeadas por sus maridos, como aquella señora esposa del boticario, don Servando, ¿te acuerdas? Tan educado y simpático detrás del mostrador, con su bata impoluta y bien planchada. La mujer siempre iba con un ojo morado, con un brazo roto...

Hizo un esfuerzo por recordar a don Servando y su mujer, pero se le había borrado el recuerdo y no pudo contestar.

—Yo creo que hay hombres sin alma, peores que bestias. Si les ofendes, no creas que vas a librarte por ser blanca, y menos en tiempo de guerra. Son los que están buscando cualquier pretexto, cualquiera, para humillar, golpear y violar a una mujer. Tirada ahí mismo, en una zanja del camino, uno o muchos, hasta dejarte medio muerta. Lo más seguro es que luego se vayan, sin miedo a las consecuencias de sus actos puesto que un varón blanco es dueño de todo, y si hace eso es porque puede, porque le dejan y se lo permiten; pero si tiene miedo a ser descubierto o denunciado, puede que entonces saque una navaja y te corte el cuello para asegurarse de que no hables y pueda seguir tranquilo su camino. Pues si matar a una mujer es fácil, imagina lo poco que supone matar a una mujer negra.

Aquellas palabras de Pompeya salían de su boca de augur calmosas, terribles. Ada lo comprendió entonces.

—Pompeya... No sé qué puedo decir. Me he comportado de forma irresponsable...

—Te pido que no vuelvas a decir que soy tu hermana.

—Me apena que hables así. Yo siempre he sentido que lo eras.

A la joven negra le sonó la voz más honda. Dolorida.

—No soy tu hermana, nunca fui más que un juguete.

Ada enmudeció.

— Sí, no me mires así. Un juguete que abandonaste al marcharte al colegio, al irte a España. Yo no era más que una parte de tu infancia... Te fuiste dejándome en La Oriental junto al resto de las muñecas, las cocinitas y la linterna mágica. Una vez pude sacarla de la caja y la puse en marcha; las imágenes sobre la sábana me recordaban a ti, pensaba que podría verte allí proyectada, aparecerías saludándome desde el otro lado del mundo, entre el resto de fantasmagorías. Hasta que tu tía me sorprendió y guardó la caja en el desván, para que nadie salvo tú misma la usara. Luego cerró tu cuarto, que había sido también el mío, y nadie volvió a entrar: estaba prohibido. Nunca más pude andar por los pisos altos de la Casa Grande. ¿Sabes que fui a parar a la cocina de Toñona, donde era un bicho raro para el resto de negros? Nadie sabía qué hacer conmigo; mi propia gente me rehuía porque yo sabía leer y escribir como los amos, porque no hablaba como ellos, porque nunca había vivido como ellos.

—No lo sabía, no tenía forma de saberlo... ¿Por qué no me lo contaste antes?

Pompeya no parecía siquiera oír a su antigua dueña. Dejaba la mirada volar por el campo reseco junto al camino y no contestó. Sonaban los chillidos de los pájaros, el rítmico trotar del caballo, las ruedas chirriantes del viejo carricoche. Cuando volvió a hablar su voz parecía aún más amarga.

—Tú y el Ama Elvira hicisteis de mí un monstruo de feria.

¡Una negra que sabe latín, que viste como una señorita y escribe poemas! Si hubiera llegado un circo, me hubiera ido con él. No habría desentonado al lado de la mujer barbuda y el hombre con dos cabezas.

Ada balbuceaba, intentando explicarse a la vez que comprender.

—Tienes que saber que... yo quería llevarte conmigo y la tía no me lo permitió. Luego creí que te habías olvidado de mí. Esperé tus cartas como nos prometimos... Pero tú nunca me escribiste.

—Tus cartas nunca llegaron. Y tampoco me hubieran permitido enviarte ninguna. El Ama sabía la verdad: que yo no era sino tu muñeca y que al crecer me dejarías en el cesto de los juguetes. Supongo que era algo necesario para las dos, pero me costó mucho tiempo entenderlo... Al fin y al cabo, no era más que una niña. Pero al final me di cuenta.

Las riendas colgaban flojas de las manos de la negra; el caballo iba solo, como si supiera el camino. Bajaron una suave cuesta hacia un paisaje sencillo, como pintado por un niño: colinas amarillas, palmeras al fondo, el camino serpenteando, el cielo azul y el sol cayendo de plano. Desde lejos, el paisaje, el carricoche y las dos mujeres, una negra con turbante blanco y una blanca cubierta con un ancho sombrero con velo, ofrecían una estampa delicada, amable.

—Entonces apareció Selso, cuando los demás de la casa me evitaban y bajaban la voz a mi paso. Esa niña que conociste hubiera muerto de pena si no hubiera sido por él. Al acogerme me convertí, a los ojos de todos, en los hijos y las hijas de Selso Cangá, la semilla del *babalao* más grande de todo Oriente, a quien negros y blancos iban a visitar desde muy lejos llevándole regalos para verle hablar con los Orishas. A mí también me hablaron; fueron ellos, a través de Selso, los que me dijeron que no debía odiarte ni culparte, que mi vida contigo había sido por deseo suyo. Nada pasa sin que los Orishas quieran, Ada. Ahora solo cumplo con lo que le prometí a Selso cuando murió; ya no me rebelo, he aceptado mi destino, lo mismo que tú. Por eso estamos aquí. —Y señaló el camino.

Tras escucharla, Ada dijo en voz muy baja:

—¿Por qué no me habías contado nada de esto?

Pompeya volvió a adquirir su habitual expresión de máscara, su rostro como el de un tótem de madera o un ídolo de barro: perfecto, impasible.

—No lo hubieras entendido... Te hubieras peleado con la culpa y con tu propia razón. Tenías que sufrir y, así, comprender lo que no tiene explicación. A mí me pasó lo mismo. Lo entendí cuando Selso murió.

Sonó un tiro lejano, y luego otro y otro más. Pompeya tiró de las riendas y detuvo el carro. Volvieron a la realidad del viaje y la guerra; ya no se oían los pájaros, solo la breve brisa que había traído los disparos. Pero no se repitieron. Fue Ada quien habló.

—Tenemos que seguir.

—Esperemos un momento... Puede haber tiradores, ladrones o algo peor.

El caballo resopló y relinchó; en contestación, se oyó otro relincho acercándose. Tras una de las revueltas del camino apareció a la vista un destacamento de caballería del Ejército Libertador, lo supieron porque ondeaba la bandera de la estrella sobre el triángulo rojo y el fondo de deslucidos azules. Pronto se distinguieron las manchas blancas de las camisolas de dril, los sombreros de yarey de los soldados que, al trote en sus caballos, invadían la carretera en su dirección. Llegaron a su altura y las sobrepasaron, relucían los machetes en el cinto de los soldados, barbudos, morenos. El comandante puso su caballo a la altura del carro y saludó quitándose el sombrero de ala ancha.

—Señoras... Tengan cuidado, ahora están en zona controlada, pero más allá de Palmira hay combates.

—Lo sabemos; gracias, comandante. Nos dirigimos a nuestra hacienda... Está ya cerca —mintió Ada.

No se mostró interesado en saber adónde se dirigían: dos mujeres solas no constituían una amenaza y tenía prisa, asuntos más importantes en los que pensar.

—Bien, no se retrasen. Les deseo buen viaje.

El comandante espoleó el caballo tras colocarse el sombrero. Antes de que se perdiera por el camino, Ada se volvió hacia él.

—Pero... ¡hemos oído disparos!

Tirando de la brida para hacer girar al caballo, el militar respondió:

—Un accidente en el bohío del cruce. ¡No hay para preocuparse!

Y volvió a hacer galopar a su caballo, perdiéndose tras el polvo que levantaba su destacamento.

Un par de kilómetros más adelante, Ada y Pompeya llegaron al bohío. A la entrada pararon junto a una fuente custodiada por dos viejos guajiros, menudos, arrugados y quemados como los genios del desierto. Los viejitos tenían ganas de cháchara.

—¿Oyeron los tiros?

— Dicen que ha habido un accidente —explicó Ada mientras cargaba un cubo de agua para el caballo.

—¿Accidente? —El viejecillo más arrugado y quemado por el sol rió.

—Verán al muertico poco más allá —dijo el otro anciano. Y señaló, con una mano sarmentosa, la misma dirección que ellas llevaban—. Allá quedó *plantao*.

—Adiós *pescao* y a la vuelta picadillo.

Mostraban con su sorna el sentido del humor macabro típicamente cubano. Como eran viejos, se reían con más ganas de las muertes ajenas.

—El fulano iba *alambique*... Se entiende, borracho. ¿Pues no se puso a disparar a las cabras? Decía que tenía *baro largo* para pagar al dueño y mucho más... Pura bravuconería. Le respondieron con otros tiros, desde algún *lao*.

—¿Quiénes? ¿Los soldados? —preguntó Pompeya.

—¿Qué soldados? Esos, aquí, no se meten con los civiles.

—¿Pues quién? —repitió.

—A saber... Alguno sería... —El viejo se encogió de hombros.

—No se puede *arranchar* el ganado de otro cristiano sin esperar consecuencias —sentenció el otro.

Era evidente que sabían quién había disparado y también que no pensaban decirlo.

—Los amigos aún andan por allí: armaron algo de jaleo, pero pronto se *aciscaron*...

Dejaron atrás la fuente con los dos viejos observándolas curiosos. Habían recorrido un corto trecho cuando se toparon con un grupo de gente que invadía la carretera; Pompeya hizo marchar más lento el caballo para no atropellar a nadie.

Primero reconocieron los caballos que andaban sueltos, las sillas lujosas. Unos quince campesinos armados con machetes vigilaban a los hombres que se habían presentado a Ada la noche anterior, los mismos que se habían burlado de ellas esa mañana, estaban desarmados y sentados en el suelo, en la cuneta. Los hombres reconocieron el carro pero no dijeron nada, bajando las cabezas para esconder los rostros sombríos y grisáceos. Un poco más lejos, el cuerpo caído en un charco de sangre; lo habían movido desde la carretera a la cuneta dejando en el polvo una alargada mancha granate. Al pasar junto a él, vieron que el muerto era el hombre que había insultado a Ada, aquel señor Solá, el comerciante bravucón de acento español. Tenía el rostro vuelto hacia arriba, mirando al cielo con gesto de sorpresa, todavía no se creía que un disparo le hubiera atravesado la garganta.

Ada susurró: «Mabuya», y miró a Pompeya. Pero no la vio a ella, sino al fantasma de Selso Cangá y, aunque el sol caía a plomo, se estremeció.

LOS TAMBORES

I

Poco después de que Ada cumpliera trece años, la tía Elvira tomó una decisión sustancial e imperativa respecto al destino de La Oriental y por la cual Selso Cangá tuvo que enganchar el coche a *Sabino*, el caballo pío, y salir muy de mañana hacia la ciudad. Doña Elvira no viajaba fuera de sus posesiones si podía evitarlo, así que Selso llevaba varias cartas llamando a cónclave a sus representantes legales y a un par de testigos ante los cuales quería hacer testamento. No es que tuviese planeado morirse, ni mucho menos; disfrutaba de un aspecto y energía que hubieran dado envidia a muchos más jóvenes. No; se trataba de otra cosa, un asunto de vital trascendencia: el futuro de Ada.

Muchas críticas había recibido la señora viuda De Castro respecto a la educación de su sobrina: las conocía todas aunque no saliera de la hacienda. Sabía que era acusada de mantener a la «pobre niña» prácticamente secuestrada en la inmensa finca, alejada de todo contacto humano, solo acompañada por criados negros y abandonada de las normas sociales más elementales, cuya falta habría hecho de la pobre criatura un ser intratable y asilvestrado. A estas murmuraciones daba pábulo la propia doña Elvira con su actitud ermitaña, pues en contadas ocasiones habían sido vistas tía y sobrina fuera de La Oriental. Pocas veces viajaron a la ciudad, no frecuentaban comercios ni paseos ni compartían festejos, celebraciones o reuniones con el resto de la buena sociedad de la región. Aquello no hacía sino abonar los chismorreos de los ociosos. Pero nada de todo esto importaba: convertida en una alumna aplicada y una niña encantadora —al decir de la tía—, Ada era feliz en La Oriental.

Nadie sabía que la Vieja Señora se reía para sus adentros porque lo tenía todo previsto: su sobrina nunca se codearía con aquellos palurdos con nada en la cabeza más que bisoñés pringados de aceite de macasar, ni con esas chismosas provincianas llenas de melindres. Cuando cumpliera quince años, Ada sería presentada ante la alta sociedad con boato y esplendidez en una gran fiesta que haría palidecer a todos, haciéndoles rabiar de envidia. Cuando llegara ese momento, Elvira estaba dispuesta a salir de su enclaustramiento y pasearse por las calles en un coche sin capota para que la gente admirase a su retoño, que de seguro triunfaría entre gentes más interesantes, cultas y —por descontado— acaudaladas que sus vecinos.

Mientras esperaba a sus invitados, doña Elvira de Castro observaba por la ventana abierta a su sobrina, jugando en el jardín con la niña que parecía su sombra negra: Ada reía por algo que había dicho Pompeya. «Es alegre, inteligente y cariñosa. No podría haber salido mejor.» Un observador algo más imparcial habría podido alegar que la niña estaba mimada y que su buen carácter y disposición respondía al hecho de que nadie le llevaba la contraria. Desde la más tierna infancia todos los caprichos se le consintieron, incluyendo aquella ocurrencia escandalosa de no separarse nunca de la negrita recogida por su tía, de vestirla de igual forma, tomar clases junto a ella y hasta dormir en la misma habitación. Sin embargo, los ojos de ese mismo observador, de ser un poco más versado en el conocimiento de la naturaleza humana y no el indiscreto juez que condena a sus semejantes con frivolidad, encontrarían en la adolescente Ada las virtudes propias de una chiquilla soñadora y apasionada, poseedora de una desmesurada imaginación, que la convertían en una extraordinaria compañera de juegos y una conversadora deliciosa. Ese mismo ingenio también hacía de ella una manipuladora sagaz, hábil en salirse siempre con la suya. Con ser mimosa y consentida —defectos disculpables en una edad temprana—, compensaba su carácter una naturaleza compasiva, generosa y de buen corazón, equilibrando la balanza que la tía Elvira, con su condescendencia complacida, pudiera haber inclinado en su contra.

El comedor grande se abrió para la ocasión. Llevaba años cerrado, desde el mismo día en que don Mario de Castro murió, y ya no hubo allí ni más cenas pantagruélicas de hasta treinta platos que obligaban a Toñona a movilizar una decena de esclavas bajo su mando, feliz de poder lucir sus capacidades culinarias ante aquellos señorones; ni francachelas con partidas de cartas hasta el amanecer, cuando del comedor salían carcajadas o gritos airados de disputas y olor a veguero y coñac francés.

Después de tanto tiempo, la viuda del juerguista quiso abrir aquella estancia porque creyó que la ocasión lo merecía, y también, por qué negarlo, para impresionar a los extraños que nunca habían conocido La Oriental en el apogeo de su fasto. Pretendía la tía sentar jurisprudencia albergando la intención de que una vez Ada fuera presentada en sociedad —y, por supuesto, triunfase en ella—, La Oriental recuperara sus días de pompa y circunstancia y se celebraran en ella grandes fiestas que le devolvieran su antiguo renombre y la pusieran en el mapa de las haciendas más célebres de la Isla. Para entonces se abrirían todos los salones y comedores de la casa, todas las habitaciones cerradas serían ocupadas por los invitados y, como antaño, se volverían a organizar grandes convites.

Así se imaginaba la anciana el futuro próximo mientras dirigía ella misma la compleja operación de limpieza y acondicionamiento del inmenso comedor. Este era un edificio anexo al corpus arquitectónico de la casa, pues había sido levantado por don Marcelo, el padre de Marito, en fecha posterior a la construcción original. Hombre pródigo, excesivo en todo —se decía que no había un solo mulato de La Oriental que no fuera hijo o nieto suyo—, don Marcelo había querido extender la impronta de los Castro por toda la región y no solo en el aspecto genésico: también en la misma hacienda heredada de sus mayores, y lo hizo ampliando la casa por el lado oeste del jardín y construyendo el comedor, empeño que acabó costando la vida a tres ceibas centenarias y varios miles de duros gastados en ladrillos, cemento y caprichos traídos de sus viajes por Europa.

Cuando se abrieron los cortinones de terciopelo cargados de polvo, apareció una sala enorme y rectangular cuyo muro exterior se resolvía en una inmensa cristalera de cuatro metros de alto. Lindaba con la explosión de verdes del jardín que tras la última temporada de lluvias lucía en todo su esplendor. Una puerta de cristal disimulada conducía a un sendero de grava que se internaba en el jardín bajo el pasaje formado por unos exuberantes macizos de hortensias florecidas en rosa, azul, malva y blanco. El otro muro, el que se apoyaba en la casa, aparecía cubierto por dos espejos venecianos de dimensiones casi idénticas a la cristalera. Los espejos devolvían la imagen salpicada de colores del jardín enmarcada en dorados, como si de una de esas extravagantes pinturas puestas de moda en París se tratara.

Ama Virina conducía a sus soldados armados de trapos y plumeros con mano firme:

—Mucho cuidado al limpiar los espejos... Solo las molduras pesan más de tres arrobas. ¡Y ojito con saltar el pan de oro! Francisco, Severo: vosotros os encargaréis de bajar la araña; sí, tirando de aquel cable. Tened cuidado, bajadla lentamente, así, sin hacer chocar el cristal, que se rompe con solo mirarlo y de estas cosas antiguas no hay repuesto...

—Señora, ¿con qué le quitamos el polvo?

—Para limpiar el cristal, agua y jabón, Catalina.

Tintineó la lámpara al bajarla los criados, se levantaron los toldos a rayas verdes y blancas que protegían la estancia de los rayos del sol y los muebles aparecieron al quitarles las fundas de sábana con rumor de velas al viento.

En las esquinas de la pared de los espejos se alzaban dos estatuas de casi tres metros: subidos a sus pedestales, Marte y Venus se miraban las desnudeces —aunque llevaran sendas hojitas púdicas en sus sexos hipotéticos—, escrutándose con ojos blancos de dioses olímpicos. Eran de yeso, pero no por ello menos imponentes. La mesa de nogal situada en el centro del comedor había sido traída de París tras pasar por las manos de unos cuantos nobles arruinados por la Revolución y un general de húsares de Napoleón, también arruinado pero por la Restauración. Era imposible saber si esto era una leyenda de los Castro: el estilo del enorme mueble era intemporal como un gigante salido de la hoz de Cronos.

El ejército de criadas sacudió el polvo del terciopelo rojo de las veinte sillas para comensales y el de los dos sillones que presidían las cabeceras, al estilo inglés —a pesar de la leyenda que radicaba el conjunto en Francia—. A conciencia prepararon el extremo de la mesa donde iba a tener lugar la reunión, colocando en los cuatro respaldos de las sillas de los caballeros los paños «anti-macasar». El aceite de macasar, muy popular en la moda masculina, servía entonces para fijar el cabello; el problema es que dejaba cercos imborrables allí donde reposaban las cabezas de los distinguidos huéspedes y por eso se colocaban paños especiales que absorbieran la grasa.

El proceso de limpieza continuó desalojando el polvo que cubría las borrosas escenas de batallas de los dos tapices traídos de la Real Fábrica para adornar los muros laterales, uno frente al otro, como retándose en la distancia. Taparon algunas manchas de humedad fruto de cosechas de huracanes blanqueando las paredes, aunque quedaron los inevitables rastros de parches. Se abrillantaron las cerámicas de Talavera, la madera de Brasil, los dorados, la plata y también los complicados apliques de las lámparas de gas con la forma de cuatro musculosos brazos de bronce sujetando cada uno de ellos una antorcha rematada por su correspondiente pantalla de muaré de seda color borgoñona. Las manos broncíneas surgían de la pared creando un efecto grotesco un tanto espeluznante.

Ada y su inseparable Pompeya observaron todo esto, fascinadas por los tesoros de ese lugar mantenido en secreto bajo la llave tiránica de un Barba Azul con faldas: doña Elvira.

—Vamos, niñas, no molestéis... Fuera de aquí... Os vais a llenar de porquería. Venga, fuera, id a jugar al jardín. Señorita Doinel, lléveselas de aquí. ¿Ya han terminado las lecciones de hoy?

Mademoiselle Doinel, la institutriz —demasiado joven y un tanto atolondrada, al decir de la tía—, las llamó con su encantador acento francés. Salían del comedor cuando se oyó una nueva orden.

—Y no olvide que Ada debe estar preparada a las cuatro. Que se ponga el vestido de organza color salmón.

Si doña Elvira hubiese nacido hombre, sus naturales dotes de mando la hubieran llevado a ser capitán de navío de guerra; una de sus virtudes de líder era la de no dudar jamás, no revocar una orden ni confundir a sus subordinados con repentinos cambios de parecer. En su barco todas las tareas se hacían tal como estaban previstas, sin cambios ni sorpresas, confiada la tripulación en las capacidades de un caudillo seguro de su victoria.

Mientras la señorita Doinel le cepillaba la melena y le colocaba una cinta a juego con el vestido, Ada intentaba salirse con la suya.

—¿Puede venir Pompeya conmigo?

—¿Adónde?

—A saludar a esos señores.

Sentada en una de las dos camas que compartían las niñas, camas iguales colocadas una frente a otra, Pompeya fingía mirar un álbum en el que aparecían paisajes nevados, exóticos, pero en realidad observaba de reojo la melena larga y reluciente de Ada. A ella nadie podía cepillarle aquellos rizos apretados, pequeños y negros: tenía que llevar el pelo recogido en muchas trenzas enrolladas sobre sí mismas formando moñitos; era todo lo que se podía hacer con su cabeza. Una vez, Ada se empeñó en deshacer las trenzas y cepillarle el pelo convirtiéndolo en una maraña inflada como un globo que parecía que iba a echar a volar. Ambas se rieron mucho.

La institutriz contestó a la pregunta sin darle importancia a la respuesta.

—Hoy no puede ser, Ada. Es a ti a quien han de ver.

Ada se miró en el espejo: el vestido de organza color salmón era muy caro y lujoso; no había réplica para Pompeya. Estaba claro que la tía no lo había elegido por capricho: ese día, su amiguita no debía estar presente. Mientras, la *mademoiselle* seguía hablando.

—Solo será un momento. Tu tía te presentará, nada más, luego se irán a hablar al comedor. En cuanto te quites el vestido ya podrás volver junto a Pompeya y jugar hasta la hora de la cena, porque hoy no habrá más clases.

Lo dijo sonriente, con su simpatía natural y su juvenil encanto. Esa tarde, Antoinette Doinel, fuera de su hogar en Ruán desde hacía tres años, hija de un cirujano arruinado por las deudas que había decidido poner fin a su vergüenza ingiriendo arsénico, obligada por la necesidad a buscar trabajo como institutriz en las Antillas, enviaría unas cartas a su madre viuda y a su hermana menor en Francia, junto con el sueldo ahorrado durante los últimos meses mediante una orden de pago vía telegráfica.

II

A la hora señalada llegó la calesa conducida por Selso. Bajo el largo porche que servía de entrada a la casa, ya esperaba la Vieja Señora junto a su sobrina vestida de rosa salmón, con la *mademoiselle* cuatro pasos detrás de ella. Del coche descendieron tres caballeros y un cura. Los hombres se acercaron a besar la mano que les daba mucho dinero a ganar, aunque en el caso del sacerdote lo del beso fuera en sentido figurado y se limitara a una breve inclinación de cabeza. Por el contrario, don Toribio Mendiluce se inclinó hasta casi partirse en dos: era el notario que gestionaba todas las transacciones importantes de doña Elvira. Como testigos actuaban don Pedro de Ribera, sacerdote y canónigo con un pie puesto en el obispado, y don Hipólito Aldaz, el ex negrero que tras la Abolición había permutado en habilidoso intermediario de todo tipo de géneros destinados a los Estados Unidos, haciéndose además con la presidencia de la Cámara de Comercio. La mano derecha de doña Elvira en asuntos legales y el artífice de este cónclave era don Manrique García, su abogado desde tiempos pretéritos; fue este letrado quien intentó arreglar los desmanes económicos de Marito, aunque también los había aprovechado, pues tras sacarle jugosas minutas, más de una

127

juerga se había corrido con el difunto. Trataba a los Castro desde tiempo inmemorial y era un perfecto y melifluo adulador.

—¡Querida Elvira! —Los años de conocimiento le daban bula para apearle el «doña»—. Está usted más joven cada año... Cualquiera pensaría que ha hecho un pacto con el diablo, si me permite la broma el muy ilustre señor canónigo...

El aludido hizo un leve gesto como de espantar moscas —o pequeños diablillos— con toda la autoridad de su ministerio. Se tapaba la cabeza con una inmensa teja y vestía la reglamentaria muceta de una soberbia seda que reverberaba bajo el sol caribeño. Aldaz sonrió y le destelló un canino de oro. Ada nunca había visto una cosa igual y se encendió una alarma en su interior diciéndole que aquel era un hombre peligroso. Tiempo después lo recordaría: el brillo del oro en la boca del lobo.

—Señores, es un honor tenerlos en mi casa. Disculparán que ya no sea aquella que algunos de ustedes recuerdan; los años no pasan en balde y una anciana no debe vivir más que con lo necesario, lo contrario no sería recatado.

—Muy bien dicho, señora mía —contestó ufano el clérigo.

Debía de haber una razón muy poderosa para que la tía hubiese traído a un cura hasta allí. Este, además, no se parecía a los míseros párrocos de la región que rondaban La Oriental mendigando donativos para sus pobres y sus campanas.

Tanto preámbulo comenzaba a cansar a Ada, pero no puso mala cara ni hizo ese gesto de impaciencia de cambiar el peso del cuerpo de una pierna a otra que bien les había costado corregir a las sucesivas institutrices. Ya era mayor para saber comportarse: esperó muy quieta bajo la sombra del porche a que su tía se dirigiese a ella. Miró a Selso con su chaqueta anaranjada de cochero, alejándose con la calesa, y no pudo dejar de pensar que, por su porte, parecía más caballero que aquellos señores gordos y sudorosos. Por fin acabó el besamanos.

—Les voy a presentar a mi sobrina. Ada, acércate.

Los cuatros hombres se encontraron ante una adolescente de trece años, alta para su edad —hasta un poco desgarbada—, de cutis lechoso, ojos vivos y una melena castaña recogida con una cinta de color añil. El bonito vestido combinaba a la perfección con el lazo azul, las medias blancas y unas botitas marrones brillantes como el jaspe.

—Muy linda —dijo rápidamente don Manrique.

Ada hizo una graciosa reverencia, con una soltura parisina, de muñeca. Los señores sonrieron complacidos.

—Prometedora, prometedora...

—Jovencita, tiene usted mucha suerte de tener a su tía, que tanto la quiere.

El único que no dijo nada fue Hipólito Aldaz; la miraba con una sonrisa socarrona alrededor del diente de oro. Doña Elvira hizo un imperceptible gesto a la institutriz, que permanecía en un plano distinto, como la semisirvienta que era.

—Gracias, *mademoiselle* Doinel; ya puede llevarse a la niña.

—*Oui, madame.*

Y desapareció en las sombras del interior con la niña cogida de la mano.

—Estarán ustedes muertos del viaje, con este calor...

—Señora, ha sido un infierno.

—Pasen, pasen dentro... Probarán mi *pru*, que tiene fama.

—¿*Pru*? Usted sí que sabe, mi querida doña Elvira.

En la Casa Grande se tomaba mucho *pru*, porque don Eloy, el médico, decía que era muy sano y tonificante y a la tía le gustaba cuidarse. La bebida seguía una receta antiquísima mejorada por Toñona con varios ingredientes secretos y cuya receta de seguro se llevaría a la tumba, pero estaba claro que llevaba raíz de China, hojas de pimienta, azúcar moreno, canela y el agua del pozo de la cocina, la mejor de toda La Oriental: Ada y Pompeya lo habían visto preparar esa misma mañana.

Mientras subía las escaleras hacia su habitación para volver a ponerse el vestido de algodón y el delantal de todos los días, Ada escuchó las voces que entraban en el comedor.

—¡Magnífico!

—La Oriental en todo su esplendor.

—Extraordinarios tapices...

—¡Ah! Cuánto tiempo hacía que no entraba en esta sala... ¡Qué recuerdos me trae!

—La juventud... ¿Verdad, don Manrique?

—Catalina, sirve el *pru* a estos señores.

Tal y como habían pactado, Pompeya esperaba junto al columpio, en el jardín.

—¿Cómo son?

—¿Cómo van a ser? Unos blancos viejos, es lo que son. Y un cura.

—¿Un cura? ¿Y a qué han venido?

—La tía no ha dicho nada y yo no he hablado siquiera. Solo me han mirado como si fuera un bicho raro. Pero, ya verás... Vamos a enterarnos.

Ada conocía todos los secretos del jardín de la Casa Grande, no había rincón que no hubiera explorado más de mil veces ni vericueto que no le hubiese escondido de una regañina de Toñona. Las dos niñas rodearon el edificio de la casa hacia el lado más frondoso del jardín, donde crecían los granados y algarrobos, el roble de olor, el ocuje y el chicharrón negro junto a altísimas plantas de copey que Calixto, el jardinero, cuidaba con especial dedicación porque tenía propiedades curativas. En esa parte, el jardín era tan intrincado que apenas dejaba pasar la luz del sol. Atravesando las enredaderas enmarañadas llegaron hasta el sendero de grava bajo el túnel de hortensias que estallaban en todas las gamas del rosa al azul. Ada le hizo una seña de silencio a Pompeya, estaba a la vista la cristalera del comedor y habían abierto los ventanales debido al calor.

Las dos niñas se escondieron entre las matas de flores mariposa tumbándose en la tierra blanda, húmeda y caliente. Desde allí podrían espiar sin temor a ser vistas la reunión de la tía con aquellos hombres; las mariposas crecían exuberantes en su blancura y perfume de ramo de novia, sus hojas y tallos eran tan altos y apretados que podían ocultar incluso a un adulto. Cierto que apenas veían a través de las hojas, pero se oía perfectamente la conversación.

—Con este nuevo arancel a la exportación, los comerciantes vamos a la ruina, sin duda. —Era don Hipólito quien hablaba, con voz calmosa y suficiente.

—Déjeme que le diga, mi querido amigo Aldaz, que si bien es cierto que no ha sido la mejor decisión de este gobierno...

—¿La mejor decisión, dice usted? Les digo que los Estados Unidos no permitirán que se perjudiquen sus intereses. Antes o después, este estado de cosas nos conducirá a una nueva guerra.

—¡Tonterías!

—Bueno, don Toribio, el señor Aldaz representa a varias firmas yanquis, así que lo sabrá mejor que nosotros.

—Le aseguro, doña Elvira, que esta política podría resultar suicida para España.

—¡No lo quiera Dios!

El canónigo se santiguaba.

—Ada, todo esto es muy aburrido. Vámonos.

Ada sujetó a Pompeya del brazo.

—Espera...

Tomó la palabra el abogado, ducho en el arte de la diplomacia.

—Señores, señores... No hemos venido hasta aquí para hablar de política, sino para escuchar a nuestra anfitriona, que nos honra con su confianza.

—Gracias, Manrique. Señores, si ya han descansado y refrescado, me parece que deberíamos pasar al asunto que los ha traído hasta aquí.

—Desde luego.

—No faltaba más.

La Vieja Señora se preciaba de ir siempre al grano y sin mareo de perdices.

—Caballeros, quiero hacer testamento. Es una cuestión que ya he discutido con mi abogado aquí presente, don Manrique, y el ilustre señor notario, que creo ha traído la documentación necesaria. Ambos me han recomendado su concurso como testigos.

Los hombres aguardaron en silencio.

—Quiero que mi sobrina nieta Ada, a quien antes han tenido el gusto de conocer, sea mi heredera universal.

Estaba sentada en uno de los dos sillones con forma de trono que presidían la mesa gigante. A su lado se encontraban el clérigo y el notario con su cartapacio, los otros dos permanecían de pie. Bajo las flores blancas, Pompeya miró a Ada, pero esta no le devolvió la mirada. El abogado tomó las riendas del discurso.

—Este asunto, que en otro caso hubiera quedado reducido al ámbito familiar, tiene, digamos... algunas particularidades. Ustedes, como testigos, darán fe de que se ajustan totalmente a la legalidad.

El notario abrió el cartapacio y puso sobre la mesa varios documentos.

—Se trata de despejar las dudas surgidas en torno al origen de mi sobrina.

Nadie acusó el golpe. Elvira de Castro se aseguraba de que nadie sospechara de su sucesora y quedara sin mácula ante la sociedad.

—La niña me fue confiada en su tierna infancia por el padre, don Darío de Silva. ¿Qué decir de él? Pues que fue un hombre honrado y desgraciado. Un poeta y un loco, un loco romántico... Se creía un Espronceda, un duque de Rivas, pero es que el pobre era un torpe rimando. Aun así, debió de conquistar a golpe de verso a mi sobrina, cosa que por aquel entonces era el no va más entre la juventud. Como ya sabrán, me refiero a mi sobrina política Teresa María, hija del hermano menor de mi difunto marido don Mario de Castro. La pobre mujer ya es tierra, pero estoy segura de que ella estaría orgullosa de ver cómo La Oriental continúa en manos de la familia.

Los De Castro en pleno odiaban a la advenediza Elvira, eran los principales publicistas de su mala fama.

—El cariño que nos profesábamos influyó sin duda en la decisión del padre, ya viudo, de poner a su hija bajo mi cuidado.

Doña Elvira mentía; pero eso no lo sabía nadie. Nunca conoció a su sobrina Teresa, aquella pobre mujer muerta a causa de una hemorragia de puerperio —como tantas y tantas mujeres de la época—, que había nacido en España y jamás cruzó el mar para pisar la isla de Cuba.

—El señor De Silva era un idealista que dedicó su vida a la política: allí donde hubiera un pronunciamiento con visos de fracasar, allí iba él a jugarse la vida y la hacienda, en vez de dejarlo en las manos de quien debía, o sea: el estamento militar. Estas no son cosas para que jueguen los civiles...

Todos los presentes sabían que el primer marido de doña Elvira, además de su hacedor, había sido coronel y su retrato permanecía colgado en alguna salita de la casa, como muestra del ascendiente que conservaba sobre la Vieja Señora. Ella seguía desgranando verdades a medias.

—Invirtió toda su fortuna (que no era mucha) en montar periódicos que cantaran las glorias revolucionarias y, como es de suponer, la perdió toda. Resultado: un reguero de deudas. Politicastros que le dejaron tirado en cuanto se vació la bolsa... Un hombre solo no podía hacerse cargo de una niña pequeña... Una vida sin sosiego ni seguridad alguna no era lo más adecuado para educar a la hija. Así que ambos decidimos lo mejor para ella, es decir, nombrarme su tutora. Al poco tiempo el pobrecillo murió.

Una ráfaga de recuerdo acudió a la mente de Elvira; la grave discusión mantenida con su sobrino político en la época en que llegó a La Oriental para dejar a Ada a su cuidado. Pero enseguida desechó esos pensamientos. La voz fuerte de la mujer acostumbrada a mandar volvió a reverberar entre los muros y se escapó por los ventanales abiertos.

—Los De Silva, sin embargo, pertenecen a un abolengo intachable. Emparentados con los Príncipes de Milán, puedo asegurar que entre sus apellidos, mi sobrina nieta puede lucir un Visconti.

Este remate portentoso no obtuvo respuesta. Siguió escribiendo el notario en silencio. Zumbó una mosca en busca del *pru*. El abogado se vio obligado a emitir un carraspeo.

—Aquí tienen el documento por el cual el progenitor, don Darío de Silva, nombra tutora de su hija Ada, menor de edad, habida con la ya fallecida doña Teresa María de Castro, a doña Elvira Sainz, viuda de Castro, tía de la anterior, aquí presente. Pueden comprobar las actas matrimoniales y las de defunción de ambos cónyuges. Y aquí está la partida de bautismo de la pequeña.

Tendía los papeles a los presentes; mientras que don Hipólito fue el único que los examinó con cierto cuidado, el res-

134

to los dejaron sobre la mesa sin hacer el menor gesto de interés por leerlos. Las perfectas falsificaciones habían costado un Potosí en dineros y trabajo, un gasto quizás inútil cuando todavía tenía tanto valor la palabra de alguien como doña Elvira, pero ella estaba empeñada en no dejar ningún cabo suelto. Su rebeldía ante la realidad, su empeño en transformarla a través de la acción, se parecía mucho a la del oscuro poeta Darío de Silva, algo que nadie, ni siquiera ella misma, hubiera sospechado jamás.

—Como doctor en Derecho, quizá tenga algo que decir Su Reverendísima... —dijo el refitolero abogado, como si estuviera retando a que alguien dudase de la autenticidad de los documentos.

—Dios me libre... Lo mío es el Derecho Canónico, que poco puede tener que ver con este asunto, a mi modesto entender —contestó el cura.

El acento de don Pedrito era tan empalagoso como el café al que echaba toneladas de azúcar: hubiera acabado él solo con toda una cosecha de caña. (Pero en el pecado llevaba la penitencia: moriría diabético y ciego pocos años después.) Le cortó el acento castellano, duro como un cristal, de la tía: detestaba las dulzuras criollas en la manera de hablar. (¡Cuántas veces corrigió a Ada para que pronunciara las eses y las erres a la perfección!) Cuando se mostraba tan rotunda es que pasaba a negociar fuerte.

—Si les he hecho venir hasta aquí es porque me gustaría que mi decisión se hiciese pública: cuento con ustedes para darle la difusión que merece. Sepan que tienen toda mi confianza y por supuesto mi agradecimiento. No lo olvidaré. Por cierto, he dispuesto una cantidad en el testamento para la Iglesia con la condición de que sea usted su administrador, don Pedro.

—Señora mía, no nos merecemos tanta generosidad...

La estrategia de araña de la tía estaba clara: todo era poco para allanar el camino a Ada. Cuando creciera tendría el favor de los hombres de leyes que debían proteger sus propiedades y futuras inversiones, también el de los poderosos hacendados y comerciantes de la región y hasta el necesario apoyo de los ministros de esa religión católica que tanto despreciaba. Era difícil saber si los hombres presentes estaban cayendo en las redes tendidas por la anciana a causa del interés propio o del convencimiento, pero eso, al fin y al cabo, era lo de menos. Vio que su oferta era bien recibida y concluyó:

—Muchos suponían que moriría sin descendencia y sin heredero y ya se estaban frotando las manos. Pues no. Y quédense tranquilos, nada más lejos de mi intención que morirme mañana.

—¡No, por Dios!

—Sea en salud por muchos años...

—Nos honra con su confianza.

El notario preparaba la pluma y el tintero para las firmas.

Ada se arrastró fuera de las flores mariposa sin esperar a Pompeya.

III

La antigua sirena colgaba cabeza abajo, abierta en canal y chorreando sangre. El cuchillo de Toñona había arrancado la piel desnuda, rugosa y gris, con lunares blancos en el vientre. Por el tajo abierto descubría una espesa capa de grasa sobre la carne. Cuando entraron, ya le había separado la cabeza del cuerpo y reposaba en una bandeja sobre la mesa. Al verlo, Antoinette, la *mademoiselle*, a punto estuvo de desmayarse.

—Pero ¿qué es esto?

Pompeya y Ada que estaban sentadas a la mesa merendando chocolate con alfajores criollos y ya habían fisgoneado a gusto el bicho, contestaron al unísono:

—¡Un manatí!

—Vaca marina también lo llaman, señorita —añadió Toñona.

El animal había llegado como regalo del administrador de una de las propiedades de doña Elvira, muy consciente del valor de la pieza pescada porque los manatíes eran cada vez más difíciles de encontrar. Aquella costumbre feudal llenaba la cocina de la Casa Grande de fruta, caza y pesca de lugares muy distantes de La Oriental.

Al ver que la cara de sorpresa de la joven no desaparecía, la cocinera se sintió obligada a añadir:

—Un pez de por aquí.

—¿Un pez?

La escena no podía ser más macabra a los ojos de la francesita: el contraste de ver a sus dos pupilas con las tazas de chocolate en la mano sentadas a la misma mesa donde reposaba en un plato la cabeza del mito, como un san Juan Bautista con rasgos porcinos, mientras aquella negra bestial hacía de matarife descuartizando al pobre animal, le produjo náuseas. La insensibilidad de las niñas la afectó aún más.

—Y ustedes... ¿no tienen nada que decir?

Pompeya fue la primera en reaccionar y, con una sonrisa blanca que buscaba la aprobación de la maestra, contestó:

—¡Sí! Que no es un pez... Es un mamífero.

Toñona se revolvió.

—¿Qué dices tú, niña tonta?

—Tiene razón Pompeya, ¿no ves que no tiene escamas?

Ada se levantó y tocó las cerdas en el morro de la cabeza decapitada.

—Tiene pelitos...

—Pues tenga lo que tenga, mañana se comerá en esta casa vaca marina a lo pinero, con su adobo, bien frita luego en manteca. Está muy rico, ya verá, señorita... Seguro que le recuerda al puerco, pero más sabroso...

Mademoiselle Doinel salió corriendo de la cocina al patio y en una esquina vomitó entre arcadas que le agitaron el cuerpo y le pusieron la piel de gallina. Ada la observó con extrañeza desde la puerta de la cocina mientras mordisqueaba un alfajor. Ya se había acostumbrado a institutrices con remilgos que ponían peros a todas las costumbres que para ella eran familiares, pero había creído que esta sería distinta. Su amabilidad y dulzura, tanto con ella como con Pompeya, sin evitar su presencia ni hacer distinciones entre las dos, le habían granjeado la simpatía de las niñas. Pompeya asomó la cabeza por encima de su hombro para ver qué le ocurría, pero Ada se encogió de hombros y se volvió a la cocina a mordisquear otro alfajor mientras Toñona cortaba grandes trozos del cuerpo del manatí y los introducía en la cazuela del adobo. La cocinera rezongó en alto para que se la oyera bien:

—¡Qué sabrán estos franchutes de las comidas caribes! ¡Catalina! ¡Llama a alguno de los muchachos que vaya a limpiar eso, que la señorita se ha puesto mala!

Antoinette se limpió los ojos llorosos y la boca con el pañuelo. Ya tenía algo que contar en su próxima carta; en una casita alquilada de un barrio obrero de Ruán, dos mujeres esperaban anhelantes las cartas de la exiliada por la pobreza en tierras extrañas y exóticas. Ambas se asombraban mucho con las anécdotas caribeñas que les relataba, pero tenían la sospecha de que Antoinette exageraba.

La joven hizo un esfuerzo por sobreponerse y entró de nuevo en la cocina, pálida, ensayando una sonrisa, intentando no mirar hacia los restos del descuartizamiento.

—Disculpen, creo... que... voy a tumbarme un rato. Tengo jaqueca.

Pompeya se acercó.

—¿Necesita algo, *mademoiselle*?

Ella le acarició las trencitas apiñadas en torno a la cabeza.

—Quizá luego, una taza de té...

—Catalina se lo subirá. Y con algo de comer, está usted muy pálida y delgada y tiene que cuidarse —dijo Toñona con el ceño fruncido.

La mulata militaba abiertamente en contra de las delgadeces extremas, y ver cómo la delicada señorita subía con esfuerzo el tramo de escaleras, temblándole las piernas, corroboró sus certezas. La institutriz subió a su cuarto, contiguo al de las niñas, y se tumbó en la cama aún mareada. Cuando le trajeron el té, tenía fiebre. Ya no se volvió a levantar.

IV

Sonaban tambores más allá de los barracones donde vivían los cortadores de caña. Antoinette llevaba postrada en cama muchos días y don Eloy la visitaba con regularidad. Aunque se aisló a la enferma de las niñas, fue imposible evitar que escucharan las palabras del médico confirmando la gravedad de su estado.

—Presenta un cuadro muy avanzado... Sí, sin duda es fiebre amarilla. Pero es joven, confiemos en que su organismo sepa reponerse...

Pompeya estaba desolada y Ada intentaba sobreponerse a su propia tristeza animándola; desde que la *mademoiselle* enfermara, las dos niñas vagaban por la casa sin más supervisión que la muy leve de las criadas. Además, la tía parecía más ocupada de lo acostumbrado recibiendo continuas visitas de los diferentes empleados y agentes, inmersa en los asuntos de la próxima zafra y la venta de la cosecha.

Ada y Pompeya tenían todo el tiempo del mundo y hacían lo que les parecía. Al principio habían adelantado las lecciones por su cuenta; cuando se lo contaban durante las breves visitas que el doctor administraba con cuentagotas, la joven institutriz se mostraba muy contenta por ello: «Ustedes ya no me necesitan», bromeaba hundida en la cama, con el rostro afilado y cerúleo. Poco más tarde perdió el conocimiento y se prohibieron las visitas. Aquel estado de inconsciencia, al decir del médico, no auguraba nada bueno. Desde entonces las niñas andaban afligidas, ya no repasaban las lecciones ni tenían ganas de jugar.

Cuando empezaron a sonar los tambores, colándose por cada puerta, cada ventana abierta de la Casa Grande, se le ocurrió la idea.

—Yo no quiero ir... Me da miedo.

Pompeya siempre se comportaba de manera más responsable, incluso tímida y apocada, que Ada.

—¡Pareces una niña pequeña! Si voy yo, tú también vienes. ¿Qué te van a hacer? ¿Eh?

—Dicen que los Santos salen de los tambores y saltan dentro de las personas. Eso me da miedo.

—También dicen que hay toques de tambores que curan con solo oírlos. Ven conmigo por favor, es por *mademoiselle*... Para que se ponga buena. Se lo pediremos a san Lázaro, el que cura.

—No sabes si es la fiesta de Babalú...

—Me da igual, se lo pienso pedir a todos los Santos. Iré. Y nadie podrá decir nada.

Pompeya nunca podía decirle que no, hubiera hecho cualquier cosa por Ada.

La noche estaba tan clara que salieron de la casa atravesando el jardín hasta el campo de cañas bajo la luz de plata, casi diurna, de la luna llena. A punto de ser cortadas, las cañas se mecían al viento, una brisa nocturna las doblaba hacia donde se oían los tambores, como señalándoles el camino.

La «negrada» se reunía en un círculo despejado a machetazos, rodeando a los tamboreros y las fogatas de caña. Una negra y un negro bailaban en medio del corro; otros acompañaban palmeando y repitiendo el estribillo, algunos daban vueltas y saltos, movían las caderas compulsivamente, juntándose unos con otros como si les dieran calambres por el cuerpo, pensó Ada. No sabía cuánto llevaban bailando, debían de ser horas ya, pero no parecían cansados. Los varones, casi todos sin camisa, fueron sacando a las mujeres en torno al fuego echándoles un pañuelo al cuello o sobre los hombros; las negras no se negaban, pues la mujer que se «para» en el tambor debe bailar con cualquiera que se le presente. Los viejos cantaban al son de los tres tamboreros y los demás repetían el estribillo con palabras extrañas que Ada y Pompeya no conocían, porque «no hablaban lengua». Muchos reían y hablaban, por el suelo de tierra rodaban las botellas vacías de ron, en un rincón se apilaban entre flores y sobre hojas de banano maíz tostado, ñame, pescaditos ahumados, manteca de corojo... Eran los regalos para «darle de comer a la prenda»; también los dos gallos muertos, uno blanco y otro negro y sin cabeza, con las tripas colgando y goteando sangre sobre una piedra puntiaguda colocada en un plato, ennegreciéndola. Los golpes de las manos callosas y fuertes sobre los parches de piel de cabra de los tambores *batá* no paraban y su sonido repetitivo y profundo se volvía hipnótico, como las faldas dando vueltas y más vueltas, levantando el polvo de la tierra.

Ada cogió de la mano a Pompeya y salieron de entre las cañas, acercándose. Había mucha gente bailando y cantando, pero nadie parecía verlas, ni siquiera los criados de la Casa Grande a quienes tan bien conocían, como Catalina y Filomena o Francisco, que parecían bailar como ausentes, en trance. Ada casi sintió envidia: parecían tan felices, tan sin dolores ni miedos que le hubiera gustado hablar esa lengua que sonaba tan bien para así poder cantar y bailar con ellos. Bailar y bailar, sin parar, sin que hubiese nada alrededor. Los toques de los tambores se le metían dentro del cuerpo, resonándole en alguna parte muy profunda, devolviendo el eco desde el fondo del alma. Casi sin querer, imitó a los que la rodeaban y se puso a bailar, mientras Pompeya clavaba los ojos en una mujer que se había arrodillado y daba golpes con la cabeza contra el suelo; parecía un pez debatiéndose fuera del agua. Los demás se le acercaron y dos hombres la cogieron por debajo de los brazos, entre murmullos.

—¡Se le ha *montao* el santo!

—¿A quién?

— Mírala...

—La Patrocinio...

La mujer a la que llamaban Patrocinio ponía los ojos en blanco y hacía visajes horribles con la cara, retorciendo todo el cuerpo. Ya no era ella, sino el dios que se le había metido dentro y hablaba por su boca. Alrededor sonaron los tambores y algunos presentes gritaron: «*Senseribó, senseribó... Epé mancóoo!*» La mujer pasó al lado de todos los que rodeaban los *batás* hasta llegar delante de Ada. Entonces, la señaló.

—Patrocinio va a *hablá*... va *hablá pa'* ti... Ama Pequeña, amita blanca. Tú te vas a ir pronto, por el mar te llevarán... Lejos hay un hombre que te echará la cadena allá, él es de allá. Pero tú volverás *pa'* querer a ese hombre, mucho lo querrás... Pero aquí y allí él está maldito. Es sangre y muerte. Desde que nació arrastra la sangre y la muerte. Otro te querrá, pero ese querer solo será si rompes una cadena muy *pesá*... Cuídate, Ama Pequeña, cuídate, que Ochún se lava las manos y no sabe *na*...

La mujer cayó al suelo entre horribles convulsiones. Los dos hombres, a pesar de ser fuertes, no podían sujetarle los brazos y las piernas. Una mano enorme se posó en el hombro de Ada, que casi gritó de la impresión. La mano pertenecía a

Selso Cangá; al levantar la vista encontró su rostro de estatua esculpida en ébano y a Pompeya cogida de su otra mano. Selso las arrastró hacia el cañaveral, pese a que Ada se resistía.

—Niñas, ¡cómo se les ocurre! No pueden estar aquí... De noche y tan tarde. Si se entera su tía, señorita Ada, fíjese qué disgusto.

—Pero, Selso... No hacíamos nada malo. Yo solo quería pedirle a Babalú que curase a la *mademoiselle*... Por eso tenía que venir a ver al Santo.

Él se detuvo en mitad del campo de cañas; las dos niñas podían ver sus ojos amarillos brillando a la luz de la luna enorme.

—¿Babalú?

—Sí... Babalú Ayé, san Lázaro, el que cura.

Aquel hombre tan alto y tan negro la observó con curiosidad, como si no la hubiera visto nunca antes. Se alzaba entre las cañas agitadas por el viento que las hacía chocar unas contra otras, cantando su propia melodía en respuesta a los tambores que sonaban de fondo. La mano de Selso transmitía calor y confianza; Ada estaba convencida de que ahora él se encargaría de todo, como hacía siempre en La Oriental y que haría venir a sus amigos los Orishas para curar a la *mademoiselle*.

—Es usted muy buena, señorita, y a Babalú le gustó mucho escuchar sus plegarias. Pero ya no puede hacer nada por la pobre maestra. Cuando la vida se quiere escapar, ni los Santos pueden meterla de nuevo en el cuerpo.

Al llegar a la casa vieron que todo el mundo andaba levantado y despierto, pero no por su causa: *mademoiselle* Doinel acababa de morir. Doña Elvira daba vueltas por su salita pensando en el amargo trago que tenía por delante: escribir a la familia de Antoinette para informarles de su muerte.

Dentro del escritorio de la habitación de la institutriz encontraron la dirección de la casita de Ruán escrita en los sobres de varias cartas aún sin enviar. Ada vio el paquete en las manos de su tía, reconoció la letra y sintió una horrible tenaza apretándole la garganta.

—Ada... ¿Se puede saber dónde estabas? ¡A quién se le ocurre salir a estas horas!... Pero, hija, ¿adónde vas?

Subió las escaleras corriendo sin contestar y cerró la puerta con un portazo que resonó en el piso de abajo. Doña Elvira dudó si subir a consolarla, pero decidió hacerlo más tarde, cuando se le hubiese pasado la impresión. Lo primero era escribir la carta.

—Bueno, al menos estás tú aquí para ayudarme. Porque dominas bien el francés, ¿no es verdad, niña?

Pompeya tenía verdadero pánico al Ama Virina; intentaba pasar desapercibida en su presencia y si la interrogaba, solía tartamudear al contestar.

—Sí, se... señora.

—Bueno, de algo va a servir que hayas sido tan bien educada.

Pompeya hizo de escribiente y traductora al francés de la carta dictada por la señora —que no conocía una palabra de la lengua de Molière—, mientras hacía esfuerzos por no llorar delante de ella. La misiva, muy formal pero sentida, informaba a los familiares del fallecimiento de su querida hija y hermana, excelente persona y maestra, describiendo de forma sucinta su fulminante enfermedad, así como las disposiciones decididas sobre su entierro en el cementerio donde descansaban todos los miembros de la familia De Castro, oficiado según el rito católico y cuyos gastos correrían por cuenta de su empleadora. Enviaron las cartas junto a sus escasas pertenencias y una generosa gratificación.

Ada permaneció encerrada en su habitación con las contraventanas cerradas, decía que le molestaba la luz. No quería hablar ni ver a nadie, ni a Pompeya ni a su tía, que llamaba a la puerta con voz primero severa, luego angustiada. No quiso asistir al entierro de la señorita; y la tía, viéndola tan afectada, se lo permitió. A Ada le rondaba un sentimiento de culpa salido de no sabía dónde ni por qué... En su ánimo anidaba una rabia profunda ante el hecho antinatural de la desaparición imprevista de un ser joven y bondadoso como Antoinette; la necesidad de entender aquella muerte sin los consuelos de una religión —la que fuera— era un muro contra el que su razón chocaba para terminar convertida en una fosa oscura en la que veía a la dulce francesita dentro de un ataúd, pudriéndose, comida por los gusanos. Aquella imagen la aterraba; tenía miedo de quedarse dormida y morir sin despertarse, de volver a soñar unas pesadillas demasiado reales en las que creía haber matado a alguien, pero no sabía a quién porque tenía la cara velada, en las que el muerto resucitaba y se levantaba envuelto en vendas sanguinolentas de leproso como las imágenes de san Lázaro que veneraban los negros, para acercarse a los bailarines de la fiesta de los Santos; veía de nuevo los cuerpos retorciéndose sudorosos, convulsos, mientras los tambores sonaban sin cesar, ignorantes de la presencia del cadáver surgido de la tumba.

Nunca antes había pensado en el futuro, en lo que sería su vida cuando fuese adulta, cuando le faltara el apoyo incondicional de su tía abuela, su única familia, que a sus ojos era ya era muy anciana y que pronto acompañaría a Antoinette en el panteón de los De Castro. ¿Qué sería entonces de ella? Echó de menos a la madre nunca conocida, y la llamaba a sabiendas de que no aparecería. Sintiendo una inmensa lástima por sí misma, tuvo conciencia de la terrible soledad a la que parecía estar condenada: La Oriental, el lugar que tanto quería, donde había sido tan feliz, ahora se le antojaba una cárcel, o peor, una tumba fría. Aquella idea dolorosa comenzó a morderla por dentro, no se atrevía siquiera a pensar que podría llegar a sentir aversión por aquel lugar, porque no tenía ningún otro sitio adonde ir.

Ada se negó a comer, vomitaba hasta los suaves caldos preparados con cariño por Toñona y empeoraba a ojos vistas. Su tía tuvo que volver a llamar a don Eloy, el médico.

—Hemos descartado cualquier enfermedad grave, doña Elvira. Quédese tranquila al respecto. Su sobrina es una niña sensible, impresionable. No cabe duda, la defunción de su maestra le ha afectado enormemente. Quizá más de lo que ella misma está dispuesta a admitir. Este hecho luctuoso quizás haya actuado como detonante de... de algo más profundo.

—No sé qué hacer. Ya sabe que su bienestar es mi principal preocupación.

El médico era un hombre inteligente, bondadoso y excelente en su profesión. Se había formado en la Facultad de Medicina de Baltimore, en Estados Unidos, y a pesar de ser un médico rural, estaba al corriente de los avances científicos del momento, incluyendo los principales estudios sobre afecciones nerviosas cuyos novedosos tratamientos estudiaba por su cuenta, siguiendo cada nueva publicación llegada de cualquier lugar del mundo. Don Eloy reflexionó bien antes de decir lo que pensaba. Respetaba a aquella mujer y sabía que ella también a él, pero como la conocía también sabía que lo que iba a decirle podía suponer un conflicto enorme.

—Señora, si me permite un consejo...

—Dígame lo que sea. Por favor.

—El clima tropical no le sienta bien, eso está claro.

—Nunca le había sentado mal antes...

—Son estas edades complicadas... La adolescencia femenina es una época crucial para el desarrollo de la mujer; las sensibilidades se exacerban, afloran sentimientos que pueden crear, si no se tratan, alteraciones del comportamiento, crisis nerviosas, obsesiones perjudiciales. Creo que lo mejor para la niña sería un cambio de aires.

Esperó la reacción, pero no hubo ninguna. Si era incapaz de contestar a esto, es que la Vieja Señora estaba preocupada, no cabía duda.

—Comprendo sus reticencias ante la idea de separarse de ella, pero en este momento creo que lo que necesita es salir de La Oriental... Pronto cumplirá catorce años, ya no tiene edad para ser educada por institutrices. Y no es que no la haya cuidado usted bien... Todo lo contrario. Pero si quiere que se convierta en la joven que espera que sea, debería enviarla a Europa.

Don Eloy calló: lo peor ya estaba dicho, era el turno de su interlocutora. A la anciana le tembló la voz.

—¿Tan... lejos?

—A España; no hace falta que la mande a Suiza o Francia, donde pocos lazos tenemos. Mis propias hermanas han enviado a sus hijas a un internado allá: en España siempre quedan amigos, relaciones e incluso familiares que pueden prestarle ayuda durante la estancia de la niña... si es que decide optar por esa solución.

Doña Elvira callaba mientras el médico calibraba el alcance de sus palabras.

—Respecto al seguimiento médico, cerca del colegio que le mencionaba vive mi compañero y amigo el doctor Izquierdo, un eminente patólogo, que estará encantado de cuidar de la salud de Ada.

La oferta era tan razonable y sensata que poco había que decir. Elvira sintió un cerco alrededor de su viejo corazón. Recordó entonces algo que le había preguntado Ada siendo más pequeña, cuando descubrió que su tía no había nacido en la

Isla y que venía, como aquellos productos tan escasos y valiosos, del otro lado del mar.

—Tía, ¿tú nunca has querido volver a España?

—No. Yo ya no soy española. Soy caribe.

Con aquel gesto inconsciente y mecánico, volvió a tocar el medallón que llevaba debajo del cuerpo del vestido de cuello cerrado, negro, sintiéndolo bajo la tela. El colgante de plata con el trisquel grabado que nunca se quitaba. Miró al hombre de quien tan buenos servicios había recibido.

—Sí... creo que será lo mejor para la niña.

Se escuchó a sí misma decir aquellas palabras de rendición y le pesaron en el ánimo como una losa. Tras ellas había desaparecido la mujer fuerte y decidida y no quedaba más que la envoltura de una vieja solitaria y débil. En el fondo de su corazón, doña Elvira temía al tiempo y la lejanía. Tenía miedo de que la muerte se la llevara antes de volver a ver a Ada.

LA PIEDRA DE LOS DRUIDAS

I

Cuando estuvieron lejos del pueblo, Olalla apartó el pelo rubio de su hija y le rodeó el cuello con el colgante.

—Ten cuidado, no lo pierdas.

—¿Qué es, madre?

—Un amuleto. Es de plata. ¿Ves cómo brilla? Protege a los niños para que no se pierdan ni se pongan enfermos. Aunque lo veas tan pequeño, dicen que lleva dentro el pasado, el presente y el futuro. Pero eso es un secreto.

Elvira estuvo a punto de seguir preguntando, pero calló. No entendía muchas cosas, pero no hacía preguntas porque su madre lo sabía todo. El colgante tenía un dibujo geométrico que había visto antes, aunque no recordaba cuándo ni dónde. Parecía una estrella de tres brazos en movimiento, metida dentro de un redondel. Tuvo miedo de que alguien se lo quitara; Olalla adivinó su temor.

—Mételo por dentro de la camisa... Que no lo vea nadie, así no te lo quitarán ni te harán preguntas. ¿Entiendes?

La niña asintió agarrándose a la mano fuerte de su madre, una mano acostumbrada a labores duras, callosa. Mejor era no hablar: el esfuerzo de la subida les agotaba el aliento y ambas iban cargadas con grandes hatos llenos con todo lo que tenían. Se habían quitado las albarcas de madera después de cruzar los campos de hierba alta y siempre húmeda, aún más al amanecer. Colgadas a la espalda, las albarcas golpeaban una contra otra y cantaban su *cloc-cloc*, marcando el paso.

El sendero subía por los montes verdes hacia las cumbres jaspeadas de neveros, invadido de matorrales y zarzas; no era siquiera un camino, apenas una marca dejada en la tierra pelada de hierba por el paso del ganado cuando subía al puerto cada primavera. Las vacas aquellas eran montaraces y vivían al raso durante los meses de clima benigno, tenían el genio vivo y colores que les servían para esconderse en el bosque: grises, negras o de color avellana, la cara afilada y grande, enormes cornamentas retorcidas como ramas secas. Elvira les tenía pavor porque una de ellas, siendo casi un bebé, se la había llevado por delante entre pisotones. Conservaba una cicatriz en la cabeza, debajo del pelo, como recordatorio.

Hacía relente, pero ellas no lo sentían porque caminaban deprisa, con el arrebol en las mejillas. Dejaron atrás los bosques de avellanos y cajigas tan altas que se cerraban sobre la cabeza formando un túnel vegetal que no dejaba pasar la luz del día naciente; saltaron torrentes de agua helada de nevero con cuidado de no resbalarse en las piedras mojadas y cubiertas de musgo, abriéndose paso entre los helechos de la orilla. Al llegar a un claro en la cima del monte, miraron hacia abajo, hacia el valle. Columnas de humo se levantaban, iluminadas por el amanecer, sobre los tejados del pueblo. No eran las habituales de las chimeneas de las casas, delgadas y blancas, sino altas y negras, furiosas.

—No te pares.

La niña jadeaba por el esfuerzo, no podía apretar más el paso. Olalla le tendió un pellejo lleno de agua.

—Al llegar a Peña Prieta pararemos en la fontona y cogeremos más agua.

No se quejaba, estaba acostumbrada. Tenía casi siete años y ya sabía picar el dalle con su piedra, cargar hierba sobre la espalda atropándola con un palo, ayudar a esquilar una oveja y hacer queso; sabía abrir un surco en la tierra con la azada y recoger berzas, sacar patatas de la tierra y ordeñar, aunque eso era lo que menos le gustaba por su manía a las vacas. Había aprendido todas esas cosas, pero lo que de verdad hubiera querido Elvira era volver a la escuela. Deseaba con todas sus fuerzas hacer como los niños del pueblo, que todas las mañanas salían de sus casas y se iban a aprender las cosas que enseñaba el maestro. Durante un tiempo feliz había podido hacer lo mismo, recordaba muy bien cómo cantaban todos juntos las tablas de multiplicar. Muchas veces, mientras trabajaba con su madre, volvía a cantarlas en alto; se sabía hasta la del nueve, la más difícil. Olalla la animaba a recitarlas todas en voz alta y a contar muchas veces todas las cosas: las vacas que se llevaban a la feria, los cubos de leche que se vendían, las campanadas de la iglesia... No sabía por qué había tenido que dejar de ir a la escuela; la madre, gustosa de los secretos, nunca se lo había contado. Como tampoco le había dicho dónde estaba su padre, al que no conocía. Eso la hacía distinta, porque los demás niños sí que tenían padre; lo había aprendido a fuerza de insultos y pedradas, ellas no eran como los demás. Al principio pensó que era por trabajar en el campo, pero muchos otros niños apenas acudían a las clases por ayudar también a sus mayores y nadie se metía con ellos. En aquel pueblo se murmuraba al paso de la joven y su hija, o peor, se decían palabras feas con odio, bien alto, y eso le parecía muy injusto, pues ellas nunca se metieron con nadie y trabajaban como las que más. En lo que fuera. Mientras pudieron hacer quesos vivieron más o menos bien; a Elvira le encantaba remover el líquido blanco sobre la lumbre, verlo cuajarse para luego colarlo y envolverlo en un paño. Era muy fácil de hacer y el queso estaba riquísimo. Durante sus primeros años se había alimentado casi exclusivamente de leche, queso y natas con pan.

—Mi niña es de leche, por eso me ha salido tan blanquita.

Eso le decía su madre, morena, de ojos verdes y tez tostada. «¡Qué guapa es! —pensaba Elvira, tan rubia—. Es la más guapa del pueblo...»

Sí, Olalla Sainz era la mujer más guapa del pueblo, nadie lo podía negar. Sin embargo, eso no debía de ser bueno, porque ni hombres ni mujeres se acercaban a ninguna de las dos, tratándolas de apestadas. Elvira, como todos los niños, terminó por acostumbrarse a la situación dándole carta de naturaleza y cierta legitimidad sin pensar más en las razones de ello, aunque algunos chavales crueles se divirtieran atormentándola. Pero hasta a eso terminó acomodándose, desarrollando un sentido único para esquivar golpes y pasar desapercibida. Fogueada en una continua huida, se volvió escaladora de árboles y saltadora de tapias; su pequeña estatura, además, le daba la habilidad para colarse por cualquier rincón, agujero de vallado e incluso falda de aldeana.

Vivían en la ladera de un monte del valle de San Román, apartadas, escondidas casi en la casita que fuera de los padres de Olalla, ya fallecidos; una cabaña de piedra cubierta de lajas de pizarra como escamas, rodeada de un pequeño trozo de prado verde en la ladera más pindia y umbría de la montaña, donde pocas veces lucía el sol. Solo salían para trabajar en lo que fuera y por cualquier jornal, a veces por un plato de alubias, unas patatas o unas berzas. No veían a nadie, con nadie trataban. Por eso Olalla vivía para su hija y Elvira vivía para su madre. Hasta dormían juntas, abrazadas una a la otra. Cada noche, Olalla esperaba a que la niña se durmiera entre sus brazos antes de cerrar los ojos, por muy cansada que estuviera, mientras la miraba como un enamorado mira a su enamorada, como un perro a su amo. Y entonces le decía, muy bajito:

—Mi niña... Mi tesoro.

Elvira se volvía una y otra vez, sorprendida por las llamaradas que ahora se veían salir del pueblo, sin árboles que taparan la vista.

—Madre, ¿qué pasa?

—No mires atrás. —Olalla se dio cuenta de que la niña se asustaba e hizo lo que siempre hacía cuando la golpeaban o las ofendían: contarle cosas bonitas—. No te preocupes; aunque ahora el camino te parezca largo, piensa que al final del todo está el mar. ¡Vas a ver el mar, Elvira! Cruzaremos el mar, tan grande, en un barco preciosísimo, ya verás.

—¿Veré también los peces?

—Claro, y te los comerás...

—¿De qué color es el mar, madre?

—El mar es azul, siempre es más azul que el mismo cielo y brilla cuando le pega encima el sol y la luna.

—Y al final del mar, ¿qué hay?

—Pues la tierra de América. Con islas y ciudades muy grandes y bonitas y campos con muchas cosas buenas para cultivar, fíjate: tienen cinco cosechas al año, de tabaco, de café, de azúcar... El azúcar lo regalan de tanto como hay.

—¿A los niños también?

—A los niños sobre todo, en forma de almíbar y de caramelo. Allí todo el mundo tiene trabajo y no hay hambre: la gente se pasa el día cantando y bailando de tan contentos como están... ¡Dicen que hasta hay casas hechas de oro y suelos con diamantes! Y si trabajas mucho, puedes volver rico para que todo el pueblo te llame «don» o «doña», para comprarle campanas a la iglesia y tener una casa grandísima con criados que te cambian las sábanas todos los días.

—¿Y qué se come en América, además de azúcar?

—Pues más cosas que aquí y mejores. Hay muchas frutas, dicen que muy dulces.

—¿Y hay fiambre y hojaldre también?

—De todo hay. ¿Quieres ir?

—¡Sí!

—Pues ahora tienes que apretar un poco más... Hale, camina y te prometo que en un abrir y cerrar de ojos estaremos en el barco rumbo a América.

Llegaron hasta el pozo que brotaba de la roca abierta, una cueva hundida en lo profundo de la montaña como una boca oscura con dientes de roca. La corriente de agua desaparecía de nuevo en la tierra para volver a salir mucho más lejos, cerca del pueblo, y alimentar el río que pasaba junto a él. Alguien, hacía mucho tiempo, había hecho un paso con lascas de piedra para cruzar de un lado a otro del pozo y coger agua.

—Madre, cuéntame la historia de la fuentona...

La conocía muy bien, por eso sentía más placer al oírla de nuevo. Olalla se agachaba para llenar el odre con el agua cristalina y limpia.

—Pues la historia es que aquí vive, desde hace más de mil años, una anjana que a veces tiene el capricho de que la montaña deje de dar agua. Entonces el pozo se seca. Y con las mismas, la anjana se cansa de jugar y de un día para otro el agua vuelve a salir por donde solía. Porque la anjana es la dueña de la fuentona y sabe que puede hacer con lo suyo todo lo que quiera.

Los cuentos de anjanas eran los preferidas de Elvira.

Cuando jugaba sola por el bosque, buscaba el rastro de alguna de estas hadas buenas, tan pequeñas como ella, de voz muy dulce y alitas transparentes como las de las libélulas, que viven junto a las fuentes y los manantiales y hacen regalos a los pobres y a los que sufren, si son buenos. La niña cerró los ojos: quizá, si lo deseaba con mucha fuerza, vería a la anjana. Pero cuando los abrió, lo que vio salir del bosque fueron unos hombres armados y con uniformes sucios y desgastados, las barbas y los pelos largos saliéndoles de las boinas coloradas. Elvira creyó que eran ojáncanos, los ogros del bosque de un solo ojo que matan el ganado, vuelcan los carros en los caminos y roban a los niños.

—Madre...

Olalla había dejado caer el pellejo al agua, se alejaba flotando en el arroyo.

—¡Corre, Viri! ¡Corre!

Obedeció corriendo con todas sus fuerzas monte abajo, sin seguir el camino, dejándose arañar por las zarzas y las ortigas, rompiendo la falda en las ramas de avellanos. No veía más que una masa verde y oscura frente a ella, también tras ella cuando se volvía para ver si la seguían, como si el mismo bosque la persiguiera. Paró solo cuando sintió el corazón salírsele del pecho. Se resguardó tras una piedra redonda al margen de un claro y escuchó, pero no oyó más que el rumor del viento en las hojas plateadas de los arces. Se levantó con cuidado de no hacer ruido, apoyándose con las manos en la piedra. No lo había visto, pero allí, entre la espesura, estaba un jinete mirándola fijamente.

Muchos años después, siendo ya mujer, cuando estaba preocupada o triste, se le volvía a aparecer en sueños aquella imagen aterradora: hubiera jurado que de la silla colgaban tres cabezas cortadas, sujetas por los pelos y chorreando sangre.

El jinete era un hombre enorme —al menos eso le pareció a la pequeña Elvira— tapado con un gabán azul grisáceo cerrado hasta el cuello y una boina roja bajo la que brillaban unos ojos tan negros como su caballo de guerra. Con el sable colgando del cinto, una mano sujetaba las riendas y la otra una lanza muy larga —qué fácil era ensartar a la niña con ella— con un gallardete espeluznante: sobre la tela negra, una calavera y dos tibias cruzadas. Aquellos ojos fieros la miraron durante un momento largo como un siglo entero, hasta que con un leve tirón de las riendas el lancero ordenó a su caballo que diera media vuelta y en un momento había desaparecido entre los árboles, montaña arriba.

No se movió hasta pasado mucho rato, seguía agarrada a la piedra y le dolían las manos de apretarla tan fuerte. Al apartarse se dio cuenta de que no era una roca corriente, sino tallada por las manos de un hombre, aunque fuera uno muy antiguo, más antiguo quizá que las historias de anjanas y ojáncanos que le contaba su madre. La piedra redonda tenía un dibujo esculpido exactamente igual al que aparecía en el medallón que le había colgado su madre del cuello esa misma mañana.

II

Dicen aún en el pueblo de Hoces, cabecera de comarca del valle de San Román, que todo lo ocurrido fue por culpa del párroco, don Sergio, aunque otros se remontan más atrás, a la muerte de su predecesor.

Se encontraba entonces el país inmerso en la primera de las muchas guerras civiles que se extenderían a todo lo largo del siglo XIX —y parte del siguiente— como una chispa mal apagada que se aviva al menor soplo de viento maligno y fratricida. La primera de estas guerras duró siete largos años de combates, intrigas de camarillas, falsas negociaciones y muertes, muchas muertes de militares y sobre todo, y como siempre, de civiles. Las retaguardias eran arrasadas por los dos ejércitos; el liberal de los cristinos, defensores de la regente María Cristina mientras su hija Isabel fuera niña, y el absolutista de los carlistas, partidarios del pretendiente al trono don Carlos, tío de la niña Isabel II. Ocupadas las villas y aldeas, los regimientos de soldados hambrientos y embrutecidos desvalijaban cada casa, condenando al hambre y a la miseria a familias enteras y enrolando a los hombres por la fuerza. Eso en el mejor de los casos, puesto que en el peor, la población sufría las consecuencias de haber tomado partido por uno de los dos bandos, pasando a ser botín de guerra y pasto de todos los desmanes imaginables. Los asesinatos en masa, las violaciones y los saqueos se convirtieron, por primera vez en la historia de España, en un método de estrategia militar. Las dos facciones intentaron convertir el conflicto civil en una causa internacional con los estados absolutistas de Europa enfrentados a los liberales; muchos países resolvieron enviar armas y mercenarios, desechos de la soldadesca escupida por las guerras napoleónicas venida de toda Europa: prusianos, rusos, franceses, engordaban las huestes enfrentadas. Inglaterra envió a irlandeses «voluntarios», desesperados por las hambrunas de su lejana tierra, para combatir junto a los cristinos. Pero lo que aquí les esperaba tampoco era mucho mejor. Sin apoyos suficientes los unos y con un gobierno inoperante y arruinado los otros, ambos ejércitos sufrieron infinidad de deserciones, pues los mandos no podían siquiera garantizar la ración de un día, ni más de diez cartuchos por hombre. Eso en el caso de que les alcanzaran las armas de fuego, también escasas, tanto que se recuperaron los cuerpos de lanceros a la manera de los antiguos Tercios. Los muchos desertores se unían en bandas armadas, convirtiéndose en salteadores que saqueaban ciudades enteras, cometiendo todo tipo de tropelías al margen de cualquier bandera.

En aquel año de 1837 en que se había prohibido la esclavitud en la Península —no en los territorios de Ultramar debido a la presión de los hacendados cubanos—, los españoles permanecían cautivos de la guerra. Fue el mismo año en que el poeta romántico Mariano José de Larra decidió descerrajarse un tiro en la sien por un amor despechado, pero también desesperanzado de llegar a ver algún día en su país la libertad y la justicia con que soñaba.

Sin embargo, en la comarca norteña de San Román apenas sí se habían visto tropas hasta entonces; la región permanecía en calma al mantenerse fiel al gobierno de la regente, tomando partido por el oficialismo. Hasta aquel momento, todas aquella cuestiones de la guerra habían parecido muy lejos de la vida cotidiana en las aldeas del valle, de su lucha diaria por sobrevivir a la helada, a la sequía, al ataque de los lobos que matan el ganado o al robo del vecino que cambia de sitio la piedra de la linde. Ignorantes, analfabetos en su mayoría, ajenos a las grandes decisiones de las que solo podían ser víctimas, preferían turbarse hasta los tuétanos con sus asuntos locales.

En Hoces, la capital del valle, era piedra de escándalo la vergüenza traída por la hija del pastor Mauro Sainz, una belleza que había vuelto locos a muchos mozos de la comarca —y algún que otro caballero—, a los que la interfecta rechazó uno tras otro. Sin embargo, aquella moza soltera había dado a luz una niña y nadie sabía quién era el padre. Se extendió la sospecha adulterina por el valle y las casadas miraban a sus maridos con desconfianza, así como las madres a sus hijos y las novias a sus novios, pues Olalla, que así se llamaba la pecadora, se negó a confesar el nombre de quien la había perdido. En estos menesteres de mujeres y confesiones se solían hacer fuertes los curas párrocos, verdaderos baluartes de la honradez y la decencia femeninas, pero el pastor encargado de cuidar de su grey era un jovenzuelo barbilampiño recién salido del seminario, con menos experiencia respecto del pecado y sus lacayos que un niño de pecho. Rubio y delicado, suave en las formas, dulce en el hablar y con un punto de languidez, don Rafael resultaba guapo a la manera de los gustos románticos que por aquella época se estilaban. Y tenía alma de ángel, tan bondadoso que nunca daba sermones de aquellos que tanto éxito reportaban a la mayoría de los curas, en los cuales se intentaba aterrorizar a los parroquianos augurándoles con voz apocalíptica los castigos del fuego eterno. No, este cura más parecía que volaba —como el espíritu celeste que era— sobre su rebaño que otra cosa, siempre hablando del amor y la caridad, el perdón y la compasión, de «poner la otra mejilla» y otras cosas cristianas que constituían una verdadera novedad. Aquellas blanduras y apocamientos de don Rafael eran causa de crítica entre algunos de sus feligreses, partidarios de la mano dura y el pulso firme al frente de las instituciones fundamentales del pueblo, pero respetuosos con el poder temporal de la Iglesia, nada dijeron hasta que ocurrió lo del preñe de la Olalla. Ante las quejas de los vecinos, en especial del batallón de beatas —en estos pueblos suelen abundar más que las ortigas—, el bisoño curita no supo cómo hacer frente al escándalo; incluso se negó a parlamentar con la pecadora para sonsacarla y cuando le interpelaban al respecto se amparaba, muy digno, en el secreto de confesión.

Olalla, con la ayuda de una comadre de un pueblo vecino, dio a luz a una niña muy linda y muy rubia. Se rumoreó que podía ser la hija de un quincallero que un par de veces al año pasaba por el pueblo vendiendo cacharros, aunque las fechas no coincidieran y el interfecto lo negara de plano; en la taberna embromaban a los borrachos endosándoles la criatura; sospecharon también del dueño de tantas tierras, el señorío de los Vega Casar, pero el chisme fue radicalmente abortado por las autoridades. Las señoras decentes del pueblo alborotaban.

—¡Esa mujerzuela se pasea con el fruto de su pecado por las calles del pueblo como si tal cosa!

—¡Es una vergüenza!

—¡Qué ejemplo!

—Para la juventud sobre todo: si agarran la idea de que pecando no hay castigo, esto se nos vuelve un sindiós.

— Y todavía habrá algunos a quienes no parezca mal.

—¡Volterianos!

—Hay que hablar con el alcalde...

—¿Ese liberalote? Mejor con el señor obispo...

—Sí, esto es cosa del obispado.

—Su negociado; muy bien visto, señora.

—Lo que pasa aquí es que don Rafael es un Salazar, además del ojito derecho de monseñor, y nadie se atreve a chistarle.

—Es que los Salazares tienen mucho mando en plaza: como uno de ellos fue cardenal...

Las fuerzas vivas también comentaban el caso, a su manera.

—Estos curitas de hoy en día no saben hacer la o con un canuto.

—En vez de meterse en políticas, deberían coger el rosario y hacer lo que saben hacer...

—Oseasé: sujetar a las mujeres, que hasta la más virtuosa tiene el demonio metido en el cuerpo.

—¡Esas son las peores!

—Pero ¿ustedes han visto a la moza?

—¿A la tal Olalla? Cómo no, don Pedro, cómo no... Habría que ser de piedra para no mirarla.

—A veces el pueblo, con serlo, tiene sus encantos.

—Una belleza de las que quitan el hipo.

—Está de rechupete, la muy fulana.

—Yo con esa me apunto al infierno y a las calderas de Pedro Botero si hace falta...

Reían todos de buena gana, con la seguridad que da la posición de pertenencia a la casta privilegiada, con la impunidad de poder despreciar al caído en desgracia sin que ello conlleve castigo alguno, ni del orden espiritual ni del temporal.

Mientras tanto, el párroco, que nunca había gozado de buena salud, parecía una sombra de sí mismo: un tormento interior le atenazaba y ni comía ni dormía, al decir de la mujeruca que iba a cocinar y limpiaba la rectoría donde vivía con menos gasto que un anacoreta.

Iba Olalla cada domingo a cumplir sus deberes para con la Iglesia sin importarle las habladurías, con la niña en brazos o metida en el cuévano, sentada en el último banco, y si la criatura rompía a llorar se hacía en el templo un silencio espeso como la nata de la leche cocida. Ella oía misa y comulgaba como todos, aunque el cura ni siquiera la miraba al ponerle la hostia en la boca.

—Hasta le tiembla la mano.

—Pobre hombre; tener tan cerca a esa mujerzuela le debe poner los pelos de punta.

—Que no la deje entrar en la iglesia.

—Es un santo...

—Pues si Cristo expulsó a los mercaderes del Templo a golpes de vergajo, no sé yo por qué él no puede poner a esa perdida de patitas en la calle.

Olalla seguía la liturgia con la misma costumbre obediente que todos los demás habitantes de la región, pero, como la mayoría, sin demostrar verdadero convencimiento ni espíritu cristiano, al parecer del párroco.

Los montañeses eran inhóspitos, duros y secos como las piedras de las montañas de la cordillera siempre nevada que había dado lugar al gentilicio. Lo abrupto de su paisaje había impedido durante siglos que la civilización llegara hasta allí. Los romanos les consideraban tan salvajes —«*Cantabrorum indocta iuga ferre nostra*» («Los cántabros, que no han aprendido a llevar nuestro yugo», dijo Horacio)— que solo se interesaron por las minas de hierro de la región y por convertir a aquellos guerreros en mercenarios a la vanguardia de sus legiones; mientras que siglos después, los sofisticados musulmanes de Al-Ándalus ni siquiera se molestaron en poner el pie en aquellas tierras. Al parecer de algunos instruidos, este aislamiento constituía la razón última por la cual el cristianismo no había echado raíces entre aquellas gentes de la misma manera que en otros lugares de la Península. Los ritos católicos se superponían a las tradiciones ancestrales de orígenes celtas como quien se echa una capa porque el frío obliga; así, daban las gracias a la Virgen cuando paría una vaca, pero maldecían a bestias mitológicas cuando se les moría. Muchos no sabían lo que era un médico y no por falta de dinero, sino porque preferían acudir a un curandero cuando se cortaban haciendo una albarca o se tronzaban algún hueso. Las mujeres estériles pagaban por los mejunjes que hacían algunas viejas que, se decía, también practicaban abortos. Herederos del culto pagano a la tierra y las fuerzas de la naturaleza, se inclinaban ante los mismos árboles que adoraban sus antepasados druidas, mientras juntaban en el cuello medallas de santos y otras adornadas con estrellas y signos solares, iguales a los tallados en las estelas de piedra desperdigadas por los bosques llenos de jabalíes, osos y lobos. Esas piedras estaban allí desde siempre, como un recordatorio de la verdadera y más profunda procedencia de los descendientes de quienes las colocaron.

A Rafael Salazar no le prepararon en el seminario para tales herejías y descreimientos —siempre subrepticios— y la situación le sacaba de quicio; a veces se lamentaba de que la Santa Inquisición no hubiese sido más estricta en estas regiones como lo fue en otros lugares de Europa. Pero más se culpaba a sí mismo por no poder evangelizar a su rebaño arrancándole de cuajo la creencia en aquellos falsos ídolos; él, que de niño soñaba con ser misionero y jugarse la vida por Cristo en países exóticos predicando a leprosos y paganos caníbales, ahora se veía impotente para llevar por la buena senda a sus convecinos aunque hablasen el mismo idioma y no fueran ni chinos ni moros. Le atormentaba la idea de ser un mal sacerdote, quizás el peor que había tenido la osadía de tomar los votos. Fue a confesarse a la capital con su maestro, el padre Bernardo, que le miró con cariño y, aunque impuso una penitencia dura, le prohibió el uso del cilicio y el flagelo.

—Castigar el cuerpo no te ayudará en nada, Rafael. Además eres de constitución débil. Estás más delgado... ¿Es que no comes? ¡Si te viera tu madre le darías un disgusto! El no comer es vanidad de pretendido misticismo. Dios nos quiere fuertes porque se necesita mucho vigor para realizar su obra, siempre una cruz dura y cansada. Y por lo que me cuentas, te ha tocado una parroquia donde hay que bregar a fondo. Tampoco es que se vaya a hundir el mundo: no me extraña nada, pero nada... No es que sea tan grave... No pongas esa cara: yo también fui joven una vez y tuve mi primera parroquia y sufrí más tentaciones que san Antonio, no vayas a creer. ¿Te crees que esto del pecar lo has inventado tú? Otra vez *vanitas vanitatum et omnia vanitas*. Lo que tienes que hacer es olvidarte de esa mujer, hacer tu penitencia y no pensar más en las habladurías, que cesarán con el tiempo. ¿Sabes que el asunto llegó a oídos del señor obispo? Todo quedó en agua de borrajas, no te preocupes. De todas maneras, ya sabes que siempre te queda la opción de Roma. No sé por qué te empeñas en enterrarte en ese pueblucho, cuando podrías estar de secretario del obispado o haciendo ese doctorado en Teología en el mismísimo Vaticano. Si estudiar es lo que realmente te gusta, Rafael...

Hablaba con cariño preocupado, intentando quitar hierro al asunto, pero ambos sabían que sus palabras eran ambiguas, contemporizadoras, insinceras. Rafael volvió a su parroquia de Hoces: tenía que hacerlo. Allí se sintió morir.

Fue Águeda, de las pocas mujeres que tenía trato con aquella que había traído el escándalo a Hoces, la que se acercó a la rectoría.

—Don Rafael, a esa niña hay que bautizarla. El angelito poca culpa tiene de lo que haya hecho la madre, ¿verdad? Y si se muere, Dios no lo quiera, no es cuestión de condenarla al limbo.

El cura no podía negarse a impartir el sacramento: era su deber como párroco y como cristiano. Callaba; todo era preferible a tener que explicarle a una mujer creyente que el limbo de los recién nacidos fallecidos sin bautizar era solamente una hipótesis teológica fuera del dogma de la Iglesia. Águeda insistía, convencida de sus buenas razones.

—La mujer no quiere que en el bautizo se forme una escandalera, vendrá cuando usted diga, a una hora en que no lo sepa la gente. Mi marido y yo seremos los padrinos.

Como no tenía hijos, Águeda se había encaprichado de la pequeña Viri. Se preocupaba de aquella criatura con la leve esperanza de que algún día la madre, viéndose incapaz de criarla, la dejase en el pueblo para buscar otros horizontes más propicios, como sirvienta en la capital por ejemplo, cosa que habían hecho en el pasado muchas otras. Si así fuera, ¿quién mejor para cuidarla que la propia Águeda?

169

En una tarde ventosa de invierno, cuando el día desaparece temprano y las noches son muy largas, se acercaron a la iglesia. Era la hora de ordeñar y en las calles ya no había un alma.

Don Rafael les esperaba junto a la pila bautismal solo iluminada por un candelero, con el resto del templo envuelto en sombras. Apenas brillaban las velas que nunca se apagaban junto a la talla del patrón de Hoces, en el centro del retablo dorado que presidía el altar. San Román de Antioquía, envuelto en una capa pluvial que había regalado la familia señorial de los Vega Casar, miraba desde allí arriba con los ojos locos de los mártires mientras sujetaba el libro de los Evangelios con la mano derecha y con la izquierda sostenía su propia lengua. Imbuido de fervor realista, el imaginero había pintado el interior de la boca abierta de un negro rojizo que parecía sangre verdadera. A los pies tenía el santo un niño tallado alzando sus manitas hacia él: según afirmaba la tradición, también había sufrido suplicio a manos de los romanos al proclamar el milagro del santo Román, consistente en seguir predicando a los paganos incluso después de habérsele arrancado la lengua.

Al abrirse la puerta lateral, una ráfaga de viento hizo temblar las luces proyectando sombras bailarinas sobre el rostro del cura, muy ojeroso y pálido, más blanco que el alba que llevaba bajo la casulla y que simboliza la pureza del voto de castidad. Los padrinos se acercaron sosteniendo los cirios, mientras Olalla mantenía baja la cabeza tapada con un mantón de lana, recatada, sosteniendo a la niña dormida. Pareció que le costaba desprenderse de ella cuando la puso en brazos de Águeda, la madrina. Resonó en las piedras antiguas de ábsides y bóvedas el latín de las palabras sagradas —aunque fueran dichas en un murmullo—, las afirmaciones de los padrinos y al final el sonido frío y fino del chorrito de agua ben-

170

decida resbalando sobre la cabeza de la niña y cayendo de nuevo en la pila. Elvira no lloró, pero se despertó y soltó un gorjeo, desperezándose. Sus ojos azules miraron al cura y este se estremeció. Olalla entonces levantó la cabeza y Rafael creyó ver en su rostro a una Virgen Dolorosa de esas que salen en las procesiones de Semana Santa con siete puñales clavados en el pecho.

Horas después del bautizo secreto, Rafael daba vueltas por el despacho de la rectoría como un león enjaulado. Hacía días que no comía más que chuscos de pan y no bebía más que un poco de agua, pero no se sentía ni cansado ni hambriento, sino febril y exaltado. Intentó tranquilizarse rezando, pero en cuanto comenzó, lo dejó; resultaba ridículo buscar respuestas en un padre celestial que encontraba cruel, burlón, incívico.

—¡Cómo puedo encontrar consuelo en ti, que dejaste morir a tu hijo sin mover un dedo! Si fuiste indiferente a sus torturas, ¡cómo van a conmoverte las mías! Te lo ofrecí todo, mi vida entera, y tú me rechazas, te burlas, me desprecias... ¿Esa es tu voluntad de creador? ¡Sí! ¡El creador del dolor y la confusión!

Estaba hablando en alto, desvariando; si alguien oyese esa sarta de blasfemias...

—Yo soy cura, sí. ¡Pero también un hombre! ¡Un hombre como los demás!

Mirándose en el espejo de luna del armario se dio cuenta de que aquel vestido negro que tanta ilusión le había hecho llevar lo había convertido en un individuo híbrido: ni hombre ni mujer, un varón oculto tras las faldas de la sotana que subrayaban su género epiceno y ambiguo... Seguro que así es como lo veían todos, incluso ella. Se despojó de la sotana a tirones, haciendo saltar algunos botones y sacó del armario una pelliza y la gorra de pana que usaba antes de ordenarse. Una idea fija le rondaba sin despegarse de su mente mientras se miraba en el espejo. «Así parezco un hombre. Un hombre como todos los demás...»

Salió en plena noche y caminó en las tinieblas con paso seguro, dejando el pueblo atrás, hasta llegar a la ladera de la montaña. No llevaba ninguna luz, pero un ángel —o un demonio— le iluminaba el camino y llegó hasta la puerta de la cabaña sin sentir cansancio ni el frío cortante de la noche. Todo era silencio y oscuridad. Primero llamó a la puerta de dos hojas con suavidad, casi temiendo que ella abriera. Nadie lo oyó. Entonces la aporreó como un desesperado. Al poco se acercaron ruidos y pisadas y la hoja superior de la puerta maciza de madera se abrió.

—Sabía que eras tú. Que vendrías.

Y sin decir nada más, Olalla abrió también la hoja inferior y dejó pasar a Rafael al interior de la casa. Recién levantada de la cama, no llevaba más que el camisón y una toquilla por los hombros. Estaba descalza y le caía el pelo negro por la espalda, los ojos verdes brillantes a la luz de la palmatoria que llevaba en la mano. Rafael no se atrevía a mirarla; tembloroso, permanecía de pie sin hablar ni dar un paso, mientras Olalla sonreía arrobada como si el mismísimo arcángel de su mismo nombre hubiera entrado en la casucha, iluminándola con su resplandor hasta parecer un palacio. Aquella sonrisa lo exasperó: esperaba recriminaciones, quejas y lágrimas.

—No sé por qué he venido... Me has embrujado... Sí, eres una bruja. Si estuviéramos en otro tiempo mandaría quemarte.

Una sombra de tristeza y de confusión tiñó el rostro de ella.

—¿He sido yo mala contigo?

Rafael se descompuso.

172

—No... No sé lo que pienso, ni lo que digo... Perdóname...
¡Perdóname!

Cayó de rodillas frente a ella y le besó los pies y las manos,
llorando arrebatado, apretando la cabeza contra su vientre,
con mucha fuerza, como si quisiera entrar allí dentro.

—¿Me perdonarás algún día? Te juro por lo más sagrado
que yo no quería esto... Si pudiera me mataría... ¡Pero ni ese
consuelo me deja Dios! No puedo matarme porque también
es pecado y ardería en el fuego del infierno por toda la eternidad... Lo sabes, ¿verdad?

Ella no podía contestar: ¿decirle qué, siendo una simple,
una pueblerina? ¿Cómo podría ayudarle? Se limitó a acariciarle la cabeza con suavidad, casi con miedo, como lo haría
con algo muy valioso y fácil de romper. ¡Si ni siquiera se atrevía a llamarlo por su nombre! Rafael. ¡Qué nombre tan bonito, tan tierno! Olalla hubiera dado lo que fuera por verle como
antes; como cuando llegó al pueblo, tan rubio como los ángeles de las iglesias, con una sonrisa dulce que nunca había visto en nadie, interesándose por ella, por su soledad y su pobreza, mirándola con los mismos ojos azules, tan bonitos, que
tenía su hija.

No se movía, ni él tampoco; sentía mojarse la tela del camisón con las lágrimas calientes de él, hundido el rostro en su
regazo. Así hubieran seguido toda la noche si no fuera porque de la cuna salió un leve quejido. El cuerpo de Olalla reac-
cionó en tensión, no quería separarse del hombre al que amaba, pero el instinto de madre era más poderoso que cualquier
otra cosa.

—¿La oyes?... Es su hora. —Con cuidado, se deshizo del
abrazo—. La hora de... su toma.

Rafael quedó arrodillado, los brazos caídos de penitente.
Ella se acercó a la cuna mientras se desabrochaba el camisón
y, con la naturalidad de un animal, sin asomo de vergüenza,

se sacó un pecho desnudo. Salió redondo, repleto. La carne de ella, la que le había llevado a la perdición. Sonreía la muchacha al coger a la criatura en brazos y sentarse en una silla para darle de mamar, iluminada por los rescoldos de la chimenea.

—Es bonitísima, ¿verdad?

Otra vez le vino a la mente la imagen de la Virgen, pero no la Dolorosa: esta vez era la Madre de las madres la que tenía enfrente, aunque más bella que las de Murillo. Levantándose lentamente, el cuerpo pesándole como el de un muerto, apartó la vista de aquella imagen.

—Vete de este pueblo, por tu bien y el de la niña... Y no vuelvas nunca.

Estaba nevando cuando salió, una cellisca impenetrable ocultaba el mundo amanecido. Anduvo perdido en la blancura helada que todo lo cubría y sin darse cuenta llegó a la rectoría como un sonámbulo, con el frío calándole hasta los huesos. Cayó enfermo; al día siguiente no hubo misa, ni al otro. La gente decía que estaba muy postrado, el médico diagnosticó una pulmonía que había agravado otra enfermedad más antigua y grave: tuberculosis. Le faltaban las fuerzas para sobreponerse y fue el propio galeno quien escribió a la familia puesto que él se negaba, decía que quería morir allí y ser enterrado en el cementerio del pueblo. Acudió otro cura amigo —el padre Bernardo— que le hizo entrar en razón, debía descansar y recibir cuidados que en Hoces no podían darle; lo mejor en estos casos era ingresar en un balneario muy reconocido con muchas curaciones en su haber. Su familia —una familia de mucho ringo rango— mandó un coche en el que cabía una litera: ni siquiera podía ponerse de pie. Todo el pueblo fue a decirle adiós, aunque él no despegó los labios. El coche iba cerrado y por eso Rafael no pudo ver, en la salida hacia el camino real, a una mujer con una criatura en brazos y los ojos desesperados puestos en el coche que se lo llevaba. Don Bernardo sí la vio y comprendió quién era, pero no dijo nada y el carruaje pasó de largo.

Al poco tiempo, el obispado envió un sustituto del cura joven y tísico. Don Sergio, ancho, fuerte y de cejas pobladas, a sus cincuenta años bien llevados, hacía honor al nombre marcial de su santo patronímico, jefe militar del emperador Maximiano —al decir del martirologio—. Sus santos favoritos eran los monjes guerreros como Ignacio de Loyola o los predicadores como Vicente Ferrer que a fuerza de sermones y filípicas convirtió a tanta canalla judía en devota católica. Nada más tomar posesión de su cargo, descubrió en Hoces su particular Babel, una nueva Sodoma, y decidió extirpar de los oficios religiosos a la adúltera que había llevado la vergüenza al pueblo, así como al fruto de sus numerosos pecados. Olalla ya casi no volvió a pisar la villa donde, temerosos de la cólera del párroco, nadie quiso darle trabajo. No se le despegaban las palabras de él, de Rafael: «Vete de este pueblo.» Pero ¿cómo y adónde? Si tuviera posibles ya lo habría hecho, se decía. Le hubiera gustado tener más luces, más educación: entonces hubiera sabido qué hacer y de qué manera.

El éxito de don Sergio en su cruzada contra la mujer corrompida —a la que se jactaba de haber devuelto al pozo de sierpes de donde nunca debió salir— le ensoberbeció y se creyó en el deber de cargar contra otro enemigo aún mayor: la hidra liberal culpable de todos los males y excesos de la modernidad, empezando por los ilustrados y sus luces demoníacas, generadoras de las perversiones de la Revolución francesa —junto a los consecuentes desmanes napoleónicos— que tanto habían influido en las malas leyes de los hombres del gobierno de la reina regente. Cargó contra ateos, paganos, brujas y liberales, metiéndolos a todos en el mismo saco y profetizando el fuego de la guerra como agente purificador.

Estos ataques ya no se acogieron con tanta aquiescencia, menos cuando el alcalde y el pleno municipal de Hoces eran reconocidos cristinos. La santa ira del cura trabucaire, expresada en homilías rabiosas, tuvo pronta contestación en variadas quejas al obispado, pero este, alineado con la facción ultra que abogaba por el destronamiento de doña María Cristina y negaba los derechos a su hija menor de edad, la reina Isabel II, hizo caso omiso de tales protestas. Sin embargo, había en la comarca pocos simpatizantes de la causa tradicionalista, legitimista y requeté; ni siquiera el señor De la Vega Casar, que ejercía un poder feudal sobre los valles vecinos, era partidario del pretendiente rey don Carlos y se mantuvo en un discreto segundo plano respecto al conflicto político que amenazaba con turbar la paz.

Discurría el tiempo hacia una época en que la amenaza de la guerra civil se cernía sobre la comarca como uno de esos nubarrones que anuncian tormenta, engordando más y más sin terminar de descargar, mientras Elvira, la hija de Olalla, crecía. No habían vuelto a tener noticias de don Rafael, el cura aquel que había precedido al flagelo de herejes de don Sergio, cuando el cartero llegó con una carta para Olalla. Como esta no sabía leer, fue al ayuntamiento y un secretario la puso en conocimiento. Antes de que Olalla saliera de la casa consistorial de Hoces, ya se había corrido por el pueblo que el sacerdote tísico había fallecido dejando en su testamento un dinero —ni mucho ni poco— a Olalla Sainz. Un notario de la capital daba fe de ello. Eran sus ahorros personales, ya que los Salazares no reconocían a heredero alguno fuera de la familia y el resto de la fortuna que por nacimiento le correspondía quedaría en manos de sus hermanos y otros parientes toda vez que fallecieran sus progenitores.

Faltó tiempo para que las preguntas de los hocenses al respecto se contestaran solas, dado el parecido de la niña Elvira con el cura párroco recordado como don Rafael Salazar. El escándalo estaba servido, pero eso poco le importó a Olalla; hacía tiempo fraguaba su partida, al igual que habían hecho otros de quienes tenía noticia. En unos días, cuando vendiera sus cuatro cachivaches y la casuca de sus padres, se iría a América. Ahora disponía de un pequeño capital para pagar el viaje.

Poco tiempo tuvieron los pueblerinos para regodearse en la historia inmoral del clérigo seductor y su barragana puesto que los ejércitos tradicionalistas acababan de tomar varios pueblos de la región, haciendo retroceder a las tropas gubernamentales y cercando la capital de la provincia. Se oían relatos de atrocidades e imperaban la confusión y las informaciones contradictorias, mientras don Sergio mostraba exultante su alegría y repetía a quien quisiera oírlo la noticia de que por fin «venían los suyos», aprovechando la coyuntura para desviar la atención del caso de su compañero adúltero, asunto muy feo sobre el que era mejor no dar pábulo a los anticlericales, todos ellos de facción liberal. Porque la responsabilidad de la Iglesia y sus administradores en la caída en el lodo de una mujer del pueblo fue utilizada también políticamente por el alcalde y su camarilla, como ejemplo de la deshonestidad e hipocresía católicas. Olalla, de pronto, cosechó más simpatías de las que había tenido nunca, aunque permaneció ignorante de ellas, pues este cambio de actitud no se tradujo en gesto caritativo alguno.

El día en que Elvira y su madre salieron del pueblo hacia la capital de la provincia para tomar el barco que una vez al mes partía rumbo a La Habana y Veracruz, Montevideo y Buenos Aires, tuvo lugar uno de los sucesos más sanguinarios de toda la contienda. Fue precisamente allí, en Hoces.

El oficial al mando de un grupo de mercenarios al servicio de las tropas carlistas que campaba por la zona —muchos dicen que prusianos, pero esto nunca se confirmó— recibió información referente al conspirador nido de liberales que infestaban el pueblo, importante por ser cabecera de comarca. Tal oficial habría decidido tomar la plaza aconsejado por el informante, a la sazón un cura párroco. En Hoces no dudaron en señalar a don Sergio como el inspirador de la matanza, aunque esto tampoco llegó a comprobarse nunca y puede que no sea más que una exageración debida a la inquina que se granjeó. Lo que sí se conoce a ciencia cierta es que aquellas tropas desmandadas entraron en Hoces desvalijando las casas sin dejar una, violando a las mujeres jóvenes, incluso niñas, y pasando a cuchillo a los mozos que encontraron. El alcalde y toda la corporación municipal, el médico y los principales propietarios del pueblo, así como numerosos vecinos y vecinas, fueron encerrados en el ayuntamiento. Eran más de un centenar, incluyendo mujeres, niños y ancianos, los que quedaron atrapados en el edificio cuando aquellos bárbaros prendieron fuego al pueblo. Todos murieron abrasados.

III

Los viajeros se apiñaban en la machina del puerto esperando durante horas las chalupas que debían trasladarles al barco. Llegaban hasta allí por centenares; en diligencia, a caballo o mula, en carretas tiradas por bueyes o a pie. Miraban la bahía y les parecía un lago rodeado de montañas verdes. Confundidos, pensaban que así era el mar; la mayoría nunca lo había visto antes. El buque flotaba en aquella enorme alberca con un suave bamboleo, como un gran animal acuático dispuesto a tragárselos en cuanto se acercaran a él. El barco esperaba, ellos esperaban. No les quedaba otra cosa más que paciencia, pues todo lo demás quedaba atrás; familia, amigos, trabajo, bienes. Sin nada que perder ya, más que la vida.

El futuro de agua miraba con el ojo único de la bahía verde y gris, enorme, a todos aquellos obreros fuertes vestidos con camisolas azules y pañuelo colorado; a los campesinos con boina calada y albarcas junto a viejos sucios y harapientos, muchachotes borrachos o con resaca que habían pasado la noche previa de juerga por las tabernas y los prostíbulos de la ciudad portuaria, hombres en mangas de camisa con aspecto brutal, maleantes de mirada torva, chicuelos que aún llevaban sobre la ropa la chapa del asilo donde habían pasado la infancia. No eran menos las mujeres: ancianas junto a madres de todas las edades llevando de la mano a su caterva de hijos; embarazadas junto a las que aprovechaban la espera para dar el pecho a una criatura, sentadas junto a mocitas que nunca habían salido del pueblo y lanzaban sonrisas a los mozos cuchicheando entre ellas. Y junto a todos ellos, apilados, los restos de su mundo, lo que no se había transformado en billete de barco o dinero en metálico: sacos, cajas, mantones cerrados con cuatro nudos, petates y toda clase de valijas, fardos de mantas, colchones, cacharros, botijos...

Esperaban las chalupas, pero antes debían pasar por delante de una mesita plantada en el muelle donde estaba sentado el sobrecargo del buque. Reuniéndolos en grupos de seis personas —llamados ranchos—, comprobaba los billetes y apuntaba sus nombres en un impreso que debían entregar en el barco cada día para poder recoger la comida de la cocina.

Los cargaban como si fueran mercancía. Sin preguntarles, sin explicarles ningún procedimiento, y ellos, con la debilidad del miedo y la ignorancia, se dejaban llevar y traer sin quejas. Como tras una batalla los vencidos esperan su destino a sabiendas de que ya no está en sus manos, estos hombres y mujeres impotentes también habían sido derrotados. Las guerras civiles y la miseria que trajeron fueron añadidas a la injusticia insultante cometida por tantos malos gobiernos. Todos los intentos de modernización, de cambio y mejora, de educación y libertad, fueron reprimidos con sangre una y otra vez. La Primera Guerra Carlista, la primera de muchas guerras civiles, fue el aldabonazo de la llamada ultramarina que marcaría todo el siglo XIX y el principio del siguiente: durante más de cien años cruzar el océano hacia las viejas colonias del país que fuera Imperio, supuso el único camino de muchos españoles para alcanzar una vida más digna, aunque fuera al precio del desarraigo y el olvido.

La paradoja estriba en que la pobreza desesperada del emigrante producía mucha riqueza: empezaban a amasarse grandes fortunas gracias a los viajes transatlánticos. La premura y la necesidad vendían a muy bajo precio propiedades, muebles, fincas, casas y rebaños enteros con el fin de pagar el viaje y los primeros meses de subsistencia en el lugar de destino. Se solicitaban créditos sobre las cosechas futuras a intereses abusivos; la usura de las sociedades crediticias alcanzó cotas sangrantes, los beneficios de quienes invirtieron en este expolio fueron inmensos. Pero no solo para las compañías navieras y los bancos resultaba la emigración un lucrativo negocio. Como los requisitos exigidos para la salida del país y la recepción en el de acogida eran ingentes y muchos de los solicitantes analfabetos, apareció la figura del consignatario: un intermediario entre el emigrante y las navieras transportistas, así como con el funcionariado dispensador de permisos.

Hay que decir que todos los hombres y mujeres en tránsito debían aportar su cédula personal o pasaporte; una autorización ante notario de padres o tutores para las solteras menores de veintitrés años; una autorización del marido para mujeres casadas; un certificado de buena conducta expedido por la autoridad competente o el sacerdote de su parroquia; el de hallarse libre de toda responsabilidad de quintas o de haber pagado el depósito correspondiente para los mozos en edad de alistarse; el certificado de no estar procesado ni cumpliendo condena y, por último, el que daba fe de que se conocía algún oficio.

Estos farragosos e incomprensibles trámites para obreros, campesinos y trabajadores que apenas sabían escribir su nombre en un papel, podían agilizarse enormemente con una cartera bien repleta, suministradora de oportunas propinas e inopinadas gratificaciones «por las molestias». En caso contrario, de nada servía haber comprado un billete y su poseedor se vería obligado a malvenderlo en el mercado negro de los muchos avisados revendedores que pululaban por el puerto.

Del negocio de la emigración todo el mundo sacaba algún beneficio por pequeño que fuera. Ciertos agentes portuarios, consignatarios y funcionarios de las administraciones patrias se harían con un capitalito gracias a todos estos pobretones. Y no solo ellos; otras alimañas se cernían sobre el emigrante incauto: posaderos de los alrededores, vendedores de ropa de abrigo para la humedad y el agua de mar que luego no servían para nada, atracadores, descuideros, prostitutas que emborrachaban al primo para desplumarle y, por encima de todos, los reclutadores clandestinos: los temidos «mediadores» o «fiadores». Estos agentes se erigían como publicistas de las mil bondades de la emigración yendo por pueblos y valles del interior, convenciendo a los mozos de lo fácil que era llegar a América siempre que contasen con sus servicios. Intermediarios para agilizar el papeleo de la documentación y del contrato en empresas de destino, sus labores de captación —a veces a sueldo de los países receptores, otras veces por cuenta propia— eran recompensadas con un porcentaje por cada «reclutado». Por él mentían y engañaban lo que fuera menester respecto al futuro que esperaba al confiado al otro lado del mar: un trabajo en régimen de semiesclavitud era lo más habitual, cuando no una simple estafa.

No acababa aquí la explotación del emigrado: la tripulación del barco exprimía hasta el tuétano a aquellos infortunados. Eran bien conocidos los cocineros dispuestos a «arranchar» o extorsionar a los viajeros a cambio de comestibles —mejores que el infernal rancho asignado al pasaje por la naviera—, ganando con ello sobresueldos de hasta doce mil pesetas, verdadera fortuna para la época. Mucha de la marinería y oficialidad también se vendía al mejor postor —por una litera si no había suficientes— o ejercía labores de extorsión en las que las mujeres jóvenes eran la principal presa de la larga travesía.

Dada la demanda, las compañías navieras fletaban cualquier embarcación, sin importar su condición, su estado ni sus años de servicio. Cascarones podridos se sacaron a toda prisa de los muelles de desguace para devolverlos al mar, rebautizados y repintados. Se construía a toda prisa y mal, con materiales baratos que incrementaban el beneficio del armador. A lo largo del tiempo y dada la creciente afluencia de pasajeros, las compañías sacaron cuatro tipos de billete correspondientes a cuatro clases de viajes en el mismo barco: la cuarta y última se denominaba «emigrante». Esta no disponía de comodidad alguna, ni siquiera de camarotes; en algunas embarcaciones se apilaron literas en el entrepuente y las bodegas; si no había para todos, el derecho a ocupar una de ellas se pagaba como fuera. En otros barcos ni siquiera tenían eso: la gente debía pasar el viaje en cubierta, a merced de inclemencias y temporales, así que, en tales condiciones, una travesía de semanas —hasta cuarenta días antes de la aparición de los vapores— resultaba un infierno. Nadie avisaba a los viajeros del peligro de naufragios, epidemias, cuarentenas y muertes por enfermedad, puesto que eran tantos y tan pequeños que a nadie importaban. Olvidados a la deriva.

Cantaba un hombre con voz grave, honda. No se le veía pero su canto llegaba claro hasta ellas porque la madera del barco hacía de caja de resonancia.

—Para La Habana me voy, madre, a comer plátanos fritos, que los pobres de aquí, son esclavos de los ricos...

La canción se colaba por los rincones de toda la bodega. Adoración se dio media vuelta en la litera de abajo y Olalla pudo oírla decir:

—Si me hubieran dado a elegir entre subir a este barco o morirme, hubiera elegido morirme.

La oscuridad invadía la bodega dejándola casi en tinieblas, todo lo que les rodeaba permanecía siempre húmedo de agua de mar a causa de las filtraciones, y los olores, tras quince días de navegación, eran insoportables. Por mucho que hicieran algunas mujeres por mantener cierta limpieza, su derrota resultaba evidente. Ya había varios enfermos graves junto a los que no soportaban el cabeceo del barco contra la mar gruesa y estaban continuamente mareados, así que vómitos y heces se acumulaban en lugares a los que nadie se acercaba, tapados de manera estratégica y fraudulenta con paja. El *Cabo de Nueva Esperanza* era un carguero que la compañía había reclutado a toda prisa sin apenas adaptarlo al transporte de pasajeros: no llevaba literas para todos, no se baldeaba casi nunca y la bodega destinada al pasaje carecía de ventilación; para que los viajeros pudieran respirar habían colocado un tubo de lona que subía hasta la cubierta.

—Lo peor son las ratas —dijo Olalla.

Estaban por todas partes, negras, gordas, y sus correrías, chillidos y peleas eran la música de cada noche; aparecían hasta colgadas del techo, mirando a la gente con ojillos rojos.

—Nunca las vi tan grandes.

Adoración echó una mirada de soslayo, socarrón, hacia una esquina del lado de los hombres, tomada por un grupo ruidoso. Tenían un aspecto patibulario y no hacían otra cosa que pasarse la bota de vino y dar risotadas.

—Yo tampoco.

Jaleaban al que cantaba jurando y blasfemando. Los demás les tenían miedo, ellos lo sabían y se aprovechaban; ya habían provocado altercados con otros hombres por causa de las mujeres. Estaban separados los dos sexos por la raya invisible que separa babor de estribor, así repartidos para evitar promiscuidades, rezaba la propaganda de la naviera. Pero la frontera invisible caía cada noche.

—*Cuidao* con el Locha. Te ha *echao* el ojo *revirao*.

—Que se acerque.

Olalla se levantó la falda: sujeta con la liga a la media llevaba una navaja pequeña pero afilada. Dora sonrió con un vacío negro: le faltaba un incisivo delantero que le había saltado su padre arriero de una paliza.

—¡Así se habla!

En el primer pueblo que encontró al pasar el valle de San Román, Olalla había buscado un herrero para comprarle una navaja. Desde entonces no se separaba de la chaira: ningún sinvergüenza volvería a abusar de ella sin que le costase al menos una cuchillada. Tras el ataque de los soldados en el bosque, al que había sobrevivido gracias a la repentina aparición de un oficial de lanceros que desde su caballo había obligado a sus hombres a dejarla en paz, ya no le tenía miedo a nada, salvo a que le hicieran daño a Elvira —mientras la violaban lo único que pasó por su mente era que no alcanzaran a su niña— y a quedar embarazada de alguno de aquellos energúmenos.

—No preocuparse, hay remedios para todo. Que te crees tú que en Cuba no habrá mujeres como las de mi pueblo, de las que saben cómo deshacerse de un chiquillo que te han metido a la fuerza. Eso es más viejo que el mar.

Adoración, a quien había conocido en el barco, le dijo esto con mucho convencimiento cuando Olalla le confesó su temor: no podía tener un hijo así, estaba convencida de que no lo querría nunca, no como a su Viri, la niña que había tenido con un hombre bueno —aunque débil, pobrecito—, tan querida por ser lo único que le quedaba de un amor verdadero, dijeran lo que dijesen su familia, los curas y la gente. Pero no quería pensar en eso, en Rafael... Veía sus ojos azules cada día en la carita de la niña. No; lamentarse era un lujo de ociosos y ella tenía mucho trabajo: conseguir comida, cuidar de Viri, sobrevivir las dos a aquel viaje y llegar a su destino. Tres niños de teta habían ido ya a parar al mar, en funerales apresurados oficiados por el capitán. Una de las madres, la primeriza —las otras parecían acostumbradas a perder hijos y lo habían aguantado con entereza—, tenía perdida la sesera desde entonces. Se negaba a hablar y a comer y sus lamentos, al principio alaridos, se habían convertido en un suave quejido constante cada vez más flojo, como sus fuerzas. Su joven marido no sabía qué hacer.

—Esta no llega a América, te lo digo yo.

—Calla, Dora, hija... No seas agorera.

Dos veces al día salía de la cocina una ración cada vez más escasa y repugnante, mientras los viajeros formaban cola frente al enorme puchero colocado en la cubierta de la toldilla —era útil conocer algunos términos marineros y si oían «proa» o «estribor», saber a qué se referían— bajo la incesante lluvia racheada y la mar gruesa que castigaban el casco del *Buena Esperanza*. Olalla estaba preocupada por su niña, mal alimentada por aquellas sopas aguadas de bacalao salado y las galletas durísimas mojadas en el agua también racionada. Le daba a Elvira lo asignado para su propio sustento, así que la antes esplendorosa belleza de Olalla se deterioraba a ojos vista.

La impaciencia y la inactividad, el encierro, el hambre, creaban conflictos continuos entre los pasajeros. Las peleas siempre acababan con varios marineros armados con porras de madera apaleando a los provocadores. Y el mar, estaba el mar. Amenazador, no azul ni plácido como le había prometido a Elvira, sino una masa gris coronada de espuma enfurecida e interminable. Pero este viaje algún día acabaría, cada vez estaban más cerca de su destino; la ilusión y la esperanza de llegar a la tierra de la abundancia donde nunca más pasarían frío, donde todos tendrían trabajo, donde vivirían en paz, les animaba.

Habían traspasado el ecuador del viaje cuando ocurrió. Olalla y su hija dormían juntas como siempre, en una litera estrecha que había costado muy cara. Cada noche veían apiñarse sobre el suelo, unas sobre otras, intentando no mojarse con los charcos acumulados, a las que no habían podido comprar el derecho a una litera; mujeres de todas las edades, desde niñas pequeñas a ancianas. Las ratas les corrían cerca, incluso por encima del cuerpo, y por eso se envolvían en mantas por completo, hasta la cabeza, sin dejar resquicio por donde pudieran entrar pero dejando unos agujeritos por los que respirar. Desde las literas, en la penumbra apenas iluminada por un apestoso farol de aceite de ballena, parecían enormes vainas, larvas monstruosas que vomitaban personas al llegar el día. Al menos las literas eran menos húmedas que el piso del sollado y a las ratas les costaba más llegar hasta allí. Hasta aquel día.

La voz asustada de Elvira la despertó. Una rata le subía por la manta, había caído del techo sobre sus piernas. La niña no gritaba, estaba demasiado asustada, pero daba patadas a la manta mientras el bicho se agarraba a la tela y se movía dando saltos y coletazos con ese rabo asqueroso y pelón. Olalla, sin pensarlo, sacó la navaja de la media y se lanzó sobre la rata. Era grande y de dientes afilados, chilló mientras le clavaba la hoja, no pudo matarla pero chorreaba sangre cuando la tiró de la litera abajo y se perdió en la oscuridad del sollado.

—¡Viri...! ¡¿Estás bien?!

Cogió a la niña sin hacer caso de lo que decía, desnudándola para comprobar que no tenía marcas ni mordeduras.

—Madre...

—¿Te ha mordido? ¿Dónde, dime? ¿Dónde?

—Madre...

Era Olalla la que tenía las manos y los brazos cubiertos de mordiscos y arañazos; el bicho hasta le había rasgado las mangas de la camisa.

—No es nada, hija... No te asustes.

No lo dijo a nadie. Eran solo rasguños; con la azada y el dalle se había hecho heridas más profundas. Se lavó restregándose a fondo, gastando más agua dulce de la que le correspondía por ración y con el refajo hizo tiras como vendas. Bien tapada con el mantón de merino negro, ni siquiera Dora se dio cuenta. Sabía que las babas de las ratas podían meter enfermedades dentro de las personas, así que todas las noches se limpiaba bien las heridas, que iban cicatrizando. «Me quedarán marcas», pensó. Tuvo una trifulca con una mujer que decía que gastaba demasiada agua.

—¡Pues no se pasa el tiempo lava que te lava! ¿Para quién querrá ponerse hermosa, esta andrajosa?

Se lavó desde entonces con agua de mar, la sal le picaba en las heridas que aún no habían cerrado. Al cabo de unos días le salieron unas manchas rojas por las piernas y los brazos, empezó a tener dolores de cabeza y a sudar con escalofríos y dolerle mucho la espalda, pero lo achacó a la debilidad por la mala alimentación, las semanas de encierro y al catre que tenía pulgas: por mucho que lo limpiaba, Elvira y ella amanecían llenas de ronchones.

El fin del viaje estaba cerca y por eso los días parecían más largos y las noches eternas, hasta sentir que el tiempo se había detenido en mitad del mar y que pasarían el resto de sus vidas en aquella cárcel flotante, como en las leyendas de los barcos fantasmas. Hasta que lo que parecía imposible llegó por fin.

—¡Tierra! ¡Tierra a la vista!

El grito atravesó las cuadernas del barco. La respuesta fue un momento de silencio, de estupefacción.

—¡Tierra!

Y entonces se lanzaron todos a cubierta. Allí a lo lejos, pero muy cerca, se perfilaba la Isla: una raya blanca muy delgada casi confundida con el mar verde esmeralda. Los viajeros prorrumpieron en vítores, abrazándose y lanzando las gorras al aire, algunos hombres besaron a las mujeres en la boca. Elvira quería asomarse a la borda, pero el gentío lo impedía, así que su madre la cogió en brazos.

—¿La ves, Viri? ¿La ves?

—Hay mucha gente... Levántame un poco más. No la veo todavía... Ahora, madre, ahora... ¡Ya la veo!

De pronto Elvira sintió que aquel cuerpo fuerte y firme que la levantaba en alto desaparecía. Olalla cayó al suelo fulminada, derrumbada como una torre de arena, deshecha en un momento, con su niña encima, en medio de la gente eufórica. Viri gritaba, pero nadie la oía.

Su madre no fue la única que llegó a tierra tumbada en una camilla, una veintena larga de pasajeros no podían ni moverse. A decir de la tripulación, había sido una buena travesía sin tormentas ni demasiados muertos: tan solo tres adultos —entre ellos la madre que había perdido a su criatura, tal y como profetizó Adoración— y cinco niños. Desembarcaron a los enfermos primero para saber si alguno sufría de tifus u otra enfermedad contagiosa y había que poner el

189

barco en cuarentena. Elvira vio partir al bote que llevaba a su madre y fue la primera vez en su vida que lloró desconsolada. Al fin desembarcó también para ir directa al hospital de San Dionisio de La Habana, donde habían ingresado a su madre, con la que pudo reunirse ya que no padecía enfermedad contagiosa alguna: era un caso grave de fiebres transmitidas por mordedura de rata, al decir de los médicos.

Viri no se separó de su madre ni un solo día, ni un momento: dormía abrazada a ella, como había hecho siempre, a pesar de que la reñían por ello. Le cogió la mano y no la soltaba salvo cuando venían las monjas a limpiarla. Dora iba a verlas casi cada día e intentaba animar a la enferma.

—Aquí da gusto, hija. Hay de todo. Yo ya he encontrado trabajo: de criada en casa de unos señorones. Ya te dije que mi prima servía con ellos, ¿verdad? Eso de momento, pero puede que me cambie. En cuanto te pongas buena, te llevo para allá: les hace falta gente para una finca que tienen, no aquí en La Habana, sino en Cienfuegos. De los mozos qué quieres que te cuente, esto está lleno de españoles con ganas de jolgorio...

Olalla también hablaba mucho, todo lo que no había hablado durante la vida juntas que Viri recordaba. Pero se daba cuenta de que ese hablar sin cesar de su madre no tenía ni pies ni cabeza.

—Qué guapa es la niña, Rafael... Si la vieras ahora. Y buena también, como tú. ¿Dónde estás? No puedo verte... Ah, estás ahí. Sí, veo tus ojos, tan bonitos. No llores, Rafael: estoy contenta. Me voy a ir del pueblo, como me dijiste. A América, ¿estarás allí? ¿Te quedarás conmigo? Tengo miedo, pero no se lo puedo decir a nadie. Tengo miedo de que me quiten a la niña. No... Los soldados. Han dicho que mataron a toda la gente... Los soldados. Pero Elvira está bien, no le hicieron nada... No te vayas, Rafael, quédate conmigo... Sí, sí, lo que tú digas... Pero es que hace mucho que no rezo; ¿quieres que rece? Te rezo a ti, mi vida, mi amor, mi ángel. No te rías. Calla, que vas a despertar a la niña...

Duró así ocho días. Un amanecer despertó a Viri tocándole la cara con un reflejo de sol caliente, estaba tumbada en la cama con su madre al lado, casi pegada a su cuerpo, a su cara. Olalla tenía los ojos abiertos, fijos en ella, sonriéndole con una cara tan radiante y plácida como la que tenía antes de ponerse enferma, antes de salir del pueblo, antes del viaje, y pensó que al fin se había puesto buena.

—Buenos días, madre.

Tardó un rato en darse cuenta. Resplandecía la luz del Caribe inundándolo todo, los ruidos de la calle bulliciosa colándose por las ventanas abiertas de la sala atestada de camas blancas de enfermo. Con el sol entró un pajarito por la ventana, uno de esos gorriones habaneros descarados y pícaros, que voló piando entre las camas buscando algo que comer. Pero la niña no podía ver el pájaro, ni el sol, ni el paraíso prometido: había muerto su madre, dejándola sola. Ni tres monjas pudieron hacer que Elvira soltase el cuerpo sin vida al que continuaba abrazada, sin forma humana o divina de hacerla entrar en razón. Así pasaron muchas horas y nadie pudo separarlas, hasta que llegó Adoración, llorando. Al ver las lágrimas ajenas, un resorte chascó dentro de su conciencia: el instinto de supervivencia. Solo entonces soltó el cadáver de Olalla.

Tras el funeral y entierro para pobres que la ciudad preveía en estos casos, Dora se hizo cargo de la niña. La muerta le había dejado el resto de su dinero para que la cuidase y no le faltase de nada, al menos hasta que tuviera edad para ponerse a trabajar. Pero Adoración no tenía espíritu maternal y una niña tan pequeña era una carga para sus planes: había conocido a un canario que planeaba cultivar tabaco en el interior de la Isla y quería irse con él. Como tampoco tenía mal corazón, no la abandonó a su suerte, sino que le buscó una colocación.

—Aunque la vea pequeñita, doy fe de que está acostumbrada a trabajar, y bien duro. En la montaña de donde viene hay hasta osos: nada le asusta. Es obediente y come poco.

Cerró el trato y salió de la tienda; Elvira esperaba fuera del almacén.

—Toma. Esto es lo que dejó tu madre. No lo enseñes a nadie, no sea que te lo quiten. Y tampoco lo gastes a lo tonto: puede hacerte falta.

Dora le entregó el monedero con lo que quedaba del dinero de Olalla y Viri se lo colgó del cuello con un cordón.

—No pienses mal, que no me quedo con nada... Está todo lo que ella dejó salvo los gastos del comer y dormir de estos días. Cada una tiene su camino... Así es la vida.

Adoración la abrazó y se marchó sin mirar atrás, satisfecha de haber hecho lo que debía.

En aquel almacén, Viri trabajó como una mula, igual que los criados mayores. Había días que se levantaba a las tres y media y se acostaba en una esquina del chiscón, en el suelo, a las doce esto es, tenía tres horas y pico para dormir. Si rompía algo o se le caía se lo descontaban del ridículo sueldo y encima le daban de propina una torta o una patada. Allí estuvo hasta cumplir doce años y, ya con más sentido, cambió a otro comercio de más lustre, consiguiendo un puesto de encargada; el nuevo patrón vio que era muy espabilada y dispuesta.

La verdad es que Viri resultaba una buena inversión: comía poco y trabajaba mucho y bien; además, su pelo rubio y su piel clarísima iluminada por aquellos ojazos azules atraían a más de un cliente a la tienda. Sujeta a las condiciones draconianas que sufrían los empleados de la época, no tenía días libres, aunque ella tampoco quería salir ni gastar ni comprar caprichos: todo su afán era ahorrar. «Con el tiempo, yo seré la dueña de una tienda como esta.» Esta idea fija le impedía tontear o salir con los mozos que la rondaban, a quienes no hacía ningún caso. Hasta que a los diecisiete años conoció a Baldomero, quien la sacó de allí. Fue un día de mayo de 1844, y no había empezado a vivir hasta entonces.

Su generoso marido le regaló algunos collares y cadenitas, pero no solía usarlas. Miró a su mujer el buenazo del coronel, extrañado, mientras ella se cerraba el cuerpo del vestido; debajo de él seguía llevando el raro medallón de plata.

—Elvirita, ¿no vas a desprenderte de esa baratija?

—Es que me la regaló mi madre.

Baldomero algo sabía de la prematura muerte de la madre de su enamorada y de sus sacrificios para sacarla adelante.

—Pues siendo así, no te la quites nunca, vida mía.

OCHÚN

I

Guaracabulla
Lat. 22° 15' N - long. 79° 45' W
Centro Isla, 18 de agosto

Pompeya se acercó al árbol enorme cubierto de espinas con cuidado de no pisar su sombra ni darle la espalda. Medía casi cuarenta metros y dominaba toda la aldea con su presencia imponente, intentando alcanzar el cielo con sus brazos de gigante bendito, morada de todos los muertos, antepasados y santos. Ya habían sacrificado un pollo blanco; de dónde sacarían el pollo nadie lo sabe, en medio de la devastación de la guerra el santo Iroko, la ceiba, no pasaría hambre. Sus fieles rodeaban el árbol con reverencia y también a Pompeya, la hija de Selso Cangá, el famoso *babalao* del que alguna vez oyeron hablar.

—Ceiba, tú eres mi madre, dame sombra. Madre de todas las prendas que da sombra a todo el mundo, ampara al que le implora. Sin Sanda-Naribé no hay *nganga*.

Ada escuchaba la voz de Pompeya y las de los fieles seguidores elevándose hacia las ramas.

—La ceiba es santa.

—Es el árbol de la Virgen María. La Purísima Concepción...

—El rayo respeta a la ceiba y a más nadie.

—La ceiba llora lágrimas cuando alguien le propone alguna maldad.

—Para vivir se necesita el favor de Madre Ceiba todopoderosa.

—Hace unos días, algunos soldados quisieron llevarse a Iroko...

—¡No se puede talar una ceiba!

—No sin hacer *ebbó* ni consultar a los Orishas.

Una mujer anciana lloraba junto a Pompeya, quien la cogió de la mano y se la llevó un poco más lejos; luego se metieron las dos en una cabaña con techo de palma. Algunos de los presentes —sobre todo mujeres y ancianos— enterraban bajo el árbol huevos, céntimos viejos y hacían cruces en la tierra con manteca de cacao, le llevaban cazuelas de barro con pequeños regalos, sostenidas solo con la mano izquierda. Otros le pedirían a Pompeya que adivinara el futuro con sus caracoles, que les dijese si su novio o su hijo o su hermano se encontraban a salvo o si por el contrario, habían caído, como tantos otros.

Si no fuera por las habilidades santeras de la joven negra, ninguna de las dos hubiera logrado sobrevivir al viaje: ni comida ni agua ni cobijo. Esa noche, Ada y Pompeya dormirían bajo techo y comerían arroz e incluso algo del pollo blanco sacrificado a la ceiba. Todo esto lo recibía Pompeya en pago por sus servicios; los fieles le ofrecían lo poco que tenían como una ofrenda más a los dioses, que les mirarían complacientes por ello.

Cayó la noche veloz ahuyentando la luz del sol y haciendo desaparecer la sombra benéfica de la ceiba, hundiéndola en la oscuridad junto con la aldea y el bosque cercano. Era peligroso encender fogatas y farolillos de aceite: no había que llamar la atención de desertores o desesperados, pues no se sabía qué pasaba en el frente y los campesinos ya habían sufrido la rapiña de los dos bandos. Ada se metió en la choza que los creyentes habían preparado para la santera. Nadie le había dirigido la palabra desde su llegada a los bohíos y esto, lejos de constituir una ofensa, le producía alivio; se sentía incapaz de mantener cualquier conversación banal con desconocidos. Solo quería seguir viaje, pero eso sería mañana. Al tumbarse, crujió la carta en su pecho.

Amor mío: no me pidas que te cuente de mí, pues ya no puedo hacerlo. Solo me interesa saber qué haces, qué piensas, qué lees, con quién hablas y si has comido dulce de guayaba o mamey, si te has hecho un rasguño al abrir un cajón, si has escuchado cantar a los pavos reales del Palacio de la Capitanía o si has comprado flores a la mujeruca aquella de la esquina de la plaza de Armas. Así ocuparía mi mente con todas esas cosas pequeñas y cotidianas que te rodean y a las que cuando estábamos juntos no dábamos importancia. Espero cambiar las grandes palabras por las pequeñas, porque esas grandes palabras se han quedado huecas y ya no tienen sentido. Estoy sin fuerzas para mentir. A ti no. No quieras saber de lo que aquí ocurre...

—Ada, hay que apagar el farol.

No le hacía falta leer la carta; se la sabía de memoria. Pero encontraba un desconocido consuelo en ver aquellas letras, repasar con los dedos la tinta, acariciar las formas escritas, reconocer sus largos trazos y tocar con sus manos el papel que él había tocado. La volvió a guardar sobre su pecho.

Nada humano hay aquí, me rodea el vacío. Intento parecer un hombre como los demás, pero me alejo de ellos más y más, y si miro hacia atrás veo que no queda nada. Tan solo el recuerdo que tengo de ti. Pero a veces siento como si hubieran pasado cien años desde que nos despedimos y tu imagen empieza a desaparecer de mi memoria.

Estaban tumbadas una junto a la otra, como cuando eran pequeñas y oía la respiración pausada, tranquila, a su lado. Otra respiración, diferente a la que recordaba, a la que anhelaba.

—¿Estás dormida?

—No. Pero estoy cansada.

—La mujer que lloraba... ¿qué te preguntó?

—No puedo hablar de eso.

—Después de estar contigo parecía aliviada. ¿Le mentiste?

—Ada... Son los Orishas quienes hablan. Yo solo cuento lo que me dicen.

Imaginó a Pompeya en sus rituales de santera: sentada en su esterilla con los pies desnudos, habría tirado los caracoles frente a ella junto a la piedra que simboliza a Elegguá. Las dieciséis conchas —que en lengua lucumí se llaman *diloggún*— habrían rodado una y otra vez por la esterilla y en sus vueltas hablarían las voces divinas con respuestas a la vida pasada o futura. Pompeya era un oráculo; Ada recordó lecturas borrosas en las que aparecían las pitias adivinadoras de Delfos, las pitonisas, las sibilas. Quién sabe si sus rituales en el lejano Mediterráneo, en Grecia y Roma, se parecieron a los de su amiga; quizás habían llegado hasta África y luego viajado con los esclavos capturados por los negreros, cruzando el Atlántico hasta llegar al Caribe... La necesidad de saber era tan antigua como el mundo; el miedo, la incertidumbre y la zozobra de vivir resultaban insoportables a los frágiles seres humanos, que veían en cada esquina y cada rincón de su existencia una amenaza posible o la sombra de la muerte y deseaban adelantarse a ella para conjurarla. Lo cierto era que

Pompeya y, a través de ella, los Orishas habían dado la confianza necesaria a aquella mujer anciana que cuando entró en la choza parecía deshecha. Ada sintió envidia; le hubiera gustado poder volver a sus fantasías infantiles y creer de verdad en aquellos caracoles, en los dioses, en el futuro, consagrarse en esa certeza que daba razón a la vida de su compañera. Pero no podía. No podía creer en nada salvo en la imagen de un cuerpo, el tacto de una piel, el calor húmedo de una boca contra la suya. Quería con todas sus fuerzas que ese fuera el futuro, pero ahora solo era su pasado.

—Nunca me tires los caracoles.

—No pensaba hacerlo.

—¿Ni aunque te lo pidiese?

—Ni aun así. Tu destino está demasiado ligado al mío. Podría ver cosas sobre mí misma y eso no está bien, sería como... como intentar engañar a los Orishas.

—Calla. No quiero saber nada, nada... ¿me oyes? Ni siquiera cuál es mi santo.

—Si no quieres escuchar, ¿para qué saber a quién pertenece la voz?

Se dio media vuelta dándole la espalda a Pompeya e intentó dormir sobre el lecho de hierba seca, olorosa, que se clavaba a través de la ropa. Ada mentía: hacía mucho tiempo que sabía cuál era su santo, a quién pertenecía según la tradición y la regla de Ifá. Antes de que llegara Pompeya a La Oriental, la negra Paca —su aya— y Toñona habían mandado a una santera que le echara los caracoles a espaldas de Ama Virina, que hubiera puesto el grito en el cielo de haberlo sabido. Ada era muy pequeña pero recordaba bien la esterilla, los pies desnudos, las conchas saltando sobre el suelo de tierra. Y la voz del Aya Paca diciendo:

—La niña es de Ochún.

Ochún, el *Orisha* de las aguas dulces, de la belleza, el amor

y la fertilidad, la coquetería, la lujuria, dueña de todo lo femenino; la diosa que adoraban todos, los hombres y los dioses.
La figura de mujer morena y dulce a la que rezaban también
en las iglesias con la forma de la Virgen de la Caridad del Cobre llevándole miel y girasoles, la amada patrona de Cuba, en
aquel año de 1897, lloraba sangre por sus hijos.

Pompeya no dormía.

—Ada... Tengo que decirte algo.

Desde hacía días había estado dudando sobre si contarle a
su compañera las sospechas crecientes que albergaba. Como
no tenía prueba alguna de ellas, había desechado la idea. Sin
embargo, ese mismo día había tenido la confirmación de sus
temores.

—Hace un rato vino un hombre, Gerardo; un guajiro que
cultiva un pequeño terreno cerca del camino oriental y tiene
allí su cabaña, no vive en el pueblo. Se me acercó; te había
visto a ti también. Ayer, mientras trabajaba, llegó un hombre
a caballo acompañado por otros dos que iban armados. Le
preguntó si había visto a unas mujeres viajando solas, una negra y otra blanca, que venían de la capital y se dirigían a
Oriente.

—¿Qué quieres decir?

—Que alguien nos sigue.

—Eso no tiene sentido. ¿A quién puede importarle adónde vamos y lo que hacemos?

—No lo sé, Ada. Pero a veces he tenido esa impresión...

Ada había aprendido a respetar los presentimientos de su
amiga.

—¿Qué impresión?

—Pues... la sensación de que algunas personas a veces,
solo a veces, nos miraban como si nos reconocieran.

—Está visto que no solo soy yo la loca. —Pero su voz no
sonó con el convencimiento habitual.

202

—No te lo hubiera dicho si ese hombre no me hubiera avisado.

—Puede ser una casualidad...

—No me hagas reír. Ni tú ni yo creemos en las casualidades.

—Pompeya, no merece la pena pensar en ello. No sé lo que pueden pretender, no me importa. Tú sabes que nada ni nadie puede impedir que le encuentre. Seguiré hasta el final.

II

Salieron al amanecer, con una nube negra bloqueando los furiosos rayos del sol tropical pero no el calor; la humedad salida de la tierra quedaba atrapada bajo la cúpula de un cielo de cemento. La gente de la aldea aún no había salido de sus chozas ni los gallos habían cantado. El carro avanzó en medio de un silencio prodigioso: habían desaparecido los sonidos propios del campo, el rumor de la hierba y las hojas agitadas por el viento, los cantos de los pájaros, los susurros de los insectos y los demás animales invisibles que jamás permanecen ociosos; el ruido de la existencia permanecía dormido, también el aire.

«Pero a veces siento como si hubieran pasado cien años desde que nos despedimos, y tu imagen empieza a desaparecer.»

Un sueño. Ada vivía en un sueño en el que la vida se había detenido en el tiempo quedando en suspenso, esperando el momento en que un príncipe atraviesa un río de fuego y destrucción, lucha contra el horrible dragón que le separa de su amada y logra conjurar el encantamiento de la bruja maligna culpable de su separación. ¿O quizás era ella la que estaba actuando como el príncipe que corría a salvar a su amada? La princesa del cuento se había levantado de un lecho muy parecido al de una muerta para correr hacia su amante y rescatarlo de la destrucción con un beso.

Pompeya respetaba el ensimismamiento de su compañera, callando mientras el jamelgo avanzaba con paso cansino dejando atrás la aldea. Echó una última mirada a la ceiba protectora y musitó una plegaria de agradecimiento. «Protégenos, Madre Ceiba...»

No lo decía, pero estaba sorprendida por la capacidad de sufrimiento sin queja de su amiga. Nunca la hubiera imaginado durmiendo en el suelo, pasando hambre ni padeciendo frío o calor: cuando era niña veía a Ada como un ángel surgido de un paraíso propio. Y como todo el mundo sabe, los ángeles son seres delicados y sutiles cuya función es rodear con sus rostros plácidos a las vírgenes y los santos. Aunque también existen los arcángeles vengadores, iracundos y guerreros que empuñaban espadas flamígeras y arrasan ciudades enteras habitadas por pecadores. Miró a Ada casi con extrañeza, mientras ella seguía a su lado como si nada existiera, cada vez más delgada y pálida, con la cara transparente de tan pálida en contraste con el pelo oscuro, su gesto de determinación esculpido en ese mármol blanco. Ella no se daba cuenta de la mirada de su amiga, como tampoco apreciaba lo que les rodeaba: ni el camino, ni el carro, ni el caballo, ni tan siquiera la presencia de Pompeya sentada a su lado. Ada asemejaba un cuerpo vacío, una armadura deshabitada pero alentada y viva gracias a una determinación; la negra podía sentir hasta en la piel su fuerza de voluntad.

—Parece que llega el aguacero.

El aire había cambiado a su alrededor, el cielo pasó de color gris a ceniza quemada amarillenta con ese olor de atmósfera cargada propio de los momentos previos a una tormenta. «La temporada de lluvias», se dijo Pompeya. Ya le había advertido a su amiga que no era el mejor momento para emprender un viaje como aquel, pero ella no hizo ningún caso; su empeño era tal que un simple contratiempo como ese no iba a cambiar su decisión. Mientras no soplaran los vientos del noroeste, aquellos que traían los huracanes desde los Estados Unidos y el golfo de México, podrían aguantar. «Los huracanes siempre vienen de allí.» Cayó en la cuenta de que del noroeste, como los huracanes, también había llegado el bloqueo de la Armada yanqui, que estaba ahogando al ejército español. Sonó un trueno lejano.

Ada despertó de su sueño.

—¿Has dicho algo?

—Mira cómo se está poniendo el cielo. Si arranca a llover, tendremos que parar.

—No...

—Ada, sé razonable.

—No podemos parar. Así no llegaremos nunca.

¿Llegar? ¿Adónde? No sabían en realidad adónde se dirigían, viajaban buscando a un hombre desaparecido sin dejar rastro y a quien su propio ejército daba por muerto. Recordó la tarde en que llegó la noticia, haciendo que Ada casi pereciese en una locura suicida, cuando tuvo que impedirle tirarse por la ventana a la calle, cuando escondieron la pistola que había dejado aquel hombre junto con todos los objetos punzantes, cristales y espejos de la prima Javierita —que huyó de la casa asustada y cloqueando como una gallina vieja— y cerraron las puertas con llave para que no escapara y se tirase por el Malecón al fondo de la bahía. Llamaron a un médico imbécil que pretendió internarla en un hospital atestado de enfermos de disentería, pero Pompeya lo impidió. Cuando por fin y tras darle una infusión de adormidera, Ada cayó en un sueño inquieto, febril, Pompeya había sacado sus caracoles y preguntado a los Orishas dónde estaba el alma de aquel hombre a quien su amiga amaba tanto. Su silencio la había dejado desconcertada: tirada tras tirada de caracoles, la pregunta había seguido sin respuesta. Ni los dioses sabían dónde se ocultaba aquel espíritu. Nunca le contó a Ada que había consultado a los Orishas porque ni siquiera ella sabía lo que significaba. Luego Ada cayó en un mutismo que duró semanas, un silencio parecido al de ahora, hasta que un día se levantó y dijo: «Está vivo, lo sé. Voy a ir a buscarle.»

Los nubarrones chocaban unos con otros con más fuerza, destellaban las descargas eléctricas.

—Nos va a pillar en medio del campo.

—¿El qué?

—La lluvia. La tormenta.

—¿Y qué vamos a hacer?

Cuando el cielo descargó una cascada caliente, no tuvieron más remedio que salir de la carretera, bajarse del carro y guarecerse bajo él tapadas con las mantas del ejército y tumbadas en un viejo hule, mientras el penco sin desenganchar soportaba la mojadura con la misma paciencia con que había aguantado años de servidumbre. La lluvia hundió la realidad en una nube acuática.

—¿Tienes hambre?

—Puedo aguantar... ¿Y tú?

—Hay un poco de tasajo que me dieron las mujeres de la aldea. Debieron pasar soldados.

Muchas mujeres se prostituían por un poco de carne. Ada miró el trozo de cecina renegrida sin saber si era de caballo, mulo o burro; de lo que estaba segura es que había costado muy caro: el valor de una mujer tumbada en medio del campo patas arriba mientras un desconocido le ofrecía lo poco que tenía con ansia por espantar la sombra de la muerte, arriesgándose a que la mujer resultara la esposa de un mambí que esperaría apostado entre el palmeral y, viéndolo con los pantalones bajados y tumbado sobre la mujer, aprovecharía para cortarle el cuello con su machete. Los veteranos ya les habían avisado: cuando mayor indefensión presenta un hombre es en el momento del orgasmo, convirtiéndole en una presa fácil. Pero el soldado famélico de calor de mujer estaba dispuesto a aceptar el riesgo, el peligro de muerte, a cambio de la promesa de un placer apresurado y violento. Valía la pena si durante un momento podía perderse dentro de la mujer y olvidarse del miedo y las privaciones mezclando su carne aún viva con la de ella. Luego se levantaría, sacaría de la guerrera un trozo de carne distinta, muerta, de su ración diaria para ponerlo en la mano de la mujer hambrienta e indiferente. Ahora Ada tenía el posible fruto de aquella transacción dándole vueltas en la boca, estaba salado y durísimo.

El agua estallaba en las maderas del carro con un repiqueteo insistente, filtrándose entre las junturas y cayendo en forma de hilos sobre las dos mujeres. En un momento, a pesar de tener el cobijo de aquel techo desencajado, estuvieron caladas hasta los huesos. Pero estos estallidos de fiereza de las nubes y los vientos no solían durar mucho: cuanta más saña mostraba la lluvia, más pronto era extirpada por un sol pastoso y lleno de moscas, tan duro que la ropa mojada quemaba sobre la piel antes de secarse. Algo había en el carácter del cubano —heredado del hermano español— que recordaba mucho a la época de las lluvias en la Isla: al igual que aquella, sufría a menudo una explosión de júbilo, de idealismo o de violencia fratricida que moría al pronto y de repente, tal como había venido, convertida en indiferencia o afán de sumisión, plegándose ante la severidad de la repentina aparición de un líder implacable que aplastara las ansias de impulso y cambio, igual que hacía el sol.

De momento la cortina de lluvia seguía cayendo con todo su peso de telón de teatro cubriendo el paisaje, derritiendo las formas y los contornos de los campos junto a la carretera, haciendo desaparecer el palmeral y las colinas que subían hacia el norte. A través de ese velo, Ada vio dos bultos más oscuros que se movían. Las dos manchas borrosas avanzaban lentas, cautelosas, pero sin vacilar ni detenerse, hacia el carro parado cerca de la carretera.

—Pompeya, ¿ves eso? —susurró.

Eran dos hombres. Ellas no dijeron nada, siguieron en silencio, tumbadas bajo el carro, los cuerpos en tensión, casi sin respirar.

Uno de ellos rodeó el caballo, que piafó intranquilo, mientras el otro vigilaba el camino. Con los harapos, las barbas y las greñas chorreando agua, consumidos y mugrientos, tenían el aspecto de los animales que han convivido con los hombres y tras ser abandonados se asilvestran, transformándose en alimañas más peligrosas que las salvajes. Armados con machetes pero descalzos, uno de los dos se tapaba con lo que parecían restos de una guerrera española.

—Desengancha el caballo —dijo el que vigilaba.

—El dueño tiene que estar cerca. Nadie deja así un carro... en medio de un camino.

—Si aparece se va a llevar una sorpresa. Mira a ver si queda algo más.

Las voces eran roncas, aguardentosas. Desde donde estaban solo veían los pies descalzos, negros de barro, y los jirones de pantalón dando vueltas alrededor del carro. El caballo relinchó.

—¡Calla, cojones!

—Vaya, vaya... ¡Lo que tenemos aquí!

Pompeya ahogó un grito cuando una mano sucia la agarró de la falda.

—¡Menudo regalo! Esto es mejor que el caballo...

—Venga, preciosidades, ¡moverse!

El que había cogido a Pompeya tiró de ella para sacarla de debajo del carro. La joven pataleó en el barro, sin decir nada.

—¡Y una blanca! ¡Qué día de suerte, hermano! ¡Sal de ahí, pedazo de zorra!

Ada se había encogido entre las mantas y el hombre alargaba la zarpa para cogerla, sin conseguirlo. El otro le dio una patada en el estómago a Pompeya.

—¡Putos negros!

El golpe la dejó sin aliento, el hombre aprovechó para levantarla y de un tirón rasgarle la camisa, dejándole los pechos al aire.

—¡Sube al carro! ¡Que subas al carro!

Pompeya no obedecía, intentaba taparse con los restos de la camisa destrozada. Él le cruzó la cara de una bofetada.

—Si te pones farruca va a ser peor...

La empujó hacia el carro.

—Túmbate ahí, negra, ahora vas a saber lo que es un hombre...

—Ayúdame a sacar a esta otra de aquí abajo. ¡Sal de una puta vez!

—Sin prisa, hermano, todo a su tiempo, tenemos carne para un buen rato.

Subió a Pompeya al carro entre empellones y la empujó tirándola boca abajo. El otro asomó la cara sucia bajo el carro.

—Ven aquí, bonita, que no te vamos a hacer nada que no te guste. Ya verás...

Y estiraba el brazo para apartar las mantas y agarrarla de las faldas. Se encontró con los ojos de hielo de la mujer, clavados en él sin atisbo de miedo, tan llenos de desprecio que le hicieron vacilar un segundo. Sonó un chasquido.

—¡No me mires así que te mato!

Atrapó la manta que la cubría y al apartarla tenía delante el agujero negro de un cañón. El disparo atravesó la cortina de agua y retumbó por toda la vega con estruendo, dejando el eco desvanecerse en el ruido de la lluvia. El hombre cayó hacia atrás fulminado, levantando una ola de barro. El otro tipo, que ya se había bajado los pantalones mientras sujetaba la cabeza de Pompeya contra las maderas del carro, quedó paralizado. Un momento fue lo que tardó en reaccionar y ya tenía a Ada a su espalda, apuntándole. Levantó las manos sin volverse.

—Tranquila, tranquila...

Ada no contestó. Sujetaba el revólver con las dos manos y solo veía la espalda del desertor.

—No dispare.

Se incorporó poco a poco; al ponerse de pie se le cayeron los pantalones raídos hasta los tobillos.

—Señora, por favor... Deje que me tape.

La voz de Ada sonó rotunda.

—No.

—¿Qué hago entonces?

—Sigue con las manos arriba. Baja del carro de espaldas, lento. Ahora.

El hombre obedeció, se movía con torpeza y de forma ridícula, con los pantalones enredándose en los pies. Permaneció de espaldas a la mujer que lo apuntaba, mirando a Pompeya maldecirle con su silencio desde el carro, un silencio que le atravesó el cuerpo igual al del ojo negro del cañón a su espalda. Ada retrocedió dos pasos.

—Desnúdate.

El hombre lo hizo, quedándose en los cueros mugrientos. Ada se apartó hacia un lado.

—Ahora vete hacia el camino, a la izquierda. Que yo te vea. Si te vuelves, disparo.

Caminó entre el barro, obedeciendo, y cuando estuvo a cierta distancia, echó a correr. Ada lo siguió con la mirada, sin bajar el revólver, hasta que desapareció. Había dejado de llover, pero nadie se había dado cuenta.

Se acercó al otro. El disparo le había entrado por la boca y salido por la nuca, un regato de sangre se desleía en los charcos de lluvia. Pompeya apartó la mirada: temblaba, le castañeteaban los dientes. Ada le echó su abrigo guardapolvo por encima, recogió los dos machetes y los tiró dentro del carro. Metió el arma en una bolsa.

—Esa pistola...

—No es una pistola, es un revólver.

«Mira, Ada, esto es un Smith and Wesson con empuñadura rusa. Calibre 44. Una buena arma. No me gustaría que lo hicieras... pero si llega el caso, prefiero que la uses. ¿Crees que serías capaz?» «Sí.»

III

Los rayos del sol a punto de morir cayeron sobre la espalda desnuda. Entraban aún por la ventana abierta hacia la plaza, los ruidos y el bullicio, las voces de la Vieja Ciudad Colonial, orgullosa en su esplendidez de riquezas e historia, sus palacios erigidos desde la época de los conquistadores, sus muros de fortalezas abrazando la bahía, protegiéndola de las incursiones piratas. Confiada, segura, resplandecía bajo el signo de la fortuna y la abundancia como ninguna otra, envuelta en su propia belleza reflejada en las aguas del Caribe, a punto de caer en ellas para ahogarse y desaparecer para siempre, como Narciso enamorado de sí mismo.

—He conocido pocas ciudades tan bellas como esta. Nápoles, Roma quizá. Y esta luz se parece a la del desierto... —había dicho él.

Ada intentó imaginar el color del cielo sobre el desierto africano, también el río en la Ciudad Eterna, las representaciones del Coliseo y del Foro que conocía solo por aquellas estampas de la linterna mágica de su infancia.

—Cuéntame cómo son —le pidió.

—Todas son hermosas, apetecibles, como una fruta madura —y cogió una guayaba de la bandeja de plata— un momento antes de empezar a pudrirse. —La apretó entre sus dedos y el jugo y la pulpa se le escurrieron por el antebrazo.

Ada lamió aquel brazo, la mano y chupó los dedos, sorbiendo el zumo dulce que chorreaba; él introdujo la fruta rota y pegajosa en su boca, también los dedos, y luego, sin que la hubiera tragado, la besó, jugando con la lengua en sus labios y sus dientes, comiendo la pulpa con ella, a la vez que ella, dentro de ella. Una oleada de calor la envolvió con su abrazo. Era el deseo. Ya lo reconocía, había dejado de ser una sensación extraña: en pocos días se había convertido en un compañero fiel, continuo, siempre presente.

Se arrastraron el uno al otro a la cama, abrazados de nuevo. Cada vez era distinta: más intensa, viva, aguda, profunda. Sus cuerpos se reconocían el uno al otro como partes de un todo; trozos arrancados, desgajados en algún momento del pasado que su mente no recordaba. Parecía imposible que alguna vez hubieran vivido separados, la idea de que no se conocieran desde siempre le parecía absurda. Porque siempre habían estado enamorados, aunque esa palabra se quedaba pequeña y banal para lo que sentía. Amor. Amante. Amado. Ahora entendía el significado de las palabras que había leído tantas veces en las novelas con una sospecha ingenua, de niña, con curiosidad teñida de aprensión, de prejuicios y miedos. Pero todo eso había desaparecido, como si nunca antes hubiera existido. No había miedo ni oscuridad ni pecado, desde la primera vez que se besaron en la plaza vacía con las luces primeras del amanecer rebotándole en los ojos, sin pensar ni reflexionar, la mente vacía, rendida al placer del uno en el otro, sin vergüenza ni duda. Desde el primer minuto, desde la primera vez. Antes incluso de haberse acostado en la misma cama había intuido que sería así. No. Lo había sabido.

¿Cuántos días llevaban en aquella habitación de hotel?

No habían salido de ella desde la ceremonia. Pararon el tiempo estando desnudos, mirándose y tocándose el uno al otro, acariciando cada centímetro de piel y llegando al orgasmo a veces con un simple roce, otras tras un abrazo largo o muchos abrazos distintos en los que no se separaban, de pie, sentados, de rodillas, rodando por el suelo, golpeándose con los muebles sin darse cuenta, envueltos en sudor, jadeantes, sin sentir nada a su alrededor o dentro o fuera, nada más que ellos mismos. Juntos no: uno. El velo de novia aún colgaba de la voluta de madera que adornaba el frente del armario, el servicio de habitaciones no había entrado a limpiar, de hecho nadie había entrado o salido del cuarto: llamaban y alguien traía de vez en cuando el carrito con fruta y vino, salmón ahumado, dulces y café —mucho café—. Pero no era suficiente tiempo, se decía, para conocer cada recoveco del cuerpo que tanto amaba, de saber lo que significaba cada gesto, cada arruga de expresión en su rostro. Solo estaba aprendiendo a entender, a interpretar el lenguaje mudo de las cejas y las comisuras de la boca, el gesto nervioso e inconsciente de los dedos pulgar e índice dando vueltas a la alianza que ella misma le había puesto en la iglesia.

Si el idioma que hablaban los cuerpos era claro, brillante, ella quería conseguir que su pensamiento y sus palabras fueran igual de diáfanas y puras que el lenguaje de los amantes. Era difícil, pero lo intentaba: «El amor es esto. Eres tú. Sentir que soy tú. Sentir que sientes que soy yo», le decía, a sabiendas de que no eran más que balbuceos de criatura, inútiles, inservibles para expresar lo mucho que le amaba:

—Quiero que sepas lo que eres para mí.

Pero él sonreía.

—No hace falta. Ya lo sé.

—Sí, sí que hace falta... Lo quiero, lo necesito.

Pero cuando él hablaba decía cosas que la turbaban más

217

que cuando le acariciaba trozos de piel y de carne que ella ni siquiera sabía que existían. Sus palabras la estremecían en una incógnita que intuía amenazadora, sin saber por qué.

—Abriendo el pecho de las personas que amamos vemos un paisaje interior. Lo recorremos, paseamos por él. A veces es amable y nos trata bien, no hace frío ni calor, todo es apacible. Otras veces resulta tan inclemente con el viajero como lo es consigo mismo. Tú eres una selva, Ada, una selva húmeda, espesa y verde, tropical, enredada de árboles frondosos y lianas, llena de pájaros y animales.

—¿Y tú?

—Yo soy un desierto deshabitado, con dunas de arena sobre las que cae el sol que achicharra durante el día y el frío que hiela los corazones durante la noche. ¿Estás segura de que quieres adentrarte en él? No hay agua, solo espejismos.

Sí que quería ir al desierto, porque ese desierto era él, y ahora ella también. Pero él parecía triste y grave cuando hablaba de los dos. Le hubiera gustado ser menos joven y más experta, haber conocido a otros hombres para saber si podría llegar a entenderle. Asomándose a aquellos ojos no veía más que un abismo cuyo fondo se perdía en una tiniebla impenetrable. No le importaba, quería arrojarse de cabeza en ese pozo y hundirse en él.

Resbalaba la tarde sobre los tejados de los palacios, las torres y las fachadas barrocas, sobre la piel del hombre dormido, lamiéndola con una lengua larga y cálida. El fulgor ámbar de La Habana, que ama tanto la hermosura, no se atrevía a tocarle la cabeza hundida en la almohada quizá por miedo a despertarle. Estaba tumbado boca abajo y la sábana de hilo se enrollaba al cuerpo como una serpiente blanca y blanda. Ella tiró con cuidado de la sábana, que se deslizó sobre él dejándole desnudo. Ofrecía un escorzo ideal para uno de esos escultores antiguos que conocían el misterio de la creación y con sus manos concebían dioses en bronce y mármol tan perfectos que parecían respirar y pensar, siempre serenos ante las carencias, los desmanes y las insensateces de sus vástagos terrenales. Así, hundido en el sueño, ausente, parecía tan pacífico como ellos; había perdido la energía interior que le mantenía siempre en tensión, crispado, un rasgo de su carácter que aún no comprendía. Sintió deseos de acariciarle el cabello claro con algunos mechones casi rubios, como lo haría para apaciguar a un niño que llora, consolándole de ese tormento interior cuya razón, si es que la había, permanecía oculta. Pero ahora respiraba sosegado y silencioso, relajados los brazos fuertes, pesados, y el cuello ancho y robusto, la base de la nuca que hubiera besado mil veces hasta marcarla con los labios para siempre. Se tumbó a su lado, con cuidado de no despertarlo, y le miró la cara y aspiró su olor hasta que se le cerraron los ojos.

Cuando despertó ya era de noche. Él estaba en el balcón, sentado en el suelo y con la frente apoyada en los barrotes de hierro forjado, fumando abstraído, recortado en la sombra por la luz amarilla de las farolas del paseo. No hacía viento y el humo temblaba en la ventana deshaciéndose poco a poco. No le veía la cara. Lo llamó. Él contestó sin volverse:

—Duérmete, Ada. Duerme.

Todo desaparecía al recordarle. Hasta la compañía de Pompeya temblando de miedo a su lado se hundía en la nada ante la presencia, mucho más potente, del recuerdo. La imagen, el momento, las palabras dichas volvían a ella una y otra vez invadiendo todos sus pensamientos, ocupando cada resquicio de su mente sin importar dónde estuviera o qué hiciera, qué parte del camino y qué paisaje recorriese, con qué gente se cruzara, qué adversidades tuviese que enfrentar y qué hombres tuviese que matar. Como si durmiese, como si siguiera durmiendo después de que él se lo ordenara con su voz nocturna, oscura y grave, sin rostro, y desde entonces no hubiera despertado. Ada no veía ni sentía, nada existía para ella salvo la piel y la respiración del hombre dormido junto a ella en una lejana cama de hotel, él era su cuerpo, su alma, su casa, su horizonte.

EL SEXO DE LOS ÁNGELES

I

Llevaba allí varios meses pero las alumnas internas casi nunca salían de entre los enormes muros del colegio que, de tan grande, asemejaba una ciudad dentro de otra, rodeada por una muralla de piedra altísima.

Situado en la cima de uno de los montes asomados a la bahía desde donde dominaba el puerto y el centro de la ciudad, el colegio de la Santa Niña María comprendía los tres edificios principales y la zona conventual con su iglesia y claustro, los distintos patios y los varios jardines distribuidos en terrazas como enormes escalones, salvando el desnivel del monte. Para llegar de uno a otro recinto había que atravesar nexos de parterres ajardinados, patios al aire libre y una multitud de escaleras que subían y bajaban formando un intrincado laberinto lleno de recovecos. Escalinatas exteriores de piedra o escaleras anchas como rampas; interiores de mármol con pasamanos de madera brillante, pero también estrechas, de caracol, en las que las niñas bajaban o subían dando vueltas como dentro de un tirabuzón. Ada, de recién llegada, siempre se perdía.

Como si el arquitecto hubiera querido divertir a las niñas, cada espacio sorprendía con un elemento característico: una puerta oculta, un pasillo sin salida, una pequeña capilla o una verja que encerraba una rosaleda intocable. En uno de los patios había un enorme sauce plantado en el centro, el gigante lloraba su soledad con sus hojas alargadas encima de las niñas; otro patio albergaba una pequeña ermita hecha de rocalla marina con una virgencita de escayola dentro. La Virgen era también una niña con la cara de muñeca pintada sonriendo, simpática. Uno de los juegos preferidos era cantarle de rodillas imitando a las pastoras que presenciaban milagros, igual que en las estampas. Le ponían velitas y flores y regalos mientras le cantaban su himno, que lo era también del colegio, consagrado a la Niña María. «Celestial Niña, María Inmaculada, que subes hoy, al templo del Señor, santa sin par a los Divinos Ojos, y a los tuyos, tan solo humilde flooooor...» Las vocecillas resonaban en la cueva cada vez más altas y abundantes hasta que la Madre Superiora, alertada por tanto trino desafinado, prohibió de manera taxativa esta moda pasajera de hacer remedos de misas y milagros. Las monjas aquellas no eran muy amigas de fomentar las fantasías visionarias, todo sea dicho.

En cambio, sí que eran partidarias del ejercicio y el aire puro. Siempre acompañadas de la madre Josefa, las niñas daban obligatorios paseos en grupo en dirección a las playas, hacia el mar abierto, el faro y los acantilados, casi nunca a la ciudad. Lo que más le gustaba a Ada de aquel paisaje era ver cómo el mar Cantábrico se volcaba sobre la tierra cuando soplaba el viento del sur —pegajoso, cálido y húmedo: un poco caribeño—, y también la época de las bajamares profundas que hacían desaparecer el océano transformándolo en una línea lejana al final de una playa inmensa, lisa y brillante tras la retirada del agua. Cuando había galerna, iban a las rocas que rodeaban la bahía a ver cómo las olas se estrellaban levantando montañas de espuma y salpicándolas aunque estuvieran lejos, formando gran alboroto y diversión. Otra se hubiera acobardado, no así la madre Josefa.

—¡Cuidado! No se acerquen demasiado...

Y la que más se acercaba era ella, hasta tener que salir corriendo para que no le alcanzara la ola. Cierta vez le cayó una encima, como una catarata, y durante un segundo desapareció de la vista de las niñas aterradas. Pero enseguida volvió a aparecer, chorreando. Al acercarse al grupito dejando un charco a su paso, con los zapatones de monja llenos de agua salada haciéndole *clich-cloch, clich-cloch*, no dijo más que: «¡Menudo remojón que he pillado!» Desde entonces todo el colegio la llamó la «madre Remojón», «la Remojo» o «Remonjita».

—Observen, niñas; observen la inmensidad de la mar, esa creación tan hermosa de Dios. Denle gracias a Él por este regalo cuya visión atempera el alma igual que la vista... ¡Este es el verdadero rostro de nuestro Señor!

Estaba llena de energía y de amor a la creación divina por igual, pero más en el plano físico y material que en el teórico: podría decirse que era una religiosa inmanente más que trascendente. La Remojo hacía las delicias de las niñas inquietas, aunque era detestada por las más delicadas.

—Vamos a sentarnos en la hierba... Y quítense el sombrero para que les dé bien el sol, que es muy sano.

—Ay, madre, es que la hierba está húmeda...

—¡No sea usted cursi, Lavín!

Rara avis entre las demás órdenes religiosas dedicadas a la educación, estas monjas eran particularmente tolerantes y discretas. Su fundadora, nacida en Francia allá por el siglo XVII, había estado casada y era madre de muchos hijos antes de tomar votos, ya viuda, cuando decidió seguir el mandato divino de educar a las niñas en la religión católica sin hacer de ellas unas melindrosas incapaces de entender el mundo. No había en estas monjas propensión a misticismo alguno, sino más bien un pragmático enfoque de la vida en todos sus aspectos. Solo eran intransigentes con la pereza, la apatía y la ostentación de las riquezas materiales, siendo muy estrictas en las cuestiones relativas a la vanidad y la presunción. Por otro lado, detestaban el clasismo y eso sí que les diferenciaba de otros colegios quizá menos dotados, pero que disfrutaban de más renombre entre las clases acomodadas. En su colegio nadie sabía quiénes eran las becarias procedentes de familias humildes —y que la orden se jactaba de favorecer en forma de cuota por año—, porque todas las alumnas llevaban el mismo uniforme azul marino con su capa y su sombrero. Prohibidos estaban los caprichos, los lazos, las puntillas o joyas que no fueran cruces o medallas pequeñitas, así como cualquier prenda de calle excesivamente recargada.

Ellas mismas daban ejemplo: el orden por el que se regían era casi monástico. Quizás era esto lo peor para las niñas; el comedor se compartía con las madres y los menús eran muy similares, así que la comida era escasa y no de muy buena calidad. Las más golosas lo pasaban francamente mal e intentaban esconder caramelos, bombones y galletas que traían de sus casas o les llevaban familiares cuando iban de visita. Sometidas a un minucioso registro, los dulces confiscados se ponían en el comedor de postre para todas, partidos en trocitos tan pequeños que no daban ni para un diente. Hay que decir que la gordura estaba mal vista y los adornos fantasiosos, como los tirabuzones hechos con rulos o tenacillas, prohibidísimos. Las niñas que tenían el pelo rizado natural eran muy envidiadas por las demás, pero a estas las monjas les obligaban a recogerse el pelo en moño o trenza y peinarlo mucho para que no se les vieran los rizos, en un infructuoso intento de asesinar toda muestra de frivolidad, no por involuntaria más tolerada. Pequeños pero expresivos métodos con los que intentaban formar mujeres capaces, sensatas y, para el escuálido nivel de la época, cultivadas.

II

A pesar de lo que pudiera parecer, la criollita se adaptó pronto sin parecerle extraña la vida en el colegio, tan distinta de la del lugar de donde provenía y su educación peculiar, fuera de las convenciones habituales. Las monjas enseguida le tomaron cariño e incluso predilección, porque era muy buena alumna. Ada sobresalía; era inteligente y había recibido una formación privilegiada ya que sus institutrices la habían instruido muy por encima de la media. Orden femenina asociada a la Compañía de Jesús, aquellas monjas daban, como sus compañeros masculinos, mucha importancia a los estudios y un trato de favor a las alumnas brillantes.

Esta era una de las principales razones que habían convencido de la idoneidad del colegio a doña Elvira, aconsejada por don Eloy, su médico. Además, como este le había prometido a su tía, Ada recibía una vez al mes la visita del doctor José María Izquierdo, a quien su colega había puesto en antecedentes respecto a las razones de su partida de Cuba. Bajito, con rechonchéces rubicundas y una curiosa barba dividida en dos partes terminadas en punta que le hacían parecerse a un gnomo o a un Rey Mago, el amable don José María escribía así a su buen amigo:

... y ya no se encuentran en nuestra joven Ada ninguno de aquellos síntomas de los que usted tuvo a bien ponerme en relación. Dejando aparte la consideración sobre estas edades de cambio hormonal (para las féminas una etapa de bruscas variaciones de humor) encuentro que sus afecciones han desaparecido. En el orden físico, ha crecido mucho y está un poco más delgada que cuando llegó, aunque dentro de los parámetros propios de la edad y de su constitución. He de reconocer que el estricto régimen de paseos y excursiones a que someten las monjas tiene saludables efectos en estas niñas; si les dieran algo más de comer, estarían hermosas como vacas de concurso. Aunque hambre no pasan, todo hay que decirlo. Y respecto a nuestra pequeña paciente, por supuesto que la seguiré observando, aunque espaciando más las visitas, si usted lo tiene a bien. Queda suyo, el amigo Izquierdo.

—¿Cómo te encuentras hoy, Ada?
Tenía confianza la niña en la cercana simpatía del médico y su tuteo.
—Muy bien, don José María.
—¿Qué hay de las nostalgias isleñas?
—Pues... solo echo en falta el calor y el sol. Bueno, y a mi tía y sobre todo a Pompeya.
— Ya... ¿Aún no has recibido carta de tu amiguita?
—Le pregunto a la tía, porque ella sí que me escribe mucho, pero no dice nada. Temo que le haya pasado algo...
—¿Como qué?
—No lo sé. Algo... malo.
Estos pensamientos negativos, de muerte y desaparición, eran los que el sabio Izquierdo se proponía erradicar de aquella mente joven y sana, pero apasionada, sensible y fantástica.
—Bueno, bueno... Si eso hace que te quedes más tranquila,

yo suelo cartearme a menudo con don Eloy y nada me ha dicho de si allá alguien se ha puesto enfermo. Todo el mundo goza de buena salud; pero puedo preguntarle por Pompeya si quieres.

La respuesta le sorprendió.

—No, bueno... Da igual.

Los afectos relacionados con las ayas y criadas, las madres postizas que solían criar a los hijos de la burguesía, no eran cuestiones desconocidas para el médico. Enterado por don Eloy de las circunstancias particulares de la familia de Ada y de su infancia sin padres, encontraba muy natural el apego que sentía por aquella «hermana negra» de la que se había separado. Enseguida adivinó que la tía pretendía poner fin a una relación que consideraría inapropiada para el futuro de su tutelada. Quizá la propia jovencita intuía también que se encontraba en período de mudanza y que debía desprenderse de recuerdos pasados para abrazar todo lo nuevo que podía ofrecerle aquella vida recién comenzada.

—Respecto al sol y el calor, poco podemos hacer señorita caribeña. Yo, que soy de la costa mediterránea, también lo paso fatal con estas humedades heladoras del norte, que se le meten a uno hasta los huesos. Pero no te quejes tanto, que al menos no sufres de reúma como este pobre alicantino.

Se rieron.

—¿Tendré que seguir tomando ese jarabe tan amargo?

—Me parece que no... siempre que comas todo lo que las monjas dispongan.

—Es que a veces... —Bajó la voz—: Cuando toca arroz con sardinas o filetes de vaca vieja o dan para cenar esa leche frita dura como una piedra... Se me quedan en la boca y mastico y mastico dándole vueltas sin atreverme a tragarlo.

—Hija mía, ¡qué le vamos a hacer si las monásticas que te han tocado en suerte prefieren rezar a endulzar el mundo con yemas de Santa Teresa o tocino de cielo! Por lo visto no les ha dado Dios el don de lo culinario... ¿Tendrán escrito en el reglamento de la orden que para ser buen cristiano hay que alimentarse solo de acelgas?

Las críticas que hacía el médico a las monjas y los curas la divertían: le recordaban a su tía.

—Ya hablaré yo con ellas...

—No, por favor, don José María; no quiero que me vuelvan a poner menú aparte de mis compañeras. No es bueno que se hagan distingos, ¿verdad?

—Entonces... quedamos así, pero come lo que te den, aunque parezca guisado por un demonio del Averno en vez de por esas santas manos.

Al médico le complacía esta muestra de espíritu gregario de la cubanita, un cambio fruto de la obsesión de las religiosas por homogeneizar a todas las alumnas y permitir diferencias solo en el plano de los conocimientos, no cabía duda. Porque la recién llegada mimada y consentida que había arribado hacía unos meses en la clase de lujo del barco de la Compañía Transatlántica, viajera solitaria acompañada por un ejército de criados contratados exclusivamente para hacerle más cómoda y segura la travesía, la sobrina nieta de la potentada doña Elvira de Castro, estaba cambiando y a mejor. La encontraba más calmada, como si hubiera encontrado cierto sosiego entre aquellos muros a través de la férrea disciplina y la convivencia con otras niñas en plano de igualdad, desterrando las vivencias turbadoras que, al principio, le había costado tanto que contara. Nada más examinarla, se dio cuenta de que el caso de Ada, sin ser grave, era de los que retan a cualquier médico de su especialidad. Una adolescente que se niega a comer no era nada especial, pero los frecuentes accesos de pesadillas repetidas, los miedos inconcretos, las afecciones de la mente, sí que le resultaban atrayentes; eran su especialidad.

Pidió a las monjas una sala vacía fuera de la enfermería donde pasaba la consulta, mandó llevar un par de sillones y poner unas cortinas para que hubiera una penumbra propicia y se trasladó allí con la niña. A todo asintieron las monjas, a pesar de lo excepcional de la situación, ya que el doctor tenía en su poder una doble autorización que le permitía establecer con su paciente el tratamiento que creyera oportuno: la del médico personal de la alumna y la de la tutora de Ada, su tía abuela Elvira. De no ser así, se hubieran negado de plano a estas sospechosas prácticas.

Con su autoridad como médico y la confianza ganada con cariño a partes iguales, logró Izquierdo que Ada relatara aquello que le abochornaba recordar y que al parecer del galeno constituía el detonante de su crisis. Parecía haberse criado como los campesinos que desde niños ven montar los toros a las vacas, los caballos a las yeguas, para después sacrificar a esos mismos animales que han cuidado desde su nacimiento. Pero Ada, a diferencia de ellos, contaba estas experiencias de vida y muerte con un lenguaje elusivo, oculto tras la jerga de los esclavos y las imágenes de unos dioses de origen africano.

Don José María puso en práctica las técnicas aprendidas con el eminente neurólogo francés Jean-Martin Charcot y sus estudios sobre la histeria —afección que estaba adquiriendo gran relevancia médica en toda Europa—, así como sus propias investigaciones desarrolladas durante años en los manicomios de Leganés y Carabanchel, en lo que comenzaba a nacer lo que hoy conocemos como psiquiatría moderna. Las conversaciones entre médico y paciente pronto empezaron a dar frutos y confesarse con Izquierdo sobre sus más ocultos temores, desentrañar aquellos misterios que le hacían tener pesadillas, supusieron un alivio para Ada y un triunfo para el científico. Aunque en el plano antropológico encontraba el

233

curioso médico muy interesantes todas aquellas cosas rela-
cionadas con los cultos antillanos que había asimilado la niña,
se propuso erradicar de su mente, con ayuda de la ciencia,
aquellas influencias de oscurantismo y superstición. Poco a
poco, lo consiguió.

III

Era ya primavera, aunque el tiempo seguía gris y lluvioso.
Como cada año, las alumnas del colegio se preparaban para
las celebraciones de Pascua con recogimientos y servicios religiosos especiales impartidos por don Avelino, el cura del colegio, único hombre con acceso a los entresijos de la comunidad
femenina. Don Avelino parecía haber sido elegido a propósito
para que su magisterio no ejerciera una presencia de dominio
viril, pues las celosas monjas no hubieran tolerado ninguna in-
jerencia en sus costumbres ni directrices espirituales. De mo-
fletes colorados, carácter manso y sonrisa angelical —la madre
Josefa, alias la Remojo, parecía más hombre que él—, don
Avelino hacía de sus homilías un cuento infantil, incapaz de
ver en aquellas niñas más que inocentes ovejitas, flores, mariposas, estrellas del cielo y pastorcillas de Belén —comparacio-
nes habituales—, siempre guiadas por la bondad y el candor.
El curita era famoso, además de por su infantil simpleza, por
sus confesiones bonachonas y blandísimas penitencias.

—Bueno, bueno... María Antonia, hija mía. Tienes que ser
más generosa con esa niña que dices detestar. Mala palabra es
esa, no, no... No hay ni que pensar en tal cosa. Será picajosa
como dices, que todos tenemos nuestros defectillos; pero tú

deber es hacer oídos sordos y contestar con amabilidad a esos agravios que no son para tanto, te lo digo yo. Y querer más a tus hermanos, pobrecitos, ¿no te das cuenta de lo pequeños que son? Ese romper juguetes y otras travesuras que me cuentas son debidas a su poca edad y no a la maldad. Y con tus papás, lo mismo, ¿eh? Que no me entere yo de que andamos con mañas impropias de una niña tan buena y responsable como tú. Me vas a rezar tres avemarías y un padrenuestro y a hacerme caso. ¿Estamos? *Ego te absolvo a peccatis tuis in nomine Patris et Filii et Spiritus Sancti...*

Con Ada, por el contrario, tuvo la peor experiencia que aquella alma cándida imaginar pudiese. Tras sus primeras confesiones, no se sentía con fuerzas para ser su director espiritual: le turbaban las imágenes extraordinarias que decía ver en sueños y las palabras con que expresaba sus dudas religiosas, pues acababa de ingresar, por así decirlo, en la religión católica y reflexionaba casi como un adulto lleno de incertidumbres agnósticas respecto a la naturaleza del pecado y la existencia de Dios. Así lo manifestó a la Madre Superiora que, dada la falta de carácter de su párroco —no todo iban a ser ventajas—, consideró preferible hablar ella misma con Ada.

Le dijeron que fuera al despacho de la Madre Superiora en la hora de estudio tras la comida. Mientras que algunas niñas sentían un miedo cerval a acudir al centro neurálgico del colegio, no era este el caso de Ada: sabía que la madre Soledad sentía debilidad por ella y además, su muy desarrollado sentido —o defecto— del orgullo no le permitía tener miedo. O al menos, demostrarlo. Por el contrario, iba al despacho situado en uno de los edificios anexos al de las aulas con gusto: esas llamadas le permitían recorrer el colegio de cabo a rabo, vacío. Le proporcionaba un placer inmenso recorrer los pasillos, los corredores, las escaleras, las salas silenciosas y tranquilas como si hubiera desaparecido el mundo y no quedara más que ella recorriendo los suelos de mármol resbaladizos de puro brillantes, tan refulgentes que daban ganas de tirarse en ellos y mirarse como en un espejo. Las salas cerca de la capilla olían a incienso para dar más sensación de estar en el cielo.

—¿Me ha mandado llamar, Madre?

El despacho era minúsculo y sencillo, pero tan limpio y pulcro como el resto. Como la Madre Superiora, una navarra directa, franca y mandona. Poco servil con la estructura masculina de la jerarquía católica, se había hecho monja por convicción cristiana sincera, sin fisuras, pero también por huir de un mundo que los hombres dominaban despreciando las virtudes del sexo que se les antojaba débil. Estaba convencida de la superioridad de las mujeres en todos los órdenes relevantes de la vida, incluido el espiritual; este pecadillo de soberbia de sexo le traía a mal traer con el obispado.

—Pase, pase, señorita Silva.

La madre Soledad Jáuregui sentía un creciente afecto por la niña cubana pues veía en ella la demostración palpable de sus certezas respecto a la naturaleza femenina: bien dirigida, con su inteligencia y su potencial, Ada prometía mucho a favor del futuro de las mujeres. Casi podía verse a sí misma a su edad. Fue al grano, en su estilo llano, con el tuteo que empleaba en las distancias cortas con el fin de acercarse más a las niñas y ganar su confianza.

—Hija mía, me dice don Avelino que le calientas la cabeza con muchas preguntas complicadas y cuestiones que él no puede ni sabe resolver.

—Madre, es que... siendo nuestro director espiritual, creía que podría responder a cosas que no tengo, bueno... que no sé con quién compartir. He leído el Evangelio de San Juan y todo eso del Apocalipsis...

—¡Uy, san Juan! Estamos un poco verdes para meternos en apocalipsis, eso son palabras mayores. No seamos demasiado ambiciosas con las lecturas, que eso puede trastornar más que ayudar. ¡Si con san Juan nadie se pone de acuerdo y los teólogos modernos lo pasan de puntillas! Venirle con esos embrollos al pobre don Avelino que es un santo varón, pero que no da para más, hija mía, ¿a quién se le ocurre?

—Perdone, Madre.

—No hay nada que perdonar. Mira, querida Ada, contemplamos con interés tu curiosidad intelectual, que como educadoras nos llena de orgullo. Nunca dejes de hacerte preguntas ni de buscar respuestas, pues no todo está escrito. Pero esas preguntas deben estar dirigidas y matizadas por otra persona que tenga autoridad sobre ellas. Así que a partir de ahora me consultarás a mí todas tus lecturas y las dudas que te planteen. Solo a mí, no al padre Avelino. A él, y esto te lo pido como un acto de bondad y generosidad, le cuentas en confesión todas las tonterías esas que cuentan las otras niñas, del tenor de «Fulanita se rio de mí y le tiré de las coletas», que para eso tenemos aquí al buen padre. Y si no se te ocurre nada, pues te lo inventas.

—¿Y eso no es un pecado también? Por mentir en confesión, digo.

—No nos metamos en teologías... que esto se puede convertir en un concilio sobre el sexo de los ángeles. Óyeme bien: se trata de elegir entre la mentira piadosa como un acto de compasión hacia el prójimo, para preservar la tranquilidad espiritual de nuestro sacerdote o la crueldad egoísta que supone a veces el decir la verdad y sus nefastas consecuencias. Gana de calle la primera opción, ¿no crees?

Ada se quedó callada, pensando. Como no respondía, la monja zanjó:

—Tú haz lo que yo te he dicho.

Ada obedeció en todo, no sin empezar a plantearse —por su cuenta y riesgo— ciertos reparos a la doctrina católica y a su particular administración en la versión de la Superiora, cuando en aquella época del año previa a la Cuaresma se encontraba en apogeo. Una de las actividades religiosas que más éxito tenía entre las alumnas era hacer el viacrucis de Semana Santa porque salían del colegio para visitar las distintas iglesias de San Francisco, de la Compañía o la catedral. Es decir, porque salían de entre los muros del colegio a la ciudad.

Acompañadas casi siempre por la madre Josefa y después de cumplir con sus obligaciones, se les permitía pasear por la machina del puerto y ver la actividad incesante de barcos y gente endomingada, marineros, pescadores y emigrantes que partían rumbo a América, e incluso dar una vuelta por los jardines del paseo principal y echar pan duro a los patos. La Remojo las conducía entre la gente como si ellas mismas fueran también patitos azules, en fila de a dos con el uniforme, la capa y el sombrerito oscuros. Otras niñas y niños que jugaban en los jardines acompañados de sus ayas y niñeras, las miraban como un elemento curioso más, de los muchos que había, como el barquillero y su ruleta, las pescadoras que voceaban su mercancía diciendo obscenidades y los niños pobres llamados «raqueros», que se lanzaban medio desnudos a las aguas de la bahía para recoger las monedas que los señoritos arrojaban desde el muelle para verles bucear.

Junto al estanque de los patos, mientras la madre Josefa hacía apología de la magnificencia de Dios en los árboles y las plantas, así como en sus animalitos, Agustina cogió del brazo a Ada para señalar a un hombre.

—Nos está mirando...

Agustina era la mejor amiga de Ada; desde el primer día, cuando la sentaron en el pupitre contiguo, había visto en la recién llegada a su heroína particular. Las historias de la niña y su Isla de palmeras, negros y caimanes eran muy demandadas, incluso entre las chicas de cursos superiores. Todas sentían curiosidad por el carácter exótico de la cubana, su dulce acento; pero más que ninguna, Agustina, Tita en la intimidad. No se separaban, eran uña y carne y se escondían de las demás para contarse sus cosas o hablaban hasta tarde en el dormitorio común, incluso en plena noche, llevándose más de una regañina de la monja de guardia. Ada, que echaba de menos la complicidad que había tenido con Pompeya en La Oriental, volcó todo su cariño en Agustina y esta le pagaba con creces, rendida de admiración, a tal punto que en las ocasiones en que habían cometido alguna trastada juntas, intentaba que la castigaran a ella en vez de a su amiga del alma.

—¿Quién?

—Ese hombre...

Tenía un aspecto extraño, y no por su evidente pobreza: no era un mendigo, no tenía la espalda doblada como ellos, al contrario; se erguía con la dignidad que a los pordioseros les han arrebatado. Parecía uno de esos viajeros que han vivido en distintas partes del mundo y al final se encuentran sin patria ni nación a la cual regresar, mostrando en su acento, en la combinación ligeramente estrambótica de su traje y su sombrero, el desarraigo.

A pesar de no verle la cara, a la niña le resultó familiar. Quiso comprobar si estaba en lo cierto y, en uno de esos arrebatos imprudentes característicos —que ni las monjas ni el doctor Izquierdo pudieron extirpar—, cogió de la mano a Agustina arrastrándola fuera de la fila de la madre Remojón.

—¿Qué haces?

—¡Calla! Creo que le he visto antes.

—¿Aquí en el parque?

—No... Bueno, no sé. Espera...

Agustina miró hacia atrás temerosa de perder a la monja y su fila, pero no se resistió: como siempre, terminaba haciendo lo que su voluntariosa amiga quería. Rodearon el estanque corriendo, sorteando amas de cría y niños bulliciosos para colocarse cerca de aquel hombre, ahora de espaldas; sin duda buscaba a alguien, porque miraba a todos lados. Y entonces se volvió justo hacia ellas y sus miradas se encontraron. Agustina ahogó un grito: tenía una cicatriz enorme que le desfiguraba la cara, un tajo desde más arriba del ojo izquierdo que abría un surco en la mejilla y la boca hasta perderse en el cuello, donde llevaba atado un pañuelo rojo. Al cruzar su mirada con la de Ada frunció el ceño horrible y levantó la mano, no pudiendo ella averiguar si en señal de amenaza o de saludo, porque empujada por Tita salieron corriendo a escape, buscando entre la multitud al grupo de colegialas. Lo encontraron cerca del templete de música, donde el ojo avezado de la madre Remojón ya había notado la falta de un par de patitos en forma de niñas y estaba interrogando a las demás por el paradero de las fugadas. Antes de que Agustina pudiera hablar y adelantándose a la monja, Ada atropelló una excusa.

—Perdón, Madre. Nos hemos despistado... Quería enseñarle a Agustina el castaño de Indias tan precioso que hay tras el estanque de los patos y no nos hemos dado cuenta de que nos alejábamos demasiado. —Conocía el talón de Aquiles de la religiosa.

—Mmmm... Sí, es grandioso, ciertamente. Pero, señoritas Silva y Lastra, no vuelvan a separarse del grupo, no queremos tener un disgusto, ni siquiera por culpa de la botánica, ¿verdad?

Durante el resto del paseo, Ada tuvo que simular estar muy interesada en las explicaciones de la naturalista aficionada.

Por la noche, ya acostada, recordó dónde y cuándo se había cruzado con aquel hombre. En aquella ocasión era de noche, por eso no había podido verle tan bien como esa tarde en el parque, pero estaba casi segura de que fue durante la misa de gallo de las Navidades pasadas, en la capilla del Cristo, la más antigua iglesia de la capital y que sostenía con sus piedras góticas a la catedral, más moderna.

Subida en la cima de uno de los muchos montes de la ciudad —toda llena de cuestas—, para llegar al conjunto de edificios que formaban la catedral había una escalinata que parecía no acabarse nunca y al final de ella, un pórtico de arcos abriendo una boca negra hacia el interior de lo que parecía una cueva, tan bajísimas eran las bóvedas atravesadas de nervios con la forma de las costillas de un gigante, o como Ada se imaginaba, dentro del esqueleto de la ballena que se tragó a Jonás. La capilla, iluminada apenas, resonando entre las piedras milenarias los cánticos en latín, tenía algo de sobrecogedor viaje hacia un tiempo remoto.

No se sabía de dónde venía la tradición de acudir a esta celebración las monjas del colegio de la Santa Niña, pero debía de ser muy antigua y no faltaban ningún año, siempre acompañadas de las alumnas que no viajaban a sus hogares durante el período de vacaciones. Aquella Nochebuena llovía a mares y los asistentes se arremolinaban bajo los soportales de arcos en punta, como de castillo. De pronto, cuando entraban las niñas acompañadas de sus educadoras, una mujer gritó. Hubo un tumulto entre el gentío: un individuo forcejeaba con un par de fieles que le llamaban ateo y otras cosas feas, mientras le impedían acceder a la iglesia. Al poco llegaron dos policías y se llevaron a aquel hombre, al que Ada no había podido ver la cara, pero distinguió su pañuelo rojo entre la ropa oscura de la gente que le rodeaba.

—¿Qué piensas, Ada? —preguntó Agustina, que la miraba desde la cama de al lado.

—En que tengo ganas de que llegue el verano.

IV

Ada y Agustina casi enloquecieron de alegría cuando la Superiora les informó de que la tía Elvira había dado su visto bueno.

—¡Ya verás lo bien que lo vamos a pasar, Ada! La finca de mis abuelos está en un valle muy bonito y muy verde, cerca de unos picos con nieve que no se derrite nunca. ¡Podremos ir a bañarnos juntas en el río y levantarnos tarde y comer pan con mantequilla todo lo que queramos!

El colegio no se cerraba durante los meses de verano, precisamente para poder albergar a las alumnas que no se desplazaban a sus hogares por vacaciones a causa de la distancia, como en el caso de Ada, o cuyas familias no podían o no querían hacerse cargo de sus vástagos —que de todo hay en la viña del Señor— durante el período estival.

Pero Agustina planeaba desde hacía meses pasar el verano con su amiga del alma e hizo que sus familiares formalizaran la invitación dirigiéndola al colegio. A su vez, Ada pidió permiso a quien correspondía, es decir a la Madre Superiora, a su tía e incluso al doctor Izquierdo. Al enviar la carta donde se hacía oficial la solicitud de la alumna, la monja consideró necesario aclarar que la familia de la señorita Agustina Lastra era del todo digna de confianza, con miembros respetados en toda la región por ser muchos de ellos magistrados, abogados y hombres de leyes. Una vez que se recibió la misiva de doña Elvira dando su permiso —como todas las dirigidas a la religiosa, concisa y seca— y antes de darles la buena nueva a las niñas, la monja pidió ver al médico, que se mostró encantado con la idea adelantada ya por Ada.

—Como ya hice saber a su médico allá en Cuba, este viajecito es una buena noticia. Nada me parece mejor que la niña vaya a pasar una temporada al campo disfrutando del ocio, los juegos, el aire libre y, sobre todo, los buenos alimentos.

En cuanto podía, don José María tiraba sus pullas en la misma dirección: la importancia del régimen alimenticio, caballo de batalla con la monja. Esta respondió como solía: con displicencia de esfinge.

—Aquí también sabemos apreciar las bondades de la naturaleza, doctor Izquierdo... Pero no le he hecho llamar a causa de las vacaciones de la señorita Silva.

Con su estilo directo, le puso delante unos papeles ya desdoblados. Uno de ellos era una carta dirigida a ella y escrita con letra larga y aguda de rasgos muy definidos, propia de una personalidad rotunda: «... Y siendo por esta causa de lejanía y enfrentamiento familiar que mi hija no ha sabido de mí en todos estos años, pongo en su conocimiento, Reverenda Madre, que me hallo en disposición de darme a conocer a la niña, siendo como soy su único progenitor vivo y legítimo, y dado que ella se encuentra ahora residiendo en España. Adjunto le entrego una copia de su fe de bautismo...»

—¿Es auténtico? —dijo el médico, mirando el documento sellado.

—Lo hice examinar en el Obispado y sí que lo es. Está en castellano y francés y la fecha coincide con la edad de Ada. «Nacida en Bayona, Francia, el 30 de marzo de 1875.»

—Esta carta está escrita por un hombre cultivado. O por su abogado, quién sabe.

—Todo esto resulta un problema para nuestro colegio, don José María.

—Ya lo veo. Usted es responsable de la niña, en quien su tutora ha delegado para su guarda y custodia mientras aquí resida. ¿Ha informado a la tía abuela?

—Pues... aún no. He de confiarle que la señora De Castro parece una mujer un tanto desabrida y desconfiada; siempre se dirige a esta institución con unos modos dictatoriales que, la verdad sea dicha, no nos gustan nada.

—Será una buena muestra de la sacarocracia isleña, no me cabe la menor duda. Pero ignoro cómo puedo yo ayudarla en todo esto.

—Usted tiene hilo directo con el médico personal de la tía; de hecho su presencia aquí a él se debe, ¿no es así?

El doctor ya se vio metido de lleno en el enredo por culpa de la Reverenda Madre, que seguía hablando muy nerviosa, como nunca la había visto antes, retorciéndose las manos secas.

—Habría que informar a su colega de lo que ocurre (siempre dentro de la discreción), para que él tantease a doña Elvira al respecto. Lo cierto es que nos enfrentamos a una orden judicial que nos obligaría a dejar que ese... caballero visite a su hija; nuestros asesores legales ya nos han avisado de que esto podría ser así. Y no quiero encontrarme con una demanda de esa mujer contra el colegio por negligencia, o quién sabe, cosas peores. Somos una institución con una reputación que guardar y no podemos dejar que por una rencilla familiar se arme un revuelo y los padres de nuestras alumnas desconfíen de entregárnoslas.

—En lo que a mí respecta, cuente con todo el apoyo y la ayuda que pueda prestar. Escribiré a don Eloy hoy mismo, pero no creo que reciba respuesta antes de unas cuantas semanas.

—Es providencial que Ada salga de la ciudad para estas vacaciones, así ganamos tiempo. Pero no es el único favor que le voy a pedir que nos haga... Sería algo personal y... le aseguro que no se olvidará.

Don José María se echó a temblar, y pensó: «Con razón al mucho pedir lo llaman tener la boca de un fraile. En este caso, de monja.»

—Dígame.

—En fin, se trata de que vaya a ver usted a ese hombre.

Como no respondía, la superiora siguió desplegando sus mañas. El médico se dispuso a desenvainar, él también, todas las suyas.

—Le aseguro que de poder hacerlo iría yo misma; no es cosa que me arredre. Pero me veo imposibilitada a causa de mi cargo, mi responsabilidad para con el colegio y la Orden. Usted es un hombre conocido y admirado y ese señor no se atreverá a faltarle el respeto cuando le exponga sus dudas ante tal encuentro. Podría usted hablarle de cuestiones de salud, de la fatal impresión que puede causar en la niña...

—Señora, estima demasiado mis capacidades. Por lo demás, Ada se encuentra perfectamente y la considero capaz de hacer frente con entereza a cualquier situación imprevista. Los males que la aquejaban nada tenían que ver con rencillas o disputas familiares, de las que ha quedado enteramente ignorante. Y como médico, no puedo mentir respecto a la salud de mi paciente... Mucho menos si quien me pregunta resulta ser su padre, aunque no haya ejercido como tal durante todos estos años, quién sabe si en contra de su voluntad.

—¿Se da cuenta de lo que está diciendo? ¿Se hace usted cargo de esa responsabilidad?

—En lo referido a cuestiones médicas, por supuesto.

—Comprendo sus escrúpulos, aunque no los comparta, puesto que antepone su profesionalidad incluso a la tranquilidad... espiritual de sus pacientes.

—Yo me preocupo de los cuerpos, no de los espíritus; eso se lo dejo a ustedes.

Con esa estrategia no iba a ganar el pulso y como no le convenía enfadar al galeno, reculó todo lo que pudo.

—No es esa la cuestión... He debido de explicarme mal. Mire, señor Izquierdo, por muchas discrepancias que alberguemos, creo que estaremos de acuerdo en que es más importante lo que nos une: el bienestar de Ada.

—Claro que sí.

No pudo evitar don José María pensar que él sí se preocupaba de manera exclusiva por el bienestar de la niña, mientras que la religiosa se debatía entre este y la lealtad debida al prestigio de su orden, al interés de la institución educativa y a sus votos de obediencia.

—Es más lo que nos une que lo que nos separa. —Lo subrayó para dejarlo claro—. Necesitamos que se encuentre usted con el sujeto en cuestión y, aunque no diga nada del estado de la niña, sondear sus verdaderas intenciones.

—¿Y si sus «verdaderas intenciones» consisten en ver a su hija y nada más?

—Quién sabe lo que quiere... La tía, por lo que sé, es poseedora de una gran fortuna... No podemos arriesgarnos. Lo desconozco casi todo de este señor, aunque las pocas noticias que de él tenemos no son muy favorables.

—¿Cómo se llama? ¿Sabe dónde puedo encontrarle?

—Firma como... —miró la rúbrica al pie de la carta— don Darío de Silva y Santa Cruz. Y a pesar del nombre tan rimbombante, su última dirección era la Prisión Provincial.

V

No tardó mucho el buen doctor en encontrar referencias sobre el sospechoso Silva. Ya no estaba preso, puesto que no eran más que faltas leves —contra el orden y la moral públicas— las que le habían llevado a dar con sus huesos en la Provincial. Lo que no pudo averiguar de inmediato fue su paradero, pero era seguro que pronto volverían a tener noticias de él en el colegio; no parecía que fuera a desistir de su empeño. Mientras tanto, quiso la fortuna que Izquierdo supiera quién era Darío de Silva a través de uno de sus muchos contactos y amistades: don Toñín Quintela, compañero de logia, secretario en el ayuntamiento y con ciertas relaciones en la policía local. E incluso, se decía, entre los bajos fondos portuarios.

—Las autoridades competentes muestran demasiado celo a la hora de vigilar a las personas con antecedentes de actividades subversivas, amigo Izquierdo. Y aunque la ley haya aflojado la mano, la cosa no ha cambiado tanto... ¡Que se lo digan a los de Riotinto!

El refitolero funcionario echó una tos cascada a través de una mueca: su risa irónica. Aunque el año anterior el gobierno había aprobado una ley legalizando los sindicatos y los partidos políticos, no habían pasado más que unos meses y

251

ya se había puesto de manifiesto que, en verdad, las cosas no habían cambiado tanto, como bien decía Quintela. En febrero del año en curso de 1888, en las minas de oro, plata y cobre de Riotinto en Huelva, un millar de personas del lugar, de campesinos a mineros —alentados por líderes anarquistas—, protestaron por la contaminación provocada por los humos tóxicos del mineral que se quemaba al aire libre envenenando el aire, afectando a toda la región y a las condiciones de trabajo en las minas. Por toda respuesta, el gobierno liberal de Sagasta mandó al Regimiento de Pavía a reprimir la manifestación popular: tres cargas de fusilería a bocajarro dejaron al menos cien muertos entre hombres, mujeres y niños. Ante el temor a nuevas algaradas anarquistas, la reacción de las autoridades había sido estrechar el cerco sobre las actividades que consideraba «revoltosas».

Y lo cierto es que revoltoso había sido el doctor, quien militaba fervorosamente en el Partido Republicano Progresista liderado por don Manuel Ruiz Zorrilla, heredero a su vez de don Juan Prim y Prat, el general impulsor del Sexenio Democrático y la Primera República, asesinado por no se sabía quién, ya que los magnicidas nunca fueron perseguidos sino amparados bajo el ala de oscuros elementos reaccionarios, verdaderos dueños de España y su gobierno. Enemigo acérrimo de la monarquía y de la alternancia bipartidista que andaba dando sus últimas boqueadas entre guerras coloniales, cantonalismos y corrupción a mansalva, don José María era francmasón, republicano y anticlerical. Así que, como decía su hermano de logia, bien sabía lo que suponía involucrarse en ciertas actividades cuando corrían tiempos de persecuciones y exilios forzosos. Pero como su magisterio médico era muy respetado, nadie se atrevía a reprocharle sus filias políticas.

—El hombre que busca es un conocido radical, un revolucionario peligroso, al decir de la policía. Se teme que haya entrado hace poco en el país desde Francia, donde habría vivido muchos años. Así que le tienen echado el ojo. Vaya usted a saber dónde se puede haber metido, el desgraciado, con los perros mordiéndole la culera... ¿Sabe si pertenece a alguna logia francesa? Porque siendo así, no será tan difícil encontrarle. En estos casos, lo mejor es movilizar a los «hermanos».

—No sabría decirle, pero por intentarlo que no quede...

La masonería se encontraba en aquel entonces en franca decadencia, constituyendo poco más que un club de caballeros cotillas en busca de colocación o con ganas de reclamar —en *petit comité*— guillotina para reyes y curas, aunque a salvo de la policía; tan caducos como las pelucas enharinadas que se usaban en el siglo de Voltaire y Casanova. Pero seguía funcionando como tertulia liberal, asociación que protegía a sus miembros y organización de correveidiles bastante útil.

No tuvo que esperar mucho el doctor para saber de su hombre, pues los círculos revolucionarios en la pequeña capital de provincias eran ciertamente reducidos y sus andanzas estaban muy controlados por la policía, infiltrada también de masones.

Don Darío de Silva y Santa Cruz habitaba en una pensión del barrio de pescadores en los arrabales de la ciudad donde algunos médicos generosos hacían sus labores por nada, entre ellos, don José María, que conocía el barrio tanto como sus habitantes a él, por ello no le resultó difícil concertar una cita discreta en una taberna del puerto. A la hora en punto, apareció un hombre sin edad: los años los borraban aquella cicatriz impresionante que el médico identificó de inmediato como resultas de una hoja cortante. Un sable, lo más seguro.

Se presentó con sencillez y se sentaron en una mesa fuera de la taberna, pues hacía buen tiempo y el interior estaba humoso y repleto de gente. El patrón les puso delante de una jarra de vino peleón y unos bocartes fritos, recién pescados.

—No tendrá usted tabaco de pipa, ¿verdad?

—Lo siento, no fumo.

Guardó en la chaqueta la pipa negra y brillante del uso.

—Viene usted a hablarme de mi hija... Porque es usted su médico, ¿verdad? No estará enferma... Hace días que no he podido verla, siquiera de lejos.

Tenía delante, mirándolo de frente y sin esconderse, unos ojos entre grises y castaños, de largas pestañas, exactamente iguales a los de Ada. Ya no tuvo dudas de que ese hombre era realmente su padre.

—Se encuentra bien, no se preocupe. Ahora está en el campo, invitada por la familia de una amiga.

—¿Cuándo podré verla?

—Mire usted, señor De Silva...

—Silva. A secas. El «de» es para tratar con el Gobierno.

Estaba muy delgado, cerúleo, sudoroso, con dos grandes cercos oscuros bajo esos ojos tan familiares.

—Me queda poco tiempo. Solo quiero verla. Tengo tantas cosas que decirle... Se lo debo a su madre.

—¿Poco tiempo? ¿A qué se refiere?

Sonrió de forma amarga y bebió vino.

—Es usted médico, no creo que le resulte difícil adivinarlo.

«Una afección cardíaca —pensó Izquierdo ajustándose bien los anteojos—. Agravada por años de malos hábitos, sobresaltos y mala alimentación, sin duda.»

—Esas monjas... Dígaselo... Deben permitir que una hija se reúna con su padre, aunque solo sea por compasión. ¿No se dicen cristianas?

—No es tan sencillo. Ya sabe usted que han de dar cuentas a su tutora, doña...

—Elvira de Castro. Sí, la conozco bien y no dará su brazo

a torcer. Dígales a las monjas que no tiene por qué enterarse del deseo de un pobre moribundo. Al final y al cabo, hay un mar entero entre ella y nosotros.

—Le aseguro que haré cuanto esté en mi mano por ayudarle. Pero no sé si este simple médico será tenido en consideración.

Los ojos se convirtieron en saetas y el médico tuvo que echar un trago áspero de vinazo.

—Me han dicho que es usted republicano.

—Sí, lo soy.

—Apelo a los vínculos que nos unen, en la idea de que alguna vez podamos ver un mundo mejor, camarada. Haga posible la última voluntad de un hombre con sus mismos ideales.

—Le juro que le ayudaré de todas las maneras que pueda. Está usted enfermo. ¿Por qué no se viene conmigo? Podría ingresarle en el hospital donde ejerzo y tratarle. No se preocupe por nada, entre camaradas...

—Estoy donde debo estar.

—Hágalo por su hija. Permanecer aquí, siendo usted un caballero...

—No soy un caballero, dejé de serlo hace mucho tiempo, cuando decidí ser poeta y convertirme en un miserable, como ellos.

Y señaló el lugar que le rodeaba. Ya era tarde pero alrededor de la taberna pululaba un ruidoso gentío: chiquillos medio desnudos chapoteaban en los charcos chupando un pedazo de pan o peleándose por él; pillos, larvas de delincuentes con la cara llena de churretes, compraban una botella de morapio para su padre o madre alcohólicos y nunca pisarían una escuela; mujeres de edad incierta se peinaban las greñas grasientas sentadas a las puertas desvencijadas de sus casuchas mientras reían con mucho aspaviento gritando indecencias a los que pasaban; viejos pescadores indefensos en su borrachera que ya nunca volverían a embarcarse, anquilosados por el reúma y la edad, recordaban en su sueño de vino la juventud en que fueron cazadores de ballenas; los heroicos hijos de la mar.

«La mar quiere valientes... la mar quiere valientes... Valientes.» El viejo salió de la taberna dando tumbos, mientras repetía la frase como una letanía, quizás un lamento por no haberse hundido en la sepultura de agua y sal junto a sus compañeros.

—Puede que nos hayan derrotado hoy, pero nunca mañana.

Eso dijo Silva mientras se arremangaba el brazo izquierdo y le enseñaba el tatuaje. El doctor echó un vistazo a los números clavados con tinta bajo la piel: «18.3.1871.»

—*La république démocratique et sociale* —dijo Silva en voz baja. Pero sonó como la de miles de hombres susurrando al mismo tiempo.

Izquierdo sintió un escalofrío.

—¿Fue... estuvo usted... allí?

18 de marzo de 1871. Para todos los revolucionarios del mundo una fecha mítica: el día en que París, asediada bajo los cañones de los prusianos, puso en fuga a sus propios opresores sin disparar un solo tiro de fusil. La burguesía que ondeaba la bandera revolucionaria de 1789, la de la toma de la Bastilla y los Derechos del Hombre y el Ciudadano, se había convertido en apenas cuarenta años en la nueva aristocracia destruyendo esos mismos derechos, reclamando impuestos que penaban el trabajo, explotando a la población hambrienta y diezmada por la guerra, prohibiendo periódicos, encarcelando a los disidentes y pactando con el invasor. Entonces la canalla, la chusma, los miserables, se alzaron junto a estudiantes, maestros, artistas, escritores y poetas convirtiendo cada barrio en una barricada. En apenas tres meses París, la ciudad que había cambiado el mundo, puso un nuevo hito en la Historia como ejemplo

de libertad y justicia para los siglos venideros: la Comuna organizó grupos de ciudadanos que administraron los recursos y formaron sus propios órganos de gobierno manteniendo la propiedad privada —solo se expropió a los grandes propietarios huidos—, prohibiendo el trabajo nocturno y la usura, manteniendo los alquileres bajo el control municipal, declarando la educación laica, gratuita y obligatoria, creando guarderías para los hijos de las trabajadoras, promocionando el teatro, el arte y las bibliotecas públicas, proclamando la libertad de culto, prensa, reunión y asociación... Lo ideal se convirtió en realidad con el nombre de Comuna hasta que un ejército de 180.000 hombres se lanzó a aplastar París. Después, el abismo entre ricos y pobres, poderosos y desclasados, esclavos y hombres libres, vencedores y vencidos, solo podía llenarse de muertos, montañas de muertos.

Darío de Silva sonreía y por un momento dejó de ser el hombre enfermo derrotado por sus enemigos.

—«Todo corazón que lucha por la libertad tiene derecho a un poco de plomo. Exijo mi parte.» Yo tuve que conformarme con un poco de acero. —Y se tocó la cicatriz como si fuera una medalla.

—Entonces... luchó usted en la Comuna... en París.

—En la barricada de la calle Ramponeau del *quartier* Belleville, la última en caer.

—¿Cómo escapó de la represión? Murieron decenas de miles.

—Es que no escapé. Fui fusilado.

Izquierdo le miró temiendo que desapareciera disolviéndose ante sus ojos, como se mira a un fantasma que ha recorrido Europa esparciendo el aliento de la revolución.

—Me salvaron la fealdad de la herida en la cara y la mala puntería del pelotón que me tocó. Estaban ya muy cansados: en solo tres días habían fusilado a dos mil hombres, mujeres y niños en lo que ahora llaman el Muro de los Comuneros del cementerio del Père-Lachaise, y piense usted que nos llevaban de diez en diez. —Se acabó el jarro de vino—. Hace mucho tiempo que estoy muerto, doctor Izquierdo.

El fantasma no se iba a rendir así como así, era un luchador. Le cogió del brazo; el médico sentía el calor de su mano como una brasa a través de la manga.

—Tiene que hacer lo que sea, ¡lo que sea!, para que pueda ver a Ada. Debo hablarle... quién sabe si mi hija me odia después de las cosas que habrá tenido que oír de mí mientras crecía, de esa bruja de Elvira. Pensará que la abandoné a su suerte por cobardía... ¡Qué sé yo!

—No lo creo. Está convencida de que es huérfana.

—¿Lo ve? Es mi sino... Como los soldados de Versalles, todos me dan por muerto. Tengo que decirle que ha crecido con una mentira; tiene que saberlo. Su tía abuela fue la que puso las... las condiciones para que yo no volviera a acercarme a ella, incluso me ofreció dinero, como si alguna vez me hubiese vendido. ¿A quién? ¿A qué? Intentó comprarme a mí, ¡a mí! Quería quedarse con la niña a cualquier precio... Es verdad que yo solo no podía criarla, no podía darle lo que ella necesitaba, pero de eso a desaparecer de su vida para siempre... Ella sabe que me la quitó. Quizá no hice todo lo que podía, pero ¿qué vale un hombre como yo frente al dinero del azúcar esclavista? Teresa me lo hubiera perdonado porque era un ángel, pero yo no me lo he perdonado nunca. Aún no le he hablado de Teresa... de cuánto la amaba. Y ella también me quiso. Solo, deforme por las heridas, pobre... Me amó por compasión. Pero decía que le gustaban mis versos. Nos enfrentamos a todos, a todo, para estar juntos... Su familia la repudió. ¡Como en las novelas baratas! Murió... Que la tierra cubra dulcemente aquella cabeza amada. ¡Era tan joven!... Ada se parece tanto a ella, no sé si podré aguantarlo, siquiera acercarme, sería como volver a verla, volver a... a aquel tiempo, a sus brazos...

Lloraba. Estaba desvariando; la obsesión, la fiebre y el vino habían podido con él. El médico no quería dejarlo en ese estado, así que pagó el vino y los bocartes que no habían probado y dio una generosa propina al tabernero para que lo llevaran a la pensión, porque Silva casi no acertaba a andar. Se prometió a sí mismo volverle a ver.

Al día siguiente, el doctor se presentó ante la Madre Superiora, que esperaba ansiosa sus noticias.

—¿Ha podido encontrarse con ese hombre?

—Sí, señora.

—¿Y qué cree usted?

El doctor permanecía silencioso, reservado.

—Hable, dígame algo... El tal Silva, ¿es quién dice ser?

—Es... mucho más. Es un héroe.

VI

Nunca había visto un verde como aquel. Se levantaba cada día dando un salto desde la cama altísima y chirriante, abriendo de par en par las contraventanas para que entraran los destellos de esmeralda, mientras Agustina se quejaba, todavía medio dormida y remolona.

Después de la férrea disciplina del colegio, Ada encontró un paraíso de libertad y nuevas experiencias en la casa solariega de los Lastra. En el pueblo la llamaban El Palacio solo porque tenía un escudo en el portalón de la entrada. En realidad era una casona montañesa de dos pisos y desván, cuadrada y maciza, construida con sillares de piedra, con un largo balcón de madera cubierto que llamaban «solana» por estar orientado al mediodía. La tradición decía que todas estas casas se parecían a El Escorial, porque Juan de Herrera, el arquitecto de Felipe II, era montañés. Allí vivían los abuelos de Tita: doña María, una señora gordita de pelo blanco y siempre plácida que se pasaba el tiempo sentada en la solana haciendo ganchillo, y don Jesús, un señor muy alto ocupado en atender las cosas de la finca: ir a las ferias a comprar y vender ganado y la fruta de su huerta. Ambos dejaban a las niñas hacer todo lo que querían.

En la cocina siempre podrían encontrar a Reinalda rodeada de tazones de leche recién ordeñada, pan con mantequilla, bizcochos, chorizo y huevos recién cogidos. A Ada le recordaba un poco a Toñona, la cocinera de La Oriental, porque para tenerla contenta no había que hacer otra cosa que comerse todo lo que ponía en el plato. En la casa nadie decía lo que tenían que hacer, ni les llamaban la atención si corrían escaleras abajo armando bulla o trasteaban por el desván o la despensa. Sin que nadie las vigilara, iban a bañarse a las pozas del río que pasaba por la finca —con unos bañadores de punto azul marino con mangas, falda y pantalones hasta las rodillas—, aunque el agua estaba tan fría que se les amorataban las piernas y los labios y los bañadores nunca se secaban por mucho que se tumbaran al sol sobre las piedras aplastadas que rodeaban la poza. Se subían a la morera a comerse las moras y nadie las reñía por llenarse de manchas púrpuras los vestidos de algodón. Les encantaba ir a ver cómo ordeñaban las vacas a la caída de la tarde, incluso probaron a sentarse en el banqueto de tres patas y hacerlo ellas también, pero en cuanto les cogían las tetas, las vacas adivinaban que eran extrañas y se revolvían tirando el cubo y derramando la leche. También iban a recoger los huevos al gallinero y a dar de comer a los pollos, y en la cuadra a los terneros —que allí llamaban «jatos»—, metiéndoles la mano empapada en leche en la boca, dejándose lamer por su lengua gordota y suave. Vieron parir a una vaca, asustándose un poco por la sangre y por cómo salía el ternero metido en una bolsa que, una vez que el animalito tembloroso y mojado se ponía de pie, quedaba tirada en la hierba para que se la comieran los perros, entre ellos la perra *Turca*, que había tenido cachorros, con los que jugaban en el pajar. Si llovía, se quedaban dentro de la casa cosiendo vestidos para las muñecas, ayudadas por la abuelita María y su enorme costurero en el que había mil retales, hilos de todos los colores y dedales preciosos, o haciendo bizcochos y galletas de mantequilla con Reinalda. Por la noche, agotadas, se metían en la misma cama enorme y altísima con cabecero y pies de latón dorado. Cada mañana, Ada despertaba con los brazos de Tita alrededor de su cuello y así permanecía un rato, temiendo moverse y despertarla, porque era muy dormilona. Estaba tan entretenida y había tantas cosas por hacer que no escribió a su tía más que una carta.

Querida tía: aquí en el campo lo paso muy bien, los abuelitos de Agustina son muy amables y la finca es muy grande —aunque no tanto como La Oriental— y podemos ir al río o al bosque de cerezos sin salir de ella. El valle de San Román está solo a un día de camino en coche de la ciudad, pero parece otro país de lo distinta que resulta esta tierra en cuanto te despegas de la costa. Nos quedaremos aquí unas tres o cuatro semanas, luego la madre de Tita nos vendrá a buscar y nos llevará a hacer un viaje por la provincia de Burgos, porque los Lastra viven en Castilla. Tengo muchas ganas de ir: tenemos que coger un coche para llegar a la estación de Torres y coger un tren que cruza unos picos y unas montañas enormes para llegar a la meseta castellana. Estoy deseando ver los castillos de la Edad Media que le dan nombre y que parecen salidos de una novela de caballerías, ya sabe usted cuánto me gustan desde niña esas historias de caballeros andantes... Me gustaría muchísimo que estuviera usted aquí, tía querida, y viese todo esto conmigo.

A partir de entonces, también las cartas de la tía llegaron con cuentagotas —las traía el cartero en un carrito como de juguete, desde la oficina situada en la cabecera de la comarca— y eran más breves. En ellas, de forma un tanto extraña, nunca mencionaba el lugar en que Ada se encontraba, ni a quienes la habían alojado, como si no hubiese salido del colegio de monjas, y se limitaba a contar pequeñas cosas sin importancia sobre el día a día de La Oriental, repitiendo una y otra vez lo mucho que la echaba de menos y cuánto anhelaba su regreso.

Sin embargo, Ada no tenía ganas de volver. Desde el mismo momento en que don Eloy y la misma tía le habían anunciado su decisión de enviarla a España, como sabía que hacían todas las familias antillanas pudientes con sus hijos, se había sentido aliviada sin saber por qué y también ilusionada, aunque se guardó mucho de transmitirlo a su tía, a sabiendas de que se encontraba muy afectada por su partida. La incipiente jovencita lo achacó a las aprensiones típicas de las personas ancianas, siempre temerosas de los cambios y novedades y al afán controlador que caracterizaba a la buena señora. De repente sintió que había dejado atrás la niñez, que le esperaban nuevas vivencias y emociones, experiencias que desconocía pero que deseaba que ocurrieran con todas sus fuerzas. Ahora, en cierta forma, se sentía dueña de su vida.

Al cabo de una semana, Ada y Tita ya habían explorado cada metro de la finca. La casona estaba plantada en medio del valle y había que caminar casi tres horas para llegar hasta el único pueblo digno de tal nombre, el resto eran aldeas o caseríos desperdigados por las laderas. Solo habían ido allí una vez, acompañando a Reinalda a hacer las compras.

—¿Por qué no vamos al pueblo?

—¿Sin pedir permiso?

—¿Para qué? ¿Qué nos va a pasar? Cuando vamos al río no decimos nada... Y un río es mucho más peligroso que un pueblo, digo yo: podríamos caer en un remolino y ahogarnos.

—Este río es pequeño... No puede tener remolinos.

Qué falta de imaginación tenía Tita.

—¿Tú qué sabes? Los remolinos aparecen de repente, salen de lo más profundo del río, silenciosos, allí donde el agua está remansada y parece más tranquila, y sin que nadie se dé cuenta van subiendo poco a poco a la superficie para atrapar al incauto (o a la incauta), como si tuviera patas de calamar gigante, y arrastrarlo hasta el fondo y... ¡ahogarlo!

Tita se estremeció y lanzó un gritito y Ada rio a gusto, le encantaba meter miedo a su amiga. Ciertas personas necesitan a su lado una figura más fuerte que imponga siempre sus deseos; aunque a veces se quejen de esa imposición, tales protestas son una simulada muestra de falsa rebeldía, pues en su pasividad, se saben incapaces de solucionar problemas o tomar decisiones, adorando a aquel que coge las riendas por ellos y dirige su vida. Son felices en su sumisión, siendo esclavos de aquellos que los dominan y a quienes, por eso mismo, aman. Este era el caso de Tita.

Sin decir nada a nadie se encaminaron hacia el pueblo de Hoces, dándose una buena caminata. Tita se quejaba de cansancio y de sed, pero Ada le hacía ver las cosas bonitas del camino para que se le olvidara. Cuando entraron al pueblo, mucha gente vio a la nieta de los Lastra bebiendo agua de la fuente de la plaza y recorriendo el lugar acompañada por su amiga. Ya se habían enterado todos de que la jovencita venía de la lejana Cuba y de una familia muy rica. A cada mirada de un extraño, Tita temblaba.

—No sé... Igual a mi abuelo le dicen que nos han visto y resulta que no le gusta que hayamos venido solas.

—¿Por qué?

—No sé... Pero tú no le conoces como yo. Cuando se enfada, se enfada de verdad. ¡Tiene un genio!

—Calla, anda... no seas ñoña.

Fueron a la tienda de comestibles y revolvieron a su gusto, para comprar al final unos caramelos que sabían a moho. Luego salieron y se sentaron a chuparlos cerca de la iglesia, viendo pasar a la gente y las carretas cargadas de hierba.

—¿Y eso?

Ada señaló las ruinas de un edificio grande que se encontraba en uno de los lados de la calle empedrada.

—Es el viejo ayuntamiento. El nuevo está en la entrada de la carretera del valle, la que lleva a Torres. Lo has visto al llegar.

—¿Por qué está en ruinas?

—Dicen aquí que lo quemaron durante la guerra.

—¿Qué guerra?

—Ni idea... Una de tantas. Y también dicen que se quemó gente dentro y murieron muchos. Pero yo no creo que sea verdad.

No hizo caso de la opinión de su amiga; Ada ya miraba las piedras ennegrecidas y las vigas desgajadas de otra manera.

—Entonces será una casa encantada... Puede que dentro haya hasta fantasmas... ¡Me gustaría entrar en ella de noche!

—Tú estás como una cabra... ¡Pues que sepas que no pienso escaparme en plena noche hasta aquí para hacer tonterías en unas ruinas, te lo digo por si estabas pensando en venir!

—No pensaba proponértelo, miedosa. Pero podemos verla ahora, no dirás que no a plena luz del día...

—Está lleno de ortigas...

—Chica, tú siempre de nones, no hay quien haga nada contigo.

—No te enfades, Ada; iré... si tú quieres.

—No, tampoco voy a insistir, qué te crees.

Y para hacerla sufrir un poquitín hizo como que se enfadaba con ella yéndose al otro extremo de la plaza, mientras Tita, en un momento de vacilación entre su mínimo amor propio y la idolatría hacia Ada, se sentaba enfurruñada en el poyete del exterior de la iglesia.

Los caballos originarios de la zona eran percherones grandes, fuertes y bastante feos, idóneos para el tiro y los trabajos del campo aunque los lugareños también los usaran de monturas, así que el semental andaluz de capa negra destacaba del resto de caballerías que junto a la puerta de la taberna esperaban a sus dueños, por su clase y porte elegante. Bien domado, ni siquiera pestañeó cuando Ada se acercó para ver mejor la silla repujada con clavos de plata y el relieve de una figura labrada en el cuero suave y pulido representando a un hombre con cola de pez y una espada en la mano junto a tres letras también de plata: V.V.C. De pronto la puerta se abrió con el sonido de una campanita y un rumor de voces masculinas salió de la taberna. Sin saber por qué, salió corriendo en dirección opuesta hasta llegar a la iglesia, donde Tita seguía observándola desde lejos.

—Vámonos, anda.

Salieron del pueblo hacia la carretera.

—Deberíamos ir a través del campo, entraríamos a la finca desde el río, porque este camino es mucho más largo.

—No...Yo no.

—¿No te quejabas de que era una caminata? Pues así atrochamos.

—No quiero perderme.

—¿Por qué te vas a perder? No me digas que no sabes volver a tu casa.

—Yo voy por el camino. ¡Ea! —Tita podía desplegar mucha pasividad terca.

—Pues yo llegaré antes... ¡Ya lo verás!

VII

La hierba crecida le azotaba las piernas. Caminaba entre los campos jaspeados por la flor morada del «diente de perro», orientándose con la brújula del pico más alto, tan alto que aunque era verano mostraba neveros salpicándole como manchas blancas sobre la piel oscura de la montaña. Pensó en la nieve, en cómo sería. Seguro que el valle de San Román estaría precioso nevado: ¡cómo le gustaría volver allí en pleno invierno y sentir por fin los copos cayéndole alrededor con su forma de estrellas todas distintas! Fantaseó con el paisaje imaginándolo cubierto de nieve, y casi pudo sentir el frío mezclándose con el calor de aquel sofocante día de julio.

Al internarse en un hayedo espeso, cerrado sobre su cabeza formando un túnel oscuro, dejó de ver el pico. Solo entonces se dio cuenta de que atardecía: tenía que llegar al río antes de que se hiciese de noche o no encontraría el camino a casa, así que caminó más rápido, arañándose un poco con las quimas puntiagudas entre las que se abría paso, atravesando una vegetación cada vez más enmarañada. De pronto, oyó un crujido de ramas rotas y una especie de golpe seco sobre la tierra, acompañado de algo que parecía un resoplido. Se asustó; había oído que, a veces, de las montañas bajaban osos y lobos azuzados por el hambre y atacaban el ganado. Echó a correr ya sin ver a donde se dirigía, pero sintiendo detrás de ella aquella presencia. Entonces la espesura se abrió de improviso y apareció una cabezota negra armada de largos cuernos; gritó cayendo al suelo y cerró los ojos cuando una enorme mole se cernió sobre ella amenazando con aplastarla.

—¡Eeeh... Tasuga! ¡Eeeeh!

Ada, desde el suelo, vio salir de entre las zarzas una vaca negra que pasó a su lado ignorándola. Respiró tranquila y entonces reparó en el muchacho parado delante de ella: de su edad, pero canijo y mal vestido y en la cara una expresión de tosquedad brutal. La miraba mientras daba golpes a la vaca con una larga vara de avellano. Desde el suelo le tendió la mano, y ese gesto sorprendió al chico, que no supo qué hacer.

—Vamos... ¿A qué esperas? Ayúdame a levantarme.

Él le cogió la mano con timidez y ella se levantó de un salto, sonriendo y quitándose ramitas y hojas de encima.

—¡Qué tonta! No debería haberme asustado así, solo son vacas... Voy a casa de los Lastra, ¿puedes decirme si voy en la buena dirección?

—¿Eres del Palacio?

—Sí... Bueno, no. He venido a pasar el verano.

—Te llevaré hasta el río, desde allí es fácil llegar al Palacio.

—¿No te importa?

—Me coge de camino.

Y echó a andar tras los animales sin esperarla. Conducía a las vacas dando voces y pegándoles muy fuerte con el palo; Ada pensó que daba más miedo el chaval que los animales tranquilos y bobos, abriéndose paso con sus corpachones entre las zarzas y mugiendo de cuando en cuando. Reparó en las tetas gordas y bamboleantes.

—Hay que ordeñarlas... —Alardeó de sus conocimientos recién adquiridos.

—Ya —contestó lacónico el muchacho.

—¿Cómo te llamas? Yo soy Ada. Ada Silva.

—Me llamo Nel.

—¿Nel? Nunca lo había oído.

—Viene de Manuel.

—Ah... ¿Son tuyas las vacas?

—No. Son de mi padre.

—Entonces es lo mismo.

—A mí me parece que no.

Se hizo un silencio. Ada intentó salvar la timidez hosca de Nel como lo haría con un salvaje antropófago. Rebuscó en los bolsillos del delantal.

—¿Quieres un caramelo?

Tras una mirada desconfiada, contestó:

—Bueno.

Ada se lo tendió. El chico le puso la zarpa encima y se lo echó a la boca, con papel y todo.

—Pero, hombre, quítale el papel al menos...

—¿Para qué? Se deshace...

Como no era educado reírse del chico, se calló. Durante un rato anduvieron tras las vacas en silencio, oyendo las pezuñas golpear la tierra y los mugidos reclamando ordeño. El chico habló sin mirarla, como si cada palabra dicha le costara un mundo:

—Tú no eres de por aquí. Hablas raro.

«Tú sí que hablas raro, que ladras en cuanto abres la boca», pensó Ada. Le molestaba que le hubiese notado acento extranjero: nunca le habían dicho nada de ello en el colegio y estaba muy orgullosa de cómo había perfeccionado su dicción con la tía. Pero no iba a ponerse a discutir con el pastor.

—No, no soy de aquí. Mi país está muy lejos, al otro lado

del mar. —Sin saber por qué, lo dijo con orgullo, incluso con altanería.

El otro la miró fijamente por vez primera levantando la cabeza, que había mantenido hundida entre los hombros.

—¿Qué país?

—Una isla que se llama Cuba. Pero no creo que sepas dónde está.

—¡Sí que lo sé!

Miró a Ada como si la quisiera fulminar o al menos eso pensó ella. «Ahora me pegará con el palo.» Pero no, parecía triste, casi como si fuera a echarse a llorar. Se volvió hacia el fondo del valle dándole la espalda a la niña y señaló con la vara de avellano como si fuese un puntero.

—Ahí está el río, tras esa fila de tejos. Si lo sigues, llegas al puente. Lo cruzas y ya estás en la finca del Palacio.

—Gracias, Nel... ¡Y adiós!

Bajó corriendo la ladera hacia la línea verde oscura de árboles que partía en dos el prado sin mirar atrás, así que no pudo ver cómo el muchacho la seguía con la mirada hasta que se perdió en las sombras que proyectaba la vegetación de la orilla. Solo entonces Nel dio media vuelta y, azuzando a las vacas, siguió su camino.

Los últimos rayos del sol brillaban descolgándose de la cumbre de los picos cuando Ada llegó hasta la orilla del río; era la hora final de la tarde, la «hora bruja», y la naturaleza entera se mostraba excitada: los cantos de los pájaros formaban un griterío entre los árboles, sobre las piedras del río zumbaban miles de insectos arremolinándose en marañas y los murciélagos, ya salidos de sus escondites en los pajares, se lanzaban sobre ellos en vuelos imposibles. Empezaba a reconocer el paisaje, pero aún estaba lejos del puente de madera que se caía de viejo y cruzaba sobre las pozas remansadas y profundas de esa parte del río.

Entonces lo vio, al otro lado. La corriente de agua la separaba de un hombre joven desnudo por completo, con el pelo mojado y el rostro vuelto hacia la luz azul de la tarde de verano. Un caballo azabache ramoneaba bajo los árboles fundiéndose con el verde ya casi negro: era el mismo que había visto a la puerta de la taberna. El joven no se movía y el agua resbalaba sobre su cuerpo, destellando en mil gotas que le recorrían la espalda ancha y los brazos fuertes, perdiéndose entre sus piernas. Ada nunca había visto a ningún hombre o mujer desnudos, ni siquiera en la Isla, donde algunos negros iban siempre descamisados; la única desnudez de la que tenía noticia era la de los dioses: las estatuas olímpicas del Salón Grande en La Oriental y esos crucificados delgadísimos chorreando sangre, tapado el sexo con el paño de pureza. Pero aquel cuerpo no se parecía en nada a aquellos torturados de madera, ni a la blancura de yeso de los Martes y las Venus. Estaba vivo, palpitaba bajo la luz como un animal que no sabe que lo es, como el caballo, y los pájaros, y los mosquitos y el murciélago que los tragaba.

Pasó muy rápido: el hombre se lanzó al río como una flecha que surca el aire y el agua al mismo tiempo, y se hundió dejando en la superficie unas ondas que formaron circunferencias perfectas y luego se tragaron a ellas mismas sin dejar rastro. Ada se acordó de respirar; había aguantado el aliento como si ella misma se hubiera sumergido en el agua. Esperó a que el nadador apareciera mientras los segundos se hacían eternos. No salía. Hubiera dudado de lo que había visto si el caballo y el montón de ropa al otro lado no fueran la prueba de que no había soñado.

La superficie del río aparecía como la piel pulida y fría de una serpiente que se hubiera tragado a un hombre. Mirando a todos lados recordó con pavor lo que había dicho a Tita sobre los remolinos, temiendo que sus palabras se hubieran hecho verdad al pronunciarlas, como los conjuros de las brujas. Tuvo el deseo loco de tirarse también al agua para salvarlo, pero era absurdo: no era buena nadadora... Las ramas de los árboles caían sobre algunos recodos de la corriente cubriéndola de vegetación y no alcanzaba a ver la ribera. Echó a correr hacia el puente, con el corazón saliéndose del pecho, no estaba lejos, pero le pareció que no iba a llegar nunca, que se alejaba de ella cuanto más se acercaba, como un espejismo en el desierto. Al fin cruzó el puente y pasó a la otra orilla, notó un pinchazo agudo en el costado por el esfuerzo de la carrera. El paisaje del río ahora le parecía una hoja en blanco doblada en dos partes idénticas que pasaban a su lado a toda velocidad, desenfocadas por la carrera. Sin aliento, llegó hasta la poza donde el joven se había hundido en el agua: el caballo no estaba y no quedaba ni rastro del nadador, ni siquiera el bulto de botas y ropa. No podía ser, se había confundido. «No era aquí donde lo vi... Había un árbol parecido a ese, pero no, no era aquí, quizás un poco más adelante...» Recorrió varias veces la orilla hasta que ya no pudo ver más allá de la hilera de árboles y el agua se puso negra.

Llegó cansada, sudorosa y ya de noche a la casona: hasta la abuela María había preguntado por ella. Dijo que se había entretenido en el río y que no se había perdido, sino que había estado hablando con un chico aldeano que pastoreaba unas vacas. Tita no dijo nada, aún malhumorada por el paseo en solitario, y Reinalda tampoco, encantada con que Ada se bebiera dos tazones de leche y devorara la cena de huevos fritos con patatas con ansia, nerviosa, mientras una sola idea le rondaba.

—¿Quién es el dueño del caballo negro que estaba frente a la taberna?

—¿Qué?

—En la silla tenía una figura, una especie de sirena con forma de hombre. Un tritón, creo. Y tres letras: V.V.C.

—No sé.

Ada supo que su amiga mentía. Pero no hizo falta que preguntara más porque Reinalda les había oído.

—Ah... será Víctor. Es el hijo pequeño de los Vega Casar, que tienen muchas casas y tierras y un castillo de los de antes, allá en el valle de Híjar. Los más señorones de por aquí, aunque dicen que están arruinados. ¡Para mí quisiera yo esas ruinas! Eduardo, el hijo mayor, está en Madrid, metido en políticas. Los que han *estao* muy *encumbraos* no se apean del carro así como así...

—¿Y él?

—¿Quién, Víctor? Pues es un chico raro. El padre lo quiso meter a cura, pero se escapó del seminario y ahora no sabe qué hacer con él. En el pueblo las mujeres le tienen miedo porque se tira al río a nadar y parece que va a ahogarse, pero al final siempre sale, como cosa del mismísimo Diablo...

Ya en la cama, Tita parecía dispuesta a hacer las paces.

—Estás muy callada... ¿Sigues enfadada?

—No. Es que estoy cansada. Apaga la luz, anda.

Tita obedeció y apagó el quinqué. Ada no tenía sueño, quería quedarse a oscuras bien tapada en su lado de la cama y pensar en lo que había vivido esa tarde. Deseaba cerrar los ojos y recordar al joven que se había lanzado al río, su caballo negro, su nombre que ahora sabía. «Víctor...Víctor...Víctor.» No se había ahogado, estaba segura. Víctor. El nombre rotundo evocaba la imagen de su dueño con el cuerpo desnudo mojado y el movimiento suave, lento, al caer en el agua, que ahora recordaba bien, con claridad. Era real, pero no alguien común. Quizás un dios salido del aire, del fuego, de la tierra, para que ella, y nadie más, creyese en el milagro de su existencia.

VIII

Hasta de las aldeas más lejanas llegaba la gente a la romería de Hoces por la celebración de las fiestas de San Román. La muchedumbre endomingada asistía a la misa del santo y disfrutaba del baile organizado en la campa grande, a la salida del pueblo. Las dos niñas llevaban sus mejores vestidos, guantes y lazos en el pelo; la abuelita María le había hecho tirabuzones a Tita, que tenía el pelo muy liso, pero Ada no quiso rizárselo como ella; dijo que no le sentaba bien y se recogió la melena ondulada con una cinta.

Un río de gente se dirigía hacia la campa guiado por la música de un *pitu* y un tamboril, como los niños y las ratas del cuento de Hamelín. La excitación y la alegría se esponjaban en las caras de viejos, mozos y niños agolpados bajo los postes engalanados que sostenían una telaraña de banderines de colores.

Ada y Tita se quedaron con doña María mientras don Jesús, el abuelo, saludaba a muchos señores; unos con boina, otros con levita y sombrero.

—Ese es el alcalde, el de la banda en el pecho —dijo Tita.

La abuelita María se había llevado una sillita de tijera para sentarse porque tenía reúma en la cadera. Cuando sacó su labor de ganchillo y unas señoras se acercaron a saludarla, les hizo un gesto a las dos niñas para que fueran a divertirse.

Recorrieron la campa y llegaron hasta el pequeño estrado donde tocaban los músicos; había tanta gente que la hierba aplastada por cientos de pies era una pasta húmeda verde y marrón. Se rieron viendo a los hombres enrojecidos por las labores del campo y de manos callosas intentando bailar y a las mozas rechazándoles. Algunos estaban borrachos, se pasaban las botas de vino. Grupos de mozas bailaban con los brazos levantados y los mozos las miraban mientras hablaban entre ellos. Bajaron del estrado los piteros sustituidos por un grupo de mujeres muy engalanadas que cantan una canción muy lenta, acompañada del sonido monótono y vibrante de las panderetas.

Nombran al conde de Lara de la guerra capitán.
La condesa que lo supo, no cesaba de llorar.
¿Por qué llora la condesa? ¿Por qué tanto suspirar?
Porque me han dicho que marchas a la guerra, capitán.
Quien te ha dicho eso, condesa, bien te ha dicho la verdad, que
    me voy a Lombardía nombrado capitán. Si a los siete años no
    vuelvo, a los ocho casarás.
No lo quiera Dios del cielo ni la Santa Trinidad, mujer que ha
    sido tu esposa nunca volverá a casar.

—¡Qué canción tan triste! —dijo Ada.

Sonó una voz detrás de ella.

—Hola, Ada.

Era Nel todo endomingado, con un traje que le quedaba grande. Intentaba sonreír a su tímida manera.

—Hola, Nel. Esta es Tita.

Tita lo miró de arriba abajo, con desprecio no disimulado.

—Toma. Es por el caramelo del otro día.

Nel sacó del bolsillo deforme de la chaqueta una manzana brillante y muy verde. La niña la cogió.

—Gracias, pero oye, no hacía falta que te molestaras.

No tenía dónde meter la manzana, así que le dio un mordisco. La satisfacción brilló en la cara del muchachito.

—¿Quieres? —ofreció a Tita.

—Yo no quiero nada de este...

Lo dijo con un odio que sorprendió a Ada.

—¿Qué dices?

—Que no quiero nada de él, de este pelagatos. Todo el mundo sabe que su familia es mala... No queremos nada de ti, ¿entiendes? Márchate y déjanos en paz.

—Esas cosas no se dicen, Tita. Además, es amigo mío.

—¡Qué va a ser!

—¡Eres una tonta y una maleducada!

—¡Tú sí que eres tonta! Se lo pienso decir a mi abuela... Te vas a enterar.

—Pues bueno. Haz lo que quieras.

Tita se marchó corriendo entre pucheros y sollozos.

—Perdona, no sé qué le pasa.

Nel se encogió de hombros, tampoco parecía sorprendido por la reacción de la otra niña.

—Voy a ver si la hago entrar en razón...

Ada se alejó de él y fue a encontrarse con Tita, que estaba al lado de la abuela. No entendía por qué su amiga se portaba de aquella manera tan rara, por lo común era buena y tranquila, incluso un poco pánfila. Nunca la había visto así de enrabietada.

—¿Por qué te enfadas?

—Díselo tú, abuelita...

—Mi querida niña, has de saber que la familia de ese niño es muy conocida aquí en el pueblo y no por nada bueno: el padre anduvo perseguido por los civiles y terminó en la cárcel. No son trigo limpio. Tita tiene razón, no podéis juntaros con niños así, en este pueblo hay gente buena y otra que no lo es tanto, así que es mejor que no hagáis migas con ellos... Vosotras sois señoritas.

La imagen de Pompeya volvió, sin saber por qué, como una aparición, a la mente de Ada. Frunció el ceño. No podía ponerse a discutir, puesto que sería desconsiderado, pero sintió que en aquellas palabras de la buena señora se escondía una tremenda injusticia.

—¿Adónde vas? —preguntó Tita.

—A dar un paseo —dijo con un gruñido que hizo temblar a su amiga.

Echó a andar saliendo de la campa y de la fiesta. Aún tenía en la mano la manzana a medio comer; la tiró con rabia detrás de unos bardales y la fruta rodó y rodó cuesta abajo, dando saltos, hasta que quedó en mitad de un prado. Siguió caminando sin rumbo fijo, intentando huir de la música machacona que ahora le parecía simple, primitiva y chirriante. Sin saber cómo, se encontró en la espesura de un bosque de cajigas que no conocía: había troncos tan anchos que no hubieran podido abrazarlos ni tres personas. Allí no se oía la música aquella, como si las copas de los robles fueran una mordaza para la voz de los hombres. El bosque se cerraba tanto sobre su cabeza que no dejaba pasar la luz del sol, umbrío y húmedo, así que el claro apareció ante ella como un paréntesis, un extraño intervalo entre dos mundos alrededor de una piedra redonda cubierta de líquenes y musgo. Al acercarse vio que estaba grabada con unos signos misteriosos que, sin embargo, había visto antes. Pero ¿dónde?

Pasaba la mano sobre la superficie rugosa, desgastada y cubierta de musgo de la piedra, cuando la sacó de su ensimismamiento un gruñido: un perro enorme de color blanco corría hacia ella. Se quedó paralizada.

—¡Aquí, *Héroe*!

El mastín, alto como un ternero, obedeció a su dueño y dio media vuelta hasta quedar a la altura de la montura del amo. Llevaba un collar ancho erizado de pinchos de hierro.

—¿Estás perdida? ¿Buscas a alguien?

«Estaba perdida, pero ya encontré lo que buscaba. Te buscaba a ti.» No se atrevió a decirlo pero lo pensó con fuerza. «Soy Ada... Soy Ada: mírame... háblame.»

—Soy Ada.

Él la miró un poco sorprendido por el tono decidido, impropio de una muchachita que aún llevaba vestido corto, y sonrió. Dos líneas paralelas le arrugaron la frente. Ella no olvidaría nunca esa sonrisa algo burlona que le sacaba un solo hoyuelo en la mejilla izquierda y le rasgaba los ojos en dos cuchillas azules. La boca que le sonreía era pequeña comparada con el mentón fuerte, pronunciado, cubierto por una barba rubia casi invisible, de pocos días.

—Yo soy Víctor. Encantado.

Habló con una voz muy profunda, un tono grave como nunca había oído antes. «Di algo... antes de que se vaya.»

—Me gusta tu caballo.

Él le acarició el cuello con una mano enguantada.

—¿Cómo se llama?

—*Satán*.

—¿Como el Diablo?

—Exacto. —La sonrisa se hizo aún más burlona y los ojos lanzaron chipas.

—¿Puedo tocarlo?

Sin esperar respuesta, se acercó a *Satán* y le acarició la crin ondulada que le caía sobre el cuello; rozando la mano enguantada en cuero marrón de él con su mano pequeña envuelta en cabritilla color azul. Se estremeció con el contacto. La mano se apartó al recoger Víctor las riendas.

281

—Anda, niña, vete al baile.

Hizo que *Satán* volviera la grupa sin esperar respuesta.

—Recuerda: soy Ada.

Lo repitió y él volvió la cabeza para mirarla de nuevo, esta vez serio: el ceño pronunciado.

—Adiós... Ada.

Y espoleó el caballo.

IX

No volvió a ver a *Satán*, ni a *Héroe* ni a su amo Víctor, aunque iba al río cada día con la esperanza de encontrarlo. Sin embargo, se encontraba a menudo con Nel, allá donde fuera. A veces lo veía mirándola desde lejos, sobre todo cuando estaba con Tita, a quien el niño evitaba como a la peste.

—¿Qué querrá ese? ¡Qué pesado! ¿No se dará cuenta de que molesta?

—A mí no me molesta.

—No vamos a discutir otra vez por lo mismo...

No dijo más porque Tita andaba de morros todo el día. Ada le reprochaba su comportamiento: le parecía una malcriada y todo aquello nada más que niñerías. La verdad es que en su fuero interno, Tita culpaba a Nel como causa del cambio sufrido por su amiga del alma; desde aquel día que se perdió en el campo por no ir por el camino —aunque Ada siempre negó que se hubiera extraviado— y se encontró con el muchacho, ya no quería jugar y se pasaba los días sola, rehuyendo su presencia, leyendo libros raros y recorriendo como un alma en pena el río y los campos del valle. Sentía que había perdido el amor de Ada y esa idea la hacía sufrir de forma dolorosa.

Ada, es verdad, no soportaba ya las muñecas de Tita ni sus juegos infantiles. Solo se encontraba con Nel, al que permitía acercarse como se tolera a un perrito vagabundo que tiene miedo de los seres humanos y se acerca, pero siempre fuera del alcance de aquel que ha elegido su corazón, suplicando una caricia imposible aun en la poca distancia que les separa. El silencio y la timidez de Nel la confortaban. Entendía que era una amistad insólita, pero sentía que el chico pertenecía a aquella tierra —como Víctor— y a ella le parecía una prolongación del paisaje. Estando con Nel, estaba dentro del valle, le pertenecía. Este era uno de los muchos pensamientos que la alteraban: Ada no entendía lo que le estaba ocurriendo. Sentía nostalgia de algo que no conocía y le pesaba la incertidumbre de no saber nada de lo que realmente querría conocer hasta el más pequeño de los detalles, pero esto era un secreto que no podía revelar a nadie. Se había alejado de Tita y de su familia. De nuevo, se vio sola y abandonada. Como Nel.

—¿Tú no tienes amigos, Nel?

—No sé... Conozco a gente.

—¿Conoces a otros chicos en el pueblo?

—A algunos.

Ada cogió un lumiaco que se arrastraba por la hierba y se lo puso en la mano: al tocarlo se arrugó. No le daban asco, como a Tita. Lo volvió a poner en el suelo mirando cómo trepaba por una hoja caída mientras Nel la observaba sin decir nada.

—¿Conoces a los Vega Casar?

—¿Los del castillo? Sí...

—¿Cómo son?

—Son señores. Todo el mundo lo sabe.

—Me gustaría conocerlos. ¿Crees que podría hacerme amiga de ellos?

—No sé... No creo.

—¿Por qué no?

—Porque los señores no se juntan con nosotros, los que no tenemos nada.

—Eso no es verdad...

—Será así de donde tú vienes, pero aquí es como es.

Se quedaron callados.

—Ada...

—Qué.

—Estar contigo es como tener un amigo.

—¿Y nunca has tenido otro?

—Sí... Bueno, no sé. Mi hermano. Él me llamó Nel cuando nací, por eso me quedó el nombre.

Tuvo envidia de Nel por tener un hermano. Un hermano que hasta le había puesto el nombre.

—¿Y dónde está? ¿Lo puedo conocer?

—No... Se lo llevaron los soldados.

—¿Adónde?

—A la guerra. A... Cuba.

Ada lo miró sorprendida.

—¿Qué guerra?

—No sé... Una que había allí.

El muchacho había abierto un agujero en su memoria, una rasgadura oscura y terrible.

—¿Y no ha vuelto?

—No. Nos dijeron que había muerto.

Ada sintió una pena inmensa por su amigo y le pasó el brazo por el hombro. Al poco rato, Nel se levantó.

—Tengo que irme.

—¿Vendrás a despedirte mañana?

—No sé, tengo que mudar unas vacas al fondo del valle.

Ella no contestó. Nel habló de nuevo; la voz le temblaba.

—No me gusta que te marches.

—Y yo no quiero irme. Pero no me queda más remedio.

—Ya... Como mi hermano.

Y se fue caminando muy deprisa.

Desde el coche que les conducía hasta la estación de tren de Torres, Ada miraba el paisaje del valle escrutando cada árbol, cada ladera de monte, cada revuelta del río.

—Esto es muy bonito... ¿verdad, Ada? Pero no te preocupes: ya verás cómo te gusta ver otros sitios. Las catedrales y los castillos son magníficos.

La madre de Agustina era muy amable y Ada sintió ganas de llorar, de nuevo tuvo la sensación de que no se pertenecía a sí misma; otros decidían por ella y la empujaban a lugares en los que se sentiría perdida. La angustia se le agarró a la garganta.

«No quiero ver otros sitios, quiero verlo a él, estar con él. Una vez más, por favor, déjame ver a Víctor solo una vez más. Que aparezca ahora, que yo lo vea. Si no lo vuelvo a ver me moriré. Te lo pido a ti, Niña María, Virgen mía, si me concedes este deseo te prometo que te rezaré siempre, que haré lo que quieras. Todo, cualquier cosa. Si no lo haces, juro que te odiaré siempre y no rezaré nunca más, y si me muero me llevará el Diablo y será culpa tuya.»

Y entonces por milagro de la Virgen o por magia de brujas, vio al jinete. Galopaba paralelo a la carretera como si luchara contra el viento, lanzándose a la carga contra un enemigo invisible, imaginario. Era Víctor.

A los dos días de haber partido del valle, llegó a la Casona una carta del doctor Izquierdo dirigida a los abuelos Lastra solicitando que Ada volviese cuanto antes a la capital desde la provincia por un asunto familiar muy grave. No se atrevió a decir que su padre, don Darío de Silva, reclamaba a su hija en el lecho de muerte.

FANTASMAGORÍAS

I

Ciego de Ávila
Lat. 21° 32′ N - long. 78° 27′ W
Centro Isla, 24 de agosto

No hablaron del ataque. Como si de ese modo conjuraran los peligros, no sufrieron más percances. A pesar de ello, Pompeya sospechaba que unos hombres —dos o tres, todo lo más— seguían sus pasos y las vigilaban desde lejos. Desde que en la aldea de la gran ceiba le dijeron que unos desconocidos preguntaban por dos mujeres con su descripción, no había vuelto a saber de ellos hasta días después del asalto sufrido a manos de los desertores. En ocasiones podía verlos a lo lejos; jinetes encima de una loma. O distinguiendo al oscurecer un fuego de campamento no muy lejano. Quería pensar que se trataba de otros viajeros que se dirigían a algún lugar en su misma dirección, pero no podía. Aún sentía en el cuerpo el ataque sufrido —si pensaba en ello le corría por la espalda un estremecimiento que le atenazaba el estómago hasta producirle escalofríos— y no esperaba nada bueno de aquellos posibles perseguidores. De todos modos, tanto Ada como ella misma habían tomado precauciones y casi no dormían por la noche: como los soldados, se turnaban para hacer guardias armadas con los machetes y el revólver, temblando de frío y de tensión. Seguía mirando a Ada con aprensión, sorprendida por la frialdad con que había matado a su agresor, la indiferencia de muñeca mecánica con que seguía actuando, sin mostrar remordimiento, mostrándose evasiva y ausente. Aunque el cansancio también le había hecho mella, su gesto seguía lleno de obstinación. Pero cambió a medida que se acercaban a la trocha: llegar a uno de los principales acuartelamientos de tropas españolas le producía un nerviosismo inusual nacido de una esperanza que, en el fondo, a Pompeya le parecía vana.

—Aquí puede que tengan noticias de él. Y quién sabe si... Quiero decir que puede estar herido. A veces, los heridos en la cabeza pierden la memoria, no son capaces siquiera de recordar quiénes son.

«La esperanza. Sigue aferrándose a ella», pensó Pompeya. Temía el momento en que desapareciera.

De todas maneras, no había otro medio de seguir el camino hacia Oriente sino traspasando la trocha. La alternativa suponía internarse en parajes desconocidos, peligrosos y con el riesgo de encontrarse en medio de los combates.

Todo estaba asolado. Los alrededores de la trocha eran un erial de campos arrasados y quemados, sin vegetación ni animales. Ni persona alguna. Las dos mujeres estaban agotadas, sucias y más delgadas a causa del viaje que duraba ya semanas; el carro renqueaba con una rueda que amenazaba salirse de su eje y seguir por su cuenta, mientras que el caballo escuálido cojeaba, tras haber perdido dos herraduras.

Diseñada para la guerra contra la insurrección, la trocha dividía la Isla en sectores y colocaba en cada uno de ellos un «centro militar»: un fuerte con instalaciones para alojamiento, enfermería, depósitos, defendido por una guarnición que vigilaba, informaba y combatía al enemigo. Limpia de vegetación a lo largo de una línea de sesenta kilómetros, en algunos puntos llegaba a tener hasta un kilómetro de anchura, rodeada de una triple estacada de alambradas. Y fuertes: cada quinientos metros se ubicaba un blocao y cada ciento sesenta y seis un puesto de escucha ocupado por cuatro hombres. Además, cada cinco kilómetros se levantaba un cuartel cabeza de batallón y cada quince y medio un cuartel de compañía, así como garitones de madera de palma con una altura de seis o siete metros sobre el suelo con vigías apostados. El parque de artillería lo componían veintiséis cañones de diversos calibres que podían trasladarse rápidamente de un punto a otro de la trocha gracias a la construcción de una línea de ferrocarril de vía estrecha guardada por una guarnición formada por quince mil soldados. Todos los fuertes tenían dos ranchos, uno capaz de contener con holgura cien hombres, y otro dividido en tres secciones: habitación para los oficiales, depósito de municiones de boca y guerra, y un hospital provisional.

Esta enorme obra que había costado ingentes cantidades de dinero y hombres, trataba de obstaculizar de norte a sur el paso de las partidas insurrectas y aislar a la población civil, entre la que encontraban tantos apoyos.. La isla de Cuba se estiraba sobre el mar Caribe a lo largo de casi mil doscientos kilómetros, con una anchura de entre ciento noventa y un kilómetros como máximo y treinta y uno como mínimo, una densa vegetación, clima tropical caluroso y húmedo y una estación de lluvias torrenciales con frecuentes huracanes de mayo a octubre, época en que se encontraban ahora. Mientras que la guerrilla se movía como pez en el agua en su propio territorio, la campaña resultaba mucho más costosa e ineficaz para un ejército regular: era una paradoja que la guerra de guerrillas, táctica militar concebida en España contra la invasión napoleónica, terminara siendo una pesadilla para los mandos del ejército español.

Traspasaron los cercados tras mostrar su documentación a las patrullas apostadas en distintos perímetros concéntricos, hasta llegar al cuartel central. El comandante las miró extrañado y no muy contento de su presencia allí, pero el salvoconducto —con todas aquellas firmas imponentes— le impedía hacer otra cosa que no fuera obedecer a sus superiores.

—Señora, nada puedo hacer para ayudarla... Más que darle algún pertrecho y suministros. Los herreros repararán el carro y lo demás; con mucho esfuerzo, no vaya a pensar lo contrario. Andamos escasos de todo y nosotros también tenemos problemas con los desaparecidos y los muertos sin identificar. Claro que no puedo impedirle que pregunte por su cuenta. Algún soldado habrá compartido destino o regimiento con su marido, no me cabe duda... Pero le pido que una vez que hayan descansado usted y su criada, partan de inmediato. Este no es lugar para mujeres y carecemos de cualquier comodidad.

—Me gustaría visitar el hospital. Puede que entre los heridos...

—Siempre y cuando no perturben las actividades en él y nuestro médico dé su visto bueno.

El tren de tropas había llegado en ese momento vomitando heridos y enfermos. Siguieron la hilera de hombres renqueantes, con vendajes y muletas improvisadas tras los camilleros cargando vencidos, hasta llegar al hospital abarrotado de hombres tendidos en el suelo. Algunos gemían, pero los más permanecían trágicamente silenciosos, en un preludio de tumba. Eran tantos que no se sabía dónde poner el pie sin pisar a alguien. Olía a sangre y pus, a heces y fiebre.

—No puede ser... ¡Doctor!

La figura rechoncha envuelta en una bata que fue blanca y ahora adornada con sustancias inciertas, se volvió hacia ellas. Era el doctor Izquierdo, su médico y amigo en España. Ada estaba asombrada de encontrarle allí, más aún por el aspecto de su amigo: más calvo y encorvado, la barba partida en dos más blanca y más escasa; pequeño y envejecido. La miró por encima de los lentes de concha con sus ojos azules saltones y su sonrisa de trasgo inquieto: al menos en eso no había cambiado. El médico se acercó a la sorprendida Ada y, cogiéndole la mano, la besó con una ceremonia quizá fuera de lugar, pero que ella agradeció en su fuero interno. Le respondió con un abrazo, temblando, como si volviera a tener catorce años.

—Mi querida Ada... Verte ha sido como si entrara luz donde reina la oscuridad. Pensé en escribirte al desembarcar en Santiago, pero aunque no lo creas, desde entonces no he tenido un minuto de descanso. Mis amigos en España deben creer que yo también he caído.

Decía esto con su ironía habitual: resultaba reconfortante.

—¿Cómo es que ha llegado... aquí?

—Estaba harto de discursos grandilocuentes, de fiestas benéficas, misas de campaña, loas y desfiles, de triunfalismo... Cuando se supo que no había suficientes médicos en el frente para atender a la tropa me indigné, y, claro, me tuve que venir. Y tú... ¿qué haces aquí? ¿Te diriges a La Oriental? ¿Cómo conseguiste llegar a la trocha? No es fácil para los civiles.

Como siempre, preguntaba sin cesar, yendo al grano.

—Tengo un salvoconducto especial. Un... amigo. Un buen amigo lo consiguió para nosotras.

No quería contarle al médico nada de su vida más allá de lo necesario. Estaban lejos los tiempos en que había sido su confidente: la niña con pesadillas recién llegada a España había desaparecido y ahora las pesadillas habían salido del mundo de los sueños para hacerse realidad.

—Aquí no podemos hablar, pronto será la hora del rancho. Comeremos juntos, aunque no esperes ninguna fruslería... Pero en el edificio de oficiales tengo un cuarto para mí, aquí representa un verdadero lujo. —Miró a su acompañante que, como era su costumbre, permanecía un poco alejada—. Y esta bella señorita debe de ser Pompeya, ¿me equivoco?

Muy pocas veces se podía ver sonreír a la grave Pompeya, el tratamiento le había gustado. Ada los interrumpió, su idea fija no le dejaba ver más allá, ni tan siquiera a las personas que más apreciaba, como don José María.

—Doctor, estoy buscando a alguien.

—¿A quién?

—A mi marido.

Frunció el ceño, eso sí que no se lo esperaba.

—¿Un oficial?

—Sí.

—Ya. Luego me explicarás. Y tendrás tiempo de buscarlo cuando hayas descansado.

No dijo más y les dio la espalda internándose de nuevo entre cuerpos dolientes, retorcidos, mientras un ayudante le reclamaba.

Pompeya y Ada salieron del recinto y se dirigieron al edificio de oficiales: no tenía pérdida pues allí se distinguían las guerreras blancas, bien distintas de los uniformes de rayadillo azul de la tropa. Algunos oficiales saludaron a la señora que entraba llevándose la mano al sombrero de ala ancha del uniforme ultramarino, y otros les echaron miradas de deseo, sopesando la carne que hacía tiempo no probaban. Un ordenanza las condujo hasta la habitación del doctor y al poco rato sonó el cornetín de voz aguda anunciando el rancho. Delante de su ventana desfiló el reverso de la moneda de una parada militar: una larga fila de hombres escuálidos, amarillentos, con el plato metálico en ristre, a los que aquel zafio uniforme les hacía parecer más presidiarios o pordioseros que soldados, arrastrando los pies en las alpargatas destrozadas, algunos incluso con zapatos de cartón; calzado inservible en la estación lluviosa.

—Esta guerra es estúpida —dijo Ada.

El devenir del conflicto no le importaba gran cosa, salvo en lo que podía afectar a una persona en concreto. Su egoísmo era su tabla de salvación, le permitía presenciar aquella matanza sin sentirla demasiado. Si no hubiera sido así, jamás hubiera podido emprender aquel viaje.

Apareció don José María y se quitó la bata sucia tirándola a una cesta donde había otras, desplomándose con un suspiro de agotamiento en una silla desvencijada. Había convertido el cuchitril en un pequeño laboratorio con multitud de libros, apuntes y un microscopio.

—El ordenanza nos traerá la comida, si es que puede llamársela así.

—No se preocupe, doctor, estamos acostumbradas a comer casi cualquier cosa que encontremos por el camino —dijo Pompeya.

—Hijas mías: no sé ni cómo habéis podido llegar hasta aquí. Déjame ver ese documento...

Ada lo sacó de la bolsita de tela que le colgaba del cuello.

—Mmm... Estos firmantes son de los que impresionan. No me extraña que el comandante se te cuadrara. Tienes buenos contactos, querida. —Se lo devolvió.

—Don José María, pensé que usted estaba en contra de la guerra...

—Y lo sigo estando, Ada. Lo sigo estando. Es más, ahora que no nos oye nadie —bajó la voz— los independentistas cubanos gozan de todas mis simpatías. Pero las convicciones políticas de un médico se encuentran muy por debajo de su juramento hipocrático. Cuando empezaron a llegar los primeros barcos de los repatriados cadavéricos, agonizantes, abandonados por todos... Ya nadie acude a recibirlos, no se quiere ver al vencido, al que augura la derrota. Dos mil soldados enfermos en un solo barco, setecientos de ellos muy graves: su capitán me contaba cómo manadas de tiburones siguen por todo el océano los buques de repatriados buscando carroña con que alimentarse. Tiran por la borda a tantos cadáveres que los escualos siguen a los navíos como las gaviotas a los pesqueros. Los llaman «barcos-cementerio». No, no podía dejar que todos estos mozos muriesen aquí solos, sin atención, sin nadie. —Cayó en la cuenta de que este podía ser el caso del marido de Ada y quiso conjurar las imágenes oscuras—. Así que te casaste... ¡Enhorabuena! Supongo que habrá sido una decisión repentina, pues de lo contrario me lo hubieras anunciado. Pero después, ¡bien que me escribiste para contármelo, descastada! —Le daba golpecitos afectuosos en la pierna, como cuando era una muchachita—. ¿Quién es tu marido, Ada? Bueno, un oficial, claro. A todas las chicas os vuelven locas los uniformes... En fin, qué le vamos a hacer.

—Es capitán del Tercer Escuadrón de Húsares, Compañía Cantabria. Me dijeron que había... caído, luego que estaba desaparecido... Ahora no sé si se encuentra prisionero o quizás herido en un hospital militar o en alguna de las enfermerías de los blocaos...

Al viejo republicano no le hizo gracia que su antigua paciente y protegida se hubiera casado con un militar —y de caballería, además—, pero disimuló acariciándose una de las guedejas de la barba: seguía llevándola partida en dos mitades, extravagante y bífida.

—No te voy a engañar, Ada, nunca lo he hecho y no voy a empezar a estas alturas. Aquí impera el caos... Esta división de fuerzas, con las columnas perdidas y aisladas, dificulta mantener una estrategia, saber qué está pasando. En tu caso, resulta una tarea casi imposible localizar a una persona concreta si la dan por desaparecida. —Su tono se ensombreció—. Esto es un desastre. Un inmenso matadero. No dispongo de material sanitario y los quintos caen enfermos de malaria nada más llegar, debilitados ya por una travesía terrible, en barcos de vapor atestados, sucios y pequeños. Suben la caballería y tienen que dormir entre las patas de los animales, entre heces. ¡Tengo casos de recién desembarcados con triquinosis! Y fíjate que el Estado paga ciento setenta y cinco pesetas por soldado embarcado, una barbaridad... Una vergüenza nacional. Se están haciendo fortunas a costa de estos desgraciados a los que hacen viajar veinte días sin apenas dormir, muchas veces al raso, en medio del mar, enfermando de pulmonía por el frío y la lluvia... Son barcos negreros.

Pompeya no hizo ni dijo nada, pero el médico se sintió en la obligación de dirigirse a ella.

—Perdona, Pompeya. Parece una exageración, ya lo sé... pero así es. Las enfermedades causan más bajas que los mambises. Me cargo de razones, pero nada: no cumplen las normas básicas para evitar el paludismo. Mi amigo el doctor Cajal, que está destinado en la trocha de Bagá, me dice que tiene varios casos, además de viruela negra y hematemesis...

—¿Qué es eso? —preguntó Pompeya. Parecía muy interesada.

—El vómito negro. Estas enfermedades a los cubanos también les afectan, no vayáis a creer. Muchas de sus bajas se deben a las mismas dolencias que atacan a los españoles. Como veréis, la moral de las tropas es bajísima. Ha habido varios motines, aquí y en Cienfuegos, porque no se les paga la soldada. Eso sin contar que han movilizado delincuentes redimiendo penas. Los quintos no tienen preparación militar alguna y no son pocos los oficiales que han caído en la desidia y la renuncia: se pasan el día borrachos, algunos son arrogantes y brutales, parecen preferir los motines a entrar en combate.

—Don José María, debería usted cuidarse para no caer también enfermo.

El médico no la oyó pues en ese momento llamó a la puerta el ordenanza, cargado con unas bandejas metálicas.

—Hablo demasiado... Ya va siendo hora de comer. Antonio, esta señora busca a un capitán del Tercero de Cantabria. ¿Puedes averiguar si hay en el hospital alguien del mismo escuadrón o que sepa de él?

El ordenanza asintió y salió de nuevo. Compartieron el rancho de arroz blanco y garbanzos y el buen café cubano.

—Háblame de ti... ¿Has perdonado ya a tu tía?

A veces el doctor bordeaba la grosería con sus preguntas directas. Como todos los médicos, no pensaba en el daño que sus exploraciones en busca de síntomas pudieran hacer al enfermo.

—No... no lo sé... Recibí sus cartas, luego, cuando Oriente cayó en manos del ejército sublevado, dejaron de llegar. No la he visto desde que regresé.

Había pasado tiempo, pero se dio cuenta de que la herida de Ada aún no había cicatrizado a pesar del tiempo transcurrido. Izquierdo había hecho lo que pudo para que padre e hija se reunieran, pero no llegó a tiempo; cuando Ada volvió de su viaje por tierras castellanas, Silva acababa de morir. Las monjas la dejaron asistir a su entierro, eso fue todo, y Ada solo pudo ver al hombre desconocido con la cara cerúlea de los muertos, en la que lo único que parecía vivo era la cicatriz de un sablazo, metido en una caja rodeada de cirios temblorosos. En sus últimas voluntades especificaba el deseo de no ser enterrado en sagrado, y eso supuso un grave problema al carecer la pequeña ciudad de provincias de un cementerio no católico. Don José María, nombrado albacea testamentario por el finado, fue el encargado de solucionar todo; consiguió darle sepultura al fin haciéndolo pasar por suicida, en un pequeño terreno a la salida de la ciudad que aportó uno de sus compañeros de logia. Poco más pudo hacer —Silva no tenía posesiones ni dineros—, salvo entregar a su hija una caja con recuerdos y una carta de su ya vacilante puño y letra dirigida a ella.

Amadísima hija: me faltan las fuerzas en esta hora postrera para decirte todo lo que no he podido en estos once años. He contado cada día de separación lamentando no tenerte junto a mí. Espero que me perdones el haberte dejado en manos de una pariente lejana; en aquel momento creí que era lo mejor para ti, aunque siempre alenté la vana ilusión de tener ocasión de volver para llevarte conmigo, pues has de saber que durante este tiempo intenté por todos los medios regresar o lograr que tu tía te enviara junto a mí. He vivido soñando con el momento de nuestro reencuentro y eso me dio fuerzas para seguir viviendo. No pudo ser.

Me dice el doctor Izquierdo, a quien debes agradecer sus desvelos, que eres ya casi una mujer, inteligente, valiente y bondadosa; por eso muero feliz. No albergues rencor como no lo hago yo: creo que doña Elvira te quiere y que durante este tiempo ha cuidado de ti con cariño y generosidad, por ello siempre le estaré agradecido, aunque fuera a costa de nuestra separación. No lamentes nada, vive, sigue adelante. Ruego que no olvides lo mucho que te quisimos tu madre y yo, ella se uniría a mi deseo de que logres una vida plena de amor y paz, de felicidad y alegrías, anhelando que llegues a conocer un mundo mejor, más justo y libre, en el que no haya sufrimiento ni dolor, ese por el cual luchamos por ti, para ti.

Con todo el amor, Darío Silva. Tu padre.

Ada lloró amargamente, sintiéndose traicionada por quien más quería: su tía Elvira, quien había mantenido una mentira cruel durante todos esos años, ocultándole que su padre vivía y que la buscaba. Incluso culpó a la Madre Superiora, con quien tuvo unas palabras muy agrias que pesarían para siempre en el corazón de la religiosa. Por su parte, la tía fue incapaz de explicar las razones de su comportamiento y, sin entender que Ada había dejado de ser una niña, intentó manipular la situación de la peor manera posible, es decir, alegando obcecada su ignorancia respecto al paradero y deseos del padre desaparecido hasta el final, cuando Ada tenía las pruebas de la verdad en su poder. Después, las cartas entre España y Cuba se espaciaron, el cariño hacia su tía abuela se convirtió en desapego y frialdad y al acabar el colegio no quiso regresar a La Oriental. Rechazó la generosa asignación que aún le enviaba doña Elvira y pidió ayuda a la madre Jáuregui. Esta sentía la obligación moral de apoyar a la antigua alumna y aceptó emplearla en el colegio: durante un tiempo fue profesora de las niñas mayores; las colegialas la adoraban y fueron muchos los lloros y abrazos, los pañuelos blancos en el puerto, el día en que Ada las abandonó para regresar a la Isla. Esto ocurrió con la aparición en su vida de la familia Castro, que al tener noticia de la ruptura entre Ada y la «usurpadora» de La Oriental —es decir, doña Elvira—, decidió en cónclave acoger a aquella pariente y ampararla, pues no podían consentir que uno de los suyos, una jovencita además, quedara abandonada en un país lejano por mucho que este fuera la Madre Patria. Así, Ada recibió una invitación formal para regresar a Cuba y vivir con Javierita, una de las primas solteronas de su madre, elegida por su reputación intachable como perfecta vigilante de la honra de la joven. Ada no dudó en aceptar el generoso ofrecimiento: no quería reconocerlo, pero aunque ignoraba a ciencia cierta la razón, en su fuero interno deseaba volver.

Algunos de estos pormenores no eran ajenos al doctor, que siguió mostrándole su amistad durante el tiempo que permaneció en la Península, y aun después. La miró por encima de los anteojos escrutadores.

—Entonces... ¿no has vuelto a La Oriental?

—Preferí quedarme en La Habana.

—Te casaste...

—Sí.

—Pero ahora te diriges allí.

—Estoy buscando a mi marido y no pienso volver a La Oriental ni a ningún otro sitio si no es con él. Quizás entonces vuelva a ver a mi tía, pero no antes.

El doctor la miró preocupado.

—Ah... el Eros... la pasión del amor. Siempre fuiste muy apasionada. Pero esta vez has tomado un riesgo excesivo, las dos lo habéis hecho. Ya veo que no podría convencerte de que desistas de esta especie de locura, pero debes tener en cuenta que la guerra, aun dando sus últimos coletazos, puede convertirse en una bestia herida todavía más peligrosa y letal. Los norteamericanos han entrado en ella y eso significa que España será derrotada; pero aún queda lo peor por llegar, también para la población civil. Puede que después de todo, este maravilloso país se convierta en un lugar más razonable que el mío propio, siempre que los republicanos demócratas se desembaracen de los compromisos que hayan contraído con los yanquis, claro. Esos solo pretenden imponer otro tipo de colonia, pero colonia al fin y al cabo. Aun así, como cubanas deberíais apoyar a los sublevados, aún más en tu caso, Pompeya: ellos traerán la libertad y la justicia que le ha sido negada a tu raza por la tiranía de la Corona española.

—No lo creo, doctor. La burguesía criolla es tanto o más racista que los españoles. Nada de esta guerra tiene que ver con mi pueblo, que sigue siendo esclavo aunque se haya abolido la esclavitud: siempre estaremos sojuzgados por los blancos, continuaremos siendo sus braceros, sus criados, tratados como inferiores. Nunca veremos esa libertad ni esa justicia, son esas palabras que cuando eres negro resultan vacías de sentido y de verdad. Pero esta es mi tierra, aquí me quedaré, aquí moriré. Con los míos, compartiendo su destino.

Él la miró con tristeza, pero no se atrevió a llevarle la contraria. Parecía muy cansado.

—Y tú, Ada, ¿qué harás si no encuentras a tu enamorado?

«No ha entendido nada», pensó Ada.

—Le encontraré.

—Soy ya solo un viejo médico, quizás un poco cínico, no lo voy a negar. Pero no he olvidado los arrebatos de la pasión y ese sentir que formas parte de otro con dolorosa intensidad, que separarse de él o de ella es un suceso traumático parecido a una amputación; cuando por mucho tiempo que pase, aún duele el miembro amputado y desaparecido. Pero solo puedo decirte que... que tengas cuidado con lo que deseas. El deseo es una pulsión, una fuerza que fácilmente se desboca, se despega de la razón y convierte al objeto de ese deseo en una ilusión, en un fantasma.

Ada no le escuchó: estaba impaciente por saber si el ordenanza había encontrado alguna información sobre el desaparecido. Como el doctor también tenía que volver al hospital, hasta allí se dirigieron. Antonio, el ordenanza, señaló una esquina oscura atestada de cuerpos. Don José María se agachó junto al enfermo y le tomó la fiebre contabilizando las pulsaciones con su cebollón de oro; Ada se sintió confortada por la aparición del reloj; como el mismo don José María, era un viejo amigo. De chiquilla había descubierto en el interior de la caja unos símbolos con escuadras y compases iguales a los que había visto en La Oriental, en aquellos títulos que adornaban a don Baldomero, el primer marido de su tía Elvira.

Entonces el doctor se había reído de su asombro y de que la tía fuera viuda de un «hermano masón». En cambio, ahora estaba muy serio. Advirtió:

—Este hombre está febril. Tiene un cuadro clínico de malaria, infarto hepático, anemia, úlceras, erupción eccematosa... No sé si podrás sacar algo de él... De todas maneras no le agotes. ¿De acuerdo?

Ada se inclinó hacia el rostro demacrado y amarillento del quinto, un viejo que no llegaría a los veinte años. Le cogió la mano y la apretó, él abrió mucho los ojos como reconociendo su presencia.

—Amigo mío, me dicen que ha combatido usted con mi marido: el capitán de su escuadrón...

El hombre sonrió también y balbuceó:

—¿Es usted? ¡Madre, ha venido usted! Estaba en un sitio muy malo, ay... madre querida. Pero ahora que la veo, me doy cuenta de que todo ha acabado y ya... ya estoy en casa otra vez... ¿Verdad, madre? —Lloraba mientras sonreía y le apretaba la mano muy fuerte, hasta hacerle daño.

El médico se había alejado junto con Pompeya hacia un soldado que, pese a que no parecía herido, era el único que gritaba de manera desaforada.

—La mayoría sufren fiebre amarilla, paludismo, tuberculosis y disentería crónica. Los heridos por machete y los de bala son los que menos guerra nos dan... Pero cada vez son más los hombres trastornados: a los militares no les gusta reconocerlo, pero así es. No están enfermos ni heridos; solo se trata de individuos emocionalmente más sensibles que el resto. A ellos el trauma de la guerra, su obscena exhibición de muerte y violencia, les mutila la mente. Nadie acepta aún que esta también forma parte del cuerpo y por tanto no los consideran heridos, así que enseguida vuelven a llevarlos al combate. Algunos llegan a atacar a sus compañeros u oficiales, pero la mayoría son suicidas potenciales.

Habían atado al hombre con correas a la camilla y un enfermero intentaba taparle la boca con un pañuelo, mientras él se zafaba y voceaba siempre la misma palabra, la repetía una y otra vez con insistencia:

—¡¡¡Andara!!! ¡¡¡Andaraaa!!! ¡¡Andara!!

Pompeya lo observaba desde cierta distancia: aquellos ojos aterrados traslucían un daño invisible que solo él percibía, pero que debía de ser terrible.

—¿Qué dice?

—No se sabe... Así lleva desde que llegó, sin callarse, molestando al resto de enfermos. Lo sedaría, pero en la botica andamos muy cortos de cloroformo y lo guardo para las cirugías más complejas.

—Creo que en eso puedo ayudarle, doctor.

Mientras el enfermero conseguía amordazar al demente, Pompeya sacó una pequeña bolsa de cuero.

—Es una droga muy potente que mi pueblo utiliza para muchas cosas... no todas buenas. Una pequeña dosis calma y tranquiliza. Una dosis un poco mayor, paraliza. Pero si es excesiva, puede provocar la muerte por asfixia. Administrado durante un tiempo, causa daños cerebrales.

Izquierdo se mostró muy interesado en la sustancia que la joven había sacado de la bolsita, tanto como en aquella curiosa mujer.

—¡Muy útil! Te agradezco que hayas pensado en ello. Es posible que sea un neurotóxico proveniente de alguna planta o algún animal. ¿Me equivoco?

—No lo sé, pero aunque así fuera no le diría nada. Lo importante es que puede ayudar con ella a su enfermo. Con solo este pellizco, caerá en un sueño profundo, incluso de días enteros. Luego, no recordará casi nada de lo que le producía esos terrores.

Cogió el médico el pequeño paquetito y lo atesoró entre las manos, imaginándose ya investigando sobre tal sustancia, a pesar de que su laboratorio improvisado careciera de los elementos básicos. Su curiosidad científica estuvo a punto de hacerle olvidar una cuestión importante: sabía el descreído galeno de la existencia de aquella religión sincrética que tan importante resultaba para los pobladores de la Isla; los españoles recién llegados despreciaban tanto a los negros como a los blancos cubanos por sus creencias en las magias africanas, de las que se contaba que el Ejército Mambí también practicaba. Miró a la mujer, su piel negra, su vestido blanco, los collares que le colgaban del cuello. «Es una santera», se dijo.

—Tengo que preguntártelo, Pompeya. ¿A qué se debe que lleves este veneno contigo?

La había cogido del brazo y le clavaba los ojos saltones, inquisitivos. Ya no era irónico ni simpático.

—Usted no pudo verla entonces. Llegó... llegó a atentar contra su vida o al menos amenazar de tal manera con ello que temí que se dejara morir de hambre, ya que... en fin, ni siquiera hablaba. Hasta que un día, levantándose como si no hubiera pasado nada, dijo que quería ir a la Capitanía General: estaba segura de que su marido no había muerto y de que todo era un error. Creí que era otra muestra de su... trastorno, pero la acompañé. Allí confirmaron el error, por lo visto muy habitual dado el caos que se producía en el frente y las confusiones en las listas de caídos... Ella tenía razón: el capitán estaba desaparecido. Y entonces emprendimos este viaje en su busca. Tengo miedo de que si descubre que él ha muerto... haga algo que no tenga remedio. Esto hubiera servido para impedirlo, para mantenerla... tranquila.

—No temas; no lo hará, Pompeya. La conozco y no es una suicida. Pero necesita algo que nadie, solo ella misma, le puede dar y debe encontrarlo ella sola. Es casi seguro que su marido esté muerto, pero para poder asimilarlo y hacer el duelo que todo ser humano necesita tras el fallecimiento de un ser querido, ha de encontrar la prueba de esa muerte. Que te hayas quedado junto a ella te honra, pero debes saber que en ciertos casos no podemos ayudar. Solo el tiempo puede hacerle encontrar la paz necesaria para olvidar a esa persona que parece querer tanto.

Se acercaron de nuevo hacia el lugar donde Ada seguía junto al enfermo de fiebres. Estaba desesperada.

—No he conseguido que me dijera nada; este pobre hombre se encuentra muy mal, la fiebre no le deja siquiera saber dónde está, no, ya no puede decir nada coherente. Doctor, dele algo... algún medicamento para que despierte, para quitarle la fiebre... Tal vez mañana le haya bajado y pueda decirnos algo, ¿no es verdad?

Al ver el rostro crispado de la joven, su mirada desencajada, Izquierdo comprendió los temores de Pompeya. Entonces uno de los heridos de bala, uno que renqueaba apoyado en una muleta llegó hasta ellos.

—Perdone usted, señor, pero no he podido dejar de oír a esta señora... Puede que haya algún otro soldado que conozca el paradero de su esposo. ¿Me permite...?

Don José María asintió.

—¿Cómo se llama su marido?

—Capitán De la Vega.

—¡El capitán De la Vega! ¡¿Alguien sabe algo del capitán De la Vega?!

Primero fueron unos pocos, luego cada vez más.

—¿Quién?

—El capitán De la Vega...

—De caballería...

—Escuadrón número tres. Regimiento del Príncipe.

—Compañía Cantabria...

—Esa estuvo en la manigua de Palenque, ¿no?

—Contra los de Quintín Banderas...

Se corrió la voz. Un soldado llamó desde el otro lado de la fila de camillas.

—¡Aquí! Eh... Yo sé algo... ¡Aquí!

Ada, con el corazón desbocado, casi corrió hasta el soldado sorteando camillas y cuerpos tendidos en el suelo. Él permanecía sentado; le faltaba una pierna y no tenía muleta, por eso no había podido levantarse.

—Fue después del combate de Los Moscones, un encontronazo con mambises cerca de los farallones de Moa, alrededor del río... Nuestro batallón había sido hostigado ya dos veces y tuvimos que parapetarnos tras las lomas. Pero aún pudimos ver la carga de los de Cantabria... Yo no vi caer al capitán, pero sí mi compañero Valentín Basurto. ¡Lástima!, el pobre ya no puede contarlo, señora: murió hace tres días, de una bala perdida, haciendo guardia en el blocao.

—Pero ¿está seguro de que era el capitán De la Vega?

—Seguro del todo. Aunque sus hombres le decían capitán Vega, a secas, él se empeñaba en que lo llamaran así. Un hombre valiente, bien bragado y buen oficial, de los que nunca dejan tirados a sus hombres. El primero en atacar, siempre en vanguardia, como si las balas no fueran con él. Aquel día... aquel día le pegaron un tiro en la cabeza, creo, estaba en lo alto de la loma: cayó al río y ya no volvió a salir.

Todos estaban estremecidos, pero no Ada. Resplandecía.

—Está vivo...

II

Gabriel Veyré llegó a La Habana, alquiló un local en Prado 126, al lado del Teatro Tacón, adquirió unas cuantas docenas de sillas, realizó las modificaciones necesarias para lograr cierta oscuridad en la sala, y el día 23 de enero de 1897 ofreció una muestra de su espectáculo a las autoridades y la prensa. Al día siguiente, todos los periódicos se hicieron eco de la noticia: aquellas «vistas animadas» constituían un prodigio; un espectáculo que, jugando con los enigmas de la luz, atrapaba la vida haciéndola viajar por el mundo, para deleite de la concurrencia.

A tal grado ha llegado el desarrollo de la fotografía, que parece se asiste a una escena de la vida real; con tal exactitud han sido sorprendidos y fijados los movimientos por un múltiple número de fotografías, distanciadas por pequeñísimas fracciones de tiempo, en las que al volver a representársenos con la misma rapidez con que fueron obtenidas, encontramos la ilusión de la vida y del movimiento. Novecientas o más imágenes constituyen el conjunto de cada escena, reproduciéndolas el aparato sobre una pantalla situada en el fondo de la sala. Es un espectáculo que recomendamos a nuestros lectores, pues constituye una verdadera novedad científica entre nosotros digna de verse por todos.

Cerró el periódico, casi no lo había leído. Tenía a su mujer al lado, apoyada la cabeza sobre su hombro, con los ojos cerrados.

—¿Estás dormida?

—No.

—¿Quieres dar un paseo?

—Me es igual. Lo que tú quieras.

No habían salido del hotel hasta aquel día. Después de haber estado todo ese tiempo desnuda, tapada solo con la bata de organdí que había estrenado su noche de bodas, Ada se arregló con esmero. Se demoró ejerciendo la recién estrenada prerrogativa de la mujer casada que hace esperar a su señor marido antes de salir a la calle. Entretenerse en elegir unos pendientes, el broche del vestido, el sombrero, sabiendo que él estaba al otro lado de la puerta, fumando un cigarro junto a la ventana sin decir nada, la llenaba de un deleite inexplicable.

Cuando por fin salieron del hotel, pasearon hasta el Malecón. Iban abrazados, sin separarse, tan juntos que la gente murmuraba y les miraba con reprobación, escandalizada.

—Creerán que no estoy casada contigo, que soy una desvergonzada, una de... de «esas» que se van con los soldados.

Estrenaba su vestido de seda color caramelo con guipur azul, la sombrillita a juego y el sombrero Florinda lleno de flores y mariposas de gasa y tul; una cascada de colores cayéndole sobre la frente, «a la parisién». Él se rio.

—Si fueras una de «esas», como dices, ni un general podría pagar tus servicios. Pareces empaquetada como regalo para algún ministro. No, mejor... para un rey.

La ciudad se encontraba atestada de soldados españoles, a los que las autoridades habaneras regalaban con veinte reales, una gallina y todo el tabaco que quisieran solo por ser los valientes combatientes del «filibusterismo». Aquellos bravos se paseaban muy tranquilos y ufanos por las calles, los jardines y los cafetines, en esa tarde de domingo.

—No pienso dejarte sola ni para comprarte un helado. Esto es un cazadero.

—¿Un qué?

—Se te echarían encima la mitad de estos caballeretes con uniforme de gala... ¿No te has fijado en cómo te miran?

—¿Cómo me voy a fijar? Si solo te miro a ti. Pero dime... ¿qué harías?

—¿Quieres que mate a alguien por ti?

Sonreía con aquella ironía tan suya, pero, quizá sin quererlo, sonó amargo y amenazador. Ada tuvo un escalofrío de placer, un golpe en el estómago que le dio un vuelco, e inmediatamente se sintió culpable por el placer irracional que esa respuesta le produjo, sin poder evitar que se le pusiera la piel de gallina, exactamente igual que cuando él la acariciaba con un solo dedo desde de la coronilla hasta la base de la espalda, siguiendo sus vértebras; tumbada boca abajo, con la cara hundida en la almohada, solo notando esa leve caricia, el punto cálido y móvil deslizándose por su piel. No tuvo respuesta para aquella pregunta —aunque él tampoco parecía esperarla— y se sintió turbada durante un largo rato, colgada de ese brazo tan ancho y fuerte que le recordaba su propia fragilidad, intentando que él no adivinase la ofuscación que sus palabras le habían producido.

Al cruzar hacia el Prado se encontraron en medio de una

maraña de gente que disfrutaba del día de ocio, de la tarde de fiesta; no parecía siquiera que hubiera una guerra. Pero a Ada no le extrañó: la ilusión de paraíso feliz se le había metido tan adentro que resultaba imposible pensar en ella. En la guerra.

—¿Qué es eso?

—¿El qué?

—Allí... Esas personas arremolinadas en torno a aquella puerta...

Se acercaron sorteando coches y transeúntes.

—Ah... Es una exhibición de cinematógrafo.

—¿Cinema... qué?

—¿No has oído hablar de ello? Viene de París, como tu increíble sombrerito.

—Tonto.

—Tengo entendido que se trata de un espectáculo curioso. ¿Quieres entrar?

La entrada costaba 50 céntimos, 25 para militares.

—¿Y esto va a competir con la ópera y el teatro? Si es más barato que la feria de los monstruos... —decía alguien.

—Un divertimento para la gente baja, no cabe duda.

Los que criticaban el espectáculo se alejaron. Ellos se quedaron. Tuvieron que esperar un poco a que salieran los espectadores de la sesión anterior, junto a una fila de señoras y señoritas del brazo de sus caballeros y de soldados bisoños que se cuadraron al ver los galones de capitán. Ada aguantó la risa mientras su marido respondía al saludo, muy serio.

—Loca, vas a hacer que me pierdan el respeto.

El salón, que estaba oscuro y olía un poco a sudores, se llenó en un minuto, pues tampoco era grande como un teatro. El señor Veyré, un joven guapo con marcado acento francés, hizo una breve presentación del invento, subrayando que la propiedad era detentada en exclusiva por los señores Lumière de París, con el cual iban a revolucionar los espectáculos modernos e incluso la vida cotidiana de los públicos de todo el mundo. Parecía una exageración propia de un feriante, del dueño de un circo ambulante o un vendedor de esos que van por los villorrios voceando sus artículos. Sin saber por qué, Ada recordó al señor Deng y sus increíbles objetos traídos de China, de Japón, de Manila, a la hacienda de su tía. Este Veyré, aunque vestido de frac, tenía algo de esos magos disfrazados de chinos que había visto en las funciones teatrales.

El presentador hizo una señal hacia el fondo de la sala, donde un hombre menudo y delgado, muy rubio y coloradito del sol caribeño, parecido a un gnomo, se puso al lado de la extraña máquina. Apagaron las luces y esperaron a que el espectáculo comenzara. El gnomo activó la máquina y esta proyectó un haz de luz iluminando la gran pantalla blanca que tenían delante, mientras el aparato canturreaba con un sonido insistente de tripas mecánicas.

—¡Es una linterna mágica! —casi gritó Ada.

Chistaron algunas voces entre el público y él le apretó suavemente el codo del brazo que todavía enlazaba, aprovechando la oscuridad. Entonces el mago desplegó ante sus ojos un truco magistral donde las fantasmagorías maravillosas de su niñez resurgieron, pero con mucha más fuerza.

Saliendo de un abismo blanco y negro, desbordándose en un brillo de plata refulgente, brotaron las formas sensibles de la vida, el tiempo atrapado y devuelto, acelerado en el movimiento artificial de las figuras ante las que la gente se asombraba, incluso gritaba asustada o reía, pero no ella. Ada no podía reírse, no podía hacer otra cosa que mirar y mirar, fascinada. «La partida de naipes», «La salida de los obreros de la fábrica», «La salida del tren» y «El sombrero cómico». «El regador regado»... De las fauces oscuras del sueño salían las imágenes fantásticas de una renovada linterna mágica, la lámpara maravillosa: eso era el proyector cinematográfico, un artilugio que hacía de la vida una presencia espectral. Sentada en aquella silla incómoda miraba un ojo enorme, gigantesco, que no solo era visto sino que también miraba el mundo con la omnisciencia de la divinidad. Estremecida, vislumbró con un rayo de conciencia que aquel juguete podría llegar a ser la cumbre de la utopía humana, el instrumento que venciera al tiempo allí donde las heridas son más irreparables: hacer revivir un amor muerto, recobrar el momento engullido por el pasado y devolverlo a la vida. Fue la única vez que estando junto a Víctor olvidó por completo su presencia.

Para agradar a las autoridades locales habían incluido unas «películas» —así las llamaban— realizadas en España: «La Puerta del Sol», «Infantería española en vivac» y «Artillería española en combate». Notó de nuevo la presencia cercana. Él se removía en su asiento, incómodo: no debía de ser lo mismo ver a un payaso mojándose con su propia manguera que a aquellos soldados y oficiales —quizá reconociera a alguno, quizás alguno de ellos estuviera ya muerto— desfilar con paso antinatural, cargando los cañones silentes a toda velocidad, como si en esa dimensión tuvieran más prisa por matar o morir. Se hizo el silencio en la sala mezclándose con el mutismo de las imágenes. La visión de la guerra escupida por el cinematógrafo rompió la línea del sueño convirtiéndolo en siniestro. Sin embargo, la capacidad de fascinación aumentó por ello, haciendo realidad un deseo prohibido, oculto: mirar lo que no se podía ver.

De pronto, la imagen nacida de la incandescencia desapareció en las sombras del vacío, tragada por su propio abismo al apagarse la luz fría y fantasmal del proyector.

La gente salió hablando y riendo, como si no hubiera ocu-

314

rrido nada, y a Ada le parecieron aún más extraños y menos vivos que los personajes aparecidos en las imágenes grises con sus movimientos anómalos y su mutismo.

El hombrecillo rubicundo que había operado el proyector se adelantó y se interpuso entre ella y la salida, sonriente.

—Es ciencia, sí, *madame, ma* también *zauberei, magic*, magia.

Ada le dejó atrás arrastrada por el brazo de Víctor.

Caminaron en el breve atardecer habanero de regreso al hotel; ella no habló hasta que él lo hizo primero.

—Esa máquina infernal tiene el poder de destruir la realidad y devolver otra parecida, pero falsificada...

—No te ha gustado.

—No es eso... Es que no quisiera ver mi imagen en ella: estoy seguro de que atrapa las almas y las deja prisioneras para toda la eternidad.

En la recepción del hotel, un empleado le tendió una carta que había llegado para ella.

—Otra carta de mi tía.

Al llegar a sus habitaciones, Ada desgarró el sobre con desgana. Nunca le había contado a Víctor las razones de su distanciamiento; él tampoco había preguntado y ella no había necesitado explicarle nada. Pero ahora, sin saber a ciencia cierta la razón, sintió que debía hacerlo: la otra parte de ella misma no podía desconocer lo ocurrido, era antinatural.

—Me pide que vuelva... Se ha enterado de la boda y está dolida. Era imposible que no terminara sabiéndolo, con todo el revuelo que se montó con la ruptura del compromiso... Además, sigue teniendo amistades, mejor dicho: gente dispuesta a informarla con la esperanza de sacarle algo de dinero.

—Quizá prefería que te hubieses casado con el... otro.

—Creo que eso le da igual. Me quiere para ella sola.

—Entonces no puedo culparla por ello.

—Al menos ya no hace reproches... Dice sentirse enferma y quiere que la perdone.

—¿Perdonarla?

—Por su culpa no pude llegar a ver a mi padre vivo. Mantuvo una mentira egoísta y cruel durante años, y hasta ahora no ha tenido el valor de pedirme perdón.

—¿Qué quieres hacer?

—No lo sé... Todo ha cambiado, es distinto... me siento tan feliz que... me apena no poder compartirlo con ella.

Dejó la carta sobre una mesita junto a la bandeja con el servicio de café de plata. Él evitaba mirarla, se había asomado al balcón con el pretexto de encender un habano que giraba entre los dedos sin terminar de encender.

—¿Te arrepientes?

Su voz, ya de por sí grave, sonó tan ronca como el gemido de un tigre herido. El dolor, la fragilidad que demostraba, la estremeció.

«Me necesita... ¡Me necesita!» Bajo su exterior de fortaleza rotunda y pétrea acababa de dejar entrever un atisbo de miedo y duda, una duda que ella jamás había experimentado; eso la hizo sentirse más fuerte y poderosa que el hombre metido en la coraza de su propia carne, una armadura susceptible de ser abierta, hendida, rota. Dentro de ella no había más que un hombre.

«¿Arrepentirme? ¡Qué poco me conoces, vida mía!», quiso decirle, pero no pudo. Las palabras no salían de su boca, él le había contagiado su angustia y la dentellada se le había enganchado a la garganta.

Víctor deshacía entre los dedos el cigarro, mientras seguía de espaldas mirando sin ver la oscuridad de la noche. Tres pasos y ya estaba junto a él, le deslizó los brazos por la espalda hasta enlazarlos sobre su pecho, apoyando la cabeza con suavidad, como si el calor que desprendía fuera una caricia. Cuando se volvió y la estrechó en un abrazo tan fuerte que le hizo daño, casi no sintió como el suelo desaparecía bajo sus pies.

Una brisa vino con el acento del Malecón entreabriendo los labios del balcón con un quejido, levantando los visillos como si fueran faldas. La carta voló hasta el suelo y allí se quedó.

EL HOMBRE PEZ

I

Era una torre de piedra maciza, de sillares inmensos, clavada en mitad de un campo acorralado de robles y acebos. La gente de los pueblos de en derredor decía que era más vieja que ninguna otra y tan alta que podía distinguirse, en los días claros, del otro lado de los tres valles. La Torrona, la llamaban, con el orgullo absurdo de creer que a ellos también les pertenecía, ignorantes del símbolo de su vasallaje. Así como los campanarios y las espadañas de las iglesias se elevaban hacia el cielo por encima de las casas pueblerinas, el baluarte del castillo mostraba con su solidez de montaña la diferencia entre quienes eran los elegidos por Dios para gobernar el mundo y quienes no.

Como una gran madre a la que se abrazaran los hijos, la torre soportaba ampliaciones de todas las épocas, desordenadas, dando al conjunto una forma caprichosa: el lugar parecía construido siguiendo las directrices de un arquitecto enloquecido, temeroso de ser asediado por magos coléricos salidos de una novela de caballerías. Al acercarse, los muros se erguían ante la vista aún más sobrios y pesados, sin apenas vanos: aquí y allá pequeñas ventanas estrábicas y una balconada cerrada con mirador de madera. Y el blasón. Una figura arrancada de la piedra mostraba un hombre con cola de pez, empuñando en la mano derecha una espada corta y en la izquierda una especie de adarga o rodela desgastada por los años y la lluvia; la cabeza del monstruo aparecía rematada por una melena en forma de llamas, flotando a su alrededor como la de una mujer ahogada. Tan integrado estaba el escudo en su marco de piedra que parecía colocado allí desde mucho antes que la misma torre, como si cada piedra hubiera sido levantada para albergarlo.

El coche enfiló el camino del Palacio, cercado por una tapia cubierta de zarzales salpicados por los botones rojos de los escaramujos, mientras los caballos pisaban las hojas caídas de la hilera de chopos que guardaban el camino frente al muro. Víctor sacó la cabeza por la ventanilla del coche, aspirando el aire bajo la chopera, reconociéndolo como propio: había echado mucho de menos aquel aire, aquel lugar. Ahora regresaba y por ello se sentía feliz, aunque sabía que nadie le daría la bienvenida. Hasta le pareció que la figura del escudo familiar amenazaba con su espada, reprobando su comportamiento. La perdió de vista casi con alivio cuando el carricoche rodeó la torre dirigiéndose a uno de los edificios laterales, atravesando el portón abierto hasta detenerse con un chirrido en medio del patio enlosado. Las gallinas picoteaban el musgo crecido entre las piedras del suelo, acompañadas de lejanas esquilas, mugidos de vacas y ladridos de perros. Alrededor del patio se abrían cuatro puertas, una en cada uno de los cuatro muros de los cuatro edificios de alturas y formas distintas, unidos por el cuadrado central. Cuando era niño le gustaba jugar a perderse en el acertijo de un laberinto: si elegía la puerta equivocada, tendría que luchar contra una horrible gárgola, un dragón o un gigante.

Un gigante es lo que le parecía su padre al Víctor niño. Al crecer, descubrió que no era tan alto pero sí grande, enorme y ancho, sus pisadas resonaban por los suelos cubiertos de piedra o de tarima de roble allá por donde fueran, anunciando a su dueño. A veces se escondía de él por temor a cruzarse con su pelo rojo, sus ojos grises y la voz erizada de improperios que solía dedicarle a su madre, aquella mujer que bajo una apariencia delicada albergaba una enorme fuerza construida a base de resentimiento indolente y concentrado por el tiempo.

A doña Ana la casaron con el señor de los valles nada más salir del convento —veintiún años atrás—, pero la primera fascinación que el castillo y su dueño provocaron en la novia trocó pronto en el miedo rencoroso que los perros sienten por los amos que los apalean. Ya en la noche de bodas, el feliz desposado la había tirado sobre la cama para desvirgarla con la misma delicadeza de un mercenario entrando a saco en una ciudad asediada y rendida. Aunque Ana se portó como una numantina, gritando, pataleando y arañándole la cara, él no pareció siquiera darse cuenta de ello. Al terminar, agotado del esfuerzo y de los tumbos, echó sobre las sábanas bordadas de encaje holandés del ajuar de su esposa una tremenda vomitona rojiza: había bebido vino como para tumbar a tres forzudos de circo y a pesar de ello había «cumplido» con su estrenada esposa, así que se durmió enseguida muy satisfecho de sí mismo. Ana lloró de dolor y de rabia por el destrozo causado en sus ilusiones y en sus preciosas sábanas, rotas y manchadas de vómito y sangre.

Juan Manuel de la Vega Casar ofendía a Dios y a toda la corte celestial: aquel marido que le había tocado en suerte, además de tener costumbres disolutas, era un blasfemo, un bárbaro impío que despreciaba a la Iglesia sin arrepentirse de sus muchos pecados; por el contrario, parecía enorgullecerse de ellos como una muestra más de su hombría. Al principio intentó meterle en vereda.

—¡Maldita mujer! ¡Nunca nadie le dirá a Juan de la Vega qué es lo que ha de hacer! ¡Ni tú ni tus curas maricones hijos de mil putas! Te lo advierto: tu misión aquí es parirme un hijo varón que lleve mi apellido; nada más. Si cumples no te faltarán ni comida ni techo y los criados te tratarán de señora... A cambio, te portarás como corresponde, sin salir de tu sitio y sin dirigirte a mí a no ser que yo lo pida.

—Pero... pero... ¡yo soy tu esposa!

—Y tal cosa no te da más privilegios que los de mis perros de caza, ¿has entendido?

Atrapada dentro del castillo, sin permiso para ver a su familia, que vivía en la capital, doña Ana volcó todos sus esfuerzos en redimir a su marido, pensando que el tiempo y su insistencia llorosa, machacona, podría evitar que se marchara a preñar a cualquier campesina de la región, a cazar y beber hasta caer inconsciente, incluso a darse de puñetazos con el primero que se le cruzara entre ceja y ceja. Aunque a ella le pareciera el mismísimo Lucifer, había muchos en la región que admiraban aquellos modos feudales: siempre que alguien se crea amo, encontrará siervos gustosos de doblegarse.

El poder palpable de los Vega Casar, que en el pasado hasta habían tenido el privilegio real de acuñar oro, aparecía a los ojos de los habitantes de su feudo teñido con otro dorado: el de la leyenda. Se decía que hubo allá por los tiempos de Maricastaña, un tal Francisco de la Vega Casar que en la víspera del día de San Juan se fue a nadar con unos amigos al río que había cerca de su casa, en el pueblo llamado Liérganes. El joven se desnudó, se zambulló en el agua y, nadando, se perdió de vista. Todos sabían que era un excelente nadador y sus compañeros no temieron por él hasta pasadas unas horas. Al ver que no regresaba, le dieron por ahogado.

Cinco años más tarde apareció una especie de ser insólito mitad hombre, mitad pez, ante unos pescadores que faenaban en la bahía de Cádiz. Lo atraparon cebándole con pedazos de pan y consiguieron cercarlo con las redes: al subirlo a bordo comprobaron asombrados que se trataba de un hombre joven, corpulento, de tez pálida y un cabello rojizo y largo que le colgaba por la espalda. Lo más extraordinario era que tenía en el cuerpo una suerte de listas de escamas brillantes: una que le descendía de la garganta hasta el estómago y otra que le cubría el espinazo. Además lucía unas uñas gastadas, comidas por el salitre, y parecía mudo, aunque tuviera lengua. Asustadísimos, los pescadores llevaron al monstruo al convento de San Francisco y, como era de esperar, la Santa Inquisición tomó cartas en el asunto: había que expulsar a los demonios marinos que sin duda albergaba aquel cuerpo deforme, así que interrogaron al hombre pez en busca de íncubos y súcubos, incluso en varios idiomas —ya se sabe que el Maligno es políglota—, sin obtener de él respuesta alguna. Al cabo de unos días, aquellos esforzados frailes expertos en técnicas de confesión, se vieron recompensados con una palabra: «¡Liérganes!» El entonces secretario del Santo Oficio de la Inquisición, Domingo de la Cantolla, identificó el nombre y el lugar, ya que él mismo era de allí. Quizá por esta casualidad coterránea, la «Santa» decidió liberarlo y hasta dejar que un fraile del convento acompañara a Francisco en el viaje de Cádiz a Liérganes. Todo el pueblo celebró el regreso de su vecino desaparecido.

Pero Francisco ya no era aquel muchachote pelirrojo, fuerte y alegre de antes de su ausencia. No mostraba interés por nada; no hablaba; solo de vez en cuando pronunciaba las palabras «tabaco», «pan» y «vino», pero vacías de significado para él, pues podía pronunciarlas sin deseo de fumar o de comer. Cuando tenía hambre se atracaba, para luego pasarse cuatro o cinco días sin probar bocado. Siempre iba descalzo, y en cuanto podía se arrancaba la ropa para andar desnudo, con las vergüenzas al aire, para pasmo y escándalo de sus paisanos. Eso sí: tenía un carácter dócil, manso, y si le mandaban hacer alguna tarea la cumplía a la perfección, pero sin mostrar interés por ella ni por nada que lo rodease. En el pueblo lo tuvieron por loco hasta que un buen día, al cabo de nueve años, desapareció de nuevo en el mar sin que se supiera nunca más de él.

La relación de los señores feudales con tal personaje alimentaba diferentes teorías, tantas como interpelados contestaran a la pregunta del viajero curioso, pero eran dos las más extendidas aunque variasen en sus detalles. Para los más ilustrados, la patraña provenía de aquellas épocas convulsas en que empezaban a cuestionarse los derechos aristocráticos: ante tamaña amenaza, la leyenda ocupó el interés de los amos de la región celosos de su predominio sobre los campesinos incultos y temerosos de cuentos de aparecidos. Mientras en el lejano París caían cabezas aristocráticas en el cesto sangriento de la Revolución, los dueños de los valles se apropiaron del antiguo emblema —posiblemente de origen romano— haciendo también suya la fábula del célebre monstruo con la intención de ser más respetados e incluso temidos, ya fuera por la Gracia de Dios o la del Diablo.

En cambio, para el decir popular, la fábula tenía visos de verosimilitud, pues entre los descendientes de aquel memorable Francisco de la Vega Casar había algunos que heredaban la habilidad de nadar con gran destreza e incluso los pelos rojizos, como era el caso del presente don Juan Manuel, de aspecto tan corpulento y pelirrojo como se recordaba a aquel supuesto pariente piscícola.

—¡La historia de su origen es sacrílega!

Elevaba la voz doña Ana, persignándose con gesto nervioso.

—Calma hija mía, no hay que hacer caso de los chismes del vulgo. Una mujer de tu posición...

—Padre... esta familia ha recibido una maldición divina, castigo por todos esos pecados de soberbia y lujuria. Y «él» está poseído: quizás alguna de las mujerzuelas con las que fornica sea bruja y ambos se pasen las noches invocando al Diablo.

—Por Dios se lo pido, doña Ana, está usted atribulando a este pobre párroco... No debe cavilar tales cosas, pues esos horribles pensamientos no nos llevan a ningún buen puerto cristiano. Busque la paz en la virtud de la discreción, en la renuncia de la Madre de Dios... Recemos, hija mía.

—Pero, padre...

—Recemos.

Doña Ana pertenecía a la muy extensa y renombrada familia Salazar, de abolengo y catolicismo probado, tanto o más antigua que la de su esposo, poseedora de terrenos y casonas a lo largo y ancho de la costa: por ello la dote aportada al matrimonio no había sido poca. Sirvió para pagar deudas, muros derruidos y litigios de años; lo poco que quedó tras tanto dispendio se gastó en la calderilla de las francachelas de Juan en la capital. Ella, entonces, se aferró a la idea de que su dote le había sido robada y malgastada, emprendiendo un conato de disputa legal contra su propio marido, para lo cual pidió ayuda a su familia. Padres y hermanos creyeron que había perdido el juicio e intentaron extirpar tal idea: su deber como esposa era obedecer a su marido aunque fuera un derrochador y un bruto; aunque no tuviese consideración con ella; aun cuando la forzara con modales rudos de campesino y no la dejase salir del castillo más que para ir a misa, apartada de amigos y familiares. Era la cruz que le había tocado en suerte, esa que todo cristiano debe llevar con paciencia y sumisión pues abre las puertas del Cielo. Pero Ana no tenía vocación de mártir. Se rebeló contra ellos y abrió otra caja de los truenos, separándose de quienes, a su parecer, la habían traicionado dejándola a merced de su agresor.

Ni siquiera encontró consuelo en los hijos nacidos del pecado original de vicio y concupiscencia, por mucho que dijera el señor cura que en el yacer de los casados no había culpa alguna. Encerrada en la torre, Ana temía ver llegar el ocaso, un preludio del momento en que su marido llamaba a la puerta de su cuarto—o la tiraba abajo— para ejercer lo que su confesor llamaba «derechos maritales». La brutalidad de aquel acto repugnante, su evidente bestialidad, la repelían, e intentó purgarse de él rezando y encomendándose al Altísimo en voz alta mientras el hombre con quien se había desposado la penetraba a la fuerza. Aquello, lejos de arredrarle, parecía darle un extraño y demoníaco vigor, como si retara a Dios a que lo fulminase en pleno acto sexual. Un aficionado a los dramas escénicos hubiera dicho que De la Vega intentaba emular a aquel otro don Juan, el eterno disoluto y burlador Tenorio que, como él, se dirigía de cabeza al Infierno arrastrado por la mano fatal del Convidado de Piedra. Pero a doña Ana no le gustaba el teatro.

De aquellos encuentros desafortunados nacieron una hija y dos hijos. Podrían haber sido más si doña Ana no hubiera sufrido varios embarazos malogrados y parido algunas criaturas «imperfectas» —como decía el afectuoso padre— que sobrevivieron poco tiempo a la dura experiencia de venir al mundo. Cuando nació el último, la señora del castillo ya no se levantó de la cama y permaneció en sus habitaciones, dejando el cuidado de los retoños a criadas y añas. Vivía únicamente para vengarse de su captor, carcelero y enemigo.

En este ambiente de águilas, blasones, romances y lobos nació Víctor, el menor de los hijos de don Juan Manuel y doña Ana. Corría el convulso año de 1868, aquel de la Revolución llamada «Gloriosa» que mandó al exilio a Isabel II. Un augur romano hubiera vaticinado al nacido, durante semejante acontecimiento imprevisto, un carácter indómito y rebelde y una vida plagada de turbulencias.

Víctor fue un niño que creció rápido, no tuvo más remedio. Como Catalina, su hermana mayor, a la que casi no había conocido, en su recuerdo una adolescente borrosa, interna durante los años de infancia y después casada con un rico y mucho mayor que ella estanciero portugués al que había aceptado en matrimonio sin dudarlo para no tener que volver a su hogar. A la boda celebrada en la lejana finca de Oporto no acudió nadie de la familia Vega Casar, pues tanto don Juan como su esposa consideraron una afrenta que Catalina hubiera tomado tal decisión sin consultar su parecer. Víctor nunca tuvo trato con ella, pero sí con su hermano Eduardo. Siete años mayor que él, y dada la ausencia de Catalina —que al ser mujer tampoco podía ejercer la primogenitura—, Eduardo era consciente de ser el único heredero de don Juan, de ahí el menosprecio que mostraba al pequeño Víctor, condenado a ser por siempre jamás el segundón de la familia. A diferencia del hermano menor, Eduardo fue siempre el prudente, el obediente ante sus mayores y, aunque mediocre estudiante, muy cumplidor de sus deberes siempre y cuando le reportaran beneficios. Víctor, al parecer de doña Ana, era de la «piel del diablo».

—Se parece a su padre... —decía, mirándole recelosa el pelo rubio y los ojos azules.

Crecía asilvestrado puesto que nadie se ocupaba de él. Solo cuando hacía una trastada su hermano corría a delatarle, convertido en el centro de atención aunque fuera pagando a cambio los correazos de su padre y los reproches de su madre.

—¡Este niño me matará a disgustos! ¡Qué cruz, Dios mío...! Que alguien se lo lleve de mi vista, no quiero verle con esas trazas de rapaz de campo, de pueblerino...

Aunque no lo dijera, la desaparición de su hija a raíz de la afrenta del casamiento portugués, había ahondado más la amargura y la soledad de doña Ana.

Podría suponerse que don Juan Manuel mostraría cierta preferencia por el segundón dado que manifestaba un carácter más parecido al suyo, pero no fue así. Hombre práctico y perspicaz dentro de su brutalidad, era consciente de que el nombre de la familia recaería sobre los hombros de Eduardo y, aunque nunca fue un padre cálido, con él tuvo ciertos miramientos que nunca conoció el hijo pequeño. Especialmente en lo referido a los estudios: el futuro del heredero pasaba por las mejores escuelas y preceptores sin escatimar gastos, y este detalle sí que era importante para don Juan, siempre necesitado de dinero a causa de sus costumbres despilfarradoras. Como en todo lo que consideraba importante, no dejó a su mujer meter baza; y ya que el futuro de Víctor no le interesaba, dejó su porvenir en manos de doña Ana como premio de consolación. Ella fue la única culpable del desastroso paso de Víctor por el seminario.

El criado, al recibirle, le dijo que el señor lo esperaba en el salón de la torre. Allí se dirigió, subiendo las escaleras de roble y piedra por las que una vez de niño se había caído rompiéndose un brazo, huyendo de su padre. Tenía presente el miedo y la rabia a lo largo y ancho de su memoria: las innumerables ocasiones en que había subido esas escaleras sabiendo que don Juan esperaba en aquel salón con las paredes cubiertas de viejas panoplias y cabezas de ciervos y urogallos disecados, para castigarlo por alguna travesura. Pero ahora las escaleras rechinaron bajo su peso: ya no era un niño, sino un mozo de dieciséis años muy crecido para su edad. Abrió la puerta sin llamar antes. Don Juan Manuel se estaba quitando las botas de montar con la ayuda de Domingo, su criado favorito, a quien Víctor odiaba por trapacero y ladrón, además de por ser el Leporello de las andanzas de don Juan.

—Está aquí el chico, señor.

—Ya lo veo. ¿O te crees que estoy ciego? Vamos, vete, déjame con él.

Domingo se cruzó con Víctor y al pasar le siseó como una serpiente.

—Vaya, vaya, señorito Víctor... Esta vez buena la ha hecho. Su señor padre le dará un escarmiento de los que hacen época.

Sonó el ruido macizo de la puerta al cerrarse, como una sentencia condenatoria.

—Al menos he recuperado las pistolas.

Don Juan Manual echó una mirada a la caja de ébano que tenía delante y dijo sin mirarle:

—¿Tienes algo que alegar en tu defensa?

La imponente presencia del señor de los valles no se veía alterada por el hecho de estar descalzo: era tan consciente de ser el amo que hasta desnudo lo hubiera parecido. Víctor sabía bien de la inutilidad de plantear ante su padre las circunstancias de lo ocurrido. De todas maneras, su orgullo tampoco se lo hubiera permitido.

—No.

—Muy bien, me alegra que estemos de acuerdo. Y aunque eso no te redima de tu culpa, he de decir que tu, digamos, «peripecia», me hizo reír a carcajadas... Los curas tampoco son santo de mi devoción.

Su gesto no reflejaba que se hubiera divertido, ni antes ni ahora.

—Pero eso no tiene nada que ver con tu robo ni tu miserable comportamiento, con tu afán por echar fango sobre nuestro nombre. Claro que esto no hubiera ocurrido nunca si no fuera por esa bruja que tengo que llamar esposa y tú, madre.

—Ya se lo dije: nunca he querido ser cura.

—Lo que decidas hacer con tu vida es cosa tuya, pero no olvides que tu nombre es el mío.

—No lo olvido.

—¡Basta de cháchara! Ya sabes lo que tienes que hacer.

Víctor se quitó la chaqueta y la camisa. Había en el centro del salón —seguro que su colocación estratégica se debía a Domingo— una especie de sillón sin respaldo y asiento de cuero claveteado, estilo castellano. Lo conocía bien; muchas veces a lo largo de su infancia había tenido que inclinarse sobre él, aun cuando siendo muy pequeño sus bracitos apenas llegaban a alcanzar la anchura de los dos brazos de madera tallada. En cambio ahora sintió que, si quería, sería fácil levantarlo con una sola mano. Sonó a su espalda el siseo del cinto de su padre deslizándose, el chasqueo de la tira de cuero, el tintineo de la hebilla. Fue entonces cuando miró al frente: entre las brasas de la enorme chimenea ennegrecida abierta en forma de boca que gritaba sin voz, brillaba un último rescoldo, una pequeña llama que se extinguió ante sus ojos. Algo murió también en su interior, apagándose con ella. Don Juan Manuel descargó la correa contra la espalda de su hijo; Víctor se volvió bruscamente con el brazo levantado y el cinto se enroscó con un *clac* a su alrededor, clavándole la hebilla en la muñeca de la que brotó un hilo de sangre que ni siquiera sintió, y de un tirón desarmó a su padre. Al alzarse frente a él, descubrió que era igual de alto y quizá más fuerte. La cara de asombro de don Juan Manuel no tuvo límites.

—No, ya no... padre.

Dijo aquella palabra por última vez, sabiendo que se alejaba para siempre. El señor del valle levantó una mano rabiosa para cruzarle la cara rebelde, pero la mirada de su hijo fue tan fría y amenazadora que la detuvo en el aire. Los ojos del muchacho sujetaban aquella mano sin mirarla, a través del cable tirante de la voluntad. Poco a poco y sin darse cuenta, el padre fue bajándola en una claudicación de rey depuesto, de tirano descubriendo su propia impostura. Y su miedo.

—Fuera. ¡Fuera de aquí!

La orden gorgoteó de rabia ahogada, con la arrogancia de años destruida. Víctor dio media vuelta y salió del salón tirando antes el cinto a la chimenea. La hebilla tintineó al rebotar en la piedra y quedó enterrada en la ceniza.

Fue a su cuarto y abrió el balcón abierto en la piedra. El cielo había estado cubierto de nubes desde su llegada con la luz cayendo sobre la torre a través de un cedazo de plata, sin hacer sombras, igualando todas las cosas y sin mostrar el paso de las horas. Bajo esa luz metálica ya declinante, veía aún el trozo de valle que cabía en el rectángulo del balcón. Al fondo, durante un segundo, un jirón de sol rasgó los harapos de nubes para que la montaña mostrara su desnudez en una blancura de nieve. Un pequeño brillo de sol le sonreía desde aquel lejano lugar prometiendo el futuro, el mundo. Y se sintió, por primera vez en su vida, libre.

II

«He dicho que orcen, que yo quiero arrimarme más a ese navío de tres puentes, batirme a quemarropa y abordarle.»

La chapa de latón clavada bajo el óleo recordaba aquella frase a los siglos venideros, pero el único que parecía apreciarla era el pequeño Víctor. El cuadro mostraba un cielo blanco por el humo de la pólvora, las popas de los barcos con las velas desgarradas y agujereadas por las balas de cañón, los palos truncados y un mar sorprendentemente claro, de aguamarina. No debía de ser un gran artista el encargado de ensalzar la famosa batalla naval encapsulada en el lienzo, pero el tiempo había jugado a favor de la obra barnizando los colores chillones y difuminando las formas más detalladas y, por tanto, torpes: la lancha de náufragos que se debatían en el extremo inferior izquierdo del cuadro mostrando los rostros de los hombres indefensos entre la batalla y el revoltijo del mar enroscado de espuma, casi había desaparecido bajo la mugre, dando importancia al centro del cuadro, donde se veía un solo barco de bandera española, ondeando rodeada de navíos ingleses. Obraba un efecto de mucho dramatismo.

Para un extranjero no hubiera dejado de ser chocante la celebración exaltada de una gran derrota militar, como lo fue para España, Trafalgar. La humillación de las armadas francesa y española no dejó rastro conmemorativo en el país vecino; sin embargo, por todos los rincones del país ibérico podían encontrarse monumentos, calles o glorietas dedicadas a la conocida derrota y a sus héroes, como Churruca y Gravina. Pocos pueblos como el hispano son capaces de regodearse más en las derrotas que en las victorias, quizá respondiendo a un sentimiento trágico, teatral, del valor propio. El honor calderoniano sobreponiéndose a la desgracia, la victoria vista como una carga de la cual el verdadero caballero se debe liberar pues el éxito conspira contra su gloria. Un verdadero héroe español, para serlo, debe fracasar tras mostrar un valor suicida e inútil: solo entonces es reconocido como tal.

Don Luis Francisco de la Vega Casar y Rojas era un héroe, de eso no cabía duda. Marino de larga experiencia y valor probado, en 1805 tomó el mando del navío *Montañés*, construido a expensas de los habitantes de la región, quienes lo ofrecieron al rey tras talar un bosque entero. En la batalla de Trafalgar, el *Montañés* formó parte de la escuadra de Gravina, aquella que soportó el mayor ímpetu del enemigo: en el combate contra un navío inglés de tres puentes, una bala de cañón provocó la muerte de su capitán a la edad de cuarenta y siete años. Según aquellos que lo vieron agonizar, pronunció —ya con la metralla asesina dentro del cuerpo— esas valientes palabras dignas de ser grabadas en una chapa dorada y con las que Víctor había aprendido las primeras letras: «Que... ma... rro... pa. ¿Qué es quemarropa?»

El recuerdo del lejano pariente militar había dejado un rastro ectoplasmático por los vericuetos de la Torrona. No solo en el cuadro de Trafalgar, también en un busto de mármol bastante digno y una colección de libros pasados de mano en mano por solteronas nostálgicas. El actual De la Vega solo había apreciado de la herencia de su antepasado las panoplias con sables de la época y una joya de museo: un juego de pistolas de duelo regaladas al capitán por el mismísimo Bonaparte y que lucían en su caja, abierta en el salón de la torre para admiración de los escasos visitantes.

Abandonados y llenos de telarañas, los libros de don Luis Francisco se relegaron en anaqueles desperdigados por la casona, salvados gracias a sus encuadernaciones en becerro labrado, pero destinados a que nadie los abriera. Sin embargo, la afición libresca del marino fue la de Víctor, que rescató aquellos volúmenes en cuanto tuvo conciencia de que pertenecían a su ídolo, y, aunque la mayoría de ellos tenían un origen menos castrense, el niño los adjudicó todos al ilustre marino a quien tanto idolatraba. Dentro de aquellas historias se encerraba un credo que no tardó en descubrir: las ideas de honor y heroísmo crecieron dentro de Víctor como un tumor. Deseaba con fervor tener la oportunidad de probar su propia valía, de proclamar ante su antepasado que él también podía luchar por una idea superior e incluso morir por ella. Ese íntimo deseo tuvo por cómplices y maestros al rey Arturo, a Perceval y los caballeros de la Tabla Redonda; a Chingachgook y su hijo Uncas y Hawkeye, así como a otros héroes de novela, pero sobre todo a Aquiles y Héctor. «Canta, oh diosa, la cólera de Aquiles el Pelida...; cólera funesta que causó infinitos males a los aqueos y precipitó al Hades muchas almas valerosas de héroes...»

Se hizo una espada de madera y sacó una especie de celada de entre los cachivaches del desván, jugando a ser unas veces el griego y otras el troyano. Así aprendió a luchar y a morir en sus juegos infantiles, mientras leía *La Ilíada* musitando los versos en voz baja como si rezara, en vez de estudiar y obedecer al maestro, hasta que su padre, que desconfiaba de todo lo que oliese a intelectual, quemó el libro en la chimenea, delante de él.

—¡Se te va a secar el cerebro de tanto leer!

No le importó: ya se lo sabía de memoria. Su madre ratificó el problema —por una vez de acuerdo con su marido— y le puso remedio.

—Si quiere leer, eso hará. Pero libros sagrados y no esas fantasías paganas...

Ana necesitaba realizar un sacrificio humano en el altar de la Iglesia, como aquellos que hacían los antiguos mexicas antes de la llegada de Hernán Cortés. Sabía que su hijo menor quería ser soldado y aun así lo metió en el seminario convencida de que si un hijo suyo tomaba los hábitos, limpiaría ante el Altísimo las manchas de pecado que su marido hubiera derramado sobre ella misma y su descendencia. Víctor se resistió, pero no pudo impedir el ingreso en el seminario, viviéndolo como una condena a sus aspiraciones de convertirse en hombre de honor.

—Pero... ¿qué es el honor?

Con una gripe horrible que los curas del seminario curaban a base de cama y caldos aguados que abrasaban la lengua, escuchó la pregunta de Antonio, su mejor amigo.

—El honor es... es... indescriptible... Algo que... es...

Un estornudo empapó la colcha y le impidió contestar a la pregunta.

—Déjalo... Ya me lo dirás cuando te pongas mejor. Pero a mí me parece que esas cosas son tan difíciles de desentrañar como los misterios teológicos.

Víctor quiso replicar pero no se encontraba con fuerzas. ¡Pobre Antonio! Le compadeció por permanecer ignorante de aquella sabiduría que había iluminado tantas vidas gloriosas.

Al quedarse dormido, febril y sudoroso, soñó otra vez con el Pozo Azul, donde solía bañarse con su hermano Eduardo siendo ambos muy pequeños, como el resto de los niños del valle cuando apretaba el calor. Era una piscina natural de agua helada, encajada en la montaña, rodeada de árboles que daban sombra. De un color azul claro imposible, el agua salía de la roca viva alcanzando una profundidad que nadie había podido comprobar. La cueva estaba inundada de agua, pero se decía que al otro lado del pozo, en el interior de la roca, corrían pasadizos que atravesaban el valle muchas leguas por dentro de la tierra hasta desembocar en otras cuevas lejanas, de paredes pintadas con formas de animales extraños por los hombres primitivos.

Los niños desnudos alborotaban el agua dando manotadas: como ninguno sabía nadar se quedaban en las orillas donde no cubría. Pero aquel día, quizá por descuido o por hacerse el valiente, uno de aquellos rapaces con que los niños De la Vega se habían mezclado, se internó en el pozo más de la cuenta. Al dejar de hacer pie, empezó a chapotear pidiendo auxilio pero tardaron en oírle: la algazara se mezcló con sus gritos hasta que uno de ellos se percató de lo que sucedía.

—¡Eeehh... ahí!

—¿Qué pasa?

—¡Mira!

—¡Ahí!

—¡¡Es Lino!!

Un chaval de diez años, Marcelino, hijo mayor del carnicero que abastecía de solomillos y chuletas la cocina de la Torrona —y al que se le debía un pico, pero esto ni Eduardo ni Víctor lo sabían—, daba boqueadas y manotazos intentando salir a flote. Los demás le observaron paralizados por el miedo. Víctor, en cambio, sintió el impulso contrario. El de actuar. Ya se había metido hasta la cintura en el agua cuando una mano lo sujetó por el hombro.

—¿Adónde vas? ¿Estás loco? —Su hermano mayor lo aferraba impidiéndole meterse más en el pozo.

—¡Se está ahogando!

—La culpa es suya por meterse en lo profundo.

—¡Déjame!

—No puedes ayudarlo, eres demasiado pequeño y no sabes nadar. ¡Vas a irte al fondo con él!

Eduardo no cuidaba de su hermano por cariño sino porque temía las consecuencias de que le ocurriera algo estando bajo su supervisión; el padre le castigaría por no ejercer de hermano mayor, por olvidar sus responsabilidades. Sacó a Víctor de un empellón fuera del agua y este se revolvió contra él; todavía no había cumplido los ocho años pero ya era fuerte y sobre todo rápido; de un puñetazo le rompió el labio.

—¡Eres idiota! —escupió con sangre.

El pequeño se lanzó de nuevo sobre Eduardo, tirándolo contra los cantos rodados de la orilla, y su hermano respondió con más puñetazos y patadas. Nadie los miraba, pendientes como estaban del niño que se debatía en otra lucha contra el pozo en calma, indiferente a sus intentos de escape. Algunos chiquillos salieron corriendo en busca de ayuda dando gritos, pero los mayores estaban lejos. Lino se ahogó a pocos metros de la orilla. Era el agua tan transparente que todos pudieron ver su cuerpo ondulándose bajo la superficie, los ojos y la boca abiertos. La suave corriente del interior del manantial fue girándolo poco a poco hasta que quedó boca abajo, los brazos y las piernas abiertos como si quisiera abrazar algo invisible que habitase en el fondo del pozo, y ya no le volvieron a ver la cara.

Víctor no lloró, sentía demasiada rabia. Pero con el peso de la muerte en el alma, devastador cuando se es un niño, decidió aprender a nadar mejor que nadie: «Si me vuelve a pasar estaré preparado. Y nadie me lo impedirá. No he podido salvar a Marcelino, pero lo haré con otros...»

Años después, en el seminario, Antonio Abascal encontró la salvación en Víctor: hasta entonces había sufrido continuas vejaciones a manos de los seminaristas más brutos, dado que una inteligencia brillante —instigadora de envidias—, unida a la pobreza —provocadora de desprecios— que le había llevado hasta allí en condición gratuita, no hacían más que conspirar en su contra. Por aquel entonces abundaban los estudiantes pensionados y sin pizca de vocación religiosa procedentes de familias humildes. Que el párroco o el maestro del pueblo recomendaran a un hijo más espabilado de lo habitual para recibir estudios gratuitos con los curas a cambio de su ordenación suponía, para muchos padres, la posibilidad de que al menos alguno de los suyos abandonara la miseria para convertirse en un individuo respetable y labrarse un futuro, aunque fuera vistiendo sotana. Muchedumbres de jóvenes pobres eran captadas así para las filas eclesiásticas.

El seminario supuso un paréntesis absurdo en los planes de Víctor de la Vega, pues lo consideraba un vórtice que absorbía las conciencias de los individuos para devolverlas transformadas en una materia blanda y sin personalidad, unificada bajo el dogma. Ante todos los intentos por modificar su conducta, minar su rebeldía y hacerle merecedor del cuerpo eclesiástico, recordaba su lectura de *La muerte de Arturo* de sir Thomas Mallory: temía que le vaciaran la mente, quedándose «más vacío que el escudo de Mordred».

—¡No seré Mordred!

Como Antonio no sabía nada de las aventuras de los caballeros de Camelot tuvo que explicarle que Mordred era el malvado hijo bastardo de Arturo y culpable de su muerte, portador de un escudo que en vez de dragones coronados o flores de lis, llevaba pintado un escudo y dentro de él otro escudo más pequeño y otro y otro, así hasta un infinito tan minúsculo que la vista no llegaba a alcanzarlo.

El pequeño Abascal, tímido, inteligente y miope, escuchaba fascinado a aquel niño de ideas tan distintas, que no se parecía a nadie. Convirtió la admiración en adoración cuando Víctor, a su vez agradecido por la ayuda de Antonio en las tareas de matemáticas y latín, descubrió que otros novicios se dedicaban a molestarle e incluso a pegarle. De la Vega imponía con su presencia física: quizá no fuera el más alto, pero ya era mucho más robusto y macizo que los demás. Aun así y como acababa de llegar, se vio obligado a infundir respeto a base de golpes. Con un par de tortas tumbó a dos muchachos mayores que él, a punto ya de tomar los votos. Lo dejaron en paz para los restos, y también a su amigo Antonio.

—¿Estás bien?

—Claro... No ha sido nada.

—Se te ha roto la sotana.

—¡Bah! Solo es un desgarrón.

—Si lo ven te castigarán.

—Me da igual.

Soportaba los castigos con una entereza que impresionaba, casi riéndose de los tortazos y capones de los curas, cosquillas comparadas con las palizas de su padre. Tampoco lo asustaba la sanción de no salir a pasear con el resto de novicios, se avergonzaba de aquel vestido infamante y prefería que nadie lo viese. No sabía lo mucho que sentían su ausencia algunas chicas de la ciudad, esperando en vano ver pasar al guapo seminarista.

Don Justo Pérez, padre rector, escribió a don Juan Manuel

de la Vega Casar para advertirle de la escasa vocación de su vástago. No obtuvo respuesta.

Como un preso en la cárcel terrible de la isla de If, contaba los días, las semanas y los años para salir de aquel encierro mientras veía ordenarse a los mayores con indiferencia. «Eso no me pasará a mí. Escaparé y me embarcaré en cuanto pueda. Seré marino.» Lo tenía todo planeado. Pero se cruzó en su camino la dichosa idea del honor para torcer —o enderezar, quizá— sus planes.

Casi no se había dado cuenta de que Antonio tenía un aspecto triste y desmejorado hasta que un día lo encontró llorando en un rincón, la cara oculta tras las manos.

—¿Se puede saber qué te pasa? —Le resultaba incómodo presenciar lágrimas ajenas; una emoción que atribuía a mujeres histéricas como su madre.

—Nada... ¡Déjame en paz!

Tal contestación por parte del pacífico y amable Antonio era bien rara.

—¿Te han vuelto a pegar? Dime quién ha sido y se lo haré pagar caro. —Le apartó las manos de la cara.

—Esta vez ni siquiera tú puedes ayudarme, Víctor...

—Déjate de tonterías y dime quién ha sido. Sabes que no tengo miedo, que me enfrentaría al mismo Diablo.

Aquella frase donjuanesca contagió un poco de su temeridad al asustado chaval y gracias a ella se atrevió a romper el voto de silencio sobre lo que le atormentaba.

—Es el padre Tomás...

Todos los novicios sabían quién y «qué» era el padre Tomás, director del coro. Cómo miraba a los chicos, cómo los confesaba, cómo elegía a los más frágiles —incluso afeminados— como parte de su camarilla, a la que otorgaba privilegios a cambio de sobeteos y carantoñas, puede que algo más. Antonio había sido elegido por él para oficiar misa como monaguillo, pero Víctor lo interpretó como un premio por sus excelentes notas plagadas de sobresalientes.

—¡Haz algo, defiéndete!

—¿Cómo? ¿Delatándole? ¿A quién crees que escucharían? Me pondrían en la calle en un santiamén. Soy un pensionado... estudio gracias a la generosidad de la Iglesia. Aquí también saben que mi madre es viuda sin recursos, que soy la única esperanza para ella y mis hermanas: no voy a darles el disgusto de que me echen.

—Pero ¿tú quieres ser cura?

—Antes sí... Me gusta estudiar. Aquí me dijeron que incluso podría llegar a ser diácono y hacer estudios superiores, conseguir un puesto en un obispado. Incluso ir a Roma, allí tienen buenas universidades...

—¿A cambio de qué? ¿De convertirte en la barragana de un cardenal?

Antonio quiso tener fuerzas para pegarle por decir eso, pero sentía demasiado asco de sí mismo; aún tenía por el cuerpo las marcas de las caricias forzosas de su agresor. Se conformó con llorar más fuerte.

—Si lo consientes, no tienes honor... —sentenció Víctor.

El hijo de la viuda entendió al fin la lección a través del ejemplo práctico.

—Los pobres no tenemos honor.

La respuesta de Antonio no hizo más que inflamar al ya muy indignado Víctor. Rumiaba venganzas justicieras mientras se mostraba más violento y hosco que de costumbre. No volvió a hablar del asunto con su amigo, aunque vigilaba sus pasos y los de aquel villano repugnante amparado por las faldas de cura.

Volvió a casa durante las breves vacaciones de Navidad. Soplaba un viento helado dentro y fuera de la casa; lo único que encontró familiar y cálido dentro de la Torrona fueron los perros, su caballo y el óleo de la batalla de Trafalgar. Resonaban en su corazón las palabras del fantasma de don Luis Francisco —«A quemarropa...»— y hasta le parecía poder verle dentro del navío pintado, acosado por los barcos ingleses, caído sobre la cubierta hecha trizas, muriendo en los brazos de un marinero que tenía la cara de Víctor. Pero no pudo imaginar el horror de un mar de tormenta, nocturno, en el que solo se oían gritos, golpes y estallidos; los zumbidos de las balas de los cañones y el humo de pólvora que no deja respirar; los guardiamarinas niños desmembrados junto a marineros veteranos reventados, iluminados por los fogonazos. El impacto de las balas en la madera saltando en astillas por todas partes, clavándose en el cuerpo como cuchillas, machacados los cuerpos bajo las velas, los palos y las arboladuras caídas entre fogonazos y explosiones que dejan sordo; el cirujano mandando echar arena en el suelo de la enfermería para no resbalarse en la sangre, intentando parar el flujo de los cientos de heridos y muertos.

Pero Víctor solo quería ver a los héroes: limpios, justos, perfectos, combatiendo no por su patria ni por la bandera de un rey inútil, de un país vendido. Luchaban y morían por su honor, y este no era otra cosa que el espíritu del deber hacia uno mismo, tanto como hacia los compañeros que se baten a tu lado.

El día de vuelta al seminario, mientras el coche esperaba en el portalón, entró en el salón de la torre y fue derecho hacia la caja de ébano siempre con la tapa abierta, que mostraba las pistolas de duelo pertenecientes al glorioso capitán, acostadas sobre el molde perfecto de terciopelo verde gastado y un poco polvoriento. En el interior de la tapa se leían unas letras de oro en francés que, traducidas, decían esto: «Pistolas de honor fabricadas en Versalles por el armero real Nicolás Boutet, ofrecidas en 1802 por el primer cónsul Napoleón Bonaparte al capitán de navío don Luis Francisco de la Vega Casar y Rojas, comandante del navío *Montañés*.»

III

Fue un escándalo que corrió por toda la región. Un seminarista de dieciséis años, bárbaro homicida precoz, se había atrevido a atacar con un arma de fuego a un pobre e indefenso cura. Por lo que dijeron los representantes de las autoridades, el violento había esperado una ocasión propicia —la salida de misa— para sus fines, que no eran otros que asesinar al sacerdote delante de todo el seminario como venganza por no se sabía qué fútiles afrentas. Por suerte la víctima había resultado ilesa y el victimario detenido. Como este último pertenecía a una familia de abolengo y la institución religiosa —muy compasiva— no interpuso demanda, había quedado en libertad. La gente se hacía cruces.

—¡No hay justicia!

—Es una vergüenza...

—Se echa en falta más mano dura.

—Ese vándalo necesita un escarmiento...

—¡Un castigo ejemplar que enseñe a mantener el respeto a la autoridad!

Claro está que todo esto no eran más que dimes y diretes, puesto que en ninguno de los tres valles se encontraría un solo habitante dispuesto a poner la mano encima de alguien apellidado Vega Casar. Por otro lado, ciertas voces que se tenían por estar al cabo de la calle, calificaban el hecho de chiquillada, de broma pesada o de escarmiento del joven hacia un religioso de prácticas poco cristianas.

Lo único cierto es que Víctor de la Vega Casar, seminarista de San Eustaquio, armado con unas pistolas antiguas sustraídas a su progenitor, había retado a duelo al reverendo padre Tomás Muguruza a la salida de misa, ante todo el colegio. Sorprendido y asustado por la decisión del chico, el cura rechazó de plano participar en tal acción y su retador, indignado ante el desprecio manifiesto a su desafío, trató de obligarlo a coger el arma y a enfrentarse a él mientras proclamaba a voces la cobardía de su adversario y el motivo de la afrenta, a la sazón el honor de otro seminarista y el suyo propio, puestos en entredicho por el padre Muguruza. Tirando al suelo la pistola y recogiéndose la sotana con las dos manos, el reverendo padre salió corriendo y el chico, que llevaba ambas pistolas cargadas y cebadas, terminó disparando la suya contra el que huía, con poca fortuna pues no le alcanzó, aunque al oír la detonación el sacerdote había caído redondo al suelo, desmayado, haciendo creer por un momento que estaba muerto o herido de gravedad. El muchacho resolvió huir de inmediato. Fue detenido por la Guardia Civil dos días después en el puerto más cercano, dispuesto a embarcar en un buque mercante de bandera italiana —*Il Tritone*—, mintiendo sobre su mayoría de edad. Fue el propio capitán quien llamó a la autoridad competente tras oír la historia por boca del muchacho, convenciéndole con buenas palabras, para que depusiera su actitud. El mismo capitán —de nombre Adriano Cecarelli— declaró ante la Benemérita a favor del detenido, incluso añadiendo que consideraba el arrojo del chico como un «bello gesto». Sus oficios, junto a los del propio seminario de San Eustaquio que no quiso presentar cargos ni individuales ni colectivos contra el muchacho, limitándose a expulsarlo, hicieron que muy pronto fuera puesto en libertad.

A pesar de la aventura corrida y de la expulsión del seminario, la ruptura violenta de Víctor con su padre hizo las delicias maternas: ¡un hijo suyo se había atrevido a desafiar al Enemigo! Como premio, permitió a Víctor ocupar una casa aún en su poder situada en el no muy lejano valle de San Román. Esta decisión distanció aún más a Víctor de su hermano mayor que como legítimo heredero de todos los predios familiares sostuvo que la ocupación de la casa por su hermano menoscababa sus derechos. Eduardo de la Vega se postulaba como diputado por el partido conservador y para ello necesitaba de todos los fondos que pudiese recabar. Se encontraba en buenos términos con don Juan Manuel, con quien buscó una alianza estratégica: le urgía comprar votos que lo colocaran en Madrid, y su padre veía estas ambiciones con buenos ojos. En cambio, doña Ana se negó en redondo a favorecer su posición, entre otras cosas por haberse aliado con su adversario.

—Pero madre, esa finca me pertenece por derecho de nacimiento.

—Nada mío te pertenece hasta que yo muera. ¿Tienes prisa? Más tiene tu padre, que ha hecho todo lo posible por matarme a disgustos y aquí sigo... Y seguiré. Ahora vete de aquí, traidor.

—¿Traidor?

—No te hagas el tonto... Aunque no salga de este cuarto desde hace años, sé lo que ocurre en los tres valles y otros tres más allá. Ya me he enterado de que quieres venderlo todo para comprar un escaño allá en Madrid... Y mientras beneficias los intereses de... de él.

Doña Ana no podía siquiera nombrar al hombre con el que estaba unida por los lazos inviolables del matrimonio.

—No, no. ¡Conmigo no cuentes! ¡Víctor se queda en San Román!

Ajeno a las disputas familiares, Víctor se retiró a aquella casa semiabandonada del valle de San Román cavilando sobre su futuro. Quería ingresar en el ejército, a ser posible en la Armada; si no podía como oficial, lo haría como infante de marina, pero para ello necesitaba algo de dinero. No tenía medio de vida: puesto que nada podía pedirle a su padre, que le había repudiado, ni a su madre, quien carecía de ingresos; resolvió sobrevivir como un anacoreta y, a pesar de su apellido, a veces se iba a la cama sin comer ni cenar. Pensó en vender a *Satán*: el precioso semental bien valía lo que parecía, pero al final se echó atrás. Casi lloró al pensar en separarse de aquel animal. Escribió a su hermana y esta le respondió ofreciéndole un puesto de capataz en cierta finca portuguesa de su marido. La tiró al fuego. «¿Capataz? ¡Yo quiero ser militar!»

Así pasó todo un verano, hasta que entrado octubre y ya desesperado, recibió una carta alentadora. La firmaba un primo segundo de su madre, un tal Pedro Ulloa, caballero que vivía en la capital de la provincia. Por mediación de otros familiares se había enterado del episodio del seminario.

Estimado señor De la Vega: no me conoce usted ni nunca habrá oído hablar de mí, pero en otro tiempo estuve muy unido a su señora madre por vínculos familiares. He sabido de su actual situación tras el lance frustrado del duelo y sus consecuencias. Si me lo permite, he de decir que tal suceso me causó profunda admiración. Es posible que esto que declaro resulte extraño, así que le invito a pasar unos días en mi hogar para conocernos, hablar de ello y discutir sobre su futuro si tiene a bien el consejo de un hombre, que sin conocerle, ya le aprecia.

Queda suyo,

Pedro Ulloa

Le gustaron el tono discreto, la propuesta generosa y el texto conciso. Lo extraño era que este desconocido le ayudara, pero no podía permitirse el lujo de desconfiar. Dejó el mastín y la montura al cuidado de los guardeses de la finca prometiendo volver por ellos y partió en busca de otro horizonte, personificado en aquel pariente lejano.

IV

Desde lo alto de la calle donde ahora vivía, atravesaban la vista la bahía y la montaña al otro lado, con el fondo de música de las sirenas de los barcos que entraban a puerto y los chillidos de las gaviotas. Los pequeños pesqueros y los grandes buques aparecían y desaparecían en el trozo de bahía enmarcado al fondo de la calle en cuesta, entre los edificios, en una imagen de trampantojo que siempre le resultaba asombrosa por muchas veces que la presenciara.

Don Pedro Ulloa lucía cincuenta coquetos años que parecían unos cuantos menos a pesar de la calva y saltaba a la vista que se sentía muy contento por la presencia de Víctor al aceptar este su invitación a residir en el chalecito burgués de dos pisos atendido por una cocinera y dos muchachas interinas que acudían a limpiar el nido plácido del solterón.

—Es recomendable trabar relación de amistad con personas de diferentes edades... Refresca la mente. Y me divierten tus cuitas, sobrino. Yo espero poder brindarte el apoyo que tus pocos años necesitan.

Falto de figuras paternales, el pariente lejano resultó un amigo cercano, el primer protector y mentor de Víctor, la primera persona adulta interesada por todo cuanto le concernía: sus circunstancias, sus aspiraciones, su familia, su educación.

—Los curas no pueden darle a un hombre una instrucción que pueda llamarse así. El conocimiento se basa en la búsqueda, en la pregunta y el cuestionamiento, no en las respuestas de loro de los catecismos. Zapatero a tus zapatos. ¡Si al menos tu madre te hubiera enviado a los jesuitas! Esos son otra historia... Pero no te preocupes, pronto le pondremos remedio, como a todo lo demás.

Doña Ana se había tomado a mal la partida de su hijo menor dejando en manos del primogénito el reducto de San Román, así que Víctor pasó a engrosar su larga lista de enemigos. Pero poco pudo hacer al respecto: ahora el joven no tenía que preocuparse por la supervivencia inmediata ya que el recién adquirido «tío» le daba cobijo en su guarida sencilla pero amueblada con exquisito gusto, con las paredes repletas de libros y pinturas de todas las épocas, algunas de mujeres desnudas que las criadas rehuían, negándose a pasarles el plumero por indecentes, cosa que producía grandes carcajadas a don Pedro, y otras recientes, «modernas» las llamaban, que a Víctor le parecían manchas borrosas incomprensibles.

—Aquí eres mi invitado... Faltaría más. ¿No somos parientes? Piensa que soy tu tío. El tío Pedro.

—Muchas gracias... tío. Pero yo no puedo consentir...

—Chitón, jovencito. No me digas lo que puedo o no puedo hacer. Aquí donde me ves, vivo con desahogo y soy razonablemente feliz. ¿Cuál es mi secreto? Pues que siempre he hecho lo que me daba la gana, sin darle cuenta a nadie.

Entre los dos nació una corriente de confianza y entendimiento que pareció un tanto extraña a los ajenos a ella. Víctor le contó las circunstancias de la situación familiar, su condición de segundón, su ruptura con el padre, aunque sin entrar en detalles ni hacerse la víctima; expuso los hechos sin críticas ni reproches, pues su orgullo estaba por encima de rencores. Además —como bien supuso don Pedro—, seguía siendo bastante cándido respecto a las intrigas y manipulaciones urdidas a su alrededor.

Solo cuando el joven planteó sus ambiciones militares a don Pedro, a este se le frunció el entrecejo.

—Un buen mozo como tú, con toda la vida por delante, llena de futuro, de placeres y de experiencias, poniendo en riesgo la vida, que es lo único que en realidad nos pertenece... ¡Qué desperdicio!

Víctor intentó convencerle hablándole con su apasionamiento juvenil de gloria, de valor, de heroísmo, de la generosidad suprema de dar la vida por la Patria.

—Nada, nada... No me harás comulgar con ruedas de molino. Repites palabras huecas inventadas por unos viejos desalmados y codiciosos. Ellos son quienes hacen las guerras y nunca mueren en ellas. Cuando te veas por esas tierras asalvajadas pegando tiros a unos tipos con turbante o similar, sin saber por qué, me vienes a hablar de heroicidades.

—Tío, yo... Es que creo que he nacido para ello.

—Ah, la vocación... Eso es otra cuestión. Aunque suele estar cargada de fanatismo y de soberbia. Pero ¡qué le vamos a hacer! Tu vocación es ser militar, la mía ser un vago, un perezoso. Y seguro que encontraríamos algunas mucho peores. Al menos te has salido de cura, eso sí que hubiera sido un verdadero desperdicio aunque me prometieses llegar a Papa.

Pedro Ulloa declaraba con orgullo no haber trabajado en su vida. Como hijo único de un matrimonio entrado en años, don Pedro fue criado y, sobre todo, mimado por un ejército de tíos y tías, primos, primas y demás familia, como «el niño de la casa» hasta pasar de los cuarenta. Todavía alguna tía octogenaria le llamaba Pedrito y se empeñaba en meterle un duro de plata en el bolsillo cada vez que iba a visitarla. Plácido rentista de las herencias y legados de un buen montón de parientes fallecidos, su vocación de haragán la financiaron la mala salud de los Ulloas paternos y Salazares maternos, todos ellos empeñados en rendir tributo a la soltería y a morir en la flor de la vida. Parecía esto un rasgo reconocible, como en otras familias los pies pequeños, el pelo rubio o la nariz larga.

—Heredé todo; es decir, el dinero, la aversión al matrimonio y la mala salud. ¡Qué aventurero audaz, qué viajero empedernido ha perdido el mundo por culpa de mi asma, mi afección cardíaca, mis ataques de gota y fiebres reumáticas, los cólicos nefríticos y las alergias! Si lo milagroso es que esté vivo, como bien dice mi amigo el doctor Madrazo, que siempre da la tabarra con que legue mi cadáver a la ciencia para que los científicos encuentren el específico de la inmortalidad...

Cuando hubo más confianza, que fue pronto gracias a la afabilidad del buen hombre, Víctor le relató lo sucedido en el seminario.

—Ya imaginaba yo que alguna iniquidad por el estilo habría sucedido, pues no es de recibo que un muchacho la emprenda a tiros con un cura si este no ha cometido una falta muy grave. No te engaño, tuve miedo de que lo que me relatas de tu amigo Antonio te hubiera sucedido a ti... Los individuos que sufren tales abusos en su infancia quedan lisiados mentales de por vida, sin arreglo. Es que, en los lugares donde se juntan hombres solos, sin la benefactora compañía femenina, es habitual que surjan elementos de esas inclinaciones que algunos llaman «antinatura» (como si hubiera algo en la Naturaleza que no esté prevista por ella, pero eso es otra historia); parece evidente que tales comportamientos desviados los agravan la represión y la falta de libertad. Ya comprobarás que soy muy permisivo con las inclinaciones de cada cual, siempre y cuando sean deseadas por todas las partes. Lo contrario es un abuso de autoridad intolerable.

Víctor pensó que don Pedro y él también vivían solos... Luego se sintió incómodo consigo mismo por desconfiar de alguien que tan generoso se mostraba.

—Respecto al arrebato, no puedo censurarte: yo mismo me batí en duelo en mi juventud. Bueno, lo intenté, porque el cobarde a quien reté se rajó en el último minuto. Y menos mal, porque pasé una noche de aúpa, muerto de miedo... Todo por una señora, claro. Pero esa es otra historia.

El tío Pedro era lo que la gente fina llama un *bonvivant* y el resto, un vividor. Exquisito y puntilloso gourmet, su mesa era una de las mejores de la ciudad y pagaba honorarios estratosféricos a una cocinera que se había llevado de la casa de unos marqueses con una oferta que la mujer no pudo rechazar. Si los jeques árabes raptaban mujeres hermosas para su harén, don Pedro prefería «raptar» artífices de prodigios culinarios. Caprichoso aficionado al arte, a la música, a los libros raros, tenía muchos amigos en mundos diversos, desde la ciencia a la poesía. Se jactaba de su amistad con Menéndez Pelayo y Pérez Galdós, a los que algunas veces había invitado a su mesa, de la que tanto el polígrafo conservador como el escritor progresista habían dado buena cuenta. Don Benito se pirraba por los caldos franceses de su bodega y las «flores de horno» —como él decía, con suave acento canario— que brotaban en la cocina de don Pedro.

Después de una cena exquisita, idas ya la cocinera y las sirvientas, a Ulloa le gustaba fumar una pipa de kif sentado en el salón, envuelto en nubes aromáticas de color azul.

—Es bueno para las afecciones digestivas y también para la imaginación.

El joven Víctor se acostumbró a la vida muelle que le ofrecía el solterón, al que acompañaba a todas partes como una sombra juvenil, trabando conocimiento con la sociedad cultivada de la ciudad entre la que se encontraban profesionales de todos los órdenes, artistas, poetas, comerciantes... Aprendió mucho durante esta época; a diferenciar un burdeos de un borgoña, a apreciar una buena pincelada. Hasta acudía a sesudas conferencias sobre geografía o astronomía. Lo único que echaba de menos eran sus cabalgadas por los bosques a lomos de *Satán*, así que se inscribió en una sociedad hípica donde causó admiración su habilidad como jinete. Fue un teniente de caballería llamado Mendoza quien, tras conocer sus aspiraciones de entrar en la milicia, le sugirió ingresar en el cuerpo. Pero no pensó en ello más que una sola tarde, ya que estaba demasiado ocupado en seguir los pasos de don Pedro. No se daba cuenta, pero su amigo —puesto que esto era, más que pariente— seguía una estrategia muy definida y sutil con el fin de erradicar, sin que se diese cuenta, aquella idea suicida de convertirse en militar. Así pasaban las semanas, los meses, sin que el aspirante se decidiese a cumplir con sus pretensiones. Y aún faltaba la guinda en este curso acelerado intitulado «De cómo aprender a disfrutar de la vida».

Los mismos que llamaban a Ulloa vividor, lo tildaban de «viejo verde».

—Como te decía, es imprescindible para mantener un equilibrio saludable que el hombre se rodee de compañía femenina. *Semen retentibus venenum est. Semen donata laeta puella.* Y mientras las mujeres corrientes no aprendan a vivir sus deseos con libertad (que los tienen, vive Dios, los tienen), no nos queda más remedio que acudir al mercenario amor de las hetairas.

Víctor no andaba fino ni en griego ni en latín a pesar de su paso por el seminario, donde había cosechado muchas «calabazas».

—Pues estas lenguas muertas son muy útiles para familiarizarse con ciertos términos técnicos, querido Víctor. Pero, tú ¿es que no has probado hembra aún?

Como la mayoría de sus coetáneos, el señor Ulloa era un asiduo de los burdeles, de los que se consideraba, como en lo demás, un perfecto sibarita. Esta praxis no era mal vista por la sociedad masculina de la época, siempre y cuando se mantuviese en el reducto de la discreción. Pero si don Pedro podía ser cínico, nunca fue hipócrita; se reía de su amigo Marcelino Menéndez Pelayo que, aunque católico a machamartillo y conservador de pro, era famoso entre las putas de la ciudad por no quitarse el cuello duro para realizar el acto.

El obediente Víctor acompañó a su respetable pariente al establecimiento de más postín de la capital norteña: el Salón de Amélie. La dueña era madrileña y en sus papeles respondía por Emilia García, pero como había seguido una no desdeñable carrera como *cocotte* en París, explotaba en las provincias ibéricas el afrancesamiento sobrevenido. Nada más entrar Víctor en el salón, se le iluminó la cara con una sonrisa nunca vista antes por el avispado don Pedro. Tenía treinta y no se sabe cuántos años, pero su elegancia y belleza clásica jugaban a su favor.

—Desde luego, es una rubia muy atractiva. Y con ese encanto de lo viajado... Se les quita esa pátina basta de pueblo, que para un meneo está bien, pero claro, en cuanto abren la boca... El saber estar es algo que encandila a cualquier hombre de gusto, a mi entender. Algunos le pondrán peros a la edad, pero no yo: siempre me gustaron las maduritas. Y en la cama... Todo el mundo debería saber que un piano suena mejor después de que se ha tocado... Aquí viene... ¡Querida Amélie! ¿No te he presentado a mi sobrino? Este es Víctor de la Vega, un guapo muchacho, ¿no crees?

En un abrir y cerrar de ojos, Víctor acabó en los experimentados brazos de Emilia. Porque para él siempre fue Emilia.

—Siempre serás la primera.

—Me hubiera gustado ser la última.

El libertino Ulloa observaba los progresos alcanzados en todos los ámbitos por su protegido. El muchacho, a su vez, descubrió que resultaba atractivo a las mujeres, ¡quién lo iba a decir! Cuando entraba en el salón se armaba un revuelo entre las chicas. Además, a causa de su íntima relación con la dueña, nunca pagaba y podía elegir entre cualquier dulce de la confitería: el dulce se iría con él encantado. Emilia no era celosa; al contrario, hubiera hecho cualquier cosa por complacerle. Y a él quien realmente le gustaba era ella, no solo por descubrirle el placer, sino también por traer a su vida la confianza, la complicidad y el cariño que le habían negado en la infancia. Cuando los negocios de Emilia lo permitían, iban juntos de excursión, a merendar o a la playa. Víctor siempre intentaba invitarla con la paga que le daba el tío —con la condición de no hacer nada, como a él le gustaba—, pero ella no se dejaba: disponía de más dinero que él, eso era un hecho, y le encantaba pagar caprichos. Hasta que Víctor se enfadó montando una escena en plena calle que la asustó mucho: Emilia no volvió a insistir, dejándose invitar por su amante. La *cocotte* era una cantante frustrada; no lo hacía mal y a él le gustaba escuchar las mismas arias de ópera y zarzuela hasta sabérselas de memoria. Nunca cantaba cuplés ni canciones picantes y para dedicarse a lo que se dedicaba, era reservada hasta la ocultación. Enemiga de las vulgaridades, multaba a las chicas que decían o hacían groserías poniendo en peligro la reputación de refinamiento de su salón. En este apartado y en la vigilancia de sus ganancias, Emilia podía resultar una estricta tendera que cuidaba escrupulosamente de su comercio. A pesar de todo ello, cambiaba a mimosa y claudicante con aquel jovencito, dejándose arrastrar a una pasión imprevista, desbocada, sorprendente en una mujer de su veteranía y que muchos calificaron de ridícula. Pero de esto nada supo Víctor, que permanecía ajeno a todo y a todos mientras se dejaba querer.

Casi cada día el joven De la Vega iba pasear por la playa y a nadar si no hacía mucho frío o mar de fondo, con cuidado de que nadie lo viese completamente desnudo: no soportaba aquellos aparatosos bañadores de punto que al mojarse impedían cualquier movimiento. A veces lo acompañaba Emilia, a quien dejaba admirada su desnudez brillante cuando le contemplaba desde la orilla, resguardada del sol bajo la sombrilla, gritando cuando él salía del agua e intentaba salpicarla con el agua fría y salada que le resbalaba por el cuerpo.

Una tarde cálida y brumosa de mar en calma, se empeñó en que se metiera en el agua con él. No había ni un alma en la playa —todavía no había empezado la temporada veraniega y siempre paseaban por lugares alejados, siguiendo los preceptos de discreción de Ulloa—. Tras un momento de duda y animada por el calor sofocante del viento sur, Emilia se desvistió con rapidez hasta quedarse en paños menores y luego se metió cautelosa en el mar, algo que no había hecho en su vida, agarrándose con fuerza a la maroma de los bañeros, una soga anclada a la orilla y sujeta a una baliza o boya flotante varios metros dentro del agua, allí donde ya no se hacía pie. Como habían empezado a ponerse de moda los llamados «baños de ola» como alternativa a las aguas medicinales de los balnearios, este precario sistema de seguridad se colocaba para los bañistas que no supieran nadar, en realidad la mayoría.

—¡Está helada!

—Qué va...

Él se zambullía como un pez.

—Si alguien nos viera...

—No hay nadie.

—¡Cubre mucho!

—¿Tienes miedo? Vamos, déjate llevar.

Flotaron hasta la boya, a la que ella se agarró con las dos manos. Allí en medio del mar se sentía inerme, con las tornas cambiadas: él mandaba y ella obedecía, y eso le provocó un extraño placer en la boca del estómago, que le dio un vuelco. Los brazos de él la rodeaban, no le veía la cara, pero notaba el aliento cálido en su nuca, los dos cuerpos entrelazados bajo la superficie. Ella agarró más fuerte la maroma mientras él solo con una pequeña presión de las manos sumergidas desgarró la tela leve y algunos trozos de batista blanca flotaron a su alrededor mientras le hacía el amor, rápido, en silencio, como se lo hubiera hecho un animal acuático desconocido y brutal, con una urgencia rabiosa: Emilia gritó de placer, tanto que temió haber alertado a media ciudad. Pero no la oyó nadie.

—Tengo frío, voy a salir. —Tenía las manos y los brazos rozados por la maroma y la ropa interior hecha jirones.

—Yo voy a nadar un rato.

Víctor desapareció de la superficie y buceó hacia el fondo, como había visto hacer a los chicuelos del puerto que pescaban las monedas lanzadas por los curiosos. La arena se movía como una serpiente empujada por ondas secretas, invisibles, perdiéndose en el infinito submarino. Volvió a salir y se quedó flotando boca arriba, mirando el cielo, dejándose arrastrar hacia el interior de la bahía por la corriente. No sentía nada, no pensaba en nada, integrado en el todo de agua y aire, como un punto imperceptible en el centro del universo. La marea le seguía arrastrando pero no le importaba. Poco a poco fue hundiéndose en la oscuridad, en una niebla espesa y verde. Sin angustia, descubrió un estado de calma y de nada, un vacío que le llamaba con canto de sirena invitándole a desaparecer de sí mismo. Así resultaba fácil morir y por un segundo, sin reflexionar, sin buscar un porqué, lo deseó. Pero la fortaleza de su cuerpo se rebeló —no su voluntad— y le impulsó a salir del agua, a llenarse los pulmones de aire y respirar de nuevo con todas sus fuerzas. Estaba en mitad de la bahía, muy lejos, tuvo que nadar contracorriente un buen rato y llegó cansado y sin resuello a la playa, donde Emilia se había quedado dormida tumbada bajo la sombrilla.

Entre la vida holgada junto a Ulloa y las delicias que le procuraba Emilia, Víctor se encontró inmerso en algo muy parecido a un sueño feliz. No era consciente todavía de ello, cuando la pompa de jabón se rompió de un día para otro.

—Tengo que decirte algo... Es importante.

Emilia le pareció más pálida, con los ojos más hundidos y la piel repentinamente arrugada. Había recibido una oferta muy generosa, le dijo. Un indiano, un pueblerino viudo y rico, pretendía llevársela a su hacienda del Pacífico mexicano, sin importarle su pasado, matrimonio mediante.

—Dice que me quiere... Que se ha enamorado de mí. Y me ofrece casamiento.

—Y tú... ¿le quieres?

—Claro que no. Pero...

—Pero ¿qué?

—Tienes que entenderlo: me ofrece salir de esto. Convertirme en una señora... respetable.

—¿Respetable? ¿Era eso lo que deseabas? Pensé que estabas contenta con tu vida. No te entiendo...

Ella se dejó caer en el silloncito de su coqueta habitación y cogió uno de sus cigarrillos franceses, en un gesto que él le había visto muchas veces. Pero le temblaba la sonrisa.

—Vamos, Víctor... No seas niño.

Esta frase terminó de enfurecerle.

—Debo de ser muy niño, porque no me había dado cuenta de que no eras feliz. Y tú tampoco me habías dicho nada de ese admirador. ¿Le conozco? Supongo que será muy rico.

—No «muy» rico... Propietario nada más. Y yo tengo mi propio capital, me ofrece invertir en una finca ganadera: seguiría teniendo mi independencia económica.

—Lo tienes todo muy pensado. Pues enhorabuena.

—Víctor, si tú me dices que no me vaya, no lo haré.

—Yo no soy quién para tomar una decisión como esa... Es tu vida, no la mía.

Ella, por toda respuesta, se echó a llorar en silencio, sin una sola queja.

Salió de allí airado y triste, sin saber por qué. Lo ocurrido con Emilia había removido en su interior algo que desconocía por completo, ni siquiera encontraba una palabra, un nombre para ello. ¿Eso era el amor? ¿Ese sentimiento egoísta de despecho, de orgullo herido? ¿De autocompasión? ¿Tenía que enorgullecerse de la debilidad y la falta de carácter que ella mostraba por su causa? Cuando la conoció era una mujer segura de sí misma, alguien que controlaba su vida y sabía lo que quería. ¿Él, Víctor, la había convertido en ese espectro lloroso? Si eso era amor le pareció una afección enfermiza y pueril, impropia de un hombre. Como decía don Pedro, había que mantener lejos esa cosa incómoda y turbadora llamada «amor».

El solterón había tenido otra de sus mil crisis y se encontraba guardando cama, pero estuvo de acuerdo en todo con Víctor y prescribió no encontrarse con Emilia hasta que esta no resolviera sus asuntos. Al cabo de unos días, Ulloa, quien recibía muchas visitas, terminó por enterarse: en aquella ciudad pequeña nadie movía un músculo sin que los demás lo supieran.

—Me dicen de buena tinta que tu amiguita se marcha. Ha traspasado el salón por un buen pico y ahora lo va a llevar Margarita *la Riojana*. Una pena... Amélie tenía una clase y un *charme* que a esta otra le faltan.

No le deseaba ningún mal, es más, casi había llegado a estar de acuerdo con su decisión: ella se merecía una vida mejor, algo que, los dos lo sabían, Víctor no estaba en condiciones de ofrecer. Pero no le perdonaría nunca haber roto las reglas del juego que ambos habían aceptado, su hipócrita renuncia ni aquella canallada de intentar que fuera él quien tomase la decisión sobre su partida obligándolo a convertirse en una especie de «salvador». Los lazos que le unían a aquella mujer se habían roto. Se quedó más tranquilo, pero no pisó el salón de la Riojana ni ningún otro.

Una noche lluviosa, le pareció ver desde una ventana una figura borrosa a través de las gotas que empapaban el vidrio de la ventana. Tras la luz del farol de gas se filtraba la silueta de una mujer como Emilia, mirando hacia su casa, hacia su ventana. Pero nunca estuvo seguro de que fuera ella.

La verdad de lo ocurrido la averiguó don Pedro gracias a su amplia red de cotillas, pero hasta un tiempo después no se atrevió a decírselo a su joven pariente.

—Ya eres un hombre, así que no me voy a andar con paños calientes. Por lo visto, nuestra Emilia terminó compuesta y sin indiano: el tipo resultó un golfo que se quedó con los ahorros de ella para después largarse con viento fresco. Desde entonces anda metida en lugares nada recomendables. Y fíjate que para que yo lo diga... Pero no te alarmes; no puedes culparte, cada uno es dueño de sus actos...

No sentía nada de aquello que creyó amor, pero no podía permanecer indiferente ante el sufrimiento de una mujer desvalida y caída en la miseria: su honor de caballero lo exigía... Desempolvó el sentido del deber dormido por la influencia cínica de Ulloa e impelido por una acuciante necesidad de reparación, no perdió el tiempo y se propuso encontrar a Emilia.

—Pareces el protagonista de un melodrama: el caballero en pos de la mujer caída en el arroyo, víctima de los hombres. ¡Tópicos de teatro barato... lacrimógeno! Víctor, sé razonable; que tus pocos años no te obnubilen, hijo mío.

Pero siguió obnubilado y, a regañadientes, don Pedro le habló de los lugares donde había sido vista, saliendo a relucir su moral de clase pudiente.

—Antros peligrosos, infestados de maleantes y mendigos, los márgenes de la sociedad lumpen en los que un caballero respetable no se deja ver nunca. Lo digo para que vayas prevenido.

Emilia había vuelto por un tiempo a la calle, no a ningún burdel de postín. Al ser la ciudad puerto de mar, la zona de prostitución callejera era muy amplia y de oferta abundante:

mujeres de todas las edades —hasta niñas—, muchas aldea-
nas procedentes del interior, habían ido a dar con sus huesos
en el oficio de «esquinera». No se sabía cuántas habría en la
ciudad provinciana, pero en la Madrid capitalina había por
esta época más de treinta mil prostitutas, el siete por ciento de
la población.

Víctor amplió sus conocimientos respecto a la vida en los
barrios llamados castamente «populares», descubriendo la
miseria tres calles más allá de los paseos ajardinados de la
ciudad próspera. La otra ciudad, la de las edificaciones anár-
quicas y apuntaladas, sin alcantarillas y trufadas de pozos negros, pertenecía a un estamento formado por obreros sin cua-
lificar, estibadores de muelle, lavanderas, planchadoras,
chamarileros, quincalleros, carreteros, limpiabotas, sirvientas
y modistillas... Y aún más abajo los golfos, los raqueros, los
mendigos y los chulos con sus putas. Conoció la aguda pobreza motivada por la falta de trabajo continuado o el paro
crónico como maldición, las jornadas de esclavo, las enfermedades que hacían viejos o mataban a los jóvenes de veinte
años, los niños que rebuscaban comida en la basura, la lucha
tenaz por la supervivencia. La pasividad de las autoridades
ante los crímenes cometidos dentro del estamento contrasta-
ba con la dureza inexorable contra los que traspasaban la
frontera invisible y se atrevían a delinquir en barrios mejores.
«El mayor crimen contra la propiedad es no tenerla», se dijo.

El asco y el remordimiento se le colaron hasta el alma.
¿Acaso conocía a Emilia? Nunca le había preguntado por las
circunstancias que la habían arrastrado a la prostitución, su
verdadero origen, dónde estaba su familia si es que la tenía, la

razón de su marcha a Francia, qué le había ocurrido allí, qué hacía cuando no estaban juntos. Había cerrado los ojos y los oídos a la mujer, quedándose con el reflejo. Lo lamentó.

Halló al fin la casa baja del barrio pesquero donde había vivido, aunque no la encontró allí. Una de las mujeres que compartía habitación con ella y que miraba al joven caballero con pupilas alcohólicas, se prestó a decirle dónde la había visto por última vez.

—En la casa de Fung-Tching, el dueño del Humo Negro. Pero oye, lo que te diera Emilia *la Rubia* también puedo dártelo yo, ¿sabes? Y mejor...

La mujer se enroscó alrededor de su cuello, pero con unas monedas logró que le soltara.

Condujo sus pasos hasta los callejones oscurísimos aledaños a la zona de descargas de los muelles —las pocas farolas habían sido destrozadas a pedradas—, siguiendo las indicaciones de la buscona. En la trastienda de un edificio mitad almacén mitad tienda de abarrotes, unos escalones de piedra conducían al interior de un sótano con los suelos y las paredes rezumando agua de mar. La niebla de las pipas cargaba el aire: era como estar entre las cenizas de un incendio. El humo tan espeso casi no dejaba ver las últimas literas subiendo hasta el techo, aunque las intuía ocupadas por bultos que resultaron ser decenas de hombres y mujeres, hacinados, tirados o recostados en el suelo cubierto de esterillas y reposacabezas acolchados de una tela roja y negra que alguna vez albergó dragones pintados. Los fumadores del Humo Negro eran indiferentes al paso de cualquiera, sin moverse, la boca entreabierta, los ojos de vidrio fijos en la burbuja de opio, dentro del sueño que les impedía moverse, hablar, sentir, sufrir. Víctor había entrado en el fumadero escoltado por dos chinos desconfiados —uno de ellos era el mismo Fung-Tching— que entendían español pero solo hablaban su lengua y a los que, tras largas negociaciones, soltó unos buenos duros por el privilegio de entrar en el establecimiento sin consumir. Le vigilaban mientras sorteaba los cuerpos masculinos de todas las edades, inclinándose sobre los de las muchas mujeres tiradas aquí y allá, despeinadas, desmadejadas como muñecas rotas por un niño —algunas bien vestidas—, intentando verles bien la cara a pesar de la oscuridad y de la niebla, buscándola. Tropezó con una lámpara de cobre mugrienta y pisó una pipa que crujió bajo la bota. La recogió del suelo: extraños animales de plata se arrastraban por ella hasta la boquilla de jade. Su dueña, una joven guapa y blanca, parecía un bello cadáver pálido tal y como pintan los románticos necrófilos. Pero estaba viva. Sin mover apenas un músculo, abrió la boca y dijo: «Me envidias porque puedo alcanzar el cielo con un par de monedas.»

Salió de aquel infierno respirando el aire húmedo de la noche con ansia, llenándose los pulmones, alegre por no haberla encontrado allí.

Al cabo de un mes desistió de su búsqueda: Emilia se había marchado, algunos decían que de nuevo a Francia, donde tenía amigos. Paseaba solo, ya no acudía a ninguna reunión social ni acompañaba al tío Pedro. Empezó a fumar, pasando los días sentado en un noray viendo los barcos salir y entrar a puerto hasta que se hacía de noche, entonces volvía a la casa ajena que se le caía encima. Necesitaba escapar de aquel vacío.

Quiso el azar —o quizá no— que una tarde en el muelle pasara con otros oficiales el teniente Mendoza, aquel que había ponderado sus cualidades como jinete. Estuvieron hablando largo rato, primero en el muelle, más tarde delante de un par de chatos de vino. Al dejarle, tras un apretón de manos tan efusivo que casi partió un dedo al pobre Mendoza, corrió a casa: debía hablar con don Pedro cuanto antes.

—¿Qué le ocurre? ¿Se encuentra mal?

Derrumbado en un sillón, le encontró desencajado, lívido, caída la cabeza hacia atrás, la mano temblorosa sujetando un papel arrugado.

—Me ha escrito... después de veinticinco años... Es de ella, de tu madre... No creí que... me recordara.

De golpe entendió el interés y la generosidad de don Pedro por el hijo perdido de doña Ana.

—Perdóname; esto es impropio de mí; ha sido mucha la... La impresión. Creí que ya no... no me afectaría tanto. Te preguntarás el porqué de esta reacción intempestiva.

—No me pregunto nada, querido tío.

—Yo también fui joven como tú, Víctor, aunque viéndome ahora hecho un despojo te parecerá imposible. Sí, también fui joven y enamorado, aunque ella me rechazó por un hombre que no supo hacerla feliz. Pero nunca la olvidé, nunca...

Sacó un pañuelo cuidadosamente planchado para limpiarse las lágrimas, y ya más repuesto pareció acordarse de un detalle menor.

—Tu padre ha fallecido. Algo repentino, un accidente, creo...

Víctor no sintió nada. Cogió la carta que su amigo le tendía: la corta misiva de su madre —en la que se refería a don Pedro como «estimado primo», en el tono frío y reservado que su hijo tan bien conocía— anunciaba con tono triunfal la muerte de don Juan Manuel de la Vega sin especificar las circunstancias, aunque dejaba entrever que había muerto como había vivido: en pecado. La carta estaba dirigida a su pariente y no a Víctor, y en ella le agradecía de forma escueta las atenciones para con su hijo, aun cuando este no las mereciera. No escribía de forma retórica. «Aún me guarda rencor», pensó.

Doña Ana había preferido romper el silencio de décadas hacia su antiguo enamorado antes que escribirle a él.

—Tu querida madre ruega que regreses... Seguro que te echa de menos la pobre mujer, ahora debes cumplir con tus obligaciones filiales. Habrá sufrido lo indecible estando separada de ti.

Y volvió a enternecerse. La emoción desatada en el hombre maduro y experimentado por aquellas parcas palabras escritas con letra picuda, le pareció a Víctor la prueba evidente de los males que el amor desaforado podía causar hasta en los individuos más razonables. Por ello, no se atrevió a decirle la verdad: que no era ese tal «hijo querido» y que estaba convencido de la incapacidad materna para sentir afecto por alguien. Tampoco era aquel el momento de sacarle de su error y romper la imagen idealizada de la muchacha bella, altiva y displicente que había jugado con su enfermo corazón hacía tantos años. Ulloa mismo lo hubiera averiguado de analizar su propia historia con la inteligencia práctica que usaba para todo lo demás. Sí, el amor era un sentimiento detestable.

Esperó a que se recuperara de la impresión para darle la noticia.

—Don Pedro... —le apeó el falso título de tío—. Quiero entrar en la Academia militar. En caballería.

Sin defensas ya, Ulloa aceptó su derrota.

V

El ejército sustituyó a don Pedro como este había sustitui-
do a su familia. Víctor encontró en la disciplina, en el orden y
la regla no contestada, una suerte de paz interior. En todo
momento sabía qué hacer, qué decir, cómo actuar, sin necesidad de pensar por sí mismo. Refugiándose en el cumplimien-
to del deber y la camaradería del soldado, el mundo se redu-
jo, adelgazó hasta llegar a una simplicidad mecánica. Le
parecía que todo lo vivido hacía tan poco formaba parte del
sueño de un durmiente que ni siquiera era él. Lo único que
mantuvo de su pasado fue al garañón *Satán*, al que adiestró
como arma de guerra; no en vano se encontraba en un escuadrón de caballería; de la clase, velocidad y fuerza de la montura dependía la propia vida.

Sus compañeros y superiores pronto valoraron la buena
disposición del joven, más cuando superó con un expediente
brillante las pruebas de la academia militar, resultando uno
de los primeros de la promoción. Aun así, Víctor consideró
esta época una especie de preámbulo pues en su fuero interno ansiaba demostrar su propia valía, no ante ojos ajenos,
sino ante sí mismo.

Los jóvenes oficiales bullían de contento: soplaban vientos de guerra prometiendo nuevas campañas. Lo que para el resto de mortales era una amenaza para la paz y la prosperidad, constituía motivo de alborozo para todos los militares ambiciosos, una promesa de hazañas y de glorias y, sobre todo, del deseado ascenso en el escalafón, la oportunidad de distinguirse, de hacer «carrera». En su caso con más motivo: De la Vega Casar no era más que un segundón de los tantos que recalaban en el ejército.

La heredad familiar había cambiado mucho tras la desaparición de don Juan Manuel; con la herencia menguada durante los últimos años ya que su hermano empleó todos los recursos —con la connivencia del padre, convencido de que así su poder perduraría aun después de muerto— en apuntalar su carrera política. Eduardo incluso se había casado con una mujer fea, vulgar pero acaudalada, cuyo progenitor —que había llegado a ser senador— se encontraba bien dispuesto a favorecer las aspiraciones del yerno. Pasaba casi todo su tiempo en la capital del reino y casi nunca aparecía por las antiguas tierras de los nobles antepasados que le habían legado el apellido y todo lo demás, dejando en manos de administradores mercenarios la propiedad. El mayorazgo imponía una ley feroz; había dejado a su hermano casi pobre, pero esto a Víctor no le importaba pues confiaba ciegamente en sus propios méritos, en su juventud y en ser capaz de labrarse una carrera dentro de la milicia.

—Me parece bien que quieras forjarte un futuro como soldado. En estos pueblos no hay nada que hacer, los tiempos de padre han muerto con él.

Era el día del entierro del señor De la Vega y su hijo mayor ya se había apropiado de todo, hasta del salón donde Víctor recibía castigos hacía no tanto tiempo. Eduardo valoraba con otros ojos lo que le rodeaba: pensaba vender la Torrona con todas sus fincas; un lugar lúgubre, desapacible y poco práctico que costaba demasiado mantener y que horrorizaba a Covadonga, su reciente esposa, pero del que sacaría unos buenos cuartos que ya tenía por bien empleados.

—No he pedido tu opinión.

Al mismo Eduardo le sonó ridículo el tono condescendiente empleado con su hermano: lo había heredado todo, aunque no la fuerza arrolladora de don Juan, la presencia feudal de su voluntad. No era más que otro vasallo, y lo sabía.

—Bueno... en fin, quería decir que me alegra tu decisión.

Víctor acariciaba, abstraído, las pistolas de duelo regaladas por Napoleón al viejo marino que le había servido de modelo. Su hermano vio en este gesto una prueba de que era mejor tener lejos a aquel pariente violento, alguien que podía albergar más ambiciones de las referidas e incluso pretensiones sobre las propiedades que le pertenecían.

—Son una joya... Tú que sabes más de estas cosas, ¿puedes calcular qué precio tendrán? Unas armas de coleccionista, seguro que será fácil colocarlas...

Apartó la mano como si quemaran, recién disparadas.

—Deberían estar en un museo —contestó.

Luego fue a despedirse de su madre. Tras años de reclusión, la viuda se había levantado de la cama para asistir al sepelio porque quería ver con sus propios ojos cómo los restos del hombre al que culpaba de toda su desgracia eran enterrados junto a sus antepasados. No creyó que su triunfo tuviera el sabor áspero de la ceniza: cuando los sepultureros comenzaron a echar tierra negra sobre el féretro, sin saber por qué, Ana imaginó el rostro inánime y de nariz afilada por la muerte de Juan, vestido con un traje negro, las manos cruzadas sobre el pecho, reposando en la seda del ataúd cubierto por la tierra, sin oír ni sentir nada, indiferente a su presencia. Entonces se cernió ante ella un vacío repentino parecido al de la tumba; su vida había dejado de tener un objetivo. No sobrevivió al marido mucho tiempo: el odio les había unido con cadenas tan fuertes como a otros el amor.

Al cerrar la puerta de la alcoba de su madre, que había vuelto la cara hacia la pared cuando se inclinó sobre ella para darle un beso, Víctor solo era capaz de pensar en marcharse. Irse lejos, no volver allí jamás. Sonó la puerta de castaño con un golpe sordo, un aldabonazo que daba por terminada su vida de niño o muchacho junto con todos los recuerdos, buenos o malos, de su paso por aquel lugar.

Era otro cuando, poco tiempo después, sus camaradas irrumpieron en el cuartel dando voces.

—¡Vivan los húsares de Cantabria!

—¡Viva la caballería!

—¡Muera el sultán de Marruecos!

Agitaban periódicos y se abrazaban entre ellos, su regimiento había sido movilizado en la campaña contra las cabilas del Rif, en lo que luego se daría en llamar «la guerra de Margallo». Víctor se unió a la celebración, tenía prisa por entrar en combate.

LLUVIA DE XAGUAS

I

Sagua de Tánamo
Lat. 20° 34' N - long. 75° 14' W
Noreste Isla, 1 de septiembre

Ada despertó del sueño en que había estado sumida durante todo el viaje. Su excitación preocupó a Pompeya y al doctor Izquierdo, cuyo principal afán era disuadirla de continuar la búsqueda, al menos hasta que cesaran las hostilidades en la región.

—No podéis quedaros en la trocha porque no admiten civiles, pero podríais desviaros hacia Las Tunas y esperar un poco allí hasta que la situación mejore. —Bajó la voz el médico—. Se rumorea una retirada «estratégica», eso significa que cesarán los combates hasta que se reorganicen los mandos. Las tropas insurrectas controlan el frente oriental y...

—No voy a esperar más, don José María, ahora que sé dónde fue visto por última vez...

Ya subida al carro junto a Pompeya, el médico le cogió la mano.

—Espero que le encuentres... Cuídate mucho. Y haz lo posible por llegar a La Oriental.

Ella no entendió esa última recomendación.

El doctor Izquierdo y la trocha quedaban ya lejos cuando Pompeya y Ada salieron de la carretera para dejar paso a un nuevo convoy; el movimiento era constante y el paso lento, difícil, pues los civiles debían dar preferencia a las tropas, así que decidieron abandonar la vía principal e internarse por los caminos que atravesaban campos arrasados y aldeas desiertas.

—Pero junto a las tropas estamos más seguras.

—¿Qué temes?

—No sabemos si aún andan siguiéndonos.

—¿Has visto a alguien desde que salimos de la trocha?

—No...

—Entonces olvídalo. Seguiremos el mismo camino que siguió él.

Sacó los papeles doblados de la bolsa de tela donde guardaba los salvoconductos. Repasaba una y otra vez las cartas que había recibido durante meses de su marido hasta que se interrumpieron. Aunque podía repetirlas de memoria, reproducir cada palabra y la forma en que estaba escrita —una mano vibrante, de signos alargados que arañaban el papel—, casi segura de poder completar lo que la censura militar había tachado con un grueso lápiz rojo.

Mi amor: ya sabes que no puedo decir aquí nada que tenga que ver con el teatro de operaciones, ni hablar de choques armados, ni de los lugares donde ocurren; nada de tal índole. Así que te contaré cómo vivimos aquí los hombres de mi columna y yo. El Ejército Mambí controla los campos, o sea: el paso de productos básicos y alimentos, así que asedian a las ciudades (en su mayoría todavía en nuestras manos) por el hambre. Nuestros soldados que —aquí la frase aparecía inconclusa, tachada en rojo— arrasan con los mangos de las plantaciones, a veces verdes, que les producen diarreas. He incautado las reses de un vecino

380

de este lugar; como no tenía dinero para pagarle le he firmado un pagaré, cuando nos hemos marchado todavía se le oían las maldiciones... Hoy llegué a las manos con un oficial de abastos cuando me enteré de cómo extorsionaba a la tropa. Como no podía mandarlo al calabozo (ya que no hay) le di una paliza. Los hombres me aplaudieron pero me fui a la hamaca con ganas de morirme. Y, sin embargo, ¡es tan bello este país tuyo! No me extraña que ningún bando quiera perderlo. No soy buen escritor, no tengo palabras ni costumbre de manifestar lo que siento. Pero miro el paisaje y todo me recuerda a ti. Casi no puedo soportarlo...

Sin contar nada de esto a nadie, a veces te siento, siento tu... —aquí otra frase tachada—. No quiero descargar toda mi frustración en ti, sé que no es justo y que no hago otra cosa que entristecerte. Pero si no escribo sobre ello creo que la cabeza me va a estallar.

Ayer di mi ración de garbanzos y tocino a unas niñas, unas reconcentradas. No pienses que fue compasión, sino rabia de ver cómo esta política —varias palabras tachadas— de las Reconcentraciones destroza las pocas simpatías que pudiéramos tener en este país. Al ver a los niños famélicos se me quitaron las ganas de comer. Andamos también escasos de papel, no sé si encontraré un pedazo para escribir la próxima carta.

Desde que dejaron la zona de la trocha, las dos viajeras no habían encontrado más que un mundo desolado; los campos aún humeaban a causa de los incendios provocados por los dos ejércitos en las propiedades y las aldeas no se divisaba alma humana. Pompeya no arreaba al jamelgo dejándole ir con paso cansino: el pobre animal se había recuperado un tanto gracias al forraje que le habían dado en el cuartel, pero no estaba para cabalgadas. Inquieta, escrutaba cada trozo de camino, cada árbol quemado junto al que pasaban. Casi no escuchaba a Ada, a quien le brillaban los ojos fijos en los mapas que había conseguido gracias al doctor.

—En esta carta habla claramente de una zona de Reconcentración... Tiene que estar marcada por aquí. Siempre hacia el este... Debe de ser Baragua. Coincide con lo que dijeron los soldados, con el paso del escuadrón: después del combate en el que cayó su regimiento tuvo que seguir después hacia el frente más oriental, y antes... desapareció aquí... si las informaciones son ciertas.

—¿Qué vamos a hacer si nos encontramos con los mambises?

—Les diré la verdad, es la única manera de comprobar si lo tienen prisionero.

—Puede que no sea fácil. A estas alturas desconfían de todo. Recuerda lo que nos dijeron: hay espías por todas partes...

—Haré lo que sea, hablaré con su comandante, me pondré de rodillas y lloraré y suplicaré hasta que me dejen verle. Pompeya, ya has visto la situación de los españoles en la enfermería, allá en la trocha. Puede que él esté enfermo como uno de ellos, o haya sido hecho prisionero o se encuentre herido y abandonado en alguna aldea. No solo hay prisioneros sin registrar, también muchos desaparecidos, lo dijo el coronel. Si se le han agravado las heridas y le han recogido en alguna casa, en algún pueblo...

Volvió a las letras: no quería discutir con Pompeya. Y eso que le dolía hasta la carne al leer de nuevo lo escrito: vivía su sufrimiento junto a Víctor a través del tiempo y el espacio. Hubiera querido gritar desde el cerro que tenían delante, gritar sin parar y que él la oyera para que supiera que su soledad no era tal, que ella sufría también, con él.

Pompeya llevaba las riendas encogida por el miedo. Las zonas de Reconcentración se habían convertido en mataderos: la maniobra trataba de aglomerar a la población civil en aldeas y villas vigiladas por soldados, trasladando a los guajiros hasta ellas, aislándolos y reteniéndolos para impedir que trabajaran los campos y abastecieran al Ejército Independentista.

Inspirándose en la estrategia del general Sheridan durante la guerra de Secesión norteamericana, Valeriano Weyler pasaría a la historia como el artífice de los más tarde llamados «campos de concentración» —también era el impulsor de las trochas, pese al devastador resultado de estas para las tropas españolas—. Tenido por gran estratega, más tarde su nombre seguiría cubriéndose de oprobio a causa de la sangrienta represión que dirigió durante la Semana Trágica de Barcelona, en 1909.

La proclama de Reconcentración firmada por el general Weyler decretaba:

1. Todos los habitantes de las zonas rurales o de las áreas exteriores a la línea de ciudades fortificadas, serán concentrados dentro de las ciudades ocupadas por las tropas en el plazo de ocho días. Todo aquel que desobedezca esta orden o que sea encontrado fuera de las zonas prescritas, será considerado rebelde y juzgado como tal.

2. Queda absolutamente prohibido, sin permiso de la autoridad militar del punto de partida, sacar productos alimenticios de las ciudades y trasladarlos a otras, por mar o por tierra. Los violadores de estas normas serán juzgados y condenados en calidad de colaboradores de los rebeldes.

3. Se ordena a los propietarios de cabezas de ganado que

las conduzcan a las ciudades o sus alrededores, donde pueden recibir la protección adecuada.

Al alejar a los campesinos de sus tierras se perdieron las cosechas, provocando una hambruna generalizada. Toda clase de calamidades surgieron por la falta de organización y previsión: como no había alojamiento para todos, se les hacinaba en barracones improvisados o refugios abandonados, recluidos en patios o a la intemperie, sin fosas sépticas y con agua contaminada. Las enfermedades terminaron por diezmar a los reconcentrados; los rumores decían que hasta se habían dado casos de antropofagia.

—Es peligroso estar aquí, Ada.

El ejército había abandonado el pueblo, dejándolo rodeado de un anillo de tumbas. No se veía a nadie, el viento pasaba a través de las casas medio derruidas. Ada ignoró a su compañera.

—Ya no queda nadie. Tendremos que quedarnos a pasar la noche.

A la luz de un cabo de vela, Ada, que no podía dormir, siguió leyendo las cartas. Le parecía oír la voz grave de Víctor muy cerca, como si estuviera tumbado a su lado.

... como el uniforme de rayadillo barato que se rompe con solo mirarlo y es de color tan claro que nos hace blancos fáciles... Los de infantería tienen llagas en los pies y otros van descalzos, las botas rotas. Y sin botas no hay permisos y los hombres se vuelven locos. Tengo a mi mando gente muy joven, de 16 o 17 años... No entiendo cómo los han reclutado si no es por esa barbaridad de la redención a metálico: 2.000 pesetas por librarse de la guerra y los demás, carne de cañón. Y luego está la Sustitución: a Evelio Lugones lo ha comprado el patrón de su padre para sustituir al hijo mayor y así no venir a la guerra... Ya son tres los hermanos destinados a Cuba y él es el único que queda vivo. ¡Que vengan todos, pobres y ricos, que se derogue el maldito privilegio que obliga a los desheredados a luchar y morir, mientras los ricos no ofrecen nada a la patria! Si lee usted esto, señor censor militar, con gusto aceptaré la acusación de derrotismo, ¡a cambio de que venga usted aquí a pegar tiros como un valiente! Y si quieren fusilarme, háganlo... Y luego que le den mis huesos a la mujer a la que están dirigidas estas líneas.

Debía de haber atemorizado al censor, porque este no se había atrevido a empuñar su lápiz rojo.

—Por lo que más quieras, apaga esa luz. Podría atraer a... a alguien. ¿Tienes cerca el arma?

—Sí, duerme tranquila.

Tumbada en el suelo, bajo un techo desvencijado y lleno de agujeros, Pompeya intentaba conciliar el sueño, con el machete a mano. Ada sopló la vela, que se apagó con un suspiro. No durmió. Miraba las estrellas pestañeando a través de los maderos desvencijados, pensando de nuevo en Víctor y en lo que había escrito.

La caballería de Gómez y Maceo es brillante, cuando entra en batalla es letal. En cambio, nosotros estamos mal organizados y con falta de mandos que nos tengan en cuenta. Suerte que tenemos un buen coronel, y eso que le han tenido rellenando papeles en La Habana todo un mes, sin destino. No es un inepto ni un carnicero, cosa bien difícil de encontrar en estos tiempos. Y mientras, los generales y otros coroneles escapan de aquí por decenas, con el rabo entre las piernas... Todos alegan que están enfermos y regresan a la Península a cobrar la pensión. Te juro que si me encontrara con uno de ellos le volaría los sesos sin pensarlo dos veces y —otra frase tachada.

Ada recordó la carta póstuma de su padre; aunque las palabras de uno y otro eran muy distintas, le pareció que destilaban el mismo dolor tiñendo el corazón, la sensación de pérdida y derrota ante la injusticia, de impotencia.

Al amanecer se quedó dormida con un sueño inquieto en el que se reencontraba con su padre: no había muerto, todo había sido una mentira y habían enterrado un ataúd vacío, sin cuerpo. Tuvo la sensación de que apenas había pasado unos pocos instantes dormida cuando Pompeya la despertó.

—Vámonos ya... No quiero pasar ni un segundo más aquí.

La miró: demacrada, su bonito color de piel había desaparecido adquiriendo un tono grisáceo; despeinada, con la ropa arrugada, intentaba taparse el pelo con el turbante que siempre llevaba. Había perdido en el camino su apariencia majestuosa. Se preguntó qué aspecto tendría ella, cómo la vería él cuando se encontraran.

Dejaron atrás el pueblo fantasma. Volvían al camino con la sensación de que llevaban en él años y que no podrían abandonarlo nunca; carro y caballo dando vueltas en círculos cada vez más amplios, abarcando la Isla entera, la geografía con forma de caimán.

La última carta de Víctor ya no tenía sentido: parecía la transcripción entrecortada de una pesadilla, la elucubración de una mente febril. Puede que hubiera caído herido, sí, pero estaba convencida de que al escribirla ya estaba enfermo.

... entonces salí rodando por el suelo, mientras seguían atacando. Creo que quedé conmocionado. La tierra tembló cuando *Satán* cayó a mi lado, con la barriga destrozada de un lanzazo, abierta, podía ver las tripas saliendo, pero no había muerto. No oía nada, solo a mi caballo llamándome, suplicando que lo matara y así aliviarle el dolor, hablaba, te juro que me habló y entonces saqué el arma y me acerqué, apunté, pero me temblaba la mano. Me negué... Era una orden directa, el comandante dijo que no habría más consejos de guerra, hay que ejecutarlo, fusilarlo. «Tuvo miedo y huyó. Evelio es un niño... sus otros hermanos han muerto como valientes. ¿Vamos a dejar a una madre sin ninguno de sus hijos?» Pero no escuchaba, me acusó de insubordinación, de amparar desertores. Dijo que la ejecución debía llevarse a cabo y que yo debía dar la orden, yo, su capitán, que no había sabido retenerle, que no pude salvarle, le había conducido a la muerte. Le acaricié el pelo negro: él no sabía qué ocurría, solo era un caballo. Disparó el pelotón pero no querían acertar, el pobre sufría, daba gritos de dolor, tuve que darle el tiro de gracia. Y ya muerto, tuve envidia de su paz. «Tengo que matar a mi caballo: está sufriendo, ¿es que no lo veis?» Me vacío. No sentir nada, no juzgar no pensar, dejar de creer que soy mi propio enemigo, que puedo luchar contra mí mismo. Alíate con tu enemigo, hazle tuyo. Todo se deshace a mi alrededor, la realidad ya no existe, solo es un delirio, un reflejo engañoso, yo me fundo con ella en ese abismo, entonces no hay conciencia ni dolor, entonces la muerte del niño tendría sentido. Todo tendría sentido. Sentido.

Leer aquellas líneas que ya no estaban dirigidas a ella le producían una angustia insoportable. Esos eran los peores momentos; cuando la sobrecogían los temores al intuir cómo

Víctor parecía haberse alejado de ella, de todo. Pero esto no era posible. Recordaba palabra por palabra lo que le había dicho:«Si dicen que he muerto no les creas: no voy a morir. Espérame y volveré a ti. Y tú, haz lo mismo por mí: sobrevive, pase lo que pase, eres fuerte... ¿Me oyes, Ada? No importa cuánto tiempo estemos separados o hasta dónde hayamos de ir, porque volveremos a encontrarnos. ¿Me crees?»

El caballo se encabritó: en medio del camino polvoriento había aparecido de improviso una figura esquelética medio desnuda, las costillas clavadas en la piel colgante. Tenía los brazos en alto impidiéndoles el paso, pero no hablaba, abría la boca sin que saliera ningún sonido de ella. Pompeya soltó las riendas.

—¡Un *fumbi*!

El hombre seguía parado sin moverse del lugar, mirándolas con ojos desbocados de terror.

—¡Fuera! ¡Apártate!

Ada gritó pero el otro continuó impertérrito, no parecía oír ni entender. Cogió el látigo sujeto al lateral del carro y lo hizo restallar sobre su cabeza. El hombre cayó de rodillas y se encogió sobre sí mismo: un recuerdo le detuvo la mano dispuesta a asestar el golpe. Había vivido antes una situación parecida, siendo muy pequeña; le pareció sentir el calor en la mejilla de la bofetada de la tía Elvira para que no olvidara al *fumbi*.

«No has hecho nada malo, Ada. Esto es para que recuerdes siempre que hay hombres malvados fuera de aquí. Porque aunque tú no lo sepas, en este mundo a veces suceden cosas terribles. Tenía que decírtelo porque yo no podré estar siempre a tu lado para protegerte... Debes hacerte fuerte. Recuérdalo.»

Levantó de nuevo el brazo para descargar el látigo sobre la espalda sin rostro.

—¡No!

Corriendo hacia ella, una muchachita sucia, envuelta en andrajos, la detuvo con su grito.

—No le haga daño... Es mi hermano.

Se puso delante de él, protegiéndolo con su cuerpecito pequeño y delgado, una brizna de hierba.

—Solo quería avisar. No pueden seguir adelante.

—¿Por qué no? ¿Quién lo impide?

—Andara.

El nombre le resonó a Pompeya: el soldado trastornado de la enfermería que lo repetía una y otra vez. «Andara... Andara.»

—¿Quién es ese?

—Un hombre muy malo, señorita.

—¿Por qué tu hermano no dijo nada? —Señaló al hombre, que se había levantado y escuchaba en silencio a la niña. Ahora parecía casi humano, incluso joven.

—No puede...

El muchacho abrió la boca, tampoco dijo nada. El agujero aparecía más hondo, más vacío.

—Ada, ¡no tiene lengua! —Pompeya sonaba sorda, sobrecogida.

—¿Qué le ha pasado?

—Andara... Es lo que hacen sus hombres a los campesinos que se rebelan. Otras veces les cortan una mano o un pie. O los matan. Por favor, no vayan...

—Gracias por el aviso... pero tenemos que continuar.

Ada observó mejor el estado de aquellos dos supervivientes.

—¿Queréis comida?

La muchacha, con la boca abierta, tardó en asentir. Pompeya rebuscó en el saco de provisiones y le puso en las manos uno de los paquetes con varias raciones de rancho con que les había obsequiado el comandante de la trocha, contento de librarse de ellas. Los ojos del cadáver andante se desorbitaron aún más, con hambre atrasada.

—No lo comáis todo de una vez, os sentaría mal —avisó Ada.

—Descuide, señorita, nos tiene que durar mucho.

Cogió al joven de la mano y con el paquete bajo el brazo salieron del camino. Entonces vieron que no muy lejos de él habían levantado un pequeño refugio con telas y maderas viejas; allí se divisaban otras personas que no se habían atrevido a acercarse. Los dos hermanos se dirigieron al pequeño campamento.

Pompeya temblaba.

—Ada...

—Trae. Yo llevaré las riendas.

Siguieron adelante sin decir palabra. El camino se estrechaba, casi convertido en un sendero serpenteante entre las lomas cubiertas de vegetación baja; no se divisaba más que la curva siguiente. Desde el susto del aparecido el jamelgo se mostraba remolón y nervioso, como si hubiera entendido la advertencia y se negase también a continuar soportando el empeño de Ada. Dio dos coces al aire, sin ton ni son.

—No sé qué le pasa a este caballo.

—Estará cansado. ¿Paramos?

—Un poco más adelante, cuando pasemos estas lomas.

El paisaje no le inspiraba confianza aunque no podía confesarlo a Pompeya. Ella también tenía el corazón sobresaltado por lo sucedido con el hombre y la niña, por el miedo que traslucían, por la brutalidad del tal Andara. Su compañera pareció leerle el pensamiento.

—¿Has oído antes hablar de él? Yo sí. Fue en la trocha.

—¿Quién es ese Andara?

—No sabía que era un hombre, solo parecía una palabra sin sentido dicha por un soldado que se había vuelto loco.

—No solo son peligrosos los ejércitos; ellos al menos tienen sus reglas, aunque a veces las olviden. Siempre hay salteadores, delincuentes que se aprovechan del caos.

De manera inconsciente, Ada tocó con el pie el revólver que llevaba bajo el pescante.

—Sí, eso debe ser, ese nombre parece un mote o un apodo...

—Como los criminales.

La última frase quedó flotando en el aire como una pesada amenaza. Tanto así que el cielo se ennegreció de manera súbita. De manera literal, algo se interpuso entre el sol y la tierra. Levantaron las cabezas, pero fueron incapaces de distinguir algo que no fuera más que una nube bajando del cielo hacia sus cabezas. Ada azuzó al caballo.

—Se está nublando...

El eclipse se cernía sobre ellas. Pompeya lo observaba con atención.

—No es una nube... Es... ¡una lluvia de xaguas!

Una nube temblorosa lo cubrió todo: las mariposas se posaron por todas partes, cayendo sobre ellas por millares. El caballo abría la boca y se tragaba las que podía.

Las xaguas les cubrían la cabeza, la cara, los brazos, las rodillas, con una sensación de leve cosquilleo en la piel, delicadas y suaves como unas hadas de cuerpo azul brillante y alas más oscuras, casi negras. Este fenómeno no era habitual aunque se daba en ciertas épocas del año, no se sabía por qué. Algunos entomólogos creían que se debía a una migración hacia otras tierras para reproducirse, pero nunca se había comprobado. Pompeya no dijo lo que todos los familiarizados con los ritos supersticiosos de la Isla sabían; esto es, que la xagua es una mariposa de mal agüero y que cuando entra en una casa anuncia la muerte.

De manera tan súbita como habían aparecido, las mariposas reemprendieron su viaje, pues también ellas eran viajeras.

La nube oscura subió hacia el cielo y se encontraron en una curva que dejaba a la vista una loma erizada de estacas. No habían podido verlo antes, cuando el paisaje quedó oculto tras la lluvia de xaguas. En cada una de las estacas había clavada una cabeza. Muchas. Quizás hombres o mujeres, niños o ancianos, imposibles ya de reconocer en ellos un rastro de identidad, despojos de carne y huesos putrefactos, abandonados. Las hubiera mirado una hilera de ojos muertos cubiertos de moscas si los pájaros no hubieran vaciado esas cuencas. Pompeya gritó, Ada azotó con las riendas al caballo; tenían que salir de allí, tan rápido como fuera posible. Se puso de pie en el pescante e hizo restallar el látigo sobre el animal agotado. Los ejes chirriaron agónicos cuando comenzó a galopar con las fuerzas que le quedaban, y el coche botó sobre las piedras del camino, bamboleante, con peligro de volcar. Siguió azuzando al penco sin cesar, sin mirar atrás: alejarse, alejarse de allí era su único pensamiento.

El animal corría casi desbocado, dejando atrás la loma de las cabezas cortadas, cuando cayó reventado. Pasó muy rápido: al desplomarse el caballo, el carricoche chocó contra él, se levantaron del suelo las ruedas traseras y las dos mujeres fueron despedidas hacia la cuneta.

Tras la nube de polvo, una rueda giró solitaria al salirse de su eje. Caída boca abajo, Ada intentó ponerse de pie. Le dolían las palmas de las manos ensangrentadas, llenas de polvo.

—¿Pompeya? ¿Dónde estás? —No oyó nada. Gritó—: ¡Pompeya!

Entonces notó algo caliente escurriéndole por la frente hasta nublarle un ojo. Intentó limpiarse: era sangre. Luego, el suelo fue hacia ella y todo se volvió negro.

II

En el telón pintado, el ideal romántico de un palacio italiano. Tapices, estatuas de diosas semidesnudas, escaleras de mármol, puertas ocultas tras las cortinas. Un grupo de hombres envueltos en trajes de terciopelo rodean a un jorobado de barba canosa, sorprendidos porque el bufón jorobado, de quien un momento antes se burlaban, les ha confesado que la mujer que se han atrevido a raptar no es su amante, sino su hija. Lleno de rabia, injuriando a los que le han ofendido, reclamando su honor, Rigoletto se acerca hasta la boca del escenario sobre el foso y comienza a cantar su famosa aria, «Cortigiani vil razzadannata», el rostro maquillado cubierto de lágrimas, las manos extendidas con patetismo.

La teatral música de Verdi acompañó el gesto abarcando el patio de butacas, los palcos, los engarces complicados de las joyas, las perlas, los abanicos de marabú, los tocados con plumas, las colas de satén, los encajes, los perfumes, las gargantillas lanzando destellos, empeñadas en deslumbrar, los escotes empolvados y adornados con camelias, los guantes blancos, los fracs negros sobre los que centelleaban gemelos de oro y alfileres de brillantes, reclamando también su porción de admiración, como las mujeres hermosas. Estas eran las muestras tangibles del poder de los elegidos de la fortuna, participantes en la ceremonia de reconocimiento y complacencia celebrada entre las paredes del teatro cubierto de frescos y arañas de cristal de Bohemia con forma de lágrimas.

Nadie había querido perderse esta representación, no por escuchar al afamado barítono italiano, sino porque la Junta Militar en pleno junto al gobernador harían acto de presencia. Los palcos y el ambigú convertidos en tenderetes de chalanes donde se cerraban negocios con un apretón de manos, un día de feria grande en la que se llevarían a buen término negocios importantes: contratas de obras, de transporte marítimo, de compras de víveres y suministros para las tropas... Todo era poco para el esfuerzo bélico. La guerra vaciaba las arcas del Estado y llenaba los bolsillos de los patriotas.

Sonaron las últimas notas, la bella voz del barítono pidiendo piedad para él y para su hija, hasta que justo al final del aria, en el silencio previo al estallido de aplausos, se escuchó alta y clara una voz de mujer.

—¡¡¡Viva Cuba libre!!!

El grito fue la señal: otras voces dieron más vivas y a la vez, desde el gallinero, voló una lluvia de mariposas blancas, azules y rojas que juntas formaban la bandera cubana. Los papeles de colores inundaron el aire del teatro cayendo sobre el patio de butacas, sobre los uniformes de gala de los generales y oficiales españoles. La orquesta en el foso paró la música, los actores se quedaron congelados en el escenario, algunos músicos recogían los pasquines enganchados en sus atriles. Hubo gritos y una dama se desmayó con mucho aparato.

—¡Anarquistas!

—Qué va... Aquí no hay de eso. Serán ñáñigos...

En el patio de butacas se formó un revuelo con todos los militares puestos en pie señalando el gallinero; la policía, avisada, hizo acto de presencia y se oyeron carreras por pasillos y escaleras. Algunos de los presentes seguían los acontecimientos más divertidos que asustados: lo ocurrido constituiría tema de conversación para muchos días.

—No se muevan de los palcos.

—¡Protejan a las señoras!

—¡Guarde esa pistola! No lo pongamos peor...

Manuel salió del palco a ver si despejaban las salidas, pero volvió enseguida para decir que los corrillos y el tumulto impedían el paso.

—Es mejor esperar, todavía está la policía haciendo detenciones y la gente nerviosa. No se preocupen ustedes. Voy al palco de al lado, está allí el cuñado del jefe de Policía. Nos dirá lo que hemos de hacer.

—Muy bien visto, Díaz.

Volvió a salir no sin que las damas le agradecieran efusivamente sus desvelos.

—Qué pena de ópera, con lo bonita que es...

—Estos rebeldes no respetan nada.

—Pues yo casi les agradezco la interrupción: Verdi me parece un tanto populachero y gritón.

—Usted, como buen germanófilo, siempre ha sido más de Wagner...

—¡Dónde va a parar!

—Solo dos cosas permanecen arcanas para mí: el amor de los efebos y la música de ese teutón.

Rieron todos la salida pícara, las señoras tapándose la boca con el abanico.

—Déjelo, querido Xavier, mi marido tiene un oído enfrente del otro.

—Es que a mí la ópera me da hambre: deberían hacer como en los toros y que nos dejaran traer un piscolabis, el ambigú está muy poco surtido...

—Miren, al general Peláez se le han encogido los bigotes de rabia... Va por ahí dando voces sin ton ni son.

—Pero porque el coronel que tiene al lado ha sacado el sable, con peligro solo para los circundantes... ¡Guarde ese cuchillo, hombre!

—¿Quién es ese capitán que está con Mendoza? ¿Lleva la Laureada de San Fernando? Déjame los gemelos, querida...

—¿A ver? No le conozco.

—Yo sí. Su hermano es diputado. Se llama Vega Casas o Casal... Algo parecido.

—No le conozco.

—Muy joven para capitán, ¿no?

—Y para tanto laurel...

—Cosas de los «méritos de guerra»: en estos tiempos parece que regalan los entorchados.

—No en este caso; creo que le concedieron la Laureada en el sitio de Melilla. Por lo visto se trata de un héroe de los de verdad, de los que terminan en estatua de bronce con cabezas de moros bajo los pies.

—Y guapo...

—¿Guapo? Cómo son las mujeres...

—¡Qué sabrán ustedes de belleza masculina!

—¡Lo mismo que de ópera!

—Les pirran los aspectos feroces y los modales de estibador; ese es el petimetre romántico de hoy día...

—Todavía están las señoras en la época de las cavernas, querido amigo, ¿no lo sabía usted? Son encantadores seres primitivos.

—¡Don Agustín! Voy a tener que contarle a su esposa esas cosas horribles que dice de nosotras. Ella le hará entrar en vereda...

Meneaba las varillas de nácar y encaje del abanico delante de las narizotas del tal don Agustín.

—Bromeaba, querida Lucrecia. Aquí todos somos caballeros al servicio de las damas.

Hizo una reverencia muy empingorotada que volvió a hacer reír al palco.

—Pues dicen que su guerrero no es un caballero, sino un salvaje que hasta agredía a sacerdotes allá en la Madre Patria... ¿Sigue encontrándole atractivo?

—Los héroes no necesitan serlo... Les dan medallas y les restan obligaciones.

—Son ustedes muy valientes en el palco de un teatro, me gustaría verles pegar tiros en la manigua. Pero... Querida Ada, ¿se encuentra bien? Está muy callada.

—Y pálida.

Lucrecia le cogió la mano enguantada.

—¡Y temblando! Querida, debería irse a casa...

—Solo es un poco de... mareo. Creo que saldré al pasillo.

—¿No la habrán asustado esos filibusteros de pacotilla?

Negó sonriendo con desgana, y salió del palco.

Casi chocó en el pasillo con Manuel, que fumaba un veguero con otros comerciantes disfrazados de nobles metidos en sus fracs impecables. Esta era la representación de la verdadera aristocracia habanera: antiguos horteras ascendidos a potentados. Sobresalía la cabeza de Manuel por encima de las demás; el más alto de todos, un poco cargado de espaldas, como ayudando a los más bajos a llegar hasta él. Volvió los ojos muy negros, tan rodeados de pestañas que le convertían la mirada en una caricia suave, hacia ella.

—¿Qué te ocurre?

—Nada...

— No me engañas, a ti te ocurre algo. Te llevo ahora mismo a casa de la prima.

—No, no... Solo necesito tomar el aire. Este corsé me oprime y esto está tan lleno de gente... Voy a tomar el aire al balcón grande, el del hall.

—Te acompaño.

—No, no... quédate aquí con tus amigos.

—No quiero que vayas sola. —La cogió del brazo.

—Ya se han llevado a los alborotadores... Y he visto abajo a las de Pereda, me quedaré con ellas.

Al pie de la escalera atestada de gente, Manuel se encontró con su socio Blas Llopis.

—Señorita Silva... Manuel, te estaba buscando. Acabo de recibir noticias. Muy buenas.

—¿Te importa? —Manuel se volvió hacia ella.

—No, no, ve... Si estoy bien.

Manuel se quedó atrás con Llopis.

Quería estar sola. Para volver a respirar necesitaba ver a ese hombre, saber si era quien creía. Si era el mismo o lo había soñado. Pero el nombre... el nombre coincidía. Vega Casar, aunque el tonto de don Onofre no se hubiera enterado del todo. Pero ella sí.

Desde lo alto de la escalera con caballeros y señoras subiendo y bajando o apoyados en el pasamanos de ébano, miró hacia el hall. Los uniformes de gala se apiñaban haciendo a todos los hombres el mismo, solo diferenciados por el número de galones y medallas. Entonces, y antes de verlo siquiera, de saber dónde estaba, sintió su mirada. Apoyado en la voluta del final del pasamano, con un pie descansando en la escalera, sonreía a medias con su boca irónica, admirándola como si estuvieran ellos dos solos, sin nadie alrededor, sin teatro ni ópera ni gente. Ya no sintió ningún nerviosismo, sino una sensación cálida de seguridad, como si estuviese en una casa en la que se ha nacido y crecido, un hogar.

Deslizó la mano por la madera pulida y brillante y bajó lentamente sin apartar los ojos de aquella figura que parecía formar parte de la escalera, la curva grácil sobre la que se doblaba, sus peldaños de mármol envueltos en la alfombra roja: todas las cosas que la rodeaban la dirigían hacia él. Fue tan intensa la mirada que lo obligó a dejar de sonreír y se puso serio cuando Ada se paró ante él, un peldaño por encima.

—Hola, Víctor.

Lo dijo con naturalidad, como si se hubieran visto hacía días, horas. Ayer. Y es que para Ada era ayer: la misma niña desgarbada de dientes saltones y piernas largas que le vio junto al río por primera vez. Pero él no lo sabía.

El joven capitán estaba impresionado por la actitud extraña de aquella mujer envuelta en un vestido de satén blanco ajustado al talle y las caderas haciendo suaves pliegues, de escote abierto en dos golondrinas de terciopelo negro cayendo a los lados de los brazos, el pelo castaño recogido en lo alto con un solo adorno: una media luna de brillantes. En apariencia sencilla, pero de una elegancia tan sutil que llamaba la atención precisamente por ello. Sin que ella se diera cuenta, no había dejado de mirarla desde que la vio entrar en su palco, apostado en uno de los laterales del patio de butacas junto a otros oficiales. Y ahora la tenía delante y lo llamaba por su nombre, como si le conociera.

Ada cayó en la cuenta de su propio aspecto: no, era imposible que recordase a una niña vestida de domingo, rodeada de prados verdes en una tarde de verano de otro tiempo, en otro lugar.

—Pobrecillo... No entiendes nada. —Y se echó a reír casi sin ruido—. Soy Ada. Ada Silva.

Tendió la mano hacia el oficial. Podía ver su desconcierto en el gesto, en el silencio que mostraba el esfuerzo de hurgar en la memoria para saber cuándo, dónde, a través de quién, se habían conocido.

—Yo... Perdone, pero no puedo... No sé cómo disculparme.

Ver a aquel hombre que cinco minutos antes se mostraba tan seguro de sí mismo perdido como un niño que se ha soltado de la mano de su madre, le resultó cruel hasta a ella, que tanto estaba disfrutando del momento.

—¿Me conoce...?

—Por supuesto. ¿No es usted Víctor de la Vega Casar? —Cambió el tono y casi susurró, cómplice—: Ahora eres todo un capitán, pero cuando nos conocimos eras un chico que montaba su caballo como si le persiguiera el Diablo.

Era inútil intentarlo: no sabía quién era, ni por qué lo trataba con esa familiaridad. Pero le fascinaba su forma de hablar tan franca, los ojos oscuros que no se despegaban de los suyos, la mano extendida de apretón firme, que dudaba en soltar. «No bromea. Es sincera: me conoce, de eso no hay duda.» Dejó de rebuscar en el cerebro y se dejó llevar confiando a ciegas en la desconocida. Deseó que le cogiera la mano otra vez para llevarle a donde ella quisiera, porque la seguiría con los ojos cerrados.

Las de Pereda no dejaron de cuchichear al ver salir del teatro a la señorita Silva junto a un apuesto capitán y no del brazo de quien su compromiso obligaba. Después, tras el escándalo mayúsculo, se apresuraron en contar como habían sabido de la relación antes que nadie, que la boda repentina no les había cogido de sorpresa a diferencia del resto de la buena sociedad. También fueron las iniciadoras de las críticas por la forma en que la señorita Silva devolvió a su prometido el solitario que le había regalado, y se colgaron a sí mismas la medalla de ser las primeras en retirarle el saludo.

Al salir del teatro y del bullicio que lo rodeaba, Víctor y Ada caminaron en silencio, ella un paso por delante, él siguiéndola como hipnotizado, hasta que las calles de La Habana Vieja se vaciaron de gente. Las farolas eléctricas apenas iluminaban dejando a la luna caribeña lucir con todo su esplendor, los avances recientes de la urbe moderna eclipsados por las señales vivas de otra ciudad anclada en un tiempo pasado.

Ninguno de los dos se atrevía a hablar, o no querían hacerlo por temor a romper el silencio del escenario volcado hacia ellos, amparándoles con sus sombras. Juntos, sintiendo el eco de sus pasos en las piedras coloniales y el susurro de la brisa marina sobre las copas de las palmeras lanzando sombras fantásticas bajo los rayos de la luna que reverberaban en la cola blanca del vestido, arrastrada por su paso, dejando un rumor brillante tras la mujer, un destello en la oscuridad, la señal del camino a seguir, atravesaron los ojos de las arcadas, las líneas de luz cortadas por las esquinas. Recorrieron las calles señaladas con viejos cañones de bronce surgiendo de los adoquines, recordatorios de las luchas contra los piratas deseosos de asaltar la ciudad, promesa de riquezas míticas. Con los palacios, los paseos, las avenidas quietas, apagadas, detenidas en el tiempo, como si la ciudad entera durmiese esperando a que un príncipe la despertara con un beso, rescatándola de un sueño que duraba ya cientos de años.

Las calles estrechas respiraron de pronto abriendo el pecho de la plaza de la Catedral. Fue él quien se atrevió a hablar primero. Resonó su voz como ahogada, sorprendiéndole incluso a él.

—Nunca había estado aquí. De noche, quiero decir. Esta ciudad es un milagro. Todo es tan distinto de lo que conozco...

—Lo sé.

—¿Cómo puede ser eso? ¿Es que lo sabes todo de mí?

—Sé de dónde vienes porque yo también estuve allí.

—¿Cuándo?

—Hace años, no era más que una colegiala.

Ella rozó con la mano enguantada los muros imponentes de la catedral.

—A veces vengo aquí y toco la piedra con las manos, apoyo en ella la cara, como si la abrazase. Por la noche está todavía caliente y late como si estuviera viva. Tengo que tener cuidado de que nadie me vea y piensen que me he vuelto loca...

Los pasos resonaron en el enlosado de la plaza.

—Tú... eres distinta. Distinta de todas las mujeres que he conocido en mi vida.

—¿Por qué?

—Aún no lo sé... Pero me gustaría averiguarlo.

—Te aseguro que lo harás.

—A eso me refería, nunca he encontrado a nadie que hablara con tanta convicción.

—No estoy segura de casi nada... Salvo de ti. Llevo esperándote mucho tiempo.

Eso le dejó mudo.

—Desde que te vi la primera vez. No sabes cuánto lloré al perderte... La gente cree que una niña no puede sentir el amor como yo lo sentí. ¡Pero Julieta tenía trece años! Pensé que te había olvidado, que había logrado borrarte, que solo habías sido una fantasía infantil. Pero no era así... En cuanto te vi en el teatro lo supe, todo este tiempo no he hecho más que esperarte, porque en el fondo sabía que volverías, que me encontrarías. Y así ha sido, ¿no lo ves?

Si hubiese oído las mismas palabras en boca de otra mujer se hubiera sonrojado y huido de ella a toda prisa. Todas las ideas que se había formado sobre el amor y sus inconvenientes, sobre sus fastidiosas consecuencias y su propia experiencia, se vinieron abajo: cayeron derrotadas con la misma facilidad que un castillo de arena con la primera ola de pleamar. Lo olvidó todo, lo aprendió todo.

—¿Sabes que la mayoría de la gente pensaría que declarar tu amor así, es una falta imperdonable?

Era su última defensa: apelar a la vergüenza, a los modales, al decoro. Ada sonrió.

—Sí, una mancha en su honra y su vergüenza. La mujer decente debe esperar a que sea el hombre quien se le declare, y aquella que se atreva a quebrantar ese mandato renunciando a las buenas costumbres, a su propio orgullo, humillándose de esta manera por un hombre, es declarada una desclasada, una paria rechazada por la buena sociedad. Pero ni tú ni yo pensamos así. No somos como ellos, ¿verdad, Víctor?

«Se me ha metido dentro del alma, lo sé.»

— ¿Quién eres? ¿Una bruja?¿Un duende? ¿De dónde has salido?

Las palabras sonaron apagadas, con miedo a salir de su boca. Ni él mismo entendía como aquella mujer podía ser real y no una ilusión, una invención de su propia imaginación.

—De ti, soy tú. ¿Es que no lo ves? ¿Es que no lo sabes? Mírame, soy yo.

Dio unos pasos hacia él. Ahora la tenía tan cerca que respiraba su misma respiración, sentía el calor que irradiaba su cuerpo, el guante de satén apoyado en su cara, su mano pequeña dentro acariciándole la piel, los labios, los párpados. Ella seguía mirándolo fijamente, con una fuerza que le atravesaba los huesos. Entonces recordó. Reconoció la misma mirada llena de pasión en una niña con un lazo en el pelo, el gesto de una chiquilla desgarbada que acariciaba su caballo junto a la piedra antigua, la piedra de los druidas enterrada allá, al otro lado del mar. Era ella. «Recuerda, soy Ada.»

Cogió la mano enguantada y la besó.

—Sí, lo sé. Ya te veo. Eres tú, Ada.

Ella apartó la mano y volvió a apoyarla sobre la tela áspera de la guerrera debajo de la enseña en forma de corona de laurel. Justo encima de su corazón.

—Tú también lates, como la catedral.

No esperó más, no tuvo miedo, se acercó en el mismo instante en que él lo hizo, como si fuera su propio reflejo.

El farol se apagó de pronto, la noche cayó sobre ellos sin fuerza ya, blanda, blanquecina, y se encendió con el beso anunciando el día que amanecía.

III

—Ada... Despierta...

Al abrir los ojos vio el azul del cielo muy limpio y en medio de él el rostro grave de su amiga, pero tuvo que volver a cerrarlos: todo le daba vueltas y un enorme cansancio la aplastaba, pegándole el cuerpo al suelo. Quería volver a dormir, regresar al sueño en el que estaba junto a Víctor. Una voz que no era la de Pompeya acabó por despertarla.

—Tiene que permanecer despierta. El golpe ha sido fuerte, aunque no parece grave. Siga hablándole, tiene que reaccionar.

—Vamos, abre los ojos, mírame... Mira, estamos a salvo, estos señores nos ayudarán a partir de ahora.

Pompeya la incorporó con cuidado, apoyándole la cabeza en su regazo y acercando la cantimplora a su boca.

—Bebe, por favor.

El agua la ayudó a abrir los ojos, aunque con dificultad: le molestaba la luz. Comprobó que tenía en la cabeza una venda y que a unos metros estaba el carro volcado y el caballo muerto. Un hombre permanecía al lado, alerta, con una carabina apuntando hacia el camino. Miró a Pompeya y a sí misma; ambas tenían las faldas y las camisas cubiertas de polvo y desgarradas por mil sitios.

—¿Se encuentra mejor, señorita Silva?

Levantó la cabeza para ver quién preguntaba. Notó el acento extranjero. Americano. Yanqui.

—Sí... Gracias.

Iban vestidos con sombreros de ala ancha de fieltro, traje de campo y polainas, con un estilo muy distinto al antillano. Todos lucían bigotes y uno de ellos era de un rubio casi albino; tal vez fuera holandés o danés... Ver a un hombre tan blanco al lado de Pompeya no dejaba de ser chocante. Intentó levantarse.

—No, aún no se levante. No hay prisa. Pero estamos en la zona de ese renegado y en cuanto se recupere saldremos de aquí. Me refiero a ese tal Andara. Pero ahora no tiene nada que temer.

Hablaba despacio y con tono imperativo, acostumbrado a mandar, usando o no los dos revólveres que le colgaban del cinto. El albino lucía un fusil Remington apoyado en la cadera y un largo cuchillo Bowie sujeto a la polaina. Como el que había quedado junto al carro, permanecía vigilante.

—Son los hombres que nos han estado siguiendo, Ada.

—¿Cómo?

—No se alarme, tenemos órdenes de procurar que no le ocurra nada a usted. A ustedes.

—¿Órdenes? ¿Órdenes de quién?

—De nuestro cliente. Ahora descanse, no emprenderemos la marcha hasta que esté restablecida.

—Un momento... Dígame a qué se refiere, a quién...

Un trallazo de dolor la hizo callar. El hombre armado aprovechó para alejarse.

—Pompeya...

—Dime, Ada.

—¿Tú estás bien?

—Magullada y llena de arañazos, pero sí, estoy bien.

406

—¿Quiénes son? Van armados hasta los dientes.

—Son agentes contratados.

—¿Por quién?

—Tienen órdenes de no decirlo.

—¿Órdenes? Todos cumplen órdenes...

—Déjalo, todavía estás confusa. Toma, bebe otro poco de agua.

—¿Te fías de ellos?

La negra bajó la voz.

—Al principio no, aunque me enseñaron su documentación; una chapa en la que pone «Pinkerton».

Así que esos individuos eran agentes de Pinkerton. Había oído hablar de ellos: una especie de policía privada norteamericana, a sueldo de muchas compañías yanquis y cubanas con negocios en el Caribe. Les contrataban para todo tipo de acciones en que se necesitaran hombres adiestrados en la búsqueda de objetos robados o personas desaparecidas, impedir atracos, hacer de escoltas o disolver altercados y huelgas; en fin, para solucionar casos que la policía local no podía o no quería resolver. Desde que estalló la guerra se les acusaba de espiar a favor del Ejército Independentista, o mejor dicho, a favor de los intereses norteamericanos en Cuba.

Pompeya seguía susurrando:

—Luego tuve que confiar. ¡Cómo no iba a hacerlo! Me dieron esto. No dudé, lo conozco tan bien como tú.

Le abrió la mano y puso en ella un trozo de plata brillante y desgastada por el uso. Era el colgante que conocía bien: el trisquel de tía Elvira, el que según decía le había regalado su madre hacía muchos años y del que jamás se desprendía.

Las lágrimas le nublaron la vista. «Cuando muera, será para ti.»

CARNE PARA TIBURONES

I

—Mi representado no escatima en gastos. Lo único que le interesa es mantener a salvo a la señora. La labor de usted consiste en encontrarla y asegurarse de que no sufra daño alguno. —Poniendo encima de la mesa un pagaré con varios ceros y una carpeta, Blas Llopis añadió—: Aquí tiene toda la información sobre ella que me solicitó.

Su interlocutor cogió el cheque y sin mirarlo lo guardó rápidamente en su cartera; en cambio, abrió la carpeta y pasó las hojas con parsimonia.

—¿Cómo es posible que haya podido cruzar los controles y las trochas?

—Viaja con salvoconductos expedidos por la autoridad militar española, cartas de recomendación y también pases especiales que le darían vía libre en el caso de encontrarse con el ejército insurrecto. Yo mismo hice las gestiones necesarias para conseguirlos.

El norteamericano ponía toda su atención en los papeles. Tenía un acento cerrado y feo, pero una sintaxis fluida, académica.

—Será necesario contratar a otros dos hombres.

—No me interesan los detalles de la operación: dejo a su

411

discreción lo que sea menester. Sé que es usted el hombre idóneo, *mister* Jenkins. ¿Alguna pregunta?

Mientras guardaba la documentación en un portafolio negro, el valenciano observó a aquel tipo: estaba acostumbrado a tratar con toda clase de sujetos, algunos de la peor calaña, pero no siempre experimentaba un escalofrío al encontrarse con uno de ellos. Aparte de la presencia amenazadora de *mister* Jenkins, le revoloteaban en la cabeza algunos temores y reparos; utilizar los servicios de la agencia yanqui podría traerles problemas, pues era un secreto a voces que los agentes de Pinkerton se infiltraban en Cuba al servicio de la embajada norteamericana y trabajaban para su inteligencia, incluso facilitaban el contrabando de armas hacia los independentistas sublevados burlando el bloqueo español. No le quedaba más remedio que confiar en la reserva con que se conducían y de la que dependía su credibilidad. Como no quería que Jenkins se diera cuenta de estos temores, se dirigía a él con un tono lacónico, de funcionario o empleado de banca. Echó una última mirada a la credencial de la agencia de detectives más famosa del mundo: un ojo abierto de par en par y bajo él, la frase «*We never sleep*», su lema.

—Si la señora ignora la identidad de quien se hace responsable de su seguridad, puede que desconfíe de nuestras intenciones y se niegue a... ser protegida. No sería de extrañar.

—Cierto. ¿Tiene alguna idea al respecto?

—En estos casos, lo mejor es entregar una carta de puño y letra de algún conocido o familiar en quien ella confíe.

—Nada de cartas.

—Entonces, un objeto personal, algo que sea imposible de falsificar y que la persona identifique sin duda alguna.

—Entiendo.

Llopis se quedó meditando mientras el sicario esperaba, paciente. Abrió un cajón de la mesa de nogal y sacó un sobre de papel. Lo abrió y en su mano se deslizó un pequeño colgante de plata que puso sobre la mesa.

—Estoy seguro de que la señora reconocerá este recuerdo familiar.

El norteamericano alzó las cejas; el leve gesto de sorpresa le humanizó.

—*Curious...* Es un símbolo celta.

—¿Ah, sí? No estoy seguro de lo que significa.

—Se lo aseguro. Mi madre era irlandesa. —Lo guardó en el bolsillo interior de la chaqueta.

—Bien, eso es todo. Le deseo mucha suerte...

—No creemos en la suerte, señor. Nosotros creamos nuestra propia suerte.

Al salir el norteamericano, Blas respiró aliviado. «Todo esto es una locura...» En general, no estaba de acuerdo con ninguna de las decisiones que había tomado Manuel, su instinto de hombre práctico le avisaba de que estaba cometiendo un error tras otro. Pero le había resultado imposible convencer a su socio y amigo; y no era de extrañar, pues rara vez alguien con el corazón roto se dejaba aconsejar o mostraba prudencia. Lo sabía por propia experiencia. Abrió otro cajón de los muchos de la mesa, sacó recado de escribir y su papel de cartas personal sin el membrete de la compañía.

Querido amigo: espero que por la presente te encuentres mejorado de tus aflicciones, que bien sabes me pesan. Te escribo solo unas líneas para decirte que he procedido tal y como me pediste.

El hombre de Pinkerton ha sido ya contratado: me consta que es un individuo solvente, aguerrido y con mucha experiencia dentro y fuera de la Isla. No ha habido problema alguno con los honorarios, por otra parte tan generosos como solicitabas: he seguido todas tus instrucciones. Tampoco he tenido que insistir sobre la índole confidencial de nuestro acuerdo y la discreción que se espera de él; parece habituado a que sus clientes se mantengan en el secreto. Sin embargo, ha sido indispensable darle algo que nuestra amiga pudiera identificar, para disipar sus dudas y eventuales desconfianzas. No he tenido más remedio —no tenía a mano otra cosa mejor— que entregarle ese pequeño medallón de plata que perteneció a su tía. No sé si he procedido correctamente, pues desde que partió, no ha debido recibir ninguna noticia y permanecerá ignorante de lo ocurrido en La Oriental, así como de la muerte de doña Elvira. Espero haber tomado la decisión correcta.

Nuestro hombre parte mañana mismo. A partir de ahora me informará de sus pesquisas por vías no habituales, a través de personas de su confianza. Y yo a mi vez te enviaré noticias en cuanto las reciba. Espero que todo se resuelva de la mejor manera posible.

Afectuosamente, tu amigo Blas Llopis.

Mientras cerraba el sobre, pulsó el timbre y al poco se abrió la puerta, apareciendo en el vano un secretario; tras él se veía la ingente actividad de una oficina con muchos empleados.

—¿Ha mandado llamar, don Blas?

—Sí, Vicente. Hágame el favor de avisar a un recadero: esta nota debe salir inmediatamente para España, en el primer vapor que zarpe, cueste lo que cueste. Si hay que dar una gratificación a alguien por ello, hágalo sin reparo.

II

No había muchos parroquianos en la terraza del café de la plaza, y esa fue la razón por la cual Manuel se atrevió a sentarse en una mesa y pedir un vermut y la prensa. Hacía denodados esfuerzos por conducirse como un ocioso más, un simple comerciante que pasaba una temporada de asueto disfrutando de los dineros honradamente adquiridos con sus negocios de Ultramar. Eso había dicho a quien le preguntó y era lo que sabían de él en el pequeño hotelito donde se hospedaba. Lo cierto es que cualquier cosa le costaba un extraordinario esfuerzo, como por ejemplo concentrarse en la lectura de los periódicos. Ninguno de aquellos artículos que hablaban con patético triunfalismo de la guerra contra las colonias o las noticias locales, despertaban su interés. Pasaba las páginas con indolencia, mirando por encima los anuncios y echando vistazos a la plaza y al edificio oficial que se alzaba justo enfrente.

«Chocolates, cafés y sopas coloniales de Matías López. Madrid-Escorial. Premiados con 40 medallas. Venta en todos los establecimientos de Ultramarinos.»
«Verdaderos granos de salud del Dr. Franck. Males-

tar, jaquecas, estreñimiento, pesadez gástrica. Congestiones curadas o prevenidas.»

«Callicida Escrivá. Infalible. Mata callos.»

«Agencia fúnebre militar. Única en su clase. Claudio Coello 46.»

«Fonógrafo para todos El Pigmeo, con Real Privilegio. Habla, canta, ríe, llora, silba, etc. Se oye con claridad a 15 pasos de distancia. Instrucción y diversión. El mejor regalo que se puede hacer.»

Este anuncio le recordó que había dejado su propio fonógrafo en Cuba junto al resto de pertenencias al decidir viajar ligero de equipaje y llevarse a España lo que cabía en una maleta.

Entre los distintos diarios que tenía delante vio asomar *El Pueblo* y bajo su cabecera un artículo de Blasco Ibáñez, un escritor por el que sentía gran admiración su amigo y socio Llopis. No solo la firma llamó su atención, también el título: «Carne para tiburones.»

El buque fantasma imaginado por los marineros del Báltico, es hoy una realidad; solo que en vez de vagar errante por la soledad de los mares, ondeando sobre su silenciosa cubierta el pabellón holandés, hace sus viajes quincenales desde Cuba a España y ostenta en la popa la bandera de la Trasatlántica, esa empresa feliz para la cual los infortunios nacionales son negocios y las desdichas de la patria se manifiestan aumentando de un modo considerable los dividendos de los accionistas.

Volvió a levantar la cabeza del papel impreso, cuya tinta empezaba a ennegrecerle los dedos. A la izquierda de la terraza se erguía el edificio más imponente de la plaza y uno de los mayores de la ciudad: el de la Compañía Trasatlántica, propiedad del millonario Claudio López Bru, hijo a su vez de Antonio López y López, a quien el rey Alfonso XII había otorgado el título de Marqués de Comillas y hecho Grande de España. Todo el mundo sabía —aunque nadie lo decía— que el advenedizo marqués, hombre brutal y analfabeto, había acumulado una enorme fortuna gracias a su pericia en el tráfico de esclavos hacia Cuba. Su hijo agrandó el imperio del negrero heredando sus pocos escrúpulos y su mucha codicia: controlaba la Compañía de Tabacos de Filipinas y el tráfico marítimo con Asia, Sudamérica, Estados Unidos y las colonias africanas, ostentando además la concesión del transporte marítimo encargado de trasladar tropas y armamento para la guerra, con gran beneficio proveniente de las arcas públicas.

¡Qué inmenso alborozo debe reinar a estas horas en las profundidades del océano! Los tiburones están de enhorabuena. Se morían de hambre; su apetito voraz les hacía sufrir el tormento de la necesidad no satisfecha; pero ahora, gracias a la Trasatlántica y a la imprevisión e inhumanidad de los que nos representan en Cuba, la tranquilidad de los vientres está asegurada. Si es que en el mundo submarino el agradecimiento de los estómagos satisfechos se manifiesta como en la tierra por medio de aclamaciones, en las profundidades oceánicas debe resonar el grito de «¡viva Weyler!, ¡viva Azcárraga!, ¡viva Comillas!», y tal vez abunden más las aclamaciones a este último, pues los voraces animales, que en un momento se tragan la carne de un soldado español repatriado, deben encontrar cierto parentesco último entre ellos y el negociante tiburón patriótico que con tanta limpieza sabe digerir los millones de duros que le proporciona la guerra de Cuba.

Así hablaba el paisano de Llopis, sin pelos en la lengua.

Se revolvió en el asiento; no debería haber leído aquel artículo. La guerra, los soldados repatriados demudados y quebrantados que había visto tirados por las calles pidiendo limosna para poder regresar a sus hogares, el escándalo reciente de la llegada del *Isla de Panay* también llamado «cementerio flotante»... Parecía que no se había ido: cuanto más intentaba olvidar todo lo que había dejado atrás, con más fuerza regresaba. Y ella había quedado allí, perdida en medio de aquel desastre. Notó crecerle la angustia, apretándole en el pecho y en el cuello duro de la camisa.

¿Había sido una buena idea regresar? Quizá no, pero ya no podía quedarse en la Isla, la tierra que había aprendido a amar por ella, para ella. Sus pensamientos volaron del todo cuando escuchó la sirena de un barco que entraba a puerto; quizá se trataba del barco que esperaba. A su alrededor, los paseantes, las amas de cría con los niños de sus señores, la gente que acudía a sus quehaceres, los camareros de chaquetas blancas hablando de sus cosas, el saludo del limpiabotas al entrar en el establecimiento, se le aparecían bajo una bruma tan espesa como la que salía de la bahía los días de mal tiempo pero sin viento que arrastrara las nubes bajas, pegajosas, dejando un horizonte blanco y fantasmal. En ese momento lo único que le interesaba era la entrada del barco y el edificio de estilo neoclásico que tenía enfrente, al otro lado de la plaza. De vez en cuando miraba hacia el callejón lateral que llegaba de la avenida principal.

Una voz atiplada le sacó del dolor agudo, incisivo, al que había convertido en su única compañía.

—¡Díaz! ¡Qué sorpresa!

Notó la mano en el hombro, las palmadas confianzudas, aunque en su vida habría visto sino un par de veces a este hombre grueso, de cabeza redonda y labios finos, crueles.

—¡No tenía ni idea de que hubiera regresado a la patria, paisano!

Incapaz de recordar su nombre, aunque sí su cara, intentó disimular.

—¿Cómo está usted?

Sin esperar invitación, el recién llegado puso sus generosas posaderas en la silla contigua, arrimándola a la mesa con estrépito.

—Pues ¡cómo voy a estar! Encantado de estar aquí, porque como en casa de uno no se está en ninguna parte. Además, las cosas no están muy allá al otro lado del charco. Con esto de la guerra hemos vuelto muchos, claro que solo esperando a que la cosa se decida, del lado que sea, y entonces volver. Al menos en mi caso, otros dicen que ni atados se vuelven a hacer el Caribe. Se conforman con un modesto capitalito que les dé para cortar cupones y comprar la casona de los señores de su pueblo, plantar una palmera y esperar a que les llegue la muerte. No, eso no es para mí...

Debió de caer en la cuenta de que este podría ser el caso de Manuel, y se interrumpió a sí mismo.

—¿Y usted? ¿Cuáles son sus planes? ¿Volverá?

Preguntas. Justo de lo que había huido. Y ahora se las encontraba de nuevo, todas juntas en boca de aquel entrometido sin nombre.

—Pues... aún no lo sé. Acabo de llegar.

Mentía; hacía casi dos meses que se había instalado en la pequeña capital de provincias, viviendo como un ermitaño en un hotelito apartado, cómodo y no muy caro, alejado de la zona «chic» de los veraneantes.

—Todavía descolocado, ¿verdad? ¡Bah! No se preocupe... Esta capital es provinciana, no lo olvidemos, se ha quedado anclada en los tiempos de Maricastaña; nosotros estamos acostumbrados a una gran ciudad moderna y lujosa como La

Habana: nada que ver. Ah, esos cafés, esos restoranes, esos teatros de ópera...

Manuel le recordó por fin: el estreno de *Rigoletto*, en un pasillo, después de aquel altercado protagonizado por los agitadores independentistas. Se fumó un puro junto a él y a otros más. Pero seguía sin ponerle nombre.

—... por eso le decía: hay lugares en los que un hombre joven y con posibles puede pasarlo bien. Están las regatas, el club de polo y las tertulias del Casino... Y siempre ha habido una sociedad de buen tono. A no ser que se decida por volver a la aldea.

Y fruncía el ceño, espantado. Manuel le miraba pensando que tenía cara de lechuza: no escuchaba toda aquella verborrea, sino un continuo uh-uh-uh... Pero ahora le tocaba contestar y tenía que hacerlo aunque no tuviera ganas.

—No, no en principio.

—¡Menos mal! ¡Me había asustado usted! Eso está mucho mejor...

Redobló las palmadas sobre la espalda de Manuel, que respiró hondo. Tenía ganas de escapar, pero no sabía cómo.

—¿Sabe que somos un buen grupo los desterrados que hemos vuelto? Hasta tenemos peña en el Casino... Nos han tenido que hacer un hueco esos estirados inútiles que han mandado aquí durante centurias. Pues se les acabó el momio: ¡paso a los nuevos tiempos! Ha sonado nuestra hora, amigo mío. Ya verá: le presentaré a todo el mundo. ¡Estarán encantados de acogerle! Usted es una buena adquisición... Y a pesar de que este país está en la ruina, aún hay hueco para negocios jugosos. Pero de la bolsa y los valores aléjese como de un endemoniado, aunque eso ya lo sabrá usted.

—¿Negocios?

—Sí, hombre... No del nivel en el que usted está acostumbrado, claro. Para mí mismo son aún pequeños y uno solo es un modesto industrial, no puedo compararme a usted, al volumen de negocio de su compañía, pero así se mantiene uno en forma, sin oxidarse.

Tenía que desembarazarse de aquel bocazas como fuera. Cortó, seco:

—No me interesa.

El otro no acusó el golpe; todo lo contrario, cambió el tono y puso lo que creía cara de cómplice de zarzuela.

—Ah... Acabáramos. Ya sé qué es lo que le ha traído de vuelta a la tierruca. —Y le dio un codazo—. Conquistas, ¿eh? Creo que rompió su compromiso allá en Cuba, ¿no es verdad?

Sintió la rabia como dos bofetadas en plena cara. De buena gana le hubiera dado un puñetazo en su estómago de morsa, pero solo apretó los puños bajo la mesa.

—No diga nada... No hace falta, que uno es discreto. Pero soy su hombre, Díaz. Le puedo presentar a todas las señoritas casaderas de la ciudad: guapas y pobres, ricas y feas, lo que prefiera... Hay decenas, ¡qué digo!, cientos de muchachas de buena familia a la caza del indiano. Hará verdadero furor: un hombre joven, de buena planta y empresario de éxito... Es usted una inversión sin riesgo, querido amigo. No cometa la torpeza que han cometido otros cayendo en las taimadas garras de mamás sin escrúpulos y adquiriendo material de segunda. Hágame caso, soy un experto.

Le guiñó un ojo picarón mientras dejaba sobre la mesa su tarjeta, dando golpecitos. «Maximino Pérez Lamadrid, Industrial.» Y una dirección. Tenía los dedos de las manos cubiertos de pelos y le brillaba entre ellos un anillo de oro con un rubí.

—Me encontrará en el Casino. A cualquier hora... ¡Abur, amigo!

Y se fue por donde había venido.

Manuel no había tocado el vermut y lo apuró de un trago. A punto estaba de pedir otro y otro más, pero decidió levantarse por temor a que volviera aquel factótum o que la mala suerte condujera hasta allí a algún otro conocido. Rompió la tarjeta y dejó una buena propina sobre la mesa, aunque no pensaba volver: no podía arriesgarse a encontrarse de nuevo con aquel sujeto. Tampoco tenía intención de ir a los partidos de polo ni a las regatas, ni dejarse ver en el Casino: al menos sabía lo que no tenía que hacer.

Cruzó la plaza en largas zancadas ahuyentado a las palomas al pasar, pensando que todo el mundo allí sabría de lo ocurrido: aquel asunto de su compromiso matrimonial. Debía sentir vergüenza por ello, era su obligación de hombre ofendido odiar a quien le había humillado y, sin embargo, no podía. «No me arrepiento, le volvería a pedir que se casara conmigo mil veces si viviera mil años.»

El coche estaba aparcado en el callejón y dos hombres con uniforme descargaban las sacas blancas precintadas, introduciéndolas en el edificio oficial: la oficina de correos.

—Buenos días. ¿Hay carta para mí?

El funcionario le miró como si estuviera loco. Claro, no era de extrañar: iba cada día a hacer la misma pregunta.

—Al menos déjenos abrir las sacas...

—Ya... Perdone; esperaré.

Daba vueltas por la oficina intentando que no se notara tanto su desesperación. Al fin, el funcionario le hizo un gesto, levantando la carta en el aire. Notó temblarle la mano al coger el sobre y firmar el recibí del certificado. Le faltaba el aire. Salió al callejón, y allí mismo junto al coche en el que habían traído la carta desde el barco, rasgó el sobre.

Querido amigo: espero que por la presente te encuentres mejorado de tus aflicciones, que bien sabes, me pesan. Te escribo solo unas líneas para decirte que he procedido tal y como me pediste...

Tuvo que apoyarse en el carruaje. Hacía días que esperaba aquella carta, que Blas Llopis le dijera algo de lo ocurrido a miles de kilómetros de distancia. Y ahora se sentía agotado, como si el alivio al nerviosismo le hubiera dejado una carga inmensa sobre los hombros de la que no pudiera desembarazarse. Cuando pudo recuperarse descubrió un vértigo distinto: no podía hacer otra cosa que esperar, de nuevo. Esperar noticias de Blas, que a su vez esperaría la información de aquel matón de la peor especie, pues solo un individuo así se prestaría a un trabajo semejante.

Caminó sin rumbo fijo. El cerro volcado hacia el mar donde se había fundado la ciudad se elevaba en calles angostas y empinadísimas a medida que se alejaba del centro, de los paseos y los edificios elegantes, hacia arriba, donde se encontraban los barrios populares. La cuesta se hacía más y más «pindia», como decían allí, pero Manuel seguía subiendo sin notarlo: aquello no era nada comparado con las montañas de su aldea, cuando siendo niño tenía que subir las vacas al puerto.

Apretó el paso con la necesidad acuciante de huir aún más, de escapar de los que le conocían o habían oído hablar de él, de encontrar un sitio donde refugiarse. Le horrorizaba la idea del trato con gentes como ese tal Lamadrid, un representante de la sociedad entera que le perseguía con el fin de prolongar su tortura. Mientras, tendría que sacar paciencia de donde fuera cuando hacía tiempo que la había agotado, y esperar de nuevo. Esperar noticias de ella mientras dejaba que otros se encargaran de salvarla, invadido por la culpa, el remordimiento absurdo de no haber sido él mismo quien acudiese a protegerla, a impedirle poner su vida en peligro. Escondido tras el dinero, pudiendo quedarse en la sombra mientras otros hacían el trabajo sucio y se enfrentaban a las mismas amenazas que quizás estuviese arrostrando ella.

«¿Soy un cobarde? No. Es que no puedo hacerlo, no puedo ir. Está casada, no puedo.»

¿Salvarla? Quizá no estaba más que engañándose a sí mismo y ella no le necesitaba. Entonces toda aquella idea absurda procedería de su orgullo herido, un intento desesperado por salvarse a sí mismo, como un espejo roto devuelve una imagen fragmentada, deforme. Pero no, esto no era posible porque Llopis había sido claro: su marido había desaparecido en combate... Al menos eso le había dicho en dos cartas seguidas, contradictorias: en una de ellas se le daba por muerto, en otra le contaba cómo Ada se había presentado en su despacho, desesperada, suplicando ayuda para emprender un viaje en medio de la guerra, porque ya no tenía a nadie a quien acudir; su familia le había vuelto la espalda después de la ruptura del compromiso, del escándalo. Blas le había escrito de inmediato y él a vuelta de correo.

Ayúdala en todo. Cueste lo que cueste. No repares en gastos, que te quede claro. Utiliza lo que creas necesario sacándolo de mis beneficios de la compañía. Y no hace falta que me remitas el monto de los gastos: ya sabes que confío en ti, Blas. Y sobre todo: que ella no lo sepa. Haz lo posible porque no averigüe que esa ayuda proviene de mí. Ya sé lo que estás pensando y no: no es por orgullo, no tomo este cuidado, esta reserva, para evitar su agradecimiento. Te juro por lo más sagrado que no es así, amigo mío. ¿Me creerás si te digo que lo único que deseo es su felicidad? Ojalá encuentre a su marido, no les deseo nada malo a ninguno de los dos.

No quiso saber lo que habían costado los salvoconductos aquellos que permitirían, al menos en teoría, cruzar el país de parte a parte. Su socio habría pagado lo que fuese necesario a aquellos mandamases militares ávidos, deseosos de esquilmar la Isla de la Abundancia. También al contratar a los agentes de Pinkerton. No le importaba, solo era dinero. Blas Llopis siempre se había preocupado cuando gastaba demasiado o hacía inversiones arriesgadas; él era quien se ocupaba de poner sensatez y mesura en las operaciones de la compañía con razones de peso, una persona cabal intentando poner coto a las ambiciones desmedidas de Manuel. Hasta que decidió marcharse. Tras largas e infructuosas conversaciones con que intentó disuadirle de la decisión de abandonarlo todo, Blas dejó de aconsejar a su amigo y desde entonces acataba todas sus directrices sin discutirlas. Solo le había dado un apretón de manos cálido y prolongado cuando ya estaba en la pasarela del barco rumbo a España.

—Querido amigo... Sabes que lamento muchísimo tu marcha. Yo... Espero que regreses pronto, algún día, cuando... creas que debes hacerlo. En fin, no te preocupes por la empresa: me enorgullece que confíes tanto en mí como para dejarlo todo en mis manos.

—No las hay mejores.

Manuel creyó que afloraban lágrimas a los ojos de aquel hombre reservado, que siempre se conducía de manera práctica y sensata y también se emocionó. «Me aprecia de verdad», pensó. Entonces se fundieron en un abrazo.

A la cuesta en forma de serpiente gigante no se le veía fin, pero Manuel no se daba cuenta, casi lo prefería: andar, alejarse, era lo único que le aliviaba. Algunos vieron pasar a un hombre moreno, joven, muy alto, con el sombrero calado y la cabeza baja, las manos enterradas en la chaqueta del traje demasiado caro para los arrabales de la ciudad, subiendo a grandes zancadas sin notar cansancio, sin mirar a nadie ni a nada. Flanqueaban la parte izquierda de la calle unos muros altísimos y gruesos, mientras que al otro lado contrastaban las pequeñas casas pobres, diseminadas aquí y allá. Si Manuel no hubiese estado sumido en sus pensamientos, se hubiera dado cuenta de que las murallas que subían la cuesta con él eran las de un convento o un colegio de señoritas. No podía sospechar que se trataba del muro del colegio de la Santa Niña, donde Ada había pasado parte de su adolescencia, donde había crecido, cuando le había conocido. Y eso que se encontraba en aquella ciudad, teniendo todo el mundo a su disposición, solo porque sabía que Ada había estado allí. Ada siempre presente, incluso cuando volvió a verla convertida en mujer, para él siempre sería la niña asustada por las vacas, perdida en mitad del bosque, la única persona en el mundo que había mostrado interés por el chicuelo salvaje y solitario, sin amigos, sin cariño.

Antes de conocerla se sentía tan solo que a veces pasaba las noches en la cuadra, abrazado a un ternero para sentir su calor y su corazón latiendo junto a él, intentando aplacar así la angustia terrible, de abismo, que se cierne sobre la soledad de un chiquillo abandonado. La sonrisa de la niña cubana le había devuelto la esperanza. Por eso no la había olvidado nunca, por ella se hizo un hombre, sin ella no hubiera sido nada.«Vamos... ¿A qué esperas? Ayúdame a levantarme.»

Aún sentía en la mano su contacto, los días lejanos en los que ambos eran unos chiquillos y jugaban en los campos de aquel valle de San Román, que dejó hace tanto tiempo y adonde no había vuelto. Manuel ni siquiera había ido a ver a su madre, aún viva, aunque le enviaba dinero. No tenía nada que decirle y hubiera sido incapaz de darle un abrazo sincero; ella no se lo había dado cuando Ángel murió, cuando creyó que el dolor por su pérdida le aplastaría como a un insecto. Ahora, con la perspectiva de los años, seguía sin entender a aquella mujer arisca incapaz de mostrar el más leve signo de afecto, cuyo principal rasgo de carácter era una impasibilidad vacuna. También el padre había sido hecho con los mismos mimbres, y aún peores. Así como se considera lisiado a quien le ha sido amputado un brazo o una pierna, igual deberían ser consideradas aquellas dos personas, cercenados sus sentimientos y emociones en dos muñones insensibles.

Alguna vez fantaseó con que su hermano Gelo y él habían sido abandonados y capturados como esclavos por aquellos brutos, más preocupados por mantener con vida al ganado que a los propios hijos, como si les hubieran nacido en contra de su voluntad. Los del pueblo de Hoces despreciaban a aquellos aldeanos huraños que no trataban con nadie, aislados en sus cabañas plantadas en mitad del monte, motejándoles con el nombre de «lobos». Pero los lobos auténticos vivían en manada y cuidaban de sus cachorros. No, Manuel no les perdonaba su hosquedad, sus silencios, su egoísmo, que les hubieran sacado de la escuela —aquella bronca del padre con el maestro, sus lágrimas— sin razón aparente, mientras la mujer contaba calderilla y su padre decía:

—Yo no he ido a la escuela. Vosotros tampoco iréis: yo no alimento vagos.

Pero su hermano compensó con creces aquella falta.

—No llores, Nel. En cuanto pueda ahorrar algo nos iremos: te llevaré conmigo y yo trabajaré mientras tú vas a la escuela. Ganaré mucho dinero, ya lo verás.

Esperaba ilusionado ese momento, soñaba con irse con el hermano mayor a correr mundo y salir de aquella trampa que les tenía cautivos de las montañas, de las vacas y de los «lobos». Ángel podría conseguirlo. Era su ídolo; le adoraba. Con casi diez años más que él, tan alto, tan guapo que no había moza en el pueblo que no le mirase y dijese: «Si no fuera hijo del Lobo...» Bueno, generoso, siempre dispuesto a ayudar a cualquiera, como si hubiera aparecido sobre la faz de la tierra solo para borrar los pecados de sus progenitores. Hasta que se lo llevaron. Si los padres hubieran vendido las vacas para pagar su remisión, no hubiera tenido que ir a la guerra lejana. Pero no quisieron. Por entonces, Pedro Díaz había ido a la cárcel tras un pleito con un vecino por una cuestión de lindes. La cosa acabó con dos hachazos leves dados en un «momento de ofuscación» —según el abogado— y con el juez condenándole a pagar unos cuantos meses de cárcel. El dinero que llegase a la casa de los Díaz debía ser destinado a las necesidades del hombre encarcelado, su absurdo pleito, al que no había renunciado, y al abogado. Aquello agrió aún más el carácter áspero de la madre que detestaba desprenderse por cualquier concepto de las niñas de sus ojos: las vacas. No hubo caso, Ángel Díaz fue llamado a filas en el último reemplazo de la llamada «Guerra Chiquita» de 1880, continuación de la larga sangría que la colonia cubana costaba a España desde mediados del siglo.

Manuel corrió tras la hilera de mozos cuando se lo llevaban hasta interrumpir la marcha para abrazarse a él.

—¡Gelo! ¡Gelo! ¡No me dejes aquí! ¡Por favor!

—No puedes venir, Nel...

—¡Yo me voy contigo!

—A ver: suelta al hermano, chaval.

El sargento de reclutamiento intentó separarlos pero Manuel no se dejaba e intentó alejarle a patadas.

—¡Condenado crío!

El militar fue a contestar la patada con un guantazo, pero Ángel le detuvo cogiéndole del brazo.

—A mi hermano ni tocarlo.

El otro sonrió torvo.

—Ya te enterarás de que ahora estás en el ejército y de lo que les pasa a quienes se las ven con un superior.

Nel corrió tras la columna de reclutas hasta que el cansancio le pudo y las lágrimas le taparon el camino.

Durante años, al no saber cómo había caído, tuvo la misma pesadilla: soñaba que a su hermano lo asesinaba aquel sargento cruel que se lo llevó, mandándolo a una misión suicida o disparándole por la espalda. Porque a los pocos meses recibieron la nota breve del ministerio diciendo que el soldado de infantería Ángel Díaz había muerto. La leyó Manuel, puesto que sus padres eran analfabetos. Tras escuchar cómo el niño traducía con voz trémula las palabras del comunicado oficial, sus padres le dieron la espalda y regresaron a sus quehaceres en silencio, sin preguntar de dónde había sacado esa habilidad ni hacer ningún comentario sobre la muerte del hijo mayor. Tampoco hubo entierro puesto que el cuerpo había sido sepultado en la isla lejana, «con todos los honores militares», según decía la carta oficial. Sin tumba sobre la que llorar, en la que despedirse, fue como si Ángel, su hermano Gelo, nunca hubiera existido. Toda aquella dedicación empleada en aprender a leer a escondidas junto al buen maestro que le corregía los cuadernos animándole a seguir haciendo letras y cuentas cuando estaba solo con las vacas en mitad del monte, usando el papel de estraza de envolver el tocino cogido con disimulo, había servido únicamente para convertirle en el depositario de la terrible noticia. En un instante, Manuel dejó atrás la niñez pero tampoco se convirtió en un hombre: solo quería dejar de ser, desaparecer igual que lo había hecho su hermano, así la pena sería menor. Hasta que llegó Ada y con ella pudo volver a vivir algo distinto del sufrimiento y la soledad.

Ángel hacía mucho que se había ido y sin embargo no pasaba ni un solo día sin que lamentara que no pudiera verle ahora, hecho un hombre, logrando todo lo que él no fue capaz, todo lo que le arrebataron. Incluso en este momento de su vida, cuando al abrir los ojos cada mañana le golpeaba la mente la ausencia de Ada, no podía dejar de pensar en el hermano. Imaginaba que hablaban, a veces hasta discutían porque se reía de él o le regañaba desde donde estuviera: había muerto muy joven, más joven de lo que era él ahora, pero seguía ejerciendo de hermano mayor. Por muchos años que pasaran, su falta siempre le dolería en el alma.

Atardecía. Había dejado muy abajo la ciudad y desde la cumbre de aquel monte donde acababa la calle empinada se podía ver, al otro lado y envuelto en bruma, el mar lejano, apenas una raya azulada imperceptible. Manuel respiró el aroma húmedo y salado que venía de aquella línea fina sobre la que se levantaba el sol, destellando, despejando el cielo que hasta entonces había estado oscuro, de plomo. Sin una razón concreta sintió un gran alivio a la congoja que le había hecho compadecerse de sí mismo, arrastrarse por medio mundo, ocultarse. Como si la visión del océano le devolviera una esperanza que creía perdida. Lo había decidido: tenía que volver.

III

En plena noche y cuando el temporal arreciaba: ese era el momento.

Mientras, el pueblo permanecía silencioso, todas las puertas y ventanas cerradas a cal y canto sin que se notara una luz dentro de ellas ni una voz ni un movimiento. Todos lo sabían, todos se aprovechaban, todos callaban y esperaban. Cómplices con la tradición de siglos que daba a la vieja villa marinera la posibilidad de salvar costeras tan malas como la presente, con tormentas continuas que impedían salir a los barcos y las aguas vacías de peces, idos de pronto a algún secreto trozo de mar lejano. Si en las casas quedaban las mismas bocas por alimentar, ¿qué podían hacer? Pues lo que habían hecho siempre: esperar la señal.

Estos pescadores cazaron ballenas durante siglos hasta empujarlas con sus arpones tan al norte que no las volvieron a ver. Gentes de piel dura como la del cachalote, valientes, tenaces, trabajadoras, pero, sobre todo, libres; las leyes de tierra adentro no iban con ellos. Despreciaban a los comerciantes atados a su tenderete y a los campesinos en su terruño limitado con piedras; hombres tan pequeños como su ambición. El pueblo marinero se sentía superior a todos los demás porque, a diferencia del resto, vivía bajo las reglas impuestas por un soberano que ellos mismos habían elegido. Era este un rey de temperamento caprichoso y posesiones desconocidas plagadas de criaturas extrañas, a veces aterradoras; habitantes de territorios incalculables a los que nadie osaba poner fronteras, ni vallas, ni muros, ni puertas con cerrojos. El monarca exhibía cuando le placía un dominio absoluto sobre vidas y haciendas, dejando a los hombres solo como testigos de su inmensidad y de su poder. La mar es de todos y no es de nadie.

La cofradía de las Santas Cabezas —bajo la advocación de dos mártires decapitados cuyas cabezas legendarias aparecieron en el mar— databa de la Edad Media. Hasta aquellos lejanísimos tiempos se remontaba la historia del régimen comunal otorgado en fuero por los reyes primeros, derecho por el cual la villa se asignaba en asamblea las condiciones de trabajo, desde los marineros y los carpinteros de los astilleros a las mujeres que cosían redes y vendían el pescado, repartiendo entre ellos los beneficios de las capturas de forma justa y equitativa, teniendo en cuenta a los ancianos que ya no podían hacerse a la mar y a las viudas y huérfanos de los naufragios y los accidentes. Su carácter iba al unísono con el mismo océano: eran a la vez generosos y ávidos, plácidos y violentos. Desmesurados.

Visto desde lejos, el grupo de hombres sujetando faroles formaba una fila de luciérnagas perfilando la cresta del promontorio. La noche cerrada y las rachas de lluvia les golpeaban la cara dificultándoles el camino: Manuel solo podía guiarse por el brillo del farol sobre el impermeable del hombre que le precedía. Cargaban con cuerdas, palas, hachas y arpones curvos, largos ganchos con los que recoger la mercancía cuando la marea acercara los fardos hacia las rocas. También cargaban con madera: troncos envueltos en velas viejas.

—¡Tapadla bien! ¡Que no se moje!

Ochogavias daba las órdenes y el resto obedecía como un solo hombre, sin un comentario ni una queja, y no por miedo: esto era lo que más le había sorprendido a Manuel. Los marineros acataban las órdenes con la mecánica subordinación propia de quien, también en tierra, forma parte de la tripulación de un barco. El trabajo en común, el respeto al espíritu de grupo, la idea de formar parte de un organismo, una máquina donde cada cual debe hacer bien su trabajo pues un error mínimo puede llevar al desastre, era algo con lo que habían crecido; lo tenían tan interiorizado que ni siquiera pensaban en ello. Hacían lo que tenían que hacer, eso era todo.

—¡Altooo!

Hablaban a gritos por culpa del viento y el fragor de las olas aullando roca abajo: estaban justo sobre los escollos donde rompía la galerna, la bestia que soltaba aquellos bramidos. Manuel pensó que era increíble que el agua pudiera hacer aquel ruido de cañonazo ensordecedor.

Descargaron la leña y con las hachas cortaron los troncos, las ramas de escobales que tan bien ardían y las velas a trozos. Luego rociaron el montón con aceite inflamable y prendieron la hoguera. El calor del fuego y las llamas tan altas y tan fuertes se comían la lluvia.

—¿Funcionará?

Todos miraron en silencio al chaval de diecisiete años. No era del pueblo pero llevaba dos costeras ayudando a cargar y vender el pescado, regateando con los arrieros y embarcándose de tanto en tanto sustituyendo a algún marinero enfermo o accidentado. Esta era la primera vez que hacía un «raque». Ochogavias lanzó una carcajada cascada de ginebra y los demás le siguieron; el viento furioso se llevó las risotadas.

Lo habían discutido en la taberna hacía unas cuantas noches en presencia de toda la cofradía; hasta Selos, el tabernero, cuya cara poblada con mil arrugas y cicatrices como líneas en una carta de navegación, aterraría a un pirata. Sobre todo cuando sonreía. Además cojeaba porque le faltaban los dedos del pie derecho, contaba que por culpa del latigazo de una maroma mal sujeta a la lancha del ballenero yanqui *Ismael*, mientras los demás le tomaban el pelo diciendo que aquellos andares de pato se los había dejado de recuerdo el cuchillo jamonero de una gallega celosa.

—Son semanas y semanas de temporal, ya no podemos aguantar más sin salir a faenar.

—Se acaba el fondo de la cofradía para estos casos y la gente empieza a pasar hambre... Hay que hacer algo.

—Si no hay *pa'*comer... ¡Pues a beber, cagondiós!

—¡¡Calla, Culurroto!!

Una mujer de pelo blanco y brazos gruesos cruzados sobre el mantón de merino, habló por todos.

—Hay que hacer lo que hay que hacer, bien lo sabéis.

Hizo que el bullicio de los hombres cesara.

—La mar quiere valientes —añadió.

Selos le sopló al oído a Manuel: «Perdió al marido y tres de los hijos en el naufragio de Cabo Peñas.»

Otra de las mujeres se animó tras la primera.

—La Cruza tiene razón...

—¡Sí!

—¡Coraje!

—¡Hay que hacerlo!

—Sí, pero con cabeza, que están cerca los guardias... Y ya no es como antes.

—Van más avisados.

—Si andamos con tiento y lo hacemos rápido, no tendrán forma de meternos el paquete.

—Los civiles son de tierra y se arrastran como los caracoles, de por sí no salen en una noche de galerna.

—A no ser que alguien dé el chivatazo.

—Pues ya sabéis, ¡punto en boca!

—Y *cuidao* con el cura, ese es un soplón...

—¡Cagondiós!

—¡Calla, Culurroto!

La hoguera tenía por objeto atraer a algún carguero inglés de los muchos que atravesaban aquellas aguas y conducirlos hacia la costa peligrosa, accidentada, llena de bajíos traidores y abruptos como colmillos que mordían sin piedad la barriga de los barcos imprudentes, destripándolos. Eran aquellas tripas lo que buscaban; su valor les salvaría de la mala racha. Algo terrible, pues se trataba de provocar lo que los pescadores y sus familias más temían: el naufragio.

—Si no hubiera miseria, no se vería el pueblo abocado a estas soluciones.

—No somos asesinos, pero... O ellos o nosotros.

—El pez grande se come al chico.

Si lograban hacer al buque embarrancar podrían hacerse con su mercancía. La vieja ley del mar permitía el «raque»; es decir, recoger los objetos de cualquier índole que llegan a la costa tras un naufragio pasando su propiedad a quien los encontrara sin más reclamaciones al respecto, ni por parte del armador ni de la aseguradora. Puesto que los naufragios no eran frecuentes, había que saber cómo desencadenarlos;

cuando el hambre aprieta, nada se puede dejar al azar. Los pueblos marineros sabían de ello y no estaban dispuestos a esperar la mala suerte ajena, por eso se alzaba la hoguera sobre el promontorio como un faro perverso. No estaba allí para señalar a los navegantes la llegada a puerto o el cabo peligroso: había sido colocada en el lugar idóneo para confundir a los tripulantes y sus cartas de navegación y llevar la embarcación hacia los rompientes que se encontraban a menos de una milla marina. Si el piloto no conocía bien aquellas aguas, sin remedio llevaría su buque hacia los bajíos.

—Desplegaos y apagad los faroles, no vayan a sospechar.

—Por los civiles, también.

—Ahora toca hacer guardia.

—Esto es como la pesca, Manuel, hay que saber esperar a que piquen —le dijo Ochogavias.

A pesar de la oscuridad, pudo ver que le guiñaba un ojo. O quizá lo imaginó. Esperaron una eternidad o al menos eso le pareció a Manuel, mientras combatían el frío sentados alrededor de la hoguera, con aguardiente y tabaco fumado en pipas de brezo o exóticas de «espuma de mar», hasta que el sonido sombrío de la sirena atravesó la negrura de la tormenta. Intuían el barco cabeceando sobre la mar gruesa.

—No se ve a un cura en un montón de sal, ¡cagondiós!

—¡Calla, Culurroto!

—Quietos *paraos*... No tengáis prisa, que la cosa va *pa'*largo.

—Y aunque embarranque: aún tiene que bajar más la marea.

La sirena, al acercarse, redoblaba su ulular hacia el vacío como la voz de alguien pidiendo ayuda. La superstición hizo a algunos persignarse. Nadie hablaba, todos sabían que estaban cometiendo el mayor crimen para un marinero. Ochogavias también lo sabía.

—Pensad en vuestras mujeres, en vuestras madres y en vuestros hijos. Mañana tendrán un plato de comida encima de la mesa y carbón para calentarse.

La sirena se acercaba más y más, sobreponiéndose al fragor de las olas.

Manuel se estremeció de la cabeza a los pies cuando escuchó el estruendo del barco chocando contra los escollos escondidos bajo la marea. Largo, sostenido, no acababa nunca ese sonido de cuadernas partidas y desencajadas con chirridos de bestia enorme, moribunda, que no termina de caer. Llegaron hasta ellos los gritos de los tripulantes: quizás alguno de ellos habría caído al mar. Nadie de los presentes se movió.

—Acércate al pueblo, Telmo. Que estén preparados justo antes de que amanezca.

Telmo salió corriendo a cumplir la orden de Ochogavias. Los demás apagaron la hoguera echándole encima los costales de arena que habían cargado abajo en la playa, tirando los leños quemados acantilado abajo, para borrar así las huellas de su delito. Alguien se acercó al jefe.

—Y si llega a la playa alguno, ¿qué hacemos?

—Nada, hombre... Auxiliarle. Entre gentes de mar es lo que se debe.

Ochogavias echó una mirada hacia Manuel y este se dio cuenta de que el cofrade mayor no confiaba del todo en él y de que las dudas del otro se respondían solas.

«Así que a veces asesinan a los náufragos que llegan a la orilla.» Resolvió no quedarse por más tiempo en la villa: ya tenía ahorrado lo suficiente y no era el caso caer en manos de la Guardia Civil, ahora que lo tenía todo de cara. Desde que salió de su aldea, prácticamente con lo puesto —y lo que le dejó confiado su hermano Ángel debajo de una lasca de la cuadra—, había trabajado de feriante, vendedor ambulante, leñador, arriero, pescadero y marinero. Aquella mirada de Ochogavias le empujaba a volver a moverse, a marchar de nuevo aún más lejos.

Una luz grisácea asomó por el este entre nubarrones, por detrás de las montañas que se enfrentaban al océano iluminando las rocas desgastadas por el mar y el tiempo en formas fantásticas erizadas de espinas. El amanecer fue deslizándose lentamente por la costa y bajo el sol débil, frío, Manuel vio un grupo de gente acercándose a la playa: ancianos, mujeres y algunos chavales, esperaban al grupo de hombres que descendía de los acantilados. El barco varado se vislumbraba ya: una vieja goleta de dos palos escorada por babor, soportando los embates de las olas, los hombres desplegando una frenética actividad sobre cubierta. Estaban lanzando lanchas al agua intentando descargar las mercancías; quizás el buque no se hundiría pero si dejaban la carga en su interior se la quedaría casi en su totalidad la compañía de salvamento marítimo que remolcase la embarcación a puerto. Había que salvarla como fuera, pero la mar bravía dificultaba todas las maniobras: algunos cajones y fardos cayeron al agua. Los habitantes de la villa, marineros experimentados, conocían bien el comportamiento de las mareas de su costa natal y habían elegido el día y la hora precisa en la cual hacer el «raque»: obediente a sus costumbres, la corriente atrajo los bultos flotantes hacia la playa y las rocas que la rodeaban, entonces los hombres se lanzaron hacia ellos sacándolos del agua con los bicheros mientras las mujeres y viejos de la playa cargaban los fardos en dirección al pueblo. De la goleta y las lanchas se alzaron gritos:

—*Wreckers... Wreckers!!!*

El insulto inglés para los saqueadores de naufragios no hizo mella en los ladrones, que ya estaban comprobando el contenido de los fardos: telas, azúcar, café y cacao.

—Debe venir de la Guayana...

—Pues hasta aquí ha *llegao*.

Ochogavias apartó la mirada de la goleta embarrancada y su nombre pintado en el casco: a la *Nostromo*, un embate de serie la había escorado aún más. En el fondo de su alma sentía haber herido a aquella bella embarcación, grácil y perfecta.

—Ya quedan pocas como esa.

—Y menos que quedarán: dentro de *na*, todos los barcos serán de vapor.

Dos hombres metidos hasta la cintura en el agua, lanzaban los bicheros hacia uno de los cajones, entre las maderas se vislumbraban unas botellas: si chocaban contra las rocas se perderían. Cayó un bichero, hundiéndose, y tras él zozobró el hombre más viejo, arrastrado por la corriente. El compañero se lanzó tras él y lo sacó del fondo sujetándolo con un brazo mientras recuperaba con su cloque la caja de botellas; las olas les empujaban y les pasaban por encima, pero el más joven consiguió tirar del otro hasta dejarlo en la orilla, adonde llegó sin resuello, tirado en la arena. Lo único que pudo escupir con el agua fue:

—¡Cagondiós!

Los demás rieron:

—Venga, Culurroto... ¡Ponte contento que al final se ha salvado el ron!

—¡El muchacho tiene cojones!

—¡Es de fiar!

—No como el padre... Mi primo Terio estuvo con él en el trullo y era uno de esos campesinos agarraos y malasangre...

El marinero esputó por el colmillo un gargajo de tabaco para subrayar su desprecio mientras rompía la caja con su bichero y sacando una de las botellas de ron, saltó el gollete de un golpe contra una roca picuda. Manuel, calado hasta los huesos, bebió de la botella rota sin miedo a cortarse.

—¿Qué vas a hacer con tu botín, chico?

—Compraré mi remisión.

El presidente del Gobierno, don Antonio Cánovas, había dicho que España permanecería en Cuba «hasta el último hombre y la última peseta». Los anarquistas contestaban: «Hasta el último hombre que no tenga los trescientos duros para redimirse.»

La ley permitía evitar el servicio militar siempre que se pagase la cantidad establecida para la llamada «redención a metálico»: entre los seis mil y ocho mil reales, un considerable desembolso que solo podían afrontar los más pudientes. Pero existían otras formas de sortear las obligaciones para con la Patria; la «sustitución hombre-hombre» podía costar menos, entre dos mil y cinco mil reales según el servicio: en la Península o en Ultramar. La diferencia entre ambos procedimientos radicaba en el carácter del contrato: por la «redención» el Gobierno se comprometía a reemplazar al redimido por otro voluntario o reenganchado, en tanto que por la «sustitución», era el individuo beneficiado quien se lo daba hecho al Gobierno, no sin antes comprobar si la condición física del sustituto era la idónea para cumplir el servicio militar. Proliferaron las agencias de quintas encargadas de sustituir a los reclutas destinados al ejército de Ultramar, mediadoras que ganaban una buena partida por la gestión.

Muchas familias españolas se entramparon hasta las cejas intentando librar a sus hijos del servicio militar: las sociedades crediticias realizaban préstamos con intereses abusivos, entre un treinta y cinco y un cincuenta por ciento, mientras afirmaban «apoyar el esfuerzo de guerra», hasta se crearon asociaciones de vecinos en pueblos y aldeas, incluso ayuntamientos que reunían fondos comunes o capitales suficientes para poder comprar la redención de sus mozos. La picaresca, como pasa siempre en estos casos, creció a niveles del Siglo de Oro. Enanos, cojos, lisiados y retrasados se anunciaban en prensa —sin hacer mención a sus taras— como voluntarios para sustituir en el servicio militar y obviamente eran declarados «inútiles» por el Tribunal Médico Militar. También vagos y delincuentes se ofrecían como sustitutos a mitad del precio habitual y desertaban a la primera ocasión. El perjuicio era enorme para el ejército así como para los jóvenes que los contrataban, obligados a abonar una cantidad suplementaria al Estado para nutrir un fondo especial destinado a la contratación de un segundo sustituto. Si esto les resultaba imposible por oneroso, se veían ellos mismos forzados a cubrir la plaza del desertor. El resultado era nefasto: muchos hombres en edad militar se automutilaban, a veces provocándose lesiones para el resto de sus vidas, con tal de ser excluidos del servicio.

Solo el Partido Federal Republicano criticó esta tremenda injusticia y pidió al Gobierno que derogase la redención por metálico mientras durase la campaña de Cuba. Todos los demás partidos, instituciones y asociaciones políticas o sociales entonaron el *Dulce et decorum est pro patria mori*, siempre que esa dulzura y esa honra no alcanzasen a sus hijos.

Manuel ya tenía apalabrado el apaño gracias a un funcionario que se llevaba el diez por ciento por echar la firma. La corrupción de aquel sujeto le facilitaría pagar menos de la mitad que quienes se redimían legalmente.

—Haces bien, Manuel. La guerra es cosa de los de tierra, que pelean por un metro de polvo. No va con nosotros.

A pesar de su corta edad, Manuel tenía algo muy claro: a él no le llevarían a morir a una guerra que no entendía para servir a los intereses de unos señores que nunca se habían preocupado por él, a causa de unas leyes injustas que obligaban a los pobres a dejarse la vida por un trozo de tela. No le pasaría como a su hermano Ángel.

IV

Tras conseguir liberarse del servicio militar, el joven Manuel decidió probar suerte en otras tierras. En aquellos tiempos viajó por muchos y distintos lugares, pero allá donde fuera el recuerdo de la niña cubana conocida durante un único verano, en el valle lejano al que no había vuelto, volvía a él una y otra vez, aunque fuera una imagen ya despegada de la realidad, creada por la imaginación, pues las líneas de su rostro y el color de sus ojos se borraron pronto dejando paso a la idea de ella que Manuel fraguó por su cuenta. En realidad, solo recordaba lo que había sentido junto a Ada, el cambio operado en el fondo de su corazón gracias a su franqueza, espontaneidad, a aquella confianza desarmante: eso era lo que quería recuperar. Lo buscó en otras mujeres, muchas, pero no encontró rastro en ellas que le devolviera a aquel niño enamorado. Todas le parecían frívolas, vulgares o pacatas; las normas sociales de la llamada gente decente le resultaban de una hipocresía imposible de soportar; al fin y al cabo se había criado medio salvaje, entre animales. El reverso de la moneda eran las mujeres en venta, seres en su mayoría llenos de tristeza, atrapados en un ambiente sórdido. No, tampoco eran para él. Consiguió librarse del yugo de la compañía obligada y de los muchos intentos que hicieron los conocidos por emparejarle porque no temía a la soledad.

A veces pensaba dónde y cómo estaría ella después de esos años: ya no se parecería a la niña que corría por las cuestas con el pelo suelto y le tiraba boñigas secas entre risas. Tampoco él era ya aquel chiquillo canijo y delgaducho que ella conoció; había crecido mucho, convirtiéndose en un joven que llamaba la atención por su altura, su piel morena y los ojos muy grandes y negros, suaves y rodeados de pestañas largas como los de una mujer, contrastando con lo masculino de sus rasgos. Austero, dedicado al trabajo, consciente de sus humildísimos orígenes y de la imperiosa necesidad de alejarse de ellos, con el firme propósito de llegar lo más lejos posible y conseguir todo aquello que a la gente de su condición le estaba vedado: así es como se veía él mismo. Decidido, reservado y duro negociante, es como le veían los demás. También Blas Llopis.

Le había llevado al puerto de Alicante un pequeño negocio de compraventa de maderas puesto en marcha con enormes sacrificios y en el que había invertido todo lo que tenía. Entre la barahúnda de ciudadanos que pululaba por el puerto, Manuel se fijó en un par de chiquillos con aspecto de pícaros y al reconocerlos de inmediato como descuideros se llevó la mano a la cartera en el bolsillo interior de la chaqueta para comprobar si seguía allí, repleta de billetes. No confiaba en los pagarés y solía hacer todas las transacciones en metálico y con un apretón de manos, siguiendo la costumbre de los ganaderos entre los que había crecido. Pero el «primo» no era Manuel, sino un hombre elegante, de pelo cano aunque aún joven, que conversaba con otros prósperos comerciantes: el más pequeño de los ladronzuelos se coló entre el grupo sin ser advertido mientras el zagal mayor esperaba apostado cerca. En segundos, el chiquillo le puso al otro algo brillante en la mano y se alejaron los dos sin hablarse, cada uno en una dirección. El chaval que llevaba el botín se perdió entre el gentío, metidas las manos en los bolsillos con total tranquilidad. Hasta que una mano se le posó en el hombro.

—¡¡Eeeh!! —Se revolvió, pero esa mano era una tenaza.

—Mira, chaval, será mejor que me lo des. Sin escándalo, que no te conviene.

—¡Yo no he hecho *náaa*!

—Calla, anda... ¿No querrás alertar a los guindas?

Y señaló a la pareja de gendarmes que paseaban arriba y abajo entre la gente. El crío se quedó quieto y callado.

—No te preocupes, que no soy un soplón. Tú dame lo que has birlado a ese caballero y no hay más que hablar.

De un vistazo atravesado, el raterillo supo que aquel hombre se las sabía todas, así se lo decían el olfato y la experiencia de haber echado los dientes en la rúa. Terminó por sacar un reloj de oro del bolsillo zarrapastroso: en estos casos una retirada era un triunfo.

—Muy bien. Y no pongas esa cara... Te lo cambio por uno de estos.

Sacó la cartera y le puso un billete delante de la cara churretosa. El rata lo miró con desconfianza y no lo cogió.

—¿No *tié parné* del que no se rompe? Yo con el papel me limpio el culo.

Manuel se echó a reír.

—Sí, hombre, sí...

Y le puso en la garrita un duro de plata: el arrapiezo la mordió para comprobar si era de curso legal y salió corriendo. Cuando estuvo fuera de su alcance, se volvió hacia Manuel.

—¡Abur, primo!

Manuel le contestó haciendo un gesto obsceno que el otro celebró entre risas antes de desaparecer por algún rincón.

El reloj era una joya valiosa propia de alguien a quien le va bien en la vida y que además tiene buen gusto: suizo, oro macizo pero de factura delicada. Lo abrió pulsando el resorte: brilló al sol la esfera blanca de números romanos, y en el interior de la tapa un extraño símbolo grabado que llamó su atención: un ojo abierto inscrito dentro de un compás y una escuadra.

—Perdone, creo que este reloj es suyo.

El hombre se palpó la chaqueta y encontró la leontina del reloj suelta y sin compañero.

—¡Vaya! Sí que es mío, sí... Le quedo muy agradecido.

—Hay que tener cuidado con los descuideros, señor...

—Llopis, ¡encantado! Y lo digo muy de veras: este reloj es...

—Muy especial. Ya he visto ese extraño jeroglífico. ¿Qué significa?

Le miró con curiosidad.

—Déjeme que le invite a tomar el aperitivo como muestra de agradecimiento y se lo explicaré, amigo mío...

—Díaz. Pero no se moleste.

—Insisto.

Llopis y Díaz se asociaron muy poco tiempo después. El negocio de maderas fue vendido a buen precio y sirvió para capitalizar su entrada en una empresa de gestión y captación de capitales que Blas había fundado en Valencia, pero que ya se extendía por toda España y sus colonias. Al principio Manuel fue socio con un tanto por ciento muy pequeño, pero al cabo de un año el propio Llopis decidió ampliar su participación, impresionado por las capacidades de su joven socio.

Blas le enseñó a invertir, a saber lo que eran los valores y la Bolsa y a diversificar el negocio.

—No hay que poner todos los huevos en el mismo cesto, Manuel.

Por contacto con Llopis, más maduro, viajado y curioso, adquirió conocimientos que hasta entonces le habían sido negados, descubriendo que el ocio no tenía por qué constituir una pérdida de tiempo: bien dirigido podía resultar muy beneficioso.

—De un hombre de negocios se espera que acuda a reuniones, al Casino, a la Cámara de Comercio... Estar dispuesto a beberse unas copitas con quien sea para estar informado, saber quién es quién; en la política, por ejemplo. Hay que leer varios periódicos a diario para conocer lo que se cuece, estar al día, saber de las modas y las novedades, pero no vayas a creerte todas esas mentiras, amigo mío. Se trata de interpretar la realidad oculta en lo escrito, en las opiniones manifestadas, las razones verdaderas que nadie está dispuesto a admitir. Y luego, utilizar esa información...

Manuel aún tenía ciertas costumbres impropias de su posición que Llopis se propuso erradicar: no era de recibo que en una comida de trabajo su socio se pusiera a discutir con la boca llena o que jurase delante de los empleados como un marinero borracho.

—También tiene que saber expresarse y conducirse en público, dominar el lenguaje de los interlocutores. Nunca llamar la atención por nada, convertirse en un observador...

Manuel no solo aceptaba los consejos de Llopis sino que los obedecía al pie de la letra, convencido de su utilidad y de las buenas razones de quien se había convertido en su mejor amigo. Además, retomó con gusto aquello de leer: no en balde su maestro, allá en las montañas del norte, y él mismo se habían tomado muchas molestias para ello.

El empujón definitivo para la sociedad Díaz-Llopis vino con la guerra. Llopis tenía parientes en las Islas Baleares y a través de ellos consiguió intermediar con una fábrica textil y vender su primera remesa de uniformes al ejército: como eran de mejor calidad que los del rayadillo de la tropa colocados por las manufacturas catalanas —los uniformes se rompían antes del primer combate en la manigua— se adjudicaron a los oficiales: eran menores venta y beneficio, pero Díaz y Llopis se hicieron un nombre como agentes comerciales que ofrecían calidad. El negocio se extendía a medida que lo hacía el conflicto bélico en las colonias: invirtieron también en tabaco de Filipinas y en azúcar y café cubano. Ellos no producían, limitándose a actuar como empresa intermediaria encargada de colocar en el mercado los productos de otro, por tanto con mucho menor riesgo, puesto que no les afectaban las malas cosechas ni las fluctuaciones de precio de una mercancía concreta. Los beneficios se dispararon: con la guerra los precios subían y subían.

—Tenemos que ir a Cuba. Es allí donde se cierran ahora los negocios importantes.

Blas estaba interesado en contactar con empresas norteamericanas, vender en Estados Unidos era su sueño. ¡Todo un enorme país por descubrir! Cuba era la puerta de entrada, se ganara o perdiera la guerra.

Viajero incansable, sin esposa ni hijos que le atasen a pesar de tener sus casi cuarenta años, Blas siempre estaba dispuesto a trabajar de manera feroz, donde y cuando fuera necesario.

—Tenemos mucho en común tú y yo...

También su infancia fue dura: de padre labrador, sabía bien lo que era levantarse al alba para varear la aceituna y recoger naranjas; pero nada comparado con las peripecias de Manuel.

—¡Tengo por socio a un pirata! No me cabe la menor duda de que llegarás muy alto... Y yo contigo. A ver quién es el valiente que se atreve con nosotros.

Llopis supo poco a poco la historia de Manuel; cómo había huido de la casa paterna y de la pérdida de su hermano Ángel, aunque tardó en ser merecedor de tales confidencias, pues el socio era muy reservado, incluso tímido en ocasiones. De lo que nunca hablaron fue de Ada. Sentía Manuel cierto reparo al respecto y no porque temiera que Blas se mofase de la impresión causada por aquel amor infantil. No, era algo más profundo e íntimo, como si necesitara mantenerlo en lo más profundo de su ser, algo frágil como una pompa de jabón: de perderlo se perdería a sí mismo. También su amigo era muy discreto respecto a su vida personal, en el caso de que la hubiera, cosa que Manuel empezaba a dudar. No supo nunca de ningún amorío y su amigo huía de la compañía femenina diciendo que las mujeres le aburrían.

—Pues vamos a Cuba.
—¿No hay nada en contra?
—¿Por qué habría de haberlo?
El fragor de la guerra había dejado de suponer la amenaza y el peligro que se llevó a su hermano para convertirse en una oportunidad de negocio.
—Tengo ganas de conocer La Habana, me has hablado tanto de ella...
—Lo siento, pero de momento no iremos a La Habana, nos quedaremos en Santiago; es allí donde tenemos los mejores contactos.
—¿Santiago?

—Sí, en la parte Oriental.

La palabra le produjo en la memoria un golpe de puñetazo con mil sensaciones que creía olvidadas: el sol del verano, la sonrisa cuando abrazaba a un jato recién nacido, haciéndole mimos; el tacto de su mano al ayudarla a levantarse; el olor de su pelo el día que se quedó dormida junto a él. La Oriental. ¿Dónde estaría? ¿Qué habría sido de ella? ¿Se habría casado? ¿La volvería a ver? Con repentina lucidez comprendió que tenía que encontrarla de nuevo, pasara lo que pasara. Solo así escaparía de su recuerdo y podría ser libre de nuevo, incluso enamorarse. Otra vez.

V

—¿Te casarás conmigo?

Lo dijo tembloroso, asustado, sintiéndose un poco ridículo incluso. Llevaba en el bolsillo la sortija con el solitario como si fuera de plomo.

—Pero, Nel...

Ella miró hacia la puerta medio abierta del salón. Seguro que la prima Javierita o alguna de sus criadas cotillas estaban allí, espiando la escena.

—¿Tenía que ser aquí?

—¿Qué?

—Chsss...

Manuel aprovechó para levantarse: aquel maldito sofá estilo isabelino construido como para liliputienses le hacía perder la paciencia porque nunca sabía dónde apoyarse ni meter las piernas, demasiado largas para aquella habitación de casa de muñecas. Ada abrió la puerta de improviso sorprendiendo allí a todo el servicio femenino de la casa acompañado de la prima: Javierita de Castro, con su cara empolvada de arroz y sus tirabuzones rubios temblorosos de lazos, echó a las criadas con un gesto de vieja propietaria de esclavos y sonrió a la joven poniendo cara de periquito. Parecía más pariente del lorito verde que tenía cautivo en una jaula dorada, que de Ada.

451

—¿Qué hacen aquí?

Javierita susurró.

—Niña, está feo que una señorita esté a solas con un caballero.

—¿Ni tan siquiera el día que pide su mano? ¡Ay, prima!

El loro —malísimo, picaba a todo el mundo— hizo como que se reía y luego chilló: «¡¡Lorito, lorito... Real... Buen viaje... Buen pasajeeee!!» La prima pestañeó nerviosa y contestó con el balbuceo dulzón que tanto irritaba a Ada.

—Muchas felicidades... Ada... ¡Leonarda! ¡Mi... sombrero! Mira, voy a salir y ya... te dejo tranquila.

Asomó la cabecita llena de bucles echándole una de sus sonrisas trémulas, inseguras, a Manuel y cerró la puerta.

—Eres muy dura con ella.

—Nel, eres un inocente... Y ella una cabeza hueca. ¿No ves cómo le ha faltado tiempo? En un rato lo sabrá toda la ciudad.

—¿Y qué?

—Pues que ahora no nos dejarán en paz ni cinco minutos: fiestas, presentaciones, invitaciones, cenas, meriendas...

—Ya... Entiendo.

Intentaba plancharse el traje arrugado. Sudaba como un pollo por culpa de la humedad y el nerviosismo.

—No me has contestado.

—¿Cómo?

Le atrapó la mano que revoloteaba: era tan difícil como pillar una mosca.

—Vas a casarte conmigo, ¿verdad?

Ada se lanzó a sus brazos.

—Pues, claro, ¡tonto! ¿Quién mejor que tú?

Todavía tenía miedo de tocarla, como si fuera a romperse en mil pedacitos o desaparecer como una pompa. No podía creerlo: ni en el mejor de sus sueños hubiera pensado que se podía ser tan feliz; hacía tres meses ni siquiera se hubiera atrevido a imaginar una cosa así. La había buscado, sí, sin cesar, desde que llegó a Cuba. Pero tuvo que ir hasta La Habana para encontrarla.

Ahora la veía moverse con esa gracia flexible que la caracterizaba por el saloncito recargado, entre mesas y figuritas de porcelana, cortinajes, lazos y pompones, le estaba hablando pero no podía escucharla: estaba allí, había dicho que sí, que se casaría con él... Quiso deleitarse en el recuerdo del momento del reencuentro: nadie lo creía, ni siquiera ella, pero la reconoció al momento. Su voz y su risa eran las mismas; las sintió clavándose en su estómago en cuanto la escuchó.

Hasta entonces había estado acudiendo a todos los bailes y a todas las fiestas, aunque su timidez le impedía disfrutar del todo la agitada vida social de los círculos de emigrados hispanos y los muchos entretenimientos que ofrecía la capital. El entusiasmo y el bullicio no parecían reñidos con la presencia de uniformes militares y las noticias del frente. Llopis estaba asombrado por la transformación operada en las costumbres de su joven socio.

—No te consideraba yo un hombre mundano, pero por lo visto estaba equivocado: no te pierdes un sarao. Esta tierra parece haberte cambiado de raíz, querido amigo.

El señor Díaz se hizo asiduo de la buena sociedad, requerido en todos lados por su discreción, su joven y agradable presencia —un no desdeñable número de señoritas cubanas y españolas se le hacían las encontradizas allá donde fuera— y también, y esto no es necesario subrayarlo, por su pingüe cartera y futuro más que prometedor.

Aquella noche habanera, sofocante para él aún no acostumbrado a la humedad sumada al calor ni al traje de etiqueta que le quedaría como un guante, sí, pero que le ahogaba y se clavaba por todos lados, tenía pensado retirarse temprano. La insistencia de doña Lucrecia, empeñada en presentarle a un estrafalario marqués recién llegado de la Península, le retuvo en la terraza del Círculo, el centro de reunión de los españoles en La Habana. Entonces la oyó. El propio marqués, con su aspecto de dandi seductor entrado en años, dijo:

—Interesante mujer. Sabe reír, y eso no es muy habitual.

Un escalofrío le recorrió la espalda junto a una gota fría de sudor. Abandonó su grupo como un sonámbulo, recorriendo con el corazón desbocado el corto trecho que le separaba de aquella voz; los cuerpos envueltos en fracs negros que se interponían entre él y la risa le parecían murallas infranqueables, puestas de acuerdo para impedirle llegar a su destino.

—Ada, ¿eres tú?

Sí. Resultaba estúpido preguntarlo, estaba seguro: fruncía el ceño en un gesto que conocía bien. Todo se había nublado a su alrededor, ni siquiera se dio cuenta de que resultaba una descortesía presentarse así, de improviso, ante un grupo de desconocidos.

—Soy Nel, ¿me recuerdas?

En ese momento tuvo un miedo atroz, terror a que ella le volviera la espalda sin reconocerle o se mostrara indiferente o fría. Después de tanto tiempo, era una imprudencia creer...

—¿Nel?

Fue ella quien le cogió la mano, apretándola muy fuerte; lo más parecido a un abrazo imposible en una señorita bien educada. «No me sueltes, no me sueltes...», pensó Manuel. La soltó, pero a cambio le sonrió, reconociéndole.

—No puedo creerlo. ¡Y eres tan alto! La última vez que te vi no levantabas del suelo ni un tanto así...

Ella calló de pronto; los recuerdos agolpándose, pugnando por abrirse paso y los ojos de Nel le impidieron seguir hablando, le tembló la boca en un gesto que intentaba disimular la emoción.

—Hace mucho tiempo, creía que te habrías olvidado de mí.

—Nel... ¿Cómo podría olvidarme de ti? Ven, tenemos mucho de qué hablar.

No se separaron en toda la noche. Y tres meses después iba a casarse con ella.

Tras dejar a su prometida arreglándose para la cena de esa noche —pensaba celebrarlo en el Montmartre con champán y sopa de tortuga— se fue hacia la oficina de la Compañía más contento que unas pascuas: llamaba la atención de los viandantes por la sonrisa de oreja a oreja y los andares garbosos que de pronto le adornaban. Tenía que contárselo a Blas, a quien ya había enseñado el anillo de compromiso.

—¡Vaya pedrusco! Eso es que lo tienes claro. Me alegro por ti, amigo.

Pero Manuel le había notado un poco apagado ante su entusiasmo y se lo había dicho.

—No me hagas caso... Me había imaginado que... Al final te convertirías en un solterón como yo y seguiríamos siendo amigos por los siglos de los siglos.

—Pero, Blas... No va a cambiar nada entre tú y yo.

Le contestó con una sonrisa cansada.

—Estás equivocado: tu vida va a cambiar por completo, pero es natural que no sepas lo mucho que puede influir una mujer en la vida de un hombre.

Le tranquilizó con unas viriles palmadas en la espalda.

—Pero no me hagas caso; será que me hago pesimista con

la madurez. ¡Tú a disfrutar! Bien que te ha costado encontrar al amor de tu vida.

Al final no había tenido más remedio que contarle a Blas toda la historia entre Ada y él: desde que la encontró, no había podido concentrarse en nada y su socio le notó tan torpe y disperso que no le costó nada sonsacarle lo ocurrido. También le hizo partícipe de sus intenciones: quería casarse con ella, como fuera. Así que Blas debía ser la primera persona que supiese la noticia.

Entró en la sede de la compañía con ganas de abrazar a todo el mundo y ni llamó a la puerta del despacho de Llopis.

—¡Me ha dicho que sí!

—¡Enhorabuena!

Manuel tardó en darse cuenta de que estaba acompañado.

—Perdón, he interrumpido una reunión...

—No pasa nada. Mi socio: Manuel Díaz. Es que acaba de formalizar su compromiso matrimonial.

—Me sumo a las enhorabuenas.

—Te presento a don Hipólito Aldaz; uno de los más importantes agentes comerciales de todo el Oriente de la Isla. Creo que te he hablado de él.

—Sí, por supuesto, ¿cómo está?

El colmillo de oro brilló captando la atención de Manuel en cuanto el tal Aldaz empezó a hablar.

—No tan bien como usted, joven, por lo que cuenta Llopis.

—Siéntate un momento con nosotros, Manuel, creo que esto te interesará.

Blas sonaba grave. Manuel tomó asiento.

—Ya me ha confirmado su socio, señor Díaz, su falta de interés en invertir en terrenos o haciendas.

—Así es.

—Sin embargo, es un momento idóneo para adquirir ingenios y plantaciones. Con la devastación causada por la guerra, muchos propietarios se ven forzados a vender a bajísimo precio.

—No sé si le sigo...

—Este conflicto nos ha afectado a todos los que vivíamos del comercio en este país, y este es ahora mi negocio: poner en contacto a compradores de bienes raíces con posibles vendedores. Por una comisión, claro está. De tener conocimientos compraría para mí mismo, pues se trata de un negocio seguro. Pero la cosa es que no entiendo del campo...

Le molestó el tono falso de Aldaz. «Este mercachifle aprovecha la desesperación de mucha gente.» Contestó más seco de lo que en él era habitual.

—No es el tipo de negocio en el que estemos interesados.

—Lo sé, lo sé... Pero este es un caso especial: se trata de una de las mayores haciendas de todo Oriente. Cierto que las tropas quemaron alguno de los ingenios de la propiedad y también la zafra, pero el valor del terreno y la casa es el que es: grande. Y su propietaria lo venderá por muy poco, se lo aseguro. La anciana acumula hipoteca tras hipoteca: le queda poco de vida y, bueno, se ha visto metida en un pleito a cuenta de su empeño por encontrar un heredero a su gusto y que la hacienda no vuelva a manos de los legítimos.

—Sí, claro, habrá herederos. Eso es una razón para no invertir en fincas...

Aldaz no le dejó seguir.

—La fortuna le vino del marido, ella es de origen... un tanto incierto. Careciendo de hijos, pretendió legarle la herencia a una muchacha recogida, sin vínculo directo, adoptándola y haciéndola pasar por huérfana. Al certificar las autoridades la falsedad de los documentos que intentaban acreditar tal cosa, se impugnaron los supuestos derechos de la joven. De resultas de todas estas irregularidades, amén de las muchas deudas contraídas, la dueña se ve en la necesidad de vender a bajo precio. Y no hay que negociar con herederos, puesto que la única posible, esa tal Silva, queda descartada por falsaria.

—¿Cómo ha dicho?

—Silva, Ada Silva.

VI

A pesar de los estragos de la guerra, La Oriental era tal y como Ada le había contado. El jardín, las ceibas, la Casa Grande. Más allá se veían los campos abrasados, los restos de los barracones donde hacía años vivieron los esclavos. Toñona, una de las pocas sirvientas que aún quedaban allí, le sirvió un vaso de *pru*. Era una bebida de sabor extraño, desconocido, pero lo tomó con gusto solo porque sabía que Ada lo había bebido también y quería conocer hasta los más mínimos detalles de su vida allí.

—Gracias, Toñona —dijo el Ama.

La criada examinaba a Manuel con ojos escrutadores. A su lado, la voz salía sin fuerza de aquel cuerpo consumido, empequeñecido por el enorme porche y la cercanía de la negra descomunal, tapado con un gran pañuelo de seda con dibujos chinos a pesar del calor asfixiante. Estaba a su lado, sentada en una mecedora: una mujer delicada, de grandes ojos azules, un poco velados ya. No se parecía a Ada, pero ¿por qué habría de parecerse? Ahora sabía que no tenían ningún vínculo familiar.

—Me ha hecho usted muy feliz, señor Díaz.

—Llámeme Manuel, por favor, doña Elvira.

Le sonrió. «Debió de ser una mujer muy bella, encantadora.» Nada que ver con aquel ogro venido a menos que le habían pintado. La antaño todopoderosa Elvira de Castro había quedado reducida a cenizas, como su hacienda.

—Manuel, usted me ha traído noticias de mi sobrina. Y eso... no sabemos cómo agradecérselo. ¿Verdad, Toñona?

La negra asintió, pero Manuel notó los ojos penetrantes atravesándole.

—Y, además, me dice usted que va a salvar lo que queda de La Oriental, impidiendo que caiga en manos de esos buitres de los Castro, ellos están detrás de esto, lo sé... Todo por culpa de ese traidor, ese canalla de Aldaz. Yo confié en él y fíjese en la situación en que me veo ahora: me lo quitó todo... Si supiera qué cosas me dijo, qué amenazas...

—Ama Virina, eso ya pasó. No piense más en ese hombre; ahora parece que el señor va a resolver.

Y la criada miró a Manuel, suplicándole que no dejara a su señora seguir hablando de Aldaz. El ataque la había sobrevenido tras la última aparición del antiguo negrero en la propiedad, cuando le anunció que había perdido La Oriental para siempre.

Manuel dudaba de que aquellas mujeres fueran conscientes de todo lo ocurrido, de la ruina, del significado último de su presencia allí y de los problemas que había tenido que solucionar, la gran cantidad de dinero desembolsado, todo lo que había ido a parar a los bolsillos del extorsionador Aldaz: estaba convencido de que le había ofrecido la finca con doble intención. ¿Sabía que estaba comprometido y que no dejaría a su novia en la estacada? ¿Creía tenerle en sus manos pues sabía el origen de Ada? ¿Pretendía hacerle chantaje como se lo había hecho a doña Elvira? No le importaba... El dinero le taparía la boca.

Aldaz, el hombre del colmillo de oro, se estaba apropiando de todas las fincas de la zona aunque sus informes decían que algunas las había colocado a empresarios norteamericanos, dándolos ya por verdaderos vencedores de aquella encubierta guerra civil, con el propósito de convertir a Cuba otra vez en colonia, pero yanqui. Algunos creían que los independentistas se habían vendido a la potencia vecina, pero no Manuel, a pesar de estar persuadido de que aquellas amistades peligrosas les saldrían muy caras. Pero ahora no pensaba entrar en detalles, nada de todo esto tenía ya importancia. Y echó un capote a la criada, como esta le pedía con la mirada.

—Por supuesto. No debe preocuparse más, doña Elvira, se hará lo que usted desea; los títulos de propiedad ya están a nombre de Ada.

—La niña no sabe nada de todo esto, ¿verdad?

La niña era Ada, claro. Compartían a la Ada niña, aunque aquella mujer no lo supiera.

—No, por supuesto que no. Me gustaría que fuera un regalo de boda...

—¡Qué alegría! ¿Ves, Toñona? Ya sabía yo que todo se arreglaría... Me gustaría tanto asistir a la boda... Pero como ve, la salud no me lo permite. Todo, todo lo hice por ella, usted tiene que creerme. Ya he comprendido que no hice bien, que no debí engañarla... ni apartarla de su padre. ¡Si supiera cuánto lo he lamentado!

Parecía a punto de llorar. No, Ada no la había perdonado, pero Manuel se prometió hacer todo lo que estuviera en su mano y aún más, para que lo hiciera.

—No lo dude, la traeré de vuelta. Sé que en el fondo de su corazón, es lo que más desea.

—Vendrán los dos, ya casados, de viaje de novios... ¿Me lo promete?

—Claro que sí, señora.

461

—Y usted, sáquela cuanto antes del ambiente de los Castro, esos jamás se preocuparon por ella. Ada está rodeada de enemigos, pobre niña, pero claro, usted no lo entiende, como son sus únicos parientes... Tampoco podía irse a vivir sola, ¡qué hubiera dicho la gente!

Se rio sarcástica. Este cambio sorprendió a Manuel: empezaba a comprender ciertas cosas que le habían contado de doña Elvira y su fama de mujer de armas tomar.

—Seguro que no le gusta vivir con esa cursi de Javierita... ¿Ada una Castro? ¡Naranjas de la China!

Manuel no tuvo más remedio que confirmarlo con una sonrisa tímida.

—¿Ve? La conozco bien: la he criado yo, ¡qué caramba! ¿Sabe que repudiaron a la madre por casarse con Silva? Lo mismo que a mi Mario por casarse conmigo. Marito y su sobrina Teresa fueron los únicos Castros con redaños, los únicos que se atrevieron a liarse la manta a la cabeza y hacer lo que hicieron, todo por amor. ¿Se sorprende? Puede que ahora no vea más que a una anciana enferma, pero una vez fui joven y sentí amor, mucho... También lo sintieron por mí. Ahora parece increíble. ¿Y usted?¿Está enamorado de Ada?

La pregunta le sorprendió tanto que enrojeció.

—¡Ah! Se sonroja... Eso es que sí. ¿Has visto, Toñona? ¡La quiere de verdad!

Hizo un esfuerzo para vencer la timidez.

—Sí, señora, así es. Pueden sonar a palabras huecas, incluso algo ridículas. Pero no hay nadie ni nada más importante en el mundo para mí que su sobrina. Haré todo lo que pueda para que Ada sea feliz.

—No suena nada ridículo, querido Manuel. Nunca se avergüence de sentir amor: pocas cosas hay sobre la tierra más merecedoras de respeto que un hombre o una mujer que amen sinceramente a un semejante, sea este su marido o su esposa, su hijo, su padre, su madre o un gran amigo.

Suspiró como si le faltara el aire.

—Ada tiene mucha suerte de haberte encontrado, Manuel. Me permites llamarte así... ¿hijo?

Manuel volvió a sentirse como el niño abandonado que fue ante el agradecimiento sincero de aquella mujer y tuvo ganas de abrazarla y recibir mimos como si fuera la abuela que no había conocido. Pero solo se atrevió a levantarse y cogerle la mano huesuda, pequeña y como de papel fino de arroz, para llevársela a los labios. Ella, adivinándole el pensamiento, le abrazó.

Hasta que interrumpió la voz de Toñona.

—Debería marcharse, señor... Se cansa con facilidad.

La señora tenía la cara pálida, transparente como la de un fantasma.

—Sí, hijo, sí... Mucho me pesa, pero este corazón ya no aguanta ni media emoción. Coge la carta, Toñona.

En una mesita cercana, junto a la mecedora había un sobre abierto.

—Es una carta para ella, para que la abra el día de su boda. En ese día.

Con esfuerzo fue a desabrocharse los botones del cuello de encaje, Toñona se acercó a ayudarla.

—No, esto tengo que hacerlo yo.

Debajo del cuello llevaba un medallón de plata.

—Es la primera vez que me lo quito desde hace... Mucho tiempo. Es para ella, sabrá por qué se lo envío.

Tardó un poco en abrir el cierre, como si estuviera encajado, y ponerlo dentro del sobre que Toñona cogió y cerró entregándolo a Manuel. Sin que nadie se diera cuenta, la negra sacó un pañuelo del delantal y se limpió las lágrimas.

Después de la visita de Manuel, Elvira no tardó mucho tiempo en morir. Lo último que le oyó Toñona a la enferma, perdida la conciencia hacía horas, fueron unas pocas palabras repetidas en un susurro: «Madre, ¿madre?... ¿Estás ahí? Mi niña... mi tesoro...»

VII

Manuel buscaba en el cajón de la mesa el juego de llaves.

—Blas, ¿puedo guardar esto en la caja de caudales de la oficina?

—Sí, hombre. ¿Qué es?

Y señalaba la carpeta que contenía los títulos de propiedad de La Oriental, el sobre con la carta de la tía Elvira y su colgante.

—Mi regalo de boda.

No había visto a Ada desde que fuera a la zona oriental: le contó que los negocios de la Compañía Díaz-Llopis le habían obligado a ausentarse. El viaje resultó más largo de lo esperado pues el mar Caribe estaba parcialmente controlado por la Armada hispana, pero debido a la amenaza de los destructores yanquis, la travesía fue interrumpida varias veces teniendo que permanecer en los puertos protegidos más días de los previstos. Cuando por fin desembarcó en La Habana se dirigió directamente a casa de la prima Javierita, con la esperanza de ver a su prometida. Le abrió la puerta Pompeya, la sirvienta negra llegada de la hacienda de La Oriental hacía unos meses, un gesto de la tía para congraciarse con Ada, sin duda, pero que no había obtenido respuesta.

—No está aquí. Salió por la mañana y no ha vuelto.

Pompeya intimidaba un poco a Manuel; era una parte de esa Cuba negra y misteriosa que aún desconocía tanto como aquella religión o magia que practicaba. Siempre seria, vestida de blanco, casi tan alta como él, se quedó en la puerta como un cancerbero. No hablaba como el resto de criadas y carecía de esa actitud de sumisión ante el blanco tan asumida por el resto. Sin duda se debía a que se había criado junto a Ada, quien la consideraba como una hermana.

—Gracias, Pompeya. ¿Si vuelve, puedes decirle que la estoy buscando? Estaré en la oficina.

Quizás había ido de tiendas junto a la prima; una novia tiene que hacer muchas compras, preparar el equipo... No sabía por qué, pero estaba intranquilo. Al encontrarse en la calle con don Eulogio, doña Lucrecia y el marqués —aquel dandi gallego viajado por medio mundo— notó algo raro en la pareja, como si estuvieran incómodos; también en la sonrisa de don Xavier, más compasiva que su habitual mueca irónica. Al alejarse le pareció oírle decir: «El ciego se entera mejor de las cosas del mundo; los ojos son unos ilusionados embusteros.»

Los cuchicheos a su paso, incluso en la oficina, acentuaron la sensación perturbadora, como si de pronto toda la ciudad viviese una existencia paralela de la que él era ajeno.

Ya era de noche cuando salió de la oficina y cruzó la calle. Blas y él habían alquilado dos departamentos contiguos justo en el edificio de enfrente, en el primer piso. Les separaba un recibidor y compartían una mujer que entraba a limpiar —siempre comían fuera— y un *valet* para ambos pagados por

466

la empresa, siempre en el estilo práctico que caracterizaba a Llopis.

La luz del portal-cochera estaba apagada y la escalera envuelta en sombras. Entonces la vio, de pie en mitad del rellano: no estaba arreglada como para salir y la encontró pálida, con los ojos febriles y brillantes, un poco despeinada —aunque eso a ella le sentaba bien—, nerviosa, con el ceño fruncido en el gesto concentrado que la caracterizaba.

—Tengo que decirte algo.

Pensó que quizá se había enterado de su viaje y que comprar la finca sin consultarla le había sentado mal, más aún por haberse entrevistado con la tía, tal vez estaría confundida u ofendida por la ocultación, quizá creía que era falta de confianza por su parte o paternalismo, alguna vez le regañaba por sobreprotegerla, por...

—No puedo casarme contigo.

El sueño, todo era un sueño. Despierta, Manuel.

—¿Por qué?

—No me obligues a decírtelo. Por favor.

—¿Qué ha pasado?

—No lo sé, desde hace días... No sé lo que ha pasado...

—Ada, ya eres mayor y yo también. Sube conmigo, hablemos. Tienes que explicármelo.

—No... No puedo. No quiero hacerte daño.

—Ya me lo estás haciendo. Puedo soportar un poco más.

Se alejaba, quiso retenerla, cogerle la mano, pero se alejaba.

—¿Quién es? ¿Lo conozco?

—No... O sí. Pero no creo que lo recuerdes. Es...

—No, calla: no quiero saberlo. Me da igual quien sea. Quiero saber qué te ha pasado a ti.

—Él no ha hecho nada. He sido yo. Yo. Le he buscado. Cuando supo que estaba... comprometida, quiso dejar de verme. He sido yo, Nel, yo tengo la culpa de todo. Nunca pensé que esto ocurriría, nunca. Era alguien del pasado, alguien de quien me enamoré cuando era una niña... Fue el verano en que te conocí a ti. Un capricho infantil... Algo que no podía volver, pero lo ha hecho y con una fuerza que... me impide pensar. Solo puedo estar con él. Soy él.

«Estoy perdido», pensó Manuel. A ella le temblaban los labios al hablar.

—Tú... También te quiero. Mucho. Pero es distinto. No puedo explicarlo, no lo entenderías.

«Sí lo entendería. Lo entiendo. Te entiendo. Pero duele tanto...»

—En el fondo del alma creo que siempre le he querido a él. No, no solo eso... Creo que he vivido durante todo este tiempo para esperarle.

Ada era valiente: le decía todas estas cosas mirándole a la cara.

—Perdóname. Perdóname... O no, llámame de todo. Ódiame. Tendrás razón. Pero no puedo evitarlo.

Frente a él, con la cara bien alta. No lloraba porque no era una hipócrita y tenía decencia. Llorar cuando abandonas a alguien es una canallada propia de cobardes sin honor y sin vergüenza.

—No puedo evitarlo —repitió.

Le pareció que tardaba una eternidad en quitarse del dedo el anillo con el solitario, ponerlo en su mano —el roce le estremeció— y salir del claroscuro del portal, como si el mundo se hubiera vuelto líquido y ella intentara moverse bajo el agua, lentamente, sumergida, sin respiración, pero sin ahogarse. Tuvo el impulso de salir detrás de ella pero el agua pesaba, le impedía moverse; no podía hacer sino flotar.

«No te vayas, haré lo que tú digas, lo que quieras, no dejaré que te vayas con él, me mataré, le mataré si te vas con él, ¿eso es lo que quieres? Dime lo que quieres y lo haré, te lo daré todo, pero no me dejes, Ada; tú eres mi vida y nada tiene sentido sin ti, ¿no lo sabes? ¿Tan mal te he mostrado mi amor que no te has dado cuenta? ¿No sabes que yo te quiero más, que te querré más, que nadie te querrá mejor que yo? Ada, si te vas... ¿Qué va a ser de mí?»

No se movió, no dijo nada. Para qué. Ella ya no le quería. Había desaparecido. Estaría corriendo ilusionada hacia ese otro hombre que la esperaba en algún lugar para sustituirle en sus besos y sus caricias, para amarla y respetarla, todos los días de su vida.

ANDARA

I

Las Cuchillas de Moa
Lat. 20° 33' N - long. 75° W
Noreste Isla, 5 de septiembre

—*Moa* en lengua arahuaca significa Lugar de las Aguas; algunos también lo llaman Lugar Desolado y Sitio de los Muertos.

Eso le dijo Pompeya y no le sorprendió: sabía muchas cosas. Cuando le dijo que creía estar embarazada, contestó: «Ya lo sé.» ¿Cómo podía haberlo averiguado, si ni ella misma lo había hecho?¿Le habría echado los caracoles en secreto? Ada había estado tan sumida en su angustia primero y sufriendo las penurias del viaje después, que no se extrañó por lo anormal de las faltas. «Ahora no, ahora no...» Creyó que Pompeya también podía leer los pensamientos:

—Ahora tienes que vivir, Ada. Vive para tu hijo. Déjalo. Volvamos atrás.

—No.

Iba a seguir adelante y para ello intentó olvidarse de la presencia de ese alguien que aún no existía: su hijo. Otra cualquiera se hubiera rendido aceptando la desaparición del padre y el renovado ciclo de la vida con ese legado póstumo, pero no Ada, a quien aquella contingencia le parecía una broma del destino, un guiño cruel inaceptable y ante el cual se rebelaba: sin el hombre que le había dado la vida no tenía sentido la presencia de ese nuevo ser desconocido y, desde luego, nunca aceptaría su venida al mundo como una sustitución. No se sentía «madre» aún: esas hembras que, como las fieras, defienden a sus cachorros con uñas y dientes. Pompeya no dijo nada más y se puso a rezar. Rezaba mucho, pero parecía que los Santos no podían escuchar sus plegarias; habían ido demasiado lejos: hasta ellos se habían perdido por el camino. Ese camino que parecía llegar a su fin.

Llevaban recorridos mil kilómetros: la distancia desde el extremo oeste al este de la Isla. Atravesar la Isla del Caimán les había costado un mes y tres días de viaje que pesaban como si fueran años. Ada y Pompeya no se reconocían cuando se miraban la una a la otra; nada quedaba en ellas de las dos mujeres que salieron de La Habana. Demacradas, despeinadas, sucias, con un aspecto estrafalario puesto que las ropas con que salieron ya no eran más que andrajos, los agentes tuvieron que prestarles unas camisas y unas chaquetas de corte militar; les quedaban muy grandes pero al menos las tapaban de la lluvia. Porque llovía sin cesar en descargas torrenciales repetidas varias veces al día, como si siempre fueran la misma. Todo lo que les rodeaba chorreaba, todo olía a mojado: la ropa, los zapatos, las mantas, el pelo de los caballos y las mulas, los hombres que las rodeaban. Los hombres de Pinkerton. A veces se preguntaba si eran protectores o vigilantes, incluso carceleros de una prisión gigante: la Isla. Pero no se habían quejado cuando les dijo lo que pretendía y a donde se dirigía. Bajo el hule de la tienda de campaña, Jenkins señaló el lugar en el mapa.

—¿Dice que es el lugar donde vieron caer a su marido? Está justo en el límite con esta zona inhóspita.

El dedo hizo un círculo alrededor de una mancha verde pintada en el mapa.

—Se trata de una región llamada Moa: todo esto, ¿ve? Ese combate en el que desapareció el capitán debió de ocurrir por casualidad, un encontronazo, porque ninguno de los dos ejércitos llega ya hasta allí: no es estratégico porque no hay poblaciones importantes, tampoco haciendas, ni terrenos cultivados. Son montañas cubiertas de vegetación tropical que el mapa llama Las Cuchillas.

Hacía días que habían dejado atrás el escenario de la guerra. Al encontrarse con un destacamento del Ejército Independentista, tuvo la prueba de las buenas relaciones en que estaban los americanos con ellos. Jenkins fue a hablar con el comandante y volvió al momento.

—Señora, tiene usted permiso para interrogar a los prisioneros.

Ada se bajó del caballo —habían perdido el carro, pero no importaba; a donde se dirigían no les hubiera servido de nada—, ayudada por los otros dos hombres, Jackobs y Eyck, que apenas hablaban español. Pompeya también bajó, pero a ella no la ayudaron. No, no les gustaba que estuviera allí, notó desde el principio cómo evitaban dirigirle la palabra.

—No quieren estar cerca de una negra, ¿no lo ves? Les resulto una presencia incómoda.

—Ignóralos —le había dicho.

Fue a ver a los prisioneros, aunque ya había descartado la posibilidad de que Víctor se encontrara entre ellos: si había caído al río tal y como le contó el soldado español en la trocha, era imposible que le hubieran atrapado. No, no se hubiera dejado hacer prisionero.

—Puede que nadie me crea, Pompeya, pero sé bien lo que es capaz de hacer... No hay nadador tan bueno como él.

Los cautivos miraron a aquella mujer sin interés, con rostros desencajados por el hambre, cubiertos de suciedad, los uniformes tan rotos que apenas tapaban las carnes macilentas, en realidad con un aspecto parecido a los soldados sublevados que les guardaban. Ada habló con un oficial español: no, no tenía noticias del capitán de caballería ya que ellos pertenecían a infantería; además habían sido atacados y hechos prisioneros muy lejos de allí, en el asedio al pequeño fuerte de San Germán. Por su parte, Jenkins estuvo haciendo pesquisas respecto a la situación de los lugares que tendrían que atravesar, posiblemente ocupados, al menos en parte, por la banda de desertores causantes de todas aquellas atrocidades en la región limítrofe.

—Andara... Ni siquiera es su verdadero nombre y nadie sabe si es blanco o negro o mulato, ni a cuál de los ejércitos perteneció, si es que en verdad es un desertor. Pero ha logrado reunir una cuadrilla de descontentos, sobre todo entre los soldados españoles: los cubanos dicen que hay deserciones en masa... Aunque quién sabe si es cierto; quizá sea propaganda. Lo único que hay que dar por seguro es que atacan a todo lo que se mueve, roban armas, saquean y matan sin distinciones, con una crueldad inhumana.

Le vino a la memoria el dispensario repleto de heridos y enfermos del doctor Izquierdo.

—¿Crueldad inhumana? Llevo viendo muestras de crueldad inhumana desde que salí de La Habana... No me hable de crueldad, esto es una guerra. Y ustedes parecen saber muy bien en qué consiste.

Jenkins le contestó con una tranquilidad de hielo.

—Por muchas brutalidades que cometan los soldados, el reglamento no contempla empalar cabezas humanas.

El americano se llevó a los otros un poco más lejos e intercambiaron algunas frases en inglés. Ada alcanzó a escuchar palabras sueltas: «zona peligrosa», «asesinos», «atacan y luego desaparecen». Luego se acercó de nuevo a Ada.

—Debe usted considerar el peligro que enfrenta: el lugar adonde nos dirigimos se encuentra controlado por ese Andara y sus renegados.

—No me importa. Y a usted le pagan por llevarme hasta mi marido sin daño, ¿no es verdad?

—Sí, señora, así es. Pero dejemos una cosa clara: no podemos recorrer ese sector indefinidamente. Una vez que hayamos comprobado si su esposo se encuentra allí o no, debemos regresar.

El rostro endurecido, calloso, el gesto implacable y los ojos grises tan fríos no presentaban disposición alguna a la discusión. Ada entendió que de negarse a seguirle, la obligaría a la fuerza.

—De acuerdo. Le prometo que si no le encontramos en un plazo digamos... razonable, regresaremos.

Esperaba que Víctor no se hubiera topado con la partida de Andara, pero él sabía cuidarse; se lo había dicho mil veces: sobreviviría. Pero Jenkins no podía entender esto, él no le conocía y por eso sus palabras mostraban a las claras lo que en realidad pensaba: la inutilidad de aquella búsqueda en pos de un muerto, arrastrados por el empeño de una mujer que había perdido la razón.

«Yo no le abandonaré; continuaré buscando y ninguno de vosotros podréis impedírmelo.» Cerró los ojos.

«Sabías que esto pasaría, que me llamarían al frente.»

No lloró, se quedó agarrada al borde de la cama, en el suelo, sin fuerzas para ponerse de pie, para moverse siquiera. Víctor se arrodilló a su lado y le cogió la cara entre las manos, casi haciéndole daño. Sus ojos eran dos heridas: quería apartarse de ellos, pero él no la dejaba.

«Mírame... ¡Mírame! Si dicen que he muerto no les creas: no voy a morir. Espérame y volveré a ti. Y tú haz lo mismo por mí: sobrevive, pase lo que pase, eres fuerte... ¿me oyes, Ada? No importa cuánto tiempo estemos separados o hasta dónde hayamos de ir, porque volveremos a encontrarnos. ¿Me crees? Dime que sí... Dilo. Vamos, ¡hazlo!»

Lo obedeció como si fuera de madera y un silbido ahogado le salió de no sabía dónde. «Sí... Sí.»

Cuando abrió los ojos se encontró a Jenkins mirándola con suspicacia y tuvo miedo de que, como Pompeya, supiera leer los pensamientos.

Había que seguir. Dejaron atrás las llanuras y el valle internándose en un paisaje diferente, boscoso, siempre en dirección a las montañas. Desaparecidos los caminos, los caballos chapoteaban en el barrizal formado por las lluvias torrenciales: a veces tenían que bajarse de las monturas y tirar de las riendas mientras los hombres abrían brecha con los machetes en los charrascales cerrados como muros, en los ocujes con sus flores en racimo y las majaguas de trompetas solitarias y enormes, rojas, amarillas y rodeadas de abejas, el raro copey y sus flores de pétalos cremosos como los del magnolio. Los pocos momentos en que dejaba de llover, las cotorras lo celebraban con una algarabía ensordecedora.

Avanzar costaba cada vez más, con el camino hundiéndose en fango bajo sus pies, las piedras resbaladizas al vadear los riachuelos y el bochorno ardiente. Entraban en el corazón de una tierra como jamás habían visto: árboles altísimos de hasta veinticinco metros de los que colgaban lianas y bejucos o trepaban por ellos los curujeyes, entrelazados los unos con los otros formando una jaula verde impenetrable, hermética, de la que surgían pozos, ríos y cascadas como cuchillos líquidos intentando atravesar el bosque tropical, que a pesar de ello mantenía su orgullo intacto. Aquel mundo vegetal despreciaba a los extraños haciéndoles sentir el peso de su poder. La única manera de continuar, de no dejarse devorar por la espesura, era olvidar, no pensar, abandonarse, confundirse con el barro, las hojas, los insectos, el agua de lluvia. Con la selva.

—Pasaremos la noche cerca del pozo Ojito del Agua: no queda lejos del río donde ese soldado le dijo que había caído el capitán.

Ada solo puso asentir con la cabeza: no tenía fuerzas para hablar. Las dos mujeres agotadas se dejaron caer sobre las piedras; caladas, cubiertas de barro, con la ropa colgando mojada y las faldas hechas jirones. Entonces sí que agradecieron la competencia de los yanquis; en cuestión de minutos desplegaron el campamento instalando las tiendas y encendiendo un buen fuego.

—Aprovéchenlo: en cuanto caiga la noche habrá que apagarlo. No hay que llamar la atención.

El holandés Eyck cazó una jutía sin disparar un tiro, solo con un lazo y un cuchillo. Harta de tocino salado y arroz, Ada nunca pensó que comería algo parecido a una rata como si fuera el más exquisito de los manjares.

—Vayan a descansar, saldremos mañana al amanecer.

Pompeya casi no podía moverse y tenía las manos llenas

de llagas y ampollas de tirar de las riendas. Silenciosa, se arrastró hacia la tienda. Ada, al verla en ese estado, se arrepintió de haberla llevado hasta allí.

—Pompeya... Mañana llegaremos. Entonces verás que no estaba equivocada. ¿Pompeya?

Estaba ya tumbada, tapada con una manta. Profundamente dormida.

—No lo hubiera conseguido sin ti. Gracias, hermana.

Le cogió la mano con cuidado de no despertarla y cerró los ojos. Durmieron una frente a la otra, cogidas de la mano. Como cuando eran niñas.

II

Un poco antes de que saliera el sol, comenzaron a levantar el campamento. Pompeya seguía agotada, dijo haber dormido mal, con pesadillas. Mientras los hombres recogían las tiendas y cargaban las dos mulas, Ada cogió un cubo y las cantimploras. Jenkins se acercó, siempre vigilante.

—¿Adónde va? Comeremos algo frío y saldremos inmediatamente...

—Voy a por agua. Se les ve tan activos... Yo también puedo hacer algo útil.

—Bien, pero no se aleje mucho.

Para mayor seguridad, Ada cogió el revólver y lo metió entre la camisa y la tirilla de la falda, sujeto con su correa.

El arroyo corría cercano: no podía verlo, pero sí oírlo. El sol asomaba tímido por encima de las montañas cubiertas de helechos y de jirones de bruma, intentando despertar a la selva sumida aún en el silencio de la noche. Rodeada por una masa verde llena de rincones oscuros, intrincados, siguió abriéndose paso sujetando las ramas y apartando los bejucos con las manos. No sentía miedo, ni expectación; sino una tranquilidad extraña que no debía provenir del cansancio ni de la sensación de encontrarse al final del camino. Todo lo que la rodeaba parecía salido de sus propios pensamientos, fundiéndose con ellos. «Tú eres una selva, Ada», le había dicho él.

Ahí estaba el riachuelo de cristal cayendo con fuerza desde las rocas del farallón y remansándose en una poza sin mácula con el fondo tapizado de piedras pulidas y brillantes. Al meter las manos en el agua para llenar el cubo, las vio despegarse de su cuerpo: unas manos cortadas que se alejaban como peces blancos y tuvo la sensación de haber vivido ya ese momento, ¿había estado antes allí? No: estaba confundida, recordaba otro río, otra poza a muchos, muchísimos kilómetros de allí, con un mar de por medio, con años de diferencia. El lugar donde había visto a Víctor por primera vez, desnudo, mojado, desapareciendo en el agua. Y ella observándole, como si se estuviera viendo a sí misma registrada en aquel aparato fantástico, el cinematógrafo.

Sacó las manos del agua y vio reflejada su propia imagen. Entonces oyó una voz llamándola: «Ada... Ada...» Su voz.

Miró alrededor pero estaba sola. Sin embargo, lo había oído claramente; o quizá solo lo sintió. «Ha sido mi imaginación...» Justo a sus pies había una planta que no había visto al acercarse a la orilla; un relámpago de amanecer iluminaba el capullo azul intenso, brillante, que comenzaba a abrirse delante de sus ojos; surgían las largas astas de las flores de un corazón blanco, casi transparente, con hojas en forma de roseta cubiertas de pelillos minúsculos con gotitas como de rocío. Pero no había rocío en la selva, las gotas eran pegajosas y algo se movía en ellas: un montón de hormigas se debatía en la sustancia pegajosa, algunas estaban ya muertas y otras casi habían desaparecido medio deshechas, disueltas por la superficie venenosa. Dio un paso atrás, asqueada, y al apartar la mirada de la planta carnívora, lo vio.

Había un hombre en la otra orilla, envuelto en la sombra

aún nocturna que proyectaba el farallón. Apoyándose en una especie de pica, la aparición mostraba el cuerpo casi desnudo, cubierto de barro rojo o quizás es que se trataba de un mulato de color cobrizo, una estatua de bronce que la miraba desde el otro lado, envuelto en las tinieblas que se disipaban.

Se le cayó el cubo al agua cuando oyó el disparo y sin pensar echó a correr hacia el campamento golpeándose con las hojas planas de los helechos, tropezando con las raíces que salían del suelo como garfios, enredándose la ropa y el pelo en las lianas, sin saber dónde estaba, hacia dónde iba. No supo si sonaron más tiros porque su propia respiración entrecortada le taponaba los oídos.

En el campamento no había nadie. Les llamó a gritos.

—¡Pompeya! ¡*Mister* Jenkins!

Los caballos relincharon y las mulas corrieron a su alrededor asustadas: algo rodaba bajo sus cascos. Petrificada de horror, vio a sus pies la cabeza del holandés, tan rubia y blanca, tan reconocible.

Surgidos de la penumbra verde, como si siempre hubieran estado ahí, rodeándola, observándola, se destacaron las figuras de unos hombres iguales al que había visto en la orilla. Acercándose. Las figuras flotaron a su alrededor hasta que todo volvió a la oscuridad de donde había salido.

III

Un suelo de piedra cubierto de arena fina. Había abierto los ojos y sin embargo, la oscuridad era total: con las manos palpando la roca, se levantó y caminó con pasos temblorosos, de ciega, tropezando, golpeándose con salientes hasta que consiguió entrever una luz que se filtraba desde lo alto. Una cueva. Estaba en una cueva.

El piso rocoso subía y bajaba, resbaló varias veces arañándose las piernas, hasta que guiándose por un leve resplandor, con los ojos más acostumbrados a la oscuridad, llegó hasta otra galería en la que se apiñaba un grupo de lo que parecían seres humanos.

—¿Ada?

—¡Estoy aquí!

No querían soltarse la una de la otra y se sentaron cogidas de la mano. Unos bultos que las rodeaban lanzaban gemidos.

—¿Quiénes son?

—Mujeres prisioneras... Como nosotras.

—¿Por qué? ¿Qué quieren?

—Nadie sabe. Son... Son *fumbis*.

—¿Qué dices?

—Ya no tienen alma... Alguien les ha sorbido el alma.

—Pompeya, son desertores, desesperados sin nada que perder.

—No son hombres...

Pero Ada no escuchaba.

—¿Le has visto?

—¿A quién?

—A Víctor.

—Pero ¿cómo crees que puede estar aquí? ¿No has visto lo que les hicieron a Jenkins y los otros?

—Vi rodar la cabeza de Eyck...

—A Jenkins le cortaron el cuello delante de mí, me salpicó su sangre... Del otro no sé nada, debieron atraparle antes de que me cogieran a mí.

—Pompeya, te juro que cuando fui al río, oí su voz. Me llamaba. Te lo juro.

—Ada... No puede haber sobrevivido. Matan a todos los hombres que encuentran.

—No me entiendes. Está aquí.

Pompeya cayó en la cuenta.

—Quieres decir que... ¿puede estar... con ellos? ¿Con estos asesinos?

—Me dijo que haría lo que fuera por volver a mí. Prometió sobrevivir. Hablaré con ese hombre, Andara. Si está entre ellos, me lo devolverá.

Una de las mujeres gritó cuando las sombras de la cueva se apartaron espantadas por la luz de una antorcha y la llama azul de queroseno iluminó con fogonazos al grupo de cabezas, brazos y piernas, bocas abiertas para gritar. Las prisioneras no querían salir y se debatían con las pocas fuerzas que les quedaban, en cambio Pompeya y Ada se levantaron y anduvieron hacia las antorchas: era mejor dejarse llevar que exponerse a un golpe o a algo peor. Pero siguieron sin separarse la una de la otra.

La luz del día las deslumbró. Entraba por la boca de la cueva golpeando el agua de color aguamarina del pozo, mostrando la enorme cavidad en forma de bóveda excavada en los farallones por el tiempo y la corriente que brotaba de la tierra hasta formar aquel pequeño lago: debía provenir de las corrientes subterráneas que daban origen a los arroyos y las cascadas que habían encontrado por el camino. Fuera de la cueva se alzaba el bosque verde, desde allí podían ver las copas de los árboles arrasadas por la lluvia y el viento. La salida estaba muy cerca.

Eran cinco mujeres, todas negras, sin contar a Pompeya. Tiradas en el suelo, abrazadas entre ellas, con los ojos cerrados, llorosas, contrastaban con las otras dos prisioneras, quienes permanecían de pie, mirando el lugar donde se encontraban y también a sus captores. Estos habían perdido el aspecto de hombres, convertidos en demonios delgados, algunos mostrando las costillas bajo la piel, las barbas y los cabellos colgando larguísimos en guedejas de todos los colores, como sus pieles: morenos, blancos y retintos, mulatos de todos los tonos hasta el aceitunado y amarillento de los asiáticos. Vestían restos de uniformes de cualquier procedencia, desde los sombreros de yarey cubanos a las chaquetas de rayadillo españolas combinadas con taparrabos en vez de pantalones o al contrario, con el torso desnudo y el resto cubierto por unos pantalones rotos de procedencia desconocida, como si se hubieran intercambiado aquellas prendas raídas en un juego extraño. Iban casi todos descalzos, aunque también vio a uno con polainas americanas y se preguntó si serían las de Jenkins. Hubieran resultado grotescos de no haber estado armados con machetes, lanzas de caballería, máuseres, cananas y revólveres de repetición, todo tipo de cuchillos y hasta hachas de piedra, como usaban los hombres primitivos que habitaron cuevas como aquella.

Ada se dio cuenta de que era la única blanca y quizá por eso la miraban tanto aquellos ojos vacíos.

—¿Mendoza?

Lo reconoció a pesar de la cabellera suelta y el rostro emba-rrado; a pesar de estar medio desnudo y flaco, no parecía débil: el máuser que apoyaba en la cadera le daba un aspecto fiero que no había tenido ni siquiera vestido de uniforme. Podía re-cordarle bien: el simpático Mendoza, tan galante con las seño-ras, era un oficial a quien Víctor debía su pertenencia al cuerpo de caballería. Volvió a llamarle, pero Mendoza no la respon-dió. Entonces pensó que Pompeya tenía razón: eran *fumbis*.

La voz de Ada había resonado en la superficie de la roca haciendo eco, quedando atrapada flotando en la cavidad, cuando algunos salieron del grupo para agarrar a las muje-res: las llevaban al interior de la cueva, algunas a rastras, cogi-das de los pelos, sin hacer caso de sus lloros ni de sus pata-leos; las habían elegido, ahora eran suyas.

—Ponte detrás de mí —le dijo a Pompeya.

No se lo esperaban. Nadie la había registrado, quizá por considerar que una joven mujer blanca siempre sería un ser débil, cobarde e incapaz. Ada disparó hacia el grupo, pero la bala salió demasiado alta y rebotó en las piedras de la cueva con varios chasquidos agudos que se perdieron rápidamente en el interior de la cueva. Tras la sorpresa del primer momen-to, los hombres respondieron poniéndose en guardia, empu-ñando sus armas y rodeándolas formando un círculo en el que ellas quedaron en el centro.

—*Stop!* ¡Alto! Alto...

De entre el grupo salió un ser de aspecto ridículo, absur-do: un gnomo vestido con pantalón *britch*, pañuelo al cuello y gorra de visera, pero todo ello zarrapastroso y sucio.

—*Madame...* ¡Qué *coraggio*! Esta exhibición de fuerza... ¿Ya fue suficiente? ¿Cómo se le ocurre?

Se dirigió al tropel de semihumanos.

—Vamos, despejad esto, vamos... *Dai, dai...*

—¡Iban a atacarnos!

—Estos hombres no pretendían hacerles ningún daño, estoy seguro de ello, pero son *Krieger...* Guerreros, ¿entiende? Adiestrados para atacar.

Hablaba un español de su propia invención trufado de otros idiomas en una amalgama babélica, pero los mencionados «guerreros» obedecieron como autómatas esas palabras aturulladas, desperdigándose por la cueva o saliendo al exterior sin volver a prestar atención a las dos mujeres, aunque Ada seguía empuñando el arma. El enanito rubiáceo le sonreía.

—Yo le conozco... Le he visto antes...

Tenía un aspecto difícil de olvidar.

—¡El cinematógrafo! Usted formaba parte de la exhibición... En La Habana. ¿Me recuerda? Habló conmigo: me dijo que ese aparato era ciencia, pero también magia.

Una sonrisa de vanidad le pintó la cara.

—Señora, Ernö Pohorylle, *cameraman.* A sus pies.

Se inclinó e hizo el gesto de mirar a través de una máquina moviendo la mano como si diese vueltas a una manivela. Ada empezaba a irritarse con aquel fantoche.

—Escuche...

—*Call me* Taro. Él me llama *cosí.*

—Señor Taro, parece que estos hombres le obedecen. ¿Es usted su jefe?

Estalló sujetándose la tripilla por la risa.

—¡Su jefe...! Nooo... Yo soy solo un hombre estúpido, a su lado una pálida sombra, *a ghost.* Él no debe oír eso que dice. Nooo...

Reía sin parar, con hipo.

—Es usted muy graciosa, *darling...*

—Lléveme hasta él, por favor. Hasta Andara.

—Oooooh... Noooo... Eso no puede ser.

—¿Por qué no?

—*Oyvey*... Entiéndalo, debe tener cuidado: han intentado asesinarle *three times*. ¡Sus propios hombres! Y eso que no hay desertor sin saberlo, todos en la Isla, aquí es bien recibido. Usted ve solo a unos pocos, pero hay otros... Están en campaña, buscan a sus enemigos y acaban con ellos... Pronto serán más, muchos más. *Ain Got un azoi fil sonim.*

—Dígale a su jefe, a ese tal Andara que deseo verle y preguntarle por mi marido. Estoy buscando a mi marido, no quiero nada más.

Soltó una risilla maligna.

—Oh... *L'amour est enfant de bohème, Il n'a jamais, jamais, connu de loi*. El amor... Puede que le guste, sí... Es... Impredecible. Deme algo de valor para usted, así él sabe desde el principio *who are you*. Mucho puede contar un objeto de su poseedor: una *donna* se cortó la melena desde la raíz, lo único que ella tiene de valor. Un hombre se corta una falange del dedo pulgar. Ahora es su *der kommandant*.

Ada se miró la ropa desgarrada.

—No tengo nada... ¡No... Espere!

Se llevó las manos al cuello y lo desabrochó.

—Tiene mucho valor para mí.

Era el medallón de plata de la tía. Taro se lanzó sobre él como una urraca atraída por lo brillante.

—Espere aquí. ¡Ah! Decir a la *shikse* que si los guerreros vuelven deje hacer, estos hombres no son caballeros *comme moi*, amiga mía, ¿puedo llamar así, verdad?

Desapareció dentro de la cueva: debía ser enorme, atravesada de galerías en un laberinto subterráneo. Escondió de nuevo el revólver.

—Es evidente que el seño Taro no está en su sano juicio.

—Ada, por lo que más quieras, ahora es el momento, nadie nos vigila. ¡Escapemos! Los caballos y las mulas aún deben estar en el campamento, junto con nuestras cosas... ¿Te das cuenta? ¡Es nuestra oportunidad!

—Escucha, yo voy a hablar con Andara y averiguaré si Víctor está aquí, prisionero o... con ellos.

—Entonces....

—Si no voy...

—¡Vendrás!

—Escucha, si desaparecemos las dos nos perseguirán y nos darán caza enseguida, ellos conocen bien esta selva... Pero si solo tú te vas no llamará tanto la atención. Yo tengo que entrevistarme con ese hombre, ¿recuerdas?

—¿Y qué harás luego?

—En cuanto tenga noticias de Víctor pediré que me dejen partir.

Pompeya se tapó la cara con las dos manos, gimiendo como una niña. Nunca la había visto llorar así. Pero no le hizo caso.

—Escóndete junto al río. Si al amanecer no he llegado, coge uno de los caballos y sal tan rápido como puedas, encuentra el pueblo más cercano y busca ayuda, soldados, del ejército que sea, da lo mismo... de quien sea, y diles dónde se ocultan.

—Ada, por favor, ven conmigo...

—Márchate, no hay tiempo que perder.

La empujó hacia la boca de la cueva.

—¡Corre!

En un momento estuvo en el exterior donde comenzaba el bosque verde, bajo el cielo cayendo en una lluvia furiosa, incontenible, se volvió para mirar a su amiga. Ada levantó la mano en un gesto de despedida y Pompeya desapareció de su vista.

¿Había hecho bien separándose de Pompeya? «No puedo evitarlo. Sé que está aquí. Mendoza está aquí...» Sus sospechas se confirmaban una tras otra. El señor Taro había dicho que había más «guerreros» actuando; los imaginó cometiendo atrocidades e intentó apartar la idea de que Víctor estaba entre quienes cortaron la lengua del muchacho del camino, entre los que talaban cabezas y las clavaban en picas.

No se había dado cuenta pero Taro estaba de nuevo junto a ella. Si había visto huir a Pompeya no hizo mención de ello.

—*Signora: andiamo.*

Iluminaba los pasadizos excavados en la roca por el agua con un farol que olía a aceite de palma.

—*Be careful...* Mirar por dónde pisa.

—No sé qué hace usted aquí... Con ellos. Esos traidores, asesinos y secuestradores de mujeres.

—Ah... ¡Mi historia! Me trae aquí una *passion*, como a usted. Esa máquina me ha vuelto loco. Es tan bella... Quería imágenes de la guerra, buenas imágenes, me dijeron que pagarían buen *soldi... Sono uno schiavo... Az me ken nit vi me vil, tutmen vi me ken.* Me atraparon. Quise registrarlo con la cámara, pero al verlo él se enfurece y quema todo: la cámara, la película, todo. Pero él me deja vivir... Confía en mí, ¿sabe? Yo aún no soy tanto *brutto* como los demás.

Caminaban hacia lo más profundo de la cueva.

—¿Él? ¿Andara?

—... Ese hombre es un milagro. ¡Ni una herida en su cuerpo! Las balas y los machetes le temen, *believe me.* Mata a un superior, *one shot throgh the head*, un hombre siniestro, cruel y un mal soldado, que lleva a sus soldados a la carnicería. Algunos cuentan que no es un arrebato, que cumple órdenes: el mando quiere *Kaputt*... Quitarlo de en medio... *Magari... chi lo sa*? Pero nada de eso importa ya, nada le importa. No sé por qué él no se mata, con esa voluntad de hierro, *troppo forte, troppo vero*. Es como si espera algo.

—¿Qué puede esperar?

—Pues... ¡El futuro, *cara mia*! ¡América para los americanos! Europa *finita*, acabada. Cuando llegue *the Navy*, sin gastar hombres, sin dar un tiro, solo a cañonazos, destruyen todo: será el Apocalipsis, ¡el Apocalipsis!

Al fondo resplandecía una luz azul salida de algún lugar invisible; el corredor de piedra abría las entrañas de la tierra iluminada por una claraboya natural, un resquicio de luz caía desde lo alto hacia el agua remansada, reverberando. Tres guardianes armados les cerraron el paso.

—Su revólver.

—¿Cómo?

—*The gun*...

Sacó el arma y la puso en las manos de uno de los guardias.

Rodeada de velas colocadas sobre las paredes y el suelo rocoso, la figura se encontraba sentada sobre una vieja colchoneta militar, quieta. Nada se oía salvo el sonido blando de las gotas de cera cayendo en la piedra. No le veía la cara tapada por una larga melena, vuelta hacia abajo, empeñada en algo que captaba su atención: su medallón.

—Mira, Taro... ¿Reconoces este signo?

La voz le recorrió el cuerpo con un escalofrío, deteniéndose en cada poro de su piel, cubriéndola de sudor. Su voz. Tuvo deseos de gritar, de arrancarse la ropa, el pelo. Pero la voz se lo impedía.

—Es el sol.

Acariciaba el colgante de plata con dedos huesudos.

—Mirar el sol deja ciego. Es demasiado perfecto... y la perfección es monstruosa, inútil. El equilibrio, el absoluto, no existe.

Andara levantó la cabeza con lentitud. Taro respondió al rostro inexpresivo, vacío y maciliento.

—Pasado, Presente y Futuro.

—Sí... El Principio y el Fin, unidos. Para siempre.

Era él. Víctor. Ese espectro.

—Víctor... Soy yo, Ada.

Los ojos deshabitados se volvieron hacia ella.

—No sé quién eres. No te conozco, mujer.

Luego, esos ojos aún azules que conocía tan bien se apartaron. No hicieron ningún esfuerzo por recordar, por reconocerla, como habían hecho aquella noche en la ópera, en la escalera del teatro.

«Soy yo, Ada. La niña del prado verde, la mujer que te adora, tu esposa, tu amor.» No, no podía decir eso, no encontraba las palabras. Ya no.

Estaba mintiendo, no era posible que no la recordara; tenía que ser una farsa para que esos hombres brutales no conocieran sus verdaderas intenciones... Luego, más tarde, vendría a encontrarse con ella y juntos escaparían alejándose de aquel lugar de horror y volverían a vivir de nuevo. Además, estaba enfermo... Podía verlo en su rostro amarillo, en la debilidad de su cuerpo que había sido tan fuerte, tan sólido, y que ella había recorrido y besado tantas veces; había visto el mismo mal en la piel acartonada y sin brillo de los enfermos de malaria en el camino, en la enfermería de la trocha.

Fue hacia él, pero un guardia lo impidió. Taro se interpuso.

—No, no acercarse... No gusta que le toquen...

—¡Apártese! Es él, ¿no lo entiende? ¡Es él! ¡Víctor! ¡Díselo! ¡Estoy aquí, he venido! ¿No lo ves? ¡Soy yo!

Gritó y gritó hasta quedar ronca: sus gritos resonaron en cada resquicio de la cueva, transformados en un eco sin fin.

IV

Pompeya corría buscando el campamento, el lugar donde les habían atrapado: recordaba que se encontraba justo debajo del farallón donde se ocultaba la partida de Andara. Mientras escapaba no pensó que fuera extraño no ver a nadie, ni un vigilante, fantasmas desaparecidos de pronto tragados por la tierra. Tampoco pensó en la dificultad que supondría para ella desandar el camino entre aquella jungla y regresar a la zona civilizada donde encontraría ayuda. Lo único que quería era llegar hasta el río, recuperar los caballos —incluso con una mula se conformaría— y allí esperar a Ada. Aún sentía la conmoción de lo ocurrido y no podía pensar con claridad: miedo, solo había miedo, nada más. El corazón se le salía del pecho.

Al llegar al río buscó un escondite cerca de la orilla y lo encontró bajo un enorme copey que arrastraba sus ramas por el suelo cubierto de maleza. Hacía un calor irreal. Inmovilizado el aire, atrapado, encadenado, caía con peso de plomo derretido sobre las hojas de los árboles que parecían de escayola. No veía ni rastro de las monturas y el riacho corría tan tranquilo e indiferente a su zozobra como lo habían encontrado al llegar. Cuando pudo tranquilizarse un poco, la cabeza embotada empezó a despejarse y comprendió lo que había ocurrido: Ada no le había dicho la verdad. La había alejado del peligro a costa de su sacrificio, porque esos hombres jamás la dejarían libre.

Durante aquellos años Pompeya se había forjado un carácter; convertida en una mujer respetada, recuperó la estimación propia y la confianza negadas a una mujer pobre y negra. Pero el viaje le había arrebatado todo aquello que tanto le había costado alcanzar. Hasta sus más íntimas creencias, aquellas que había aprendido junto a Selso Cangá, su *babalosha*, se tambaleaban: los Santos le volvían la cabeza y ya no la escuchaban. Recordó todas las señales que le enviaron para que no emprendiera aquel viaje; el oráculo de *dilogún*, los *ikines* y sus predicciones: una por una, las había rechazado, haciendo caso omiso a sus consejos y advertencias; por eso ahora los dioses le negaban su bendición. La habían abandonado.

Se sintió más sola que nunca, sin nada ni nadie a quien recurrir, débil, frágil como una brizna de paja arrastrada por un viento maligno e incierto. Igual que cuando, siendo niña, Ada la abandonó para marchar a España. La congoja y la impotencia se le apretaron en el pecho hasta impedirle respirar, haciéndole temblar.

Pero aunque no su conciencia, su cuerpo seguía alerta: un ruido lento se acercaba. El instinto de supervivencia, más poderoso que cualquier otro, la puso en guardia: algo se acercaba a través del río, lo que oía era un sonido irregular, chapoteos y golpes chocando contra los cantos del fondo. Los cascos herrados de un caballo. ¡Un caballo aún ensillado! El potro de Jenkins, que había salido espantado en el ataque, estaba apenas a unos metros, bebiendo y olisqueando el agua. Si conseguía atraparlo podría escapar, atravesar la selva y llegar hasta el campamento del ejército antillano... No había más que acercarse y cogerlo. Iba a salir de su escondite cuando el caballo levantó la cabeza, inquieto. Los *fumbis* surgieron del curso del río, como si hubieran estado siguiendo con sigilo al animal encontrándole antes que ella; la única posibilidad de escape esfumada ante sus ojos. La mujer se encogió bajo la sombra del copey viendo cómo rodeaban al potro que daba vueltas sobre sí mismo y reculaba, asustado. Como un enjambre de hormigas cayeron sobre la presa, Pompeya no había visto nunca una cosa igual: no les hizo falta disparar un solo tiro para, en cuestión de minutos, tener al caballo tirado en la orilla y medio descuartizado por los hábiles machetes. Uno de aquellos salvajes le había abierto el amplio pecho de una cuchillada e introducía el puño en la abertura sanguinolenta hurgando hasta encontrar lo que buscaba: el corazón aún palpitante del animal, con la sangre negruzca chorreando por los brazos hasta el codo mientras lo devoraba.

Aún estaba aterrada por lo que acababa de presenciar, cuando sintió un golpe agudo en la espalda haciéndole gritar de dolor. Un grupo de aquellos muertos vivientes la rodeaba y uno de ellos le había clavado una pica cerca del hombro: una herida superficial, pero que le tiñó de sangre la camisa desgarrada. La sacaron de debajo del copey y entonces se le acercó un mulato de ojos bárbaros, quien le dijo al oído:

—Ha llegado tu *Itutu*, mujer.

Pompeya cayó de rodillas y rezó.

—*Ibaé bayé tonú... Ibaé bayé tonú... Ibaé bayé tonú.*

El aire metálico se deshizo en el torbellino de centellas y un relámpago restalló en el cielo.

V

Las cuerdas con que le habían atado las manos a la espalda le desollaban la piel de las muñecas.

—Tiene usted que ayudarme... Por favor...

—*My darling*, no les placen los espías.

—¿Espías?

—*Oui*...Usted no es mujer como las demás... Una blanca. Problemas. *Magari*, a él le ha gustado *your present*. Le recuerda algún lugar... Quiere preguntarle por ello. Pero tiene miedo.

—¿Miedo? ¿De mí?

Taro bajó la voz.

—Chisss... No lo diga a nadie. Tiene miedo de sí mismo. De lo que puede llegar a hacer su voluntad. Eso es lo más importante: su voluntad. *So big*. Por eso no puede tolerar que se infiltren... *Traditori*... Elementos no deseados. Mejor se porta bien. ¿Eh? *And tell the truth*... La verdad.

—¿Que diga la verdad? ¿Qué verdad?

—Toda la verdad. O si no...

¿Todo lo que había ocurrido? ¿Hasta dónde? ¿Desde cuándo? Carecía de sentido... Pero si tenía que hacerlo lo haría, deshaciendo lo andado: el viaje, el camino que la había llevado hasta él. La niña de La Oriental. Sí, y Pompeya. La colegiala en España, con las monjas; su padre perdido. El río cruzando el bosque: Víctor... Cuando volvió a encontrarle en La Habana. La ruptura de su compromiso y su boda, el escándalo. La pasión en aquella habitación de hotel, su carne, su sexo. Víctor. Los días, las noches, las pocas semanas que pasaron juntos. Su amor, la desesperación que le produjo su marcha. El anuncio de su muerte equivocada. La desaparición. El viaje. La búsqueda. Víctor.

—¿No me cree? Entonces venga a ver. *Dai...*

El huracán bramó al entrar por la boca de la caverna con la fuerza de un cañonazo. Por culpa de las ataduras anduvo con dificultad hacia donde Taro la conducía; como el viento de cara pugnaba por tirarla al suelo el hombrecillo la cogió del brazo con fuerza, no supo si por ayudarla o por subrayar su condición de prisionera.

Fuera de la montaña, el vendaval arrasaba la vegetación frondosa arrancándole su soberbia, recordando que la Naturaleza tiene sus leyes, poniendo de relevancia lo inconsistente y fútil de todo poder y autoridad: por muy dominante que sea, engendra dentro de sí una debilidad que acecha esperando emerger como el tumor oculto en un organismo vivo espera a manifestarse. Ada presenció aquella muestra de fortaleza celestial en forma de ira divina, de diluvio vomitado por un cielo ennegrecido, soportando la bofetada de viento mojado desde la abertura de la cueva: el huracán golpeaba el mundo en forma de tromba de agua arrancando árboles de cuajo, haciendo crecer los arroyos hasta desfigurarlos en torrentes furiosos, desbordados de piedras y lodo. La tierra entera convertida en un fango viscoso hecho de selva arrancada y muerta.

—*The punishment...* Algo cruel. Él no, él es... Indiferente.

Con la oscuridad y la lluvia metidas en los ojos, tuvo que señalarlo Taro, pues si no, no lo hubiera visto nunca. Se negaba a distinguirlo bajo la nube gris, se negaba a creerlo.

—Ahí, ¿es que no lo ve?

Aislada del resto de árboles como si el diluvio no pudiera tocarla, anclada al mundo por su base de varios metros de anchura, la ceiba alzaba sus brazos largos y gruesos sin sentir el peso de los cuerpos colgados. La ceiba, Iroko, el árbol de los muertos. Colgaban desde las ramas superiores hasta las que casi tocaban el suelo, chocando unos con otros, zarandeados por el viento violento, dando vueltas sobre sí mismos acompasados con el chirrido de las cuerdas de las que pendían hechos despojos, putrefactos, comidos de pájaros, muertos viejos acompañados de otros nuevos aún enteros, todos ellos unidos en una guirnalda siniestra a la espera de la resurrección de la carne.

Pompeya daba vueltas colgada de la ceiba, rodeada de otros ahorcados. Ada gritó, pero su voz nada podía contra el viento. Enmudecida por el retumbar del huracán, su horror fue absorbido por él dejándola muda, reduciendo su condición humana a la mínima expresión, empequeñecida por el embate de la Naturaleza impasible ante la insignificancia de sus criaturas, ante su miedo a la vida y a la muerte.

—Esto es lo que hacen con ellos... Con los espías. Hay que entenderlo; cuando el hombre siente *paura*, mata.

Apartó la mirada de la imagen del cuerpo deshabitado de Pompeya, ya sin alma. El final del camino. Y entonces el dolor se transformó en decisión: había aprendido, había cambiado. Estaba lista.

Pidió a Taro que le llevase junto a Andara, o quizá no lo dijo y el hombrecito del cinematógrafo también poseía el don de leer pensamientos, como lo había tenido Pompeya.

Cortó las ligaduras y Ada las vio caer enroscadas en el suelo como una serpiente venenosa. Ahora, al penetrar en el corazón de la montaña, el ruido y la furia desaparecieron; ya no sintió extrañeza, ansiedad ni temor alguno, sino el ánimo pleno de calma como el mar tras una tempestad. De pronto, sin saber por qué, pensó en Manuel, en cómo la había querido y lo mal que se había portado con él, lo injusta que había sido. Hacía meses que no le había recordado siquiera, ¿pensaría en ella?

Estaban allí los guardias, en el espacio abierto en la galería de la caverna con el río interior fluyendo manso en el pozo. Andara hizo un gesto: quería quedarse a solas con la mujer y todos le obedecieron.

Ella se acercó más, podía ver en los ojos brillantes de fiebre algo que no había percibido antes: una expresión de intensa desesperación. ¿Sería ese hombre capaz de volver a la vida, al mismo deseo, la misma entrega, después de todo por lo que había pasado? No. Solo su voz era como antes, lo único reconocible en él. El medallón de plata daba vueltas, brillando, pendiendo de su cadena. Apartó la imagen del cadáver colgado de Pompeya que intentaba colarse en su cabeza.

—¿Dónde has encontrado esto?

—Es mío. Mi tía lo llevó hasta su muerte y luego me lo dejó a mí.

—¿Sabes de dónde viene?

—No... Pero se parece a algo que vi una vez.

Andara permaneció silencioso, como si le costara hablar, perdido en la bruma espesa de su mente. Por fin, encontró las palabras adecuadas.

—Viene de un lugar muy lejano, un... sitio que conocí. Era igual, estaba grabado en una piedra muy antigua.

—Sí. He estado allí —dijo Ada.

La mirada se afiló aún más, como cortándola en dos mitades iguales, poco a poco.

—Me viste allí...

—Sí.

—¿Quién eres?

Seguía sentado, apoyado sobre aquella vieja colchoneta de soldado: debía sentirse muy cansado y enfermo, tanto que no podía levantarse ni sostenerse en pie.

— Soy Ada.

El gesto de la cara pálida y amarillenta, sudorosa, cambió. Ada se acercó lentamente como quien se aproxima a un niño dormido a quien se teme despertar de improviso. «Mírame, mírame.» Quedó de rodillas como una penitente frente a él, muy cerca, casi sintiendo su respiración ardiente.

—«Antes o después, no importa cuánto tiempo estemos separados o hasta dónde hayamos de ir, porque volveremos a encontrarnos.» Me lo prometiste...

Suavemente, un leve roce en sus labios secos, quemando de fiebre.

Un golpe de huracán se coló por la abertura superior de la cueva llegando hasta lo más profundo: el viento hizo estremecer las candelas hasta que se apagaron casi por completo, dejándolos envueltos en una noche espesa en la que solo se filtraba el lento goteo del agua en la piedra.

—¿Ada?¿Eres tú?

Por fin. Había vuelto.

—Sí... Soy yo.

—Ada... Mi amor. ¿Dónde has estado? Te busqué, pero creí que te había perdido para siempre.

La abrazó todo lo fuerte que podían sus brazos esqueléticos, clavándole las costillas en el pecho. Balbuceaba entre sollozos sin lágrimas.

—¡Qué dolor! No podía soportarlo... Preferiría estar muerto. ¿Qué he hecho? Estaba tan lejos que creí que no podría.... no podré volver junto a ti. Perdóname, no quería hacerte daño, perdóname.

Víctor recordaba a destellos, a impulsos, con la conciencia vislumbrando aquello que se había negado a admitir, dejando atrás a Andara, su otro yo. Pero ese yo seguía ahí, apostado, oculto. No, nunca podría volver a ser el de antes con aquella sombra acechando, ella también lo sabía.

—No puedo respirar, no puedo hacerlo, no puedo seguir. ¿Lo entiendes, verdad?

Ada asintió.

—Pero aún... Tienes algo que hacer: ayúdame, por favor.

Quería ponerse de pie, Ada tuvo que sujetarle porque se tambaleaba.

—Mira, ¿ves este pozo? No se sabe adónde lleva ni de dónde viene, la verdadera cueva está aquí dentro, bajo el agua. Infinita.

Ada temió que el desvarío de la fiebre le volviera a hacer perder la razón y desapareciera para siempre aquel rastro de lucidez que le había permitido regresar.

—Cuando era niño me bañaba en un pozo parecido, muy azul y muy frío. También salía de una montaña y no tenía fin. Ven, ayúdame a llegar hasta allí.

A pesar de la oscuridad un rayo de luz caía desde lo alto de la cavidad, donde la tierra abría la pequeña brecha hacia el cielo. Cuando los ojos se acostumbraban podía verse como el reflejo de la luz azulada en el agua, irisaba las paredes húmedas que la rodeaban.

—Dame la mano.

Obedeció y Víctor logró llegar hasta el pozo, hundiéndose hasta la cadera en el agua, sin soltarse de la mano de su mujer.

—Estarás bien sin mí. Eres fuerte, mi amor. Podrás hacerlo, ¿verdad?

Al decir esto se había ido metiendo más en el pozo, caminando hacia atrás, sin dejar de mirarla, alejándose del rayo de luz que caía sobre él, internándose en la parte más honda y profunda, más oscura.

—Dime que sí, Ada. Mi vida, mi amor. Prométemelo.

Ada no le hizo esperar más.

—Te lo prometo.

Al oírlo respiró tranquilo, expulsando todo el aire que le quedaba en los pulmones enfermos y su figura desapareció en el agua negra, allí donde el pozo era una sima, un abismo. Lo último que Ada vio fue el destello de plata del medallón, el recuerdo de su infancia, de su vida: Víctor se lo había llevado con él.

No supo cuánto tiempo estuvo allí, como una estatua de sal, incapaz de llorar, incapaz de moverse, hasta que apareció a su lado Taro. Lo había visto todo y la miraba sorprendido con la boca abierta, los ojos saltones fuera de las órbitas: tardó en reaccionar, pero cuando lo hizo, la ayudó a salir del agua, sin decir una palabra. Ada se dejó llevar por él.

A la salida de la cueva esperaban los guerreros de Andara. Sumidos en un silencio fantasmal, los antiguos soldados abrieron un corredor para que Ada pasara. Comprendió que las tornas estaban cambiadas: no era respeto lo que mostraban hacia ella, sino miedo, incluso terror, algunos se tapaban los ojos con las manos, otros se agachaban a su paso, bajando la cabeza atemorizados. Entonces pensó que, en su locura, serían capaces de postrarse ante ella y nombrarla su reina como si Andara se hubiera reencarnado en su cuerpo, incapaces de continuar sin su líder, desesperados por su orfandad, *fumbis*, muertos vivientes necesitados de un espíritu ajeno a falta del suyo propio. Pero Taro le tiraba de la mano; no debían detenerse.

—Vamos, vamos... *Andiamo.*

Al salir al exterior, el huracán había amainado y los rayos del sol se empeñaban en atravesar las nubes grises separándolas, rompiéndolas en mil trozos para alejarlas de allí, arrastrándolas hacia el mar. Ada sintió deslizarse sobre ella el calor de la luz recién recobrada como una caricia de reconocimiento y de perdón. De nueva vida.

EL ALA DE UN COLIBRÍ

I

Querido Manuel: como prometí, te envío mis impresiones desde España. Tras visitar Sevilla, Madrid y Barcelona, tengo que decir que el Desastre ha caído como una losa en la conciencia colectiva de todo el país. La retirada de la bandera de las últimas colonias ha puesto de manifiesto que lo ocurrido en ellas ha sido una auténtica guerra civil, un enfrentamiento fratricida que ha dejado tras de sí una sombría mancha de injusticia y tristeza sobre una tierra ya muy agotada: el empobrecimiento de la población alcanza cotas alarmantes, aún peores de las que tú y yo conocimos hace años. Sin embargo, ante el fin de la idea de Imperio muchos se rebelan todavía: aquellos empeñados en mantener sus privilegios junto a sus voceros, todo sea dicho. Solo un puñado de artistas, escritores e intelectuales llenos de lucidez, están sacando de la ceniza oro. Son los únicos que critican la situación y denuncian la ceguera de los gobernantes, el aislamiento internacional y esta continuación de la sangría bélica en la que nuestra patria parece embarcada; puesta la mira ahora en Marruecos. Pero aunque traten de ocultarlo, todo ha cambiado y está plantada la semilla de la contestación en un pueblo sojuzgado: creo que el sistema de la Restauración está herido de muerte y saltará por los aires. Además, el desprestigio de la monarquía y un ejército humillado y vencido augura rencores y venganzas futuras, de las cuales ignoro sus consecuencias. España es un país tan difícil, tan hostil... Siempre me lo pareció, pero hoy día, con más razón. Así que he cancelado todas las operaciones comerciales que me trajeron hasta aquí y liquidado el negocio con nuestros socios y clientes españoles: nada se puede sacar de este lugar, estoy convencido. Como tú también estás de acuerdo, he actuado en consecuencia.

No sabes cuánto echo ya de menos las suavidades del clima y del acento antillano, esa otra manera de vivir. No veo la hora de regresar. Por eso he tomado ya el billete de vuelta y llegaré a la Isla los primeros días de abril, si el mar y el destino no lo impiden.

Un abrazo afectuoso de tu amigo,

Blas Llopis

Querido Blas: antes de nada decir que me alegra muchísimo tu vuelta. Por otro lado, no me extrañan nada esas impresiones negativas sobre España y al leerte comparto tu amargura.

Aquí en la Isla nos recuperamos de la guerra poco a poco, aunque creo que nunca volverá a ser lo que fue. He podido lidiar con los inconvenientes sin excesivas pérdidas (en la carta adjunta te detallo los pormenores), manteniendo nuestras inversiones más importantes y deshaciéndonos de aquellas que vi como más arriesgadas, tal y como me aconsejaste; algunos de nuestros clientes lo han perdido todo al pasar la riqueza del azúcar a manos de las grandes compañías norteamericanas. Los cubanos van olvidando los ideales revolucionarios a marchas forzadas y nadie se extraña de la creciente influencia de los Estados Unidos tras pasar de libertador a opresor de la Independencia y otra vez a «amigo americano»: ya sabrás que se ha aprobado la Enmienda Platt en la Constitución Republicana reconociendo el «derecho de intervención» de los EE.UU. en todos los asuntos nacionales e internacionales de la Isla. El talento caribeño para la supervivencia se ha puesto de manifiesto una vez más... Supongo que toda paz tiene su precio.

Sin embargo, y a pesar de la guerra y sus desastres, de los respectivos gobiernos y la «alta política» y sus intereses, creo que los vínculos entre España y Cuba jamás se romperán. Siguen llegando por miles los emigrantes españoles: estos vínculos de sangre, casi familiares, entre hijos y padres y nietos de españoles, y a la inversa también, entre los indianos regresados, me lleva a pensar que el Atlántico es poca cosa para separar a estos dos pueblos. No sé si me explico, querido Blas. Me falta tu elocuencia y lo mío no es escribir, como bien sabes.

Hablemos de las cosas buenas que nos reserva el futuro: me gustaría mostrarte por fin la hacienda de La Oriental (esa propiedad que de una manera tan fortuita cayó en mis manos) y a sus habitantes. Toda la belleza del mundo cabe aquí, querido Blas: he encontrado el verdadero tesoro de esta Isla y no lo sería tanto si no pudiera compartirlo contigo.

Ven cuanto antes, querido amigo.

Con afecto,

Manuel

II

El camino cruzó el río dejando atrás la colina y al final de su ondulación apareció la casa al fondo, rodeada de palmas reales mecidas en la brisa suave. Más allá, hasta donde alcanzaba la vista, se extendía de verdores y rojos el paisaje del cañaveral. Las plantas altísimas, castigadas bajo el golpe de machete, caían sobre la tierra bermeja removida alfombrándola de cañas cortadas con destino al trapiche, al molino.

La Oriental desplegaba la belleza tropical de la región, más aún durante la estación de la zafra, y Blas la asoció en su interior a la gracia perfecta, equilibrio y armonía de los cuerpos de sus pobladores, aquellos cortadores de caña negros y mulatos con la piel brillante a la luz del Caribe. Al señor Blas Llopis le hubiera gustado llegar hasta allí en su nuevo automóvil, un Odsmobile comprado en La Habana, pero como aún resultaba difícil encontrar gasolina fuera de la capital para alimentar su motor, tuvo que conformarse con el coche de caballos. A sabiendas de que la tracción animal tenía los días contados, reconoció que así podía disfrutar del resplandeciente panorama alrededor de la hacienda sin el estrépito del motor de explosión.

No tardó mucho en llegar a la casa principal de la hacienda: impaciente por darle la bienvenida, Manuel le esperaba ya en la entrada del paseo que conducía a la Casa Grande y allí fue donde el propietario mandó parar el coche, haciendo crujir la gravilla bajo las ruedas.

—¡Blas!

—¡Amigo mío!

El abrazo del reencuentro fue largo: hacía casi tres años que no se veían.

—Por favor, conduzca hasta el porche, allí puede descargar las pertenencias del señor —dijo Manuel al cochero.

Pasó el brazo por el hombro a su amigo. «Se me había olvidado lo alto que es», pensó Blas, que era lo que se dice un hombre bien plantado.

—Así damos un paseo hasta la casa y te enseño esta parte de la finca. ¿Te parece bien o estás cansado?

—Perfecto. Si lo que necesito es estirar las piernas...

—Luego podrás refrescarte y descansar... ¡Qué ganas tenía de tenerte aquí! ¿Qué tal el viaje?

—Muy bien, sin incidencias. Pero cuéntame tú, señor propietario.

—Bueno, ha costado lo suyo sacar todo esto adelante y además yo hace mucho que dejé de ser un campesino...

—Seguro que lo has hecho bien, hombre. No hay más que ver cómo está la finca... Una belleza... Es curioso, me recuerda un poco a mi pueblo, allá junto al Mediterráneo.

—¡Me alegro por ello! Porque esta va a ser tu segunda casa. La verdad es que me he enamorado de este lugar, vengo siempre que puedo y me lo permite el trabajo en Santiago.

Estaba excitado, nervioso... «¿Será por mi llegada?», se dijo el valenciano. Manuel, sin dejar de hablar —y esto sí que era impropio del adusto montañés—, le enseñaba el jardín que rodeaba la casa lleno de árboles gigantes y plantas y flores que Blas no había visto nunca.

—Aquí crece todo casi sin que te des cuenta; es de una fertilidad asombrosa.

Junto a unas flores tubulares de un fuerte anaranjado, Blas advirtió una vibración: al principio creyó que se trataba del aleteo de un insecto muy grande, como una libélula. Quedó pasmado al darse cuenta de que no era tal sino un pajarito, minúsculo, pero pájaro al fin: movía las alas a tal velocidad que las hacía invisibles, mientras libaba la flor como si fuera una mariposa. Hasta en los vivos colores se parecía a una de ellas.

—¡Ah, un colibrí! Aquí los llaman *zunzunitos*... Una maravilla, ¿verdad?

Blas, cuya sensibilidad y curiosidad le había llevado a buscar en los libros las respuestas que no podía darle su prosaica rutina de comerciante, recordó algo leído en algún lado, escrito por un autor de cuyo nombre no se acordaba y que hasta ese momento no había comprendido, creyéndolo simple artificio literario de esos que encandilan a los poetas. «Las verdades elementales caben en el ala de un colibrí», así decía la frase o el verso. Y pensó en todas esas cosas pequeñas y frágiles pero elementales, iguales al ala de aquel animalito, que sobrevivía a pesar de esa misma pequeñez y fragilidad, y quién sabe si precisamente gracias a ellas.

Pero Manuel no le dejaba ensimismarse, conduciéndole hasta el porche a través del jardín.

—Ven, tomaremos algo fresco. ¿Has probado alguna vez el *pru*? Una bebida típica del lugar, da energías y ayuda a soportar los calores que aquí, a veces, resultan insoportables. Toñona tiene una receta de su propia invención, ¿te ha habla-

do de Toñona? ¿No? Ahora la conocerás, es todo un personaje... —Bajó la voz—. Está ya muy vieja, y por mí se pasaría el
tiempo que le quede de vida en la mecedora, pero no hay
quien la saque de la cocina, y menos hoy sabiendo que tú lle-
gabas: tener invitados la entusiasma.

A medida que iban acercándose a la casa, Blas se daba
cuenta de que una parte de ella se encontraba en ruinas.

—Tengo aún que hacer mucha obra. Fíjate; ese es el estado en que me encontré la propiedad después del terrible
huracán que azotó la región. Por entonces la casa estaba vacía... El viento y la tromba de agua levantaron el techo de
la casa inundándolo todo y destrozando casi por completo
los muebles y objetos de valor. Lo único que quedó a salvo
fue el salón, aunque hubo que reponer todas las cristaleras.
Es impresionante, luego comeremos allí. En vida de doña
Elvira siempre estaba cerrado pero yo me he empeñado en
usar toda la casa, darle vida. Ven, vamos a sentarnos en el
porche.

La bandeja con los vasos de cristal y la jarra de *pru* helado
estaban colocados y preparados como por duendes, porque
no se veía a nadie. Creyó que era el momento propicio para
hacer la pregunta que desde que había bajado del coche había
pensado que no tendría que hacer.

—¿Cómo está?

Manuel enrojeció: había vuelto la timidez al hombretón
seguro de sí mismo.

—Muy bien. Ahora la verás y lo comprobarás personalmente.

Levantó la cabeza hacia el techo del porche, recorriéndolo
con la mirada.

—No puedes hacerte idea de cómo ha cambiado este lugar: cuando llegué era una ruina. A... ella la encontré durmiendo junto con Toñona en un cuartucho que había sido despensa. Toñona lleva aquí, en La Oriental, desde tiempos inmemoriales, antes incluso que llegara la misma doña Elvira. De no haber estado aquí Toñona...

—Manuel, tienes que saber que la busqué tanto como pude: tras la desaparición de los hombres de Pinkerton, me temí lo peor...

—Yo también, no te engaño. Fue el administrador quien me avisó de que había recalado aquí: supongo que no sabía a dónde ir, al principio estaba muy confusa. Aunque no podía saber que yo la había comprado para ella, vino igual, como si fuera una señal, ¿no crees?

—¿Cómo pudo llegar? No alcanzo a imaginar las condiciones en que se encontraría en aquel momento...

—La acompañó un hombre extranjero, un tipo por lo visto muy extraño, que desapareció antes de que yo llegara. Ella le está muy agradecida y quiso buscarle para devolverle, en la medida de lo posible, la ayuda que le prestó. Pero fue imposible, es un fantasma más y forma parte del recuerdo de... de aquellos días. Fue muy duro, Blas. Me asusté de verdad. No podía estar sola, tenía miedo de todo, no quería separarse de mí ni un momento; creía que yo... también iba a desaparecer para siempre.

No podía contarle que durante meses, ella estuvo despertándose a gritos en mitad de la noche; que le daba terror quedarse dormida y sufrir aquellas terribles pesadillas; que no podía permanecer en habitaciones cerradas, ni que cuando comía, vomitaba todo al minuto. Hablarle de sus ataques de mutismo cuando pasaba horas y hasta días sin hablar. Cuando lloraba sin consuelo. Sí, tuvo miedo por ella, al encontrar la sombra de una mujer que había conocido y que aún amaba, con aquellos ojos vacíos de vida que se apartaban al sentir su mirada. Huidiza como un animal asustado, no quería imponerle su presencia, se quedaba entonces a distancia, temiendo acercarse.

«Vuelve, Ada, vuelve... Te estoy esperando.»

Cuando por fin, algo cambió.

Una tarde, él creyó que dormía a la sombra del porche —siempre de día—, recostada en aquella butaca de mimbre rodeada de cojines de seda donde había visto por primera y última vez a doña Elvira. Dormía, y él la vigilaba desde no muy lejos temiendo otra pesadilla, pero ahora parecía tranquila, el pecho subiendo y bajando en una respiración regular, la mano caída sobre el vientre ya muy hinchado. Entonces se estremeció levemente y despertó: había sentido su mirada sobre ella. Al verle sonrió, y en ese instante supo que tenía delante a la antigua Ada, la niña que le cogía de la mano antes de que todo lo terrible ocurriera. No la había perdido... Estaba allí, escondida en aquella mujer desconocida y supo que algún día saldría para encontrarse con él, de nuevo.

«Si te marchas ahora mismo lo entenderé. Ni siquiera puedo entender cómo has podido perdonarme». «¿Tú... le has perdonado?» «A...» «Sí, a él, a tu marido.» «Sí... sí...» «Pues igual que tú lo perdonaste a él, Ada. Y aquello fue más valiente que lo que hago yo ahora, te lo aseguro. Solo déjame estar aquí, a tu lado, hasta que tú quieras.»

Al poco tiempo de aquello, Manuel creyó que era el momento de devolverle la carta que le diera la tía Elvira antes de morir. Seguía cerrada, igual que cuando la Vieja Señora se despidió de él.

Ada se encerró en el despacho del Ama Virina para leerla y él esperó fuera. Esperó durante un buen rato, no se oía nada al otro lado de la puerta: hasta Toñona, que sabía de todos los movimientos de Ada, dónde y cómo se encontraba en todo momento, se acercó a preguntarle con susurros si la «niña» había salido ya. Impaciente, Manuel decidió llamar a la puerta y entrar, temeroso de la reacción de Ada: quizá se había equivocado y aún era demasiado pronto para confiar en que su ánimo pudiera soportar una emoción como aquella...

Pero su voz sonó firme, decidida, cuando le pidió que entrara. La encontró arrodillada en el suelo frente a la chimenea de mármol que alguno de los antiguos Castro trajera de Europa. Había encendido el fuego y las llamas devoraban hojas de papel.

—No, no te asustes... Tenía que hacerlo. ¡Pobre tía! ¡La hice sufrir tanto!... Y ella a mí también. Pero ahora estamos en paz.

Manuel vio relumbrar el interior de la inútil chimenea —nunca se encendía porque no hacía falta— iluminando también el rostro de la mujer, dándole viveza y calor.

—Ada... ¿Estás segura?

—Sí. Todo esto es el pasado y no quiero que vuelva nunca más. Mira, no está sola aquí la carta de la tía...

Había más cartas escritas con letras diferentes; caían al fuego una tras otra, abrasándose, las llamas retorciéndose entre las letras, enmudeciéndolas.

—Esta es la carta que me escribió mi padre y que como la de la tía, solo pude leer cuando ya estaba muerto... Y todas estas son las de él. Las de Víctor. No son más que recuerdos del sufrimiento de las personas que más he querido; ahora todas ellas han desaparecido. Para siempre.

Manuel no contestó; entendía el gesto de Ada pero se preguntaba si sería suficiente convertir sus palabras en ceniza para poder olvidar el peso de lo vivido con aquellos fantasmas.

—Quiero seguir adelante, nunca más voy a mirar atrás. Te lo prometo.

Blas observaba el rostro grave de su amigo; no quería forzarle a que contara más de lo que podía, o no sabía.

—Además el parto fue difícil y el niño sufrió mucho, pensé que no sobreviviría.

—Eres el hombre más valiente que conozco. Te admiro, Manuel.

—Estoy seguro de que tú, de estar en mi caso, hubieras hecho lo mismo.

—No. Seguir amando así a una mujer que para todo el mundo, hasta para ella misma, estará siempre marcada por... otro hombre, un... por llamarlo de alguna manera... una bestia.

—Blas, recuerda que ese otro hombre, a los ojos de la gente, fue un valiente capitán caído en combate. Solo tú, Ada y yo sabemos la verdad.

—Tienes razón. Además, el tiempo lo cura todo...

—No sé si todo... Pero ella sonríe.

—¿Vas a volver a pedirle que...? Perdona, creo que estoy siendo indiscreto.

—¿Pedirle que se case conmigo? Eso... No creo que sea capaz de volver a pretender una cosa así nunca más. No es por orgullo, sino por miedo: miedo a ir hacia atrás, a despertar un pasado que ambos queremos dejar atrás. De todas maneras, he aprendido que las cosas importantes no dependen de nuestro deseo, ni de nuestra voluntad... ¡He aprendido tantas cosas!

Se calló de improviso mientras apartaba lejos los pensamientos sombríos. Y creyó oportuno cambiar de tema.

—Ahora verás al ama de esta casa... Sin ella no es lo mismo, falta algo.

—¿Dónde está?

—En el río, al niño le encanta bañarse... ¡Se pasa el día en el agua, a remojo, como un garbanzo! Tan pequeño y ya casi sabe nadar solo...

«Lo dice orgulloso, como si fuera suyo», pensó Blas.

—Mira, ahí vienen.

Al recién llegado le costó creer que aquella joven bella, vestida con una camisola sencilla y cómoda de un blanco brillante, con los brazos y el cuello desnudos, la melena larga suelta, la falda volando a su alrededor al correr persiguiendo al niño, esa mujer alegre y espléndida, fuera la misma que le había descrito Manuel. Casi dudó de su amigo y si no le hubiera conocido bien, hubiera jurado que exageraba. El niño, de apenas tres años, corría riendo perseguido por la madre: era muy rubio y Blas se dio cuenta de que se parecía a él, al Monstruo, al carcelero de Ada, a ese hombre por quien ella se había arrastrado a través de un país en guerra, por el amor hacia ese canalla enloquecido y criminal... Pero el hijo era precioso, amado por su madre y por aquel hombre que no era su padre. Seguro que llenaba de alegría aquella casa levantada de las ruinas. Y se alegró con ellos.

Después del viaje, de la larga y suculenta cena de Toñona, el viajero se fue a su habitación, agotado. Hacía horas que el niño dormía ya, en su cuna del antiguo cuarto de Ada, junto a Toñona. No se oía ni un ruido en toda la casa salvo el rumor entre los árboles de la brisa nocturna, suave y fresca.

—Quería quedarme a solas contigo.

Le brillaban los ojos. Manuel pensó que nunca la había visto tan hermosa, ni siquiera la primera vez, cuando la encontró en aquella fiesta habanera, después de tanto tiempo. Cayó en la cuenta de que nunca antes la había visto como era en realidad a pesar de tenerla tan cerca. Había dejado de ser el ideal infantil, la obsesión y la sombra de un deseo, de algo que debía conseguir para lograr ser el hombre en que pensaba convertirse. La había visto sufrir, desesperada, demacrada, sumida en la tristeza y la pérdida y luego presenció su retorno a la vida, distinta, transformada. No, jamás había sido Ada tan hermosa como ahora.

—¿Estás contenta de que Blas haya venido?

—Claro que sí. Es más, su llegada me ha recordado algo que llevo tiempo queriendo hacer.

Salieron al porche iluminado con lámparas llenas de insectos zumbando alrededor de la luz. Ella le cogió de la mano arrastrándolo hacia la oscuridad, conduciéndolo a través de la noche que envolvía el jardín. Ada sabía de rincones secretos de la casa, del jardín, de La Oriental entera, que él desconocía o le parecían distintos cuando ella se los descubría.

—Cuando era niña aquí había un columpio.

—Volverá a haberlo; mañana mismo mandaré que pongan uno.

—La Oriental te ha conquistado también a ti...

—Amo este lugar porque te pertenece, porque tú perteneces a él. Porque te hace feliz, y yo solo puedo serlo cuando tú lo eres.

—Te equivocas. No es este lugar el que me hace feliz, Nel; eres tú. Tú en él.

El enorme árbol, la ceiba centenaria, les protegía. Ada le atrajo hacia sí y le besó.

—Mi Nel, mi amigo. Mi amor.

En Madrid a 15 de diciembre de 2013

Bibliografía

Cañete Páez, Francisco Ángel, *La «redención a metálico» y la «sustitución», eximentes del servicio militar en España, durante el Siglo XIX y la primera década del XX*, artículo, en *www.belt.es*

Carrasco García, Antonio, *En guerra con Estados Unidos: Cuba 1898*, Almena Editorial, Madrid, 1998.

Clemente, Josep Carles, *Breve historia de las guerras carlistas*, Nowtilus, Madrid, 2011.

De Sotto Montes, Joaquín, *Síntesis histórica del arma de Caballería*, Colección Legislativa del Ejército, s. d.

El hombre pez, Ayuntamiento de Liérganes, Cantabria, en *http://www.aytolierganes.com*

García Moreno, José F., *El servicio militar en España*, Colección Adalid, Madrid, 1988.

Fernández de la Reguera, Ricardo, y Susana March, «Héroes de Cuba (los héroes del desastre)», en *Episodios Nacionales Contemporáneos*, Planeta, Barcelona, 1998.

Guerrero Acosta, Juan Manuel, *El Ejército Español en Ultramar*, AccionPress, Madrid, 2003.

Kropotkin, Piotr, *Memorias de un revolucionario*, KRK Ediciones, Oviedo, 2005.

Pull de la Villa, Fernando, *El soldado desconocido. De la leva a la mili*, Biblioteca Nueva, Madrid, 1996.

Sánchez Jiménez, José, *Condiciones de vida y situación social de las clases bajas (1890-1900)*, Universidad Complutense de Madrid, pdf en *www.historiacontemporanea.ehu.es*

Trías, Eugenio, *Lo bello y lo siniestro*, Debolsillo, Barcelona, 2006.

Tone, John Lawrence, *Guerra y genocidio en Cuba, 1895-1898*, Turner Publicaciones, Barcelona, 2008.

Nota de la autora

Hace ya tiempo fui invitada a La Habana para presentar allí una película. No era la primera vez que viajaba a la isla donde nació mi abuelo, donde vivieron unos cuantos bisabuelos y tatarabuelos: el norte de España fue siempre tierra de emigrantes hacia América y también de indianos, viajeros de ida y vuelta. A lo largo de generaciones, Cuba había permanecido en la memoria familiar como un paraíso perdido amenazado por huracanes y caimanes, que sonaba a tambores y a hechizos de santeros. Este paraíso estaba poblado de fábulas: una de ellas era una historia de amor que perduraba en el recuerdo y el secreto.

Durante la rueda de prensa previa al estreno, alguien preguntó si había considerado la posibilidad de realizar un proyecto que transcurriera en Cuba. Entonces contesté que sí: tenía una historia, pero convertirla en película resultaba muy complicado (eufemismo que, traducido a términos de producción cinematográfica, suele significar «costoso» o, más acertadamente «ruinoso») por estar ambientada durante la Guerra de Independencia contra España, allá por la última década del siglo XIX. No tardé en comprobar el enorme interés que despertaba tal propuesta; parecía que aquella guerra no estaba tan lejana en el tiempo, al menos para una audiencia tan consciente de sus orígenes hispanos, su cultura, su pasado. Y ante aquel auditorio me vi en la tesitura de plantear, por primera vez, la historia que aquí aparece.

En *El corazón del caimán* Cuba y España no podían actuar como simples decorados. Al igual que los demás personajes, ambos países aparecen descubiertos, revelados a través del viaje de la protagonista, aunque no de la misma manera: uno se muestra en los mapas que señalan ese viaje con una presencia física; el otro aparece en ciudades sin nombre, valles inventados y lugares envueltos en leyenda que esconden a Cantabria, la tierra donde nací. Tampoco son mera tramoya los sucesos y datos históricos relacionados con guerras, revoluciones y emigraciones: forman parte integrante de las vivencias y carácter de los personajes y han sido documentados acudiendo a la abundante historiografía existente, si bien quien gobierna lo narrado a través de épocas y aventuras distintas es, únicamente, la ficción.

No era posible dejarlo al margen: el cinematógrafo aparece una y otra vez como una presencia fantasmal parecida a la de los «fumbis» de esta historia (llamados «zombis» en otros territorios caribeños) y en muchas referencias que adquieren el valor de un juego dedicado al lector aficionado al cine. Pero a pesar de lo que pudieran dejar traslucir estas palabras, no se dejen embaucar... Lo que tienen ante sus ojos no es el guión de una película, sino la respuesta a un nuevo y apasionante reto para quien esto firma: escribir una historia en forma de novela, ese fabuloso invento del ser humano que tanto amamos y ante el cual nos rendimos, con humildad y devoción, los dedicados al viejo oficio de contar historias.

Agradecimientos

Esta historia está dedicada al territorio de los cuentos caribes que me contaba de niña mi abuelo Manolo, el cubano, y a todos aquellos que tuvieron y tienen que dejar atrás su tierra y todo lo que en ella aman, en busca de una vida mejor.

Debo dar gracias infinitas a Carlos Luria Oller, verdadera hada madrina sin la cual este libro no hubiera sido posible (y se hubiera quedado en calabaza). También a Sergi Bellver por su apoyo ético y estético; a Elena Ruiz Gutiérrez por ser la más entusiasta primera lectora y a mi editora, Carol París, quien confió en la «bondad de los extraños». Y siempre y por mil razones, a Federico Cebrián.

Índice